KB236661

내 도전은
멈추지
　　않는다

내 도전은 멈추지 않는다

초판1쇄 인쇄　2026년 3월 6일
초판1쇄 발행　2026년 3월 23일

지은이　심상기

발행인　심정섭
발행처　(주)서울문화사
등록일　1988년 12월 16일　|　등록번호 제2-484호
주소　서울시 용산구 한강대로43길 5 (우)04376
문의　02-791-0762
이메일　book@seoulmedia.co.kr

ISBN 979-11-7371-907-3 (03810)

- 책값은 뒤표지에 있습니다.
- 잘못된 책은 구입처에서 교환해 드립니다.

내 도전은 멈추지 않는다

심상기 지음

서울문화사

《내 도전은 멈추지 않는다》를 발간하며

신문대장을 들고 계엄사령부에 검열을 받으러 오가면서 나의 기자생활은 시작되었다. 격동의 시대가 막을 올렸을 때였다. 자유당의 독재정치에 경종을 울렸던 4·19 혁명 직후 신문사에 들어간 것과 곧바로 5·16 쿠데타를 겪어야 했던 것부터 그러했다. 그 이후에도 정치적 격변은 끊이지 않았다. 경제·사회적으로도 적잖은 굴곡이 따랐다.

이를테면 잔잔히 흐르다가도 계곡의 여울목에 이르러 사정없이 굽이치는 물살처럼 어느 순간에 역사의 방향이 바뀌고 새로운 권력자와 주역들이 스쳐 지나갔다. 그 과정에 국민들의 환호도 있었고 눈물과 한숨도 있었다. 기자로서 나는 그 역사의 현장을 뚜렷이 지켜보았던 것이다.

신참 시절에는 주로 사회부 기자로서, 중견기자 시절부터는 정치부 기자로서 현장을 목격했다. 그 당시 취재수첩에 깨알같이 적어놓았던 내용들이 지금에 이르러 우리 현대사의 중요한 골격을 이루고 있는 셈이다.

늦게나마 그때의 기억을 되살려 하나의 기록으로 남겨야겠다는 생각이 떠오른 것은 그런 까닭이다. 주변으로부터 간곡한 권유도 없지 않았다. 특히 언론계 후배들의 권유가 끈질겼다. 그렇다고 거창하게 역사의 증언을 기록한다는 어쭙잖은 사명감까지 앞세워 글을 쓰고 싶지는 않다. 어떻게 보면 그냥 단순한 현장 기록에 지나지 않을지도 모른다. 하지만 역사의 현장에 가장 가까이 근접했던 목격자로서 '스냅 사진'처럼 단면, 단면을 써 내는 것이 내 역할의 한계가 될 수밖에 없다.

내가 지켜본 내용들이 그렇게 중요하다고 강조할 수는 없어도 격동의 과정에서 비어 있는 퍼즐을 맞추어나가는 하나의 조각으로서는 나름대로 역할이 있다고 생각된다.

때로는 기자들을 '무관의 제왕'이라고 표현하기도 한다. '펜이 칼보다 강하다.'는 표현과도 일맥상통하는 말이다. 몇 줄의 기사로써 잘못된 권력을 바로잡고 사회적 약자의 억울함을 시원하게 풀어줄 수 있다는 뜻일 것이다. 어떤 부분에서는 맞는 말이다. 하지만 젊은 시절의 취재 현장에서는 스스로의 무기력한 처지에 직면해 속으로 울분을 토해야 했던 기억이 한두 번이 아니다.

이 작은 기록에 언론인으로서 막막한 현실의 벽 앞에서 느껴야 했던 좌절의 기억이 적잖이 포함된 것은 그런 배경에 기인한다. 그렇지만 나는 뛰면서 넘어지고, 넘어지면 다시 일어나 또 뛰었다. 넘어지면서 생긴 마음의 상처가 작지 않았지만 또한 시련을 이겨내려는 나름대로의 의지도 그에 못지않았다. 그러한 노력의 과정에서 느꼈던 보람과 기쁨도 함께 소개되어 있다.

내가 언론인으로서 큰 성공을 거두었다고 감히 말할 수는 없다. 그러나 끊임없이 생각하고, 노력하고, 시도함으로써 지금에 이르렀다는 사실만큼은 내세우고 싶다. 지금의 성과가 비록 남 보기에 대단하지 않을지 몰라도 나에게는 결코 작은 것이 아니다. 쓰러지면서도 놓치지 않으려 애썼기에 더욱 애착이 가는지도 모른다.

이제 책을 낸다고 하니 약간은 부끄럽기도 하고 떨리기도 한다. 60여 년 전, 기자생활을 시작하면서 현장에 처음 취재를 나갔을 때의 심정이 아마 이러했을 것이다. 몇 구절만이라도 이 책의 페이지를 넘기는 독자들에게 공감을 불러일으킬 수 있다면 나에게는 커다란 영광일 것이다.

책을 펴내면서 사죄의 말씀을 드릴 분들이 많다. 궁형宮刑을 당한 이후 진실의 기록을 남기려 《사기史記》를 쓴 사마천처럼 기자는 왜곡되지 않은 진실을 캐내는 역사役事를 맡아야 한다고 늘 생각해 왔다. 진실을 캐내는 역사. 말은 쉽지만 실행에는 많은 고통이 따른다. 내 글로 인해 피해를 당하거나 상처를 받은 분들이 있을 것이다. 진심으로 이분들에게 사죄한다.

끝으로 이 책을 내는 데 동기부여와 채찍질을 해준 김경래金景來, 정종식鄭宗植, 윤상철尹相哲, 이창원李昌遠, 손광식孫光植(작고), 김대중金大中, 강한필姜漢弼, 이형균李炯均, 이원창李元昌, 김학준金學俊, 최학래崔鶴來, 정구종鄭求宗 씨 등 여러 언론계 선·후배와 서문을 써준 최종률崔鐘律 씨에게 감사의 말씀을 드린다. 특히 〈중앙일보〉에서 고락을 함께 했던 김동익金東益(작고), 이영석李英石, 금창태琴昌泰(작고), 조남조趙南照, 성병욱成炳旭, 한남규韓南圭, 권영빈權寧彬(작고), 김옥조金玉照, 고흥길高興吉, 전육全堉 씨 등에 대해서도 뒤늦게나마 고맙다는 인사를 드린다. 아울러 자료 수집과 원고 작성에 참여해준 허영섭許英燮(전 〈경향신문〉 논설위원) 씨와 원고를 챙겨 책이 나오기까지 마지막까지 심혈을 기울여준 신수경申秀慶 편집자에게도 감사의 뜻을 전한다.

2026년 3월 심상기

야생마와 경주마

최 종 률

(전 〈중앙일보〉 주필, 전 〈경향신문〉 사장)

심상기 형을 만난 지는 60년이 넘었다. 그동안 단속적이나마 줄곧 내왕이 있었으니 이제 둘 사이에 겉치레 말을 하기는 오히려 어색하다. 내왕이 아니라, 같은 신문사를 옮겨 다니며 몸담고 있으면서 CEO 배턴까지 이어받았다. 다섯 친구가 같은 날, 같은 시간에 신문기자를 시작했지만 우리 둘 사이에는 오늘까지 질긴 인연이 계속되고 있다. 몇 가지 단상斷想을 통해 그의 솔직한 면모를 돌아본다.

첫째, 그는 수습기자 시절부터 나의 멘토였다. 내 뒤에서 채찍을 들기도 했고, 내 앞에서 릴레이 배턴을 들고 달려가기도 했다.

수습기자 생활을 하면서 나는 잠시 서울운동장(옛 동대문운동장)을 출입한 적이 있었다. 오늘 생각해도 운동장에 취재하러 가기가 난 그렇게 싫었다. 겨울이 끝나갈 무렵인데 운동장의 한옆, 난로도 없는 선득한 기자실에 하루 종일 웅크리고 앉아 있으면서 칠판에 적힌 그날 경기들의 전적을 체육부에 전화로 불러 주는 것이 하는 일의 전부였다. 생각 같아서는 경기장에 나가 시합 구경이라도 하면 좋았을 텐데 나는 우선 경기의 룰도 제대로 모르고 있었으니 게임을 본들 흥미가 있을 리 없었다. 아마 그때 운동장을 계속 나가라고 했으면 나는 진작 사표를 쓰고 말았을 것이다. 어쨌든 나의 체육부 로테이션 생활은 그렇게 맹탕으로 끝났다. 순서로 보아 내 뒤를 이어 운동장에 나간 수습기자가 바로 심상기 형이었다. 아아~, 그런데 그는 며칠 만에 그 썰렁한 운동장에서 어마어마한 특종기사를 찾아내는 것이 아닌가. 우연이나 행운이라고 하기엔 그 기사가 돌을 깎은 보석과 같았다. 그때 전국 중등학교 배구 선수권 대회인가가 열리고 있었는데 충청도인가 전라도의 어느 벽촌에서 온 중등학교 선수들이 변변한 신발이 없어 맨발로 경기장에 나온 모양이었다. 겨울의 한기가 아직 남아 있는 운동장 맨바닥에서 맨발로 뛴 것도 예사가 아닌데 그 아이들은 우승컵까지 거머쥐었다. 이건 보통 휴먼 스토리가 아니었다. 물론 그 기사는 심 형만 취재한 특종이었다.

그때 좀 더 멋있는 편집부 데스크가 있었다면 1면 머리기사로 삼아도 부족함이 없었을 것이다. 가뜩이나 심란했던 시절에 그런 기사라니. 얼마나 가슴 따뜻한 얘기인가. 그때 내가 운동장에 계속 나갔으면 그런 일은 눈에 띄지도 않았을 것이다. 먼저 경기가 벌어지는 현장에 가지도 않았으려니와, 현장에 간들 선수들이 신발을 신었는지 벗었는지 나는 무관심했을 것이다. 기삿거리를 찾으려는 열정이 없는데 제대로 보이는 것이 있을 리 없었다. 기자가 되는 요건의 첫째는 호기심과 집념, 문제의식이라는, 너무도 당연한 교훈을 나는 그 후로 두고두고 마음에 새기게 되었다.

사회면 톱에 오른 심 형의 기사는 장안의 화제가 되었다. 신문사 안에서는 특종상이 그에게 돌아갔고, 세상에선 성금이 답지했다. 그 기사를 보며 나는 며칠 동안 자격지심이 들어 얼굴을 들고 다닐 수 없었다. 물론 그런 기사가 만날 있는 것은 아니지만 내가 부끄러웠던 것은 운동장에 나가 크든 작든 기삿거리 한 줄도 찾아내지 못했던 나의 무덤덤함이었다. 신문기자를 하며 "적성에 안 맞는다."는 말처럼 무책임하고 자학적인 말은 없다. 기자는 밤길을 가다가 도랑에 빠져도 기삿거리를 찾아야 한다는 얘기가 있다.

문제의식이 없으면 기삿거리가 눈앞에 있어도 보이지 않는 법이다. 기자라는 직업을 선택했으면 전 방위로 눈을 굴리며 취잿거리, 기삿거리를 찾아야 한다. 기삿거리가 없으면 만들어내기라도 해야 한다. 없는 얘기를 지어내라는 말이 아니다. 구슬을 꿸 줄 알아야 한다는 말이다. 심 형의 그때 그 기사는 나의 언론인 생활 동안 내내 나의 좌우명이 되었다. 이 일이 있고 나서 나는 기자생활을 하며 세상만사를 예사로 보지 않기로 작심했다. 그 덕에 훗날 특종상이라는 것도 많이 받아보았고, 그 덕에 남보다 호봉이 몇 단계 오르기도 했었다.

둘째, 그는 인생관이랄까, 직업관이 확고했다.

정치부 기자생활을 그쯤 했으면 하다못해 국회의원 한자리쯤 하고도 남았을 텐데 심 형은 추접스럽게 권력판을 기웃거리지 않았다. 실제로 외부에서 그런 유혹이 끈질기게 있었던 모양인데 모두 손사래를 치고 말았다. 우리 주변엔 언론인 생활을 하며 자신의 직업을 세속적인 영달의 미끼로 삼는 친구들이 너무 많았다. 심 형은 그런 것에서 거짓말처럼 초연했다. 세상엔 기회라는 것이 있기 마련이다. 특히 '언론인'이라는 직업은 다른 직종에 비해 기회가 많은 편이다. '주어지는 기회'도 기회지만 본인이 만들기로 치면 세속적인 기회의 문은 언제나 열려 있다. 하지만 기자라는 직업은 본인이 원하든, 원하지 않든 우월한 도덕성을 견지할 때 비로소 귀하고 값져 보인다. 그리고 빛도 난다. 어쩌면 그 맛에 '기자질'을 하는지도 모른다. 언론인 생활을 한낱 '월급쟁이' 수준으로 여기면 옹졸한 월급쟁이로 경력을 마치기 쉽다. 월급쟁이이면서도 월급쟁이가 아닌 양 자기모순을 위선으로 포장해야 하는 존재가 언론인이 아닌가. 정직하게 말하면 언론인이 출세하려면 기사를 잘 쓰는 일, 좋은 기삿거리를 발굴하는 일, 그래서 이름을 날리고 남기는 일 말고는 없다. 그런 사명을 마다하고 일신 영달의 기회나 엿보며 자신의 직업을 무슨 부업쯤으로 생각하는 기자들도 우리 주위엔 적지 않았다. 심 형은 오랫동안 정치부 기자생활을 하며 마약과도 같은 권력의 괴력을 누구보다 잘 알고 있었다. 정작 그가 그런 권력에 참여할 기회를 만들기로 치면 얼마든지 있었을 것이다. 하지만 그는 끝내 언론인의 의연한 몸가짐을 흩어뜨리지 않았다. 일구월심 오늘까지도 60년을 넘게 언론인으로 일관하고 있다. 그의 올곧은 삶의 자세는 어떻게 보면 고집스럽기까지 했다.

셋째, 세상에는 실제로 그를 두고 고집스러운 사람이라고 말하는 사람도 있다. 직장에서 윗사람은 그의 고집을 불편하게 생각하는 경우도 적지 않았다. 군사독재 시절 정치부 기자, 정치부 데스크, 편집국장은 최전선에서 권력의 부단한 압력을 받아야 하는 방파제 자리였다. 거센 파도를 막아내려면 여간한 고집이 아니고서는 불가능했다. 이런 경우의 고집은 소통 부재의 꽉 막힘이 아니라 문제를 뚫고 나가는 뚝심이었다. 결국 외부의 무지막지한 파도는 발행인 쪽으로 향하기 마련이다. 그런 경우 참 곤혹스럽게도 외부의 압력보다 내부의 압력을 견디어내기가 더 어렵고 힘들었을 것이다. 본인의 직책을 내던질 각오라면 모를까, 그렇지 않은 다음에야 쉽게 처세하기가 여간 어렵지 않았다. 심 형은 그런 일들을 겪어내며 언론인 자리를 지켰다.

전두환 정권이 자리 잡기 시작하던 무렵이었다. 밑도 끝도 없이 전全 정권을 찬양하는 기고문이나 인터뷰를 신문에 실으라는 압력이 외부에서 거칠게 들어오곤 했다. 심 형은 그때 천주교 원주교구 지학순 주교를 인터뷰 대상으로 꼽았다. 그 시절 지 주교가 어떤 분인가. 청와대 압력에 그야말로 동문서답의 기획을 한 것이다.

인터뷰어 역할은 천주교 신자인 나에게 돌아왔다. 나는 원주까지 찾아가 어렵사리 문을 두들겨 지 주교를 만났다. 그분과 한 시간을 넘게 인터뷰했지만 전 정권을 찬양하는 말은 한마디는커녕 반 마디도 듣기 어려웠다. 지 주교는 '일곱 번이 아니라 일흔일곱 번이라도 용서하라(마태복음18:21~22).'는 성경구절만 되풀이했다. 군사정권에 들려주는, 어쩌면 가장 듣기 싫은 교훈일 것이었다. 과연 그런 인터뷰 기사를 신문에 실을 수나 있을까? 신문사로 돌아오는 나의 마음은 천근같이 무거웠다. 하지만 심 형은 그 일을 뚝심으로 해냈다. 그의 고집스러움, 뚝심은 함께 일하는 동료들에겐 가뭄 끝에 내리는 소나기와 같았다.

넷째, 그는 좌절을 기회로 삼을 줄 아는 지혜를 갖고 있었다.

신문사 시절 임원의 자리에 올라 이런저런 책임을 맡으면서 어느 날 그는 본인의 의사에 반하는 일을 맡게 되었다. 회사에서 억지로 맡긴 일이었다. 달리 생각하면 회사에는 그럴 만한 사정도 있었다. 하지만 그는 주저 없이 사직서를 써 냈다. 마음에도 없는 일을 현실에 안주하며 해낼 수 없다는 판단을 한 것 같다. 나는 그때 인사에 참여할 자리에 있었다. 그에게 몇 가지 타협안을 제시하며 사직을 말렸다. 하지만 그는 막무가내였고 끝내 회사를 떠나고 말았다. 어쩌면 그의 사회생활 중 처음 맞는 좌절이었을 것이다. 동료인 나로서는 멋쩍기도 하고 한편 그의 앞일이 걱정도 되었다. 그는 신문사를 떠나 얼마 동안 칩거하는 듯했다. 하지만 얼마 후 잡지 사업에 착수한다는 소문이 돌았다. 그때 나는 그에게 대놓고 말은 안 했지만 괜히 퇴직금만 날리는 것이 아닌가, 속으론 걱정했다. 그 시절 신문사를 배경으로 발간되는 잡지들이 막강한 힘으로 출판시장을 휘젓고 있었다. 그 속에서 영세 잡지사가 과연 살아남을 수 있을까 하는 걱정이 들었다. 내 걱정이 그에겐 걸맞지 않은 노파심이었다는 것을 그는 금방 나에게 보여주었다. 그가 창간한 잡지는 삽시간에 출판시장을 석권했다. 꿈같은 일이었다. 그는 좌절을 기회로 삼아 눈부시게 재기하는 모습을 보여준 것이다. 그의 잡지 사업은 날로 약진을 거듭해 시사신문, 시사주간잡지, 영상사업(SO, 케이블방송), 만화출판 등으로 하늘 높은 줄 모르게 치솟았다. 한때 이러다 그가 리틀 '루퍼트 머독'이 되는 게 아닌가 하는 생각까지 들었다. 그러나 그에게 뜻밖에도 또 한 번의 좌절이 닥쳤다. 2006년에 벌어진 '〈시사저널〉 사태'가 그것이다. 일대 위기라면 위기였다. 그러나 오늘 그는 위기를 말끔히 넘기고 새로운 도약의 발판을 만들었다. 그에겐 결코 '저스트 이너프(그만하면 됐어).'라는 쉼표가 없었다.

다섯째, 그는 좌절을 전환점으로 삼는 결단력과 통찰력 있는 언론 경영인으로 자리를 잡고 있다.

자리를 잡는 수준이 아니라 개척하고 있다. 사회생활을 하며 어쩔 수 없이 겪게 되는 좌절은 달리 생각하면 그 속에 엄청난 동기부여의 에너지를 숨기고 있다는 것을 그는 알고 있었다. 잠재적 동기부여의 에너지란 그전에 해본 적이 없는 행동을 과감히 할 수 있게끔 박차를 가하는 힘을 말한다. 좌절을 적대적으로 보지 않고 우호적, 긍정적으로 받아들이는 것은 경영인의 저력이고 타고난 재능이다. 누구나 할 수 있는 일이 아니다. 심 형은 역설적으로 성공의 열쇠는 좌절 속에 숨어 있다는 것을 알고 있었다. 그가 성공한 비결이 있다면 바로 그것이리라.

새뮤얼 스마일스(영국 작가, 1812~1904)는 그의 《자조론》에서 이런 말을 했다.

"우리는 성공보다는 실패를 통해서 더 많은 것을 배운다. 하지 말아야 할 것을 발견함으로써 해야 할 일을 발견하게 된다."

심 형은 오늘 혼자 이런 말을 하고 있을지 모른다.

　“내가 가장 자랑스럽게 생각하는 일은, 오늘 이 순간에 이르기까지 60년이 걸렸다는 거야.”라고 말이다.

　이 기회에 친구로서 한마디 하고 싶은 말이 있다.

　“이젠 한숨 돌리면서 천천히 달려야 할 때와 질주해야 할 때를 매 순간 판단하는, 여유 있는 삶을 살아야 할 때가 된 것 같네.”

　하버드 대학 경영대학원의 하워드 스티븐슨 교수가 한 말이 생각난다.

　“경주마는 달리기 위해 생각을 멈추지만, 야생마는 생각하기 위해 달리기를 멈춘다.”

차례

잔잔히 흐르다가도 계곡의 여울목에 이르러 사정없이 굽이치는 물살처럼 어느 순간에 역사의 방향이 바뀌고 새로운 권력자와 주역들이 스쳐 지나갔다. 그 과정에 국민들의 환호도 있었고 눈물과 한숨도 있었다. 기자로서 나는 그 역사의 현장을 뚜렷이 지켜보았던 것이다.

서사장님

仙恩學院
우리는 敎育서 30名씩 2部制
被害
東海岸의밤

제 1 장

세월의 목격자

어느덧 65년이 지나갔다. 대학을 졸업하고 신문기자로 사회에 첫발을 내디뎠던 청춘 시절이 마치 물 흐르듯 지나가 버린 것이다. 시간으로 따져 무려 57만 시간이 넘는 아득한 기간이련만 창밖의 가로수 나뭇잎을 흔들고 스쳐 가는 한 줄기 바람결로만 느껴진다. 돌이켜보면 시간의 무게만큼 격동의 연속이었던 세월이다. 온 나라가 정치적으로, 사회적으로 요동치면서 너나없이 모두가 끝도 없이 혼란을 겪어야 했다. 그것은 우리가 겪어온 대한민국 헌정사의 어두운 단면이고, 엄연한 현실이었다.

내가 신문기자 생활을 시작하고 난 직후부터 험난한 역사의 소용돌이는 닥쳐왔다. 1961년에 일어난 5·16 군사정변이 바로 그러하다. 우리 현대사에서 제2공화국으로 분류되는 민주당 정권이 1년도 못 되어 단명하고 제3공화국으로 넘어가는 숨 막히는 고비의 순간이었다.

내가 〈경향신문〉에 들어가 신문기자로 사회생활의 첫발을 내디뎠던 시점 자체가 4·19 혁명으로 장면張勉 총리의 민주당 정부가 막 들어섰을 때였다. 장기집권으로 치닫던 이승만李承晚 대통령의 자유당 독재정권이 몰락을 고하고 허정許政 내각수반의 과도정부를 거칠 때부터 이미 정치적 파란은 예고되어 있었다. 정부수립 이후 10여 년에 불과했던 신생국 대한민국의 민주정치가 다시금 시험대에 오른 것이었다.

무엇보다 국민들의 불만이 여기저기서 봇물처럼 터져 나오고 있었다. 독재정치와 부정부패에 억눌렸던 국민들의 권리의식이 거세게 분출된 것이었다. 가뜩이나 보릿고개의 춘궁기가 닥쳐오면 대부분 끼니를 걸러야 할 만큼 경제적으로도 살림살이가 쪼들리던 시절이었다. 남북으로 갈린 민족끼리 서로 가슴에 총부리를 겨누었던 6·25 전쟁의 쓰라린 상처도 아직은 그대로인 상태였다.

이런 상황에서 정치적 자유가 허용되자 각계각층의 목소리는 갈수록 높아만 갈 수밖에 없었다. 그러나 국민들의 다양한 욕구와 불만을 담아내기에 정치적 여건은 벌써부터 한계에 부닥치고 있었다. 결국 젊은 학생들의 희생을 바탕으로 쟁취되었던 소중한 정치적 자유는 이듬해 박정희朴正熙 소장이 주동한 군사쿠데타에 의해 다시금 유보되는 처지에 처하게 되었다.

군사정권의 등장 이후에도 정치적인 혼란은 계속 이어졌다.

1965년 한일협정 체결에 따른 대학가의 대규모 반정부 시위를 비롯해 1969년의 3선개헌 파동과 1972년의 유신헌법 파동이 대표적인 사례다. 결국 10·26 사태로 인해 과거 18년 동안에 걸친 박정희 체제가 막을 내리고 전두환全斗煥 장군을 앞세운 신군부가 들어선 다음에도 국가적인 시련은 끊이지 않았다.

나는 신문기자로서 이러한 일련의 격변기를 일선 취재현장에서 직접 목격하고 겪어냈다.

그러나 정치·사회적으로 예민했던 상황인지라 신문 지면에 기사로 싣기보다는 취재수첩의 기록으로만 간직한 것이 더 많을 수밖에 없었다. 당국은 마치 도가니처럼 끓어오르던 혼란의 흔적을 독자들에게 활자로 널리 전달하는 것을 허용하지 않았다. 더 나아가 기자들을 이런저런 구실로 연행해 코에 걸면 코걸이 귀에 걸면 귀걸이 식의 혐의로 구속하기도 했고, 심지어 언론사 통폐합이라는 명목으로 집단 해직시키기도 했다.

내가 언론인으로서 비록 이룬 것은 보잘것없어도 기억을 더듬어서나마 격동의 시대를 재조명하고자 한다. 언론인으로 살아온 입장에서 감히 역사의 증언대에 서는 일말의 책임감도 없지 않다. 몇 번이나 넘어지고, 쓰러지면서도 다시 일어나 사실의 기록을 전달해야 한다는 소명감이 뒤늦게나마 되살아났는지도 모른다.

〈경향신문〉에 입사하다

내가 〈경향신문〉 기자가 되어 언론인의 길에 들어선 것은 1961년의 일이다. 좀 더 정확하게 말하자면, 1960년 10월에 실시된 견습기자 선발시험에 합격해 이듬해 1월부터 정식으로 신문기자로서의 생활을 시작하게 되었다. 자유당 때 폐간되었던 신문이 복간되면서 모집한 견습기자 시험 관문을 거쳤던 것이다.

지금까지 반세기가 넘는 세월을 언론인으로 지내게 되는 시발점이기도 하다. 그해 대학교(고려대 법학과) 졸업을 눈앞에 두고 인생의 진로를 어떻게 잡아야 할지 고민하다가 결국 언론사를 택했다.

물론 법학 전공으로서 택할 수 있는 진로 가운데 고등고시에 합격해 고위직 공무원 대열에 합류하는 것이 가장 선망하는 길이긴 했지만, 졸업을 앞두고 이미 군대에 입대한 나로서는 이러한 선택은 일찌감치 고려의 대상에서 제외해야 했다. 그 밖에는 몇 군데가 안 되는 국영기업체나 은행이 취업할 수 있는 목표의 거의 전부였다. 일반 기업체 가운데서는 그나마 삼성그룹이 처음으로 공채 형식으로 신입사원을 뽑기 시작할 때였다.

사실 〈경향신문〉과는 어려서부터 인연이 있었다. 고향 충남에서 중학교(부여중학교)에 다니던 시절, 신문사 지국 아르바이트로 용돈을 마련한 적이 있었다. 하루에 대략 한두 시간씩은 지국에서 잔일을 도와주면서 어린 마음에도 스스로 대견스럽게 느꼈던 것이다.

그렇게 신문사 아르바이트를 하고 받은 수고비로 평소 읽고 싶었던 책을 사보며 스스로 뿌듯해하던 기억이 새롭다. 당시 을유문화사에서 3권짜리로 출간했던 《한글대사전》도 그때 구입한 책이었다. 용돈이 궁색한 형편은 아니었건만, 철부지 나이에 자신의 힘으로 용돈을 마련했다는 자체가 만족스러웠을 것이다.

그러나 신문사 아르바이트를 하면서 용돈보다는 신문에 더 관심을 갖게 되었다. 일본 식민지로부터의 해방과 정부수립으로 이어졌던 전환기의 정치적 환경은 어린 나이에도 한 편의 시련 같았다고나 할까?

꼭 그런 계기와 관심 때문이었다고 단언할 수는 없지만 사회에 진출하면서 〈경향신문〉에 발을 들여놓게 된 것이 나로서는 결코 보통 인연은 아니었다. 그리고 신참 기자로 출발해 결국 후에는 사장이라는 직책을 맡아 경영의 최고 책임까지 떠맡게 되었으니, 〈경향신문〉과 함께했던 시기가 내 인생에 있어서도 상당히 중요한 의미를 지닌다는 얘기다.

내가 법학을 전공했다는 점에서도 언론에 대해서는 관심을 갖지 않을 수 없었다. 인간의 기본권 중에서도 언론의 자유가 가장 중요하다고 배웠기 때문이다. 그러나 대학을 함께 다닌 동기생이 대략 100여 명에 이르지만, 그 가운데서 언론사로 진로를 잡은 경우는 그렇게 많지가 않았던 것 같다. 당시 〈한국일보〉에 입사해 취재 현장에서 곧잘 마주쳤던 정덕교鄭德敎와 〈대한일보〉 기자로 활동했던 한규남韓圭南 정도다.

고대법대 동기로는 이용만(전 재무장관), 박수길(전 유엔대사), 김영기(전 신용보증기금전무, 전 프로농구협회장), 박종석(전 은행감독원장), 김인섭(태평양 로펌 고문), 박찬세(전 통일교육원장), 한호선(전 농협중앙회상), 신태희(전 여성부차관), 김민희(전 LG그룹 사장), 조희종(변호사) 등을 꼽을 수 있다.

그때 〈경향신문〉 입사시험에 합격해 국내 언론인 명부에 새로이 이름을 올린 주인공들은 윤상철尹相哲, 최종률崔鐘律, 양준용梁浚容, 서문원徐文源에 나까지 모두 5명이다. 〈경향신문〉으로는 견습 3기에 해당한다. 이 가운데 서울공대 출신인 서문원은 얼마 지나지 않아 전공 공부를 더 하겠다며 미국으로 유학을 떠났지만 다른 동료들은 인생의 황금기를 대체로 언론 현장에서 보냈다.

〈경향신문〉은 1957년부터 견습기자 공채를 시작했으나 지금처럼 해마다 시험을 보았던 것은 아니다. 하지만 한 기수에 4~5명씩 뽑는 게 보통이었다. 지금도 새롭게 기억에 남는 것은 그때 〈경향신문〉 견습기자 시험장이었던 이화여고 운동장이 응시생들로 꽉 메워졌던 일이다. 그것은 다른 신문들도 거의 마찬가지였다. 각 신문사마다 편집국 인원이 그렇게 많을 때가 아니었다.

당시 〈경향신문〉은 사옥이 소공동에 위치하고 있었다. 번지 수로는 소공동 74번지로, 현재 조선호텔의 바로 맞은편 자리다. 과거 일제가 조선은행권을 인쇄하던 옛 조선정판사의 별관 2층을 편집국으로 사용하고 있었다. 가톨릭 재단이 1946년 신문 발행을 결정하면서 미군정 측과 교섭 끝에 마련한 사옥이었다.

〈경향신문〉 사옥과 관련된 일화는 일제시대 조선은행권을 찍었다는 사실에 그치지 않는다. 해방 직후에는 조선공산당이 자신들의 선전활동비를 조달하고 남한의 경제를 교란시킬 목적으로 위조지폐를 찍어냈던 역사적 사건의 현장이기도 하다. 이러한 일련의 사실만으로도 충분히 기억할 만한 가치가 있는 역사적인 장소였다

그만큼 터가 셌기 때문일까. 사옥 자리에서부터 이미 〈경향신문〉에 닥쳐올 험난한 운명이 예고되어 있었는지도 모를 일이다.

소공동 74번지

소공동의 〈경향신문〉 사옥으로 통하는 명동 쪽 방향의 골목 입구에는 당시의 미도파백화점과 함께 붉은 벽돌의 산업은행 청사가 자리를 지키고 있었다. 산업은행이 삼일로 빌딩으로 옮겨 가고 거

기에 롯데백화점이 새로 들어선 것은 훨씬 이후의 일이다(산업은
행이 지금의 여의도로 옮겨 간 것은 또 그다음이다).

요즘 웬만해선 〈경향신문〉이 소공동에 위치해 있었다거나, 또
는 산업은행이 그 옆에 있었다거나 하는 사실조차 기억하지 못할
터이니 그야말로 호랑이가 담배 피우던 시절의 얘기라고나 해야
할 것이다.

내가 처음 입사했을 무렵만 해도 〈경향신문〉은 국내에서 가장
영향력이 큰 언론매체 중 하나였다. 1960년의 3·15 정·부통령 선
거를 앞두고 미리부터 부정선거를 획책하던 자유당 정부에 의해
정간처분을 받았다가 4·19 혁명과 함께 복간되었다는 사실 하나
만으로도 상징성은 충분했다. 언론 분야의 선두에서 이승만 대통
령의 독재정치에 항거했고, 또 직접적으로 탄압을 받았다는 징표
로 인식될 만했다.

더구나 〈경향신문〉으로서
는, 당시 가톨릭 재단에서 발
행하고 있었으므로, 종교적인
사명감 때문에도 불의와 결코
타협하지 않는다는 인식을 심
어준 측면도 있었을 것이다.
1946년 10월의 창간과 함께
초대 사장을 맡은 분이 서울

▲ 소공동 시절의 〈경향신문〉 사옥

교구의 양기섭梁基涉 신부였다. 내가 신문사에 들어갔을 때는 양기섭 사장의 비서실장을 지냈던 한창우韓昌愚 씨가 사장을 맡고 있었다. 편집국장은 〈대구매일신문〉 주필로 '학도를 도구로 이용하지 말라'는 사설을 썼던 최석채崔錫采 씨가 영입되어 있었고, 주필은 주효민朱孝敏 씨였다. 논설위원으로는 뒤에 〈동아일보〉 편집국장을 거쳐 〈한겨레신문〉 사장을 맡은 송건호宋建鎬 씨 등 쟁쟁한 논객들이 포진하고 있었다.

〈경향신문〉이 정간처분을 받았던 이유가 또한 그러했다. 그 가운데서도 가장 대표적인 사례로 지목할 수 있는 것이 다수결의 원칙과 공명선거의 관계를 논한 '여적餘滴' 칼럼이다. 1959년 2월 4일자 지면에 게재된 이 칼럼은 "선거가 다수의 의사를 공정히 반영하지 못할 때는 진정한 다수의 의사를 강제로 전달하는 폭력 혁명이 발생할 수도 있다."는 원론적인 논지를 펼쳤다. 그러나 이 내용이 선거제도를 부인했다는 이유로 다른 몇 가지 기사들과 함께 정간조치의 빌미가 되었던 것이다.

이 칼럼으로 인해 당시 편집국장이던 강영수姜永壽 씨가 연행되었다가 풀려났다. 그러나 한창우 사장과 칼럼의 필자인 주요한朱耀翰 씨는 검찰에 의해 내란선동 등의 혐의로 정식 기소되었다.

가톨릭 재단에서 노기남盧基南 주교 등이 직접 수습에 나선 것은 이처럼 사태가 커질 대로 커진 뒤였다. 필자인 주요한은 의원면직되고 강영수 편집국장은 논설위원으로 보직이 변경되었다.

그 대신 이관구李寬求 주필이 부사장 및 편집국장에 겸직 발령되어 수습 책임을 떠맡게 되었다. 날카로운 필봉을 휘둘러 자유당 정권의 폭정을 매섭게 비판하던 송원영宋元英 정치부장도 특집 부장으로 밀려나는 등 편집국 일부 부서에 대해서도 인사가 뒤따랐다(송원영 씨는 제2공화국 정부가 들어서자 장면 총리 밑에서 공보비서관을 맡아 정식으로 정계에 입문하게 된다).

그러나 엎친 데 덮친 격이라고나 할까. 이렇게 임시방편의 문책 인사로 사태를 덮으려 했으나, 그 뒤에도 문제는 끊이지 않았다. 〈경향신문〉이 보도했던 간첩 구속 기사로 인해 당국의 대간첩 수사가 차질을 빚게 되었다는 이유로 이관구 편집국장과 오소백吳蘇白 사회부장이 소환 조사를 받은 데 이어 정달선鄭達善, 어임영魚壬泳 기자가 서울시경에 구속되었다. 각각 법조 및 시경에 출입하던 베테랑 기자들이었건만, 신문사를 향해 뻗어오던 단속의 손길을 피할 수는 없었다.

여기에 정치부의 윤금자尹錦子 기자가 이승만 대통령의 회견기사를 쓰면서 발언 내용을 사실과 다르게 보도하는 사건이 연이어 벌어졌다. 이 대통령이 국가보안법 개정에 대해서는 아무런 언급을 하지 않았는데도, 윤 기자가 쓴 기사에는 그가 보안법 개정에 반대한다고 밝혔다는 내용이 포함되어 있었던 것이다. 이에 〈경향신문〉은 다음 날 "대통령의 진의와 상치되므로 이 기사 전부와 제목을 취소·정정한다."는 내용을 1면 머리기사로 내보내며 잘못을 솔직히 받아들여야 했다. 〈경향신문〉으로서는 설상가상이었다.

'여적餘滴' 사건

이처럼 온통 어수선한 분위기가 〈경향신문〉의 편집국을 감싸고 있었다. 신문사 나름으로도 설마하면서도 미묘한 예감을 느낄 수밖에 없었다. 당국으로부터 폐간처분을 통고받기 직전의 상황이었다.

여기에는 다음과 같은 일화도 전해진다. 한창우 사장이 요정에 들렀다가 마침 그 옆방에서 술을 마시고 있던 고위직인사의 발언을 요정 마담을 통해 귀띔을 받았다는 얘기다.

통인동에 있던 백양白羊이라는 요정이 바로 그 무대다. 당시의 정객과 고관들이 곧잘 드나들던 요정이다. 우연찮게도 옆방에서 일행들과 술잔을 들고 있던 그 인사가 취중에 "내일이면 〈경향신문〉도 끝장"이라고 내뱉었고, 이 말을 들은 마담이 심상찮게 여겨 한 사장에게 귀띔했다는 얘기다.

이에 한 사장이 사태의 심각성을 감지하고 진해에서 휴가 중이던 이 대통령과 이기붕 국회의장을 면담하기 위해 다음 날 현지로 출발했으나 어차피 그런 식으로 해결될 문제가 아니었다. 당국은 이미 〈경향신문〉 폐간조치를 위한 비상국무회의를 그날 저녁 소집할 예정이었다. 결국 이날 국무회의가 끝나자마자 발행허가 취소 통보서가 신문사에 전달되었다. 미군정령 제88호를 근거로 삼은 폐간 통고였다. 1959년 4월 30일의 일이다.

이로 인해 다음 날 배달판을 찍던 신문사의 윤전기가 그대로 멈추어 섰으며, 일부 지방에 발송되었던 5월 1일자 조간신문은 현지 경찰에 의해 대부분 회수되기에 이르렀다. 지령 4325호로 폐간된 것이었다.

그리고 〈경향신문〉 사옥 정면에는 즉각 벽보가 붙여졌다.

"삼가 아룁니다. 〈경향신문〉은 공보실에 의해 발행허가를 취소당하였습니다. 독자 제위에게 평소의 후의에 감사하며 인사드립니다."

한창우 사장 명의의 이 벽보는 나름대로 당국의 부당한 처사에 항거하는 의미도 내포하고 있었음은 물론이다. 다른 언론사들도 폐간 카드까지 꺼내든 당국의 조치에 우려하는 보도를 내보냈으며, 문학인들도 성명서를 통해 〈경향신문〉 폐간조치의 즉각적인 철회를 촉구했다. 염상섭廉尚燮을 비롯해 모윤숙毛允淑, 서정주徐廷柱, 유치환柳致環, 조지훈趙芝薰 등이 성명 발표에 참여했다.

미국 대사관도 깊은 관심을 나타냈다. 월터 다울링Walter C. Dowling 주미대사는 언론 인터뷰를 통해 "이번 일에 관해 시비를 가릴 생각은 없다. 그러나 미국의 여론은 언론탄압이 언론 과오를 교정하는 방법이 되지 못한다는 것이었음을 말하고 싶다."며 한국 정부의 조치가 잘못되었음을 완곡히 지적했다.

당국에 의해 폐간령이 떨어지자 〈경향신문〉은 지체 없이 행정처분취소 청구소송과 함께 가처분신청을 내기에 이르렀다. 이에 따라 두 달 뒤에는 서울고등법원이 행정처분효력정지 가처분 결정을 내림으로써 다시 신문 발행이 가능하게 되었다. 하지만 당국은 이러한 법원의 결정 직후 폐간처분을 철회하는 대신 발행정지라는 행정처분을 다시 내림으로써 신문 발행을 막았다.

복간 이후의 〈경향신문〉

물론 그전에도 몇 가지 언론탄압 사건이 있었다.

그중에서도 1955년 9월 〈대구매일신문〉에 대한 테러사건이 대표적인 사건으로 꼽힌다. 최석채崔錫采 주필이 "학도學徒를 도구로 이용하지 마라"는 논설을 게재한 데 대한 보복 조치였다. 이에 앞서 그해 3월에는 〈동아일보〉가 '괴뢰傀儡'라는 단어를 오식한 단순한 실수로 정간처분을 받기도 했다. 시기적으로 1953년 장준하張俊河의 〈사상계〉가 창간되고, 그 이듬해에는 장기영張基榮이 〈한국일보〉를 창간함으로써 국내 언론계가 한층 면모를 갖추어가던 중에 일어난 사태들이다.

하지만 아예 언론사의 숨통을 끊어버린 폐간조치는 〈경향신문〉이 처음이었다. 전체 언론계에 대한 으름장이나 다름없었다. 그야말로 본때를 보인 셈이었다. 따라서 직접적으로 그런 보복을 당했던 〈경향신문〉으로서는 복간과 함께 최대의 전성기를 구가하고 있었다 해도 과언이 아니다.

〈경향신문〉이 복간된 것은 내가 입사하기 전해인 1960년 4월 27일의 일이다. 그 전날, 이승만 대통령이 전격 하야성명을 발표하고 불과 몇 시간 뒤에 이루어진 대법원의 정간처분 집행정지 결정에 의해 그 다음 날 조간판부터 즉각 복간이 시작되었던 것이다. 당시 복간호는 "반독재 혁명은 개가를 올리다!"라는 제목의 1면 머리기사를 통해 국회가 이승만 대통령의 하야를 결의했음을 전했다.

더욱이 복간 이튿날 허정 과도내각의 출범과 함께 이승만 대통령이 경무대를 떠나 이화장으로 거처를 옮겼으며, 특히 이기붕李起鵬 부통령이 부정부패에 대한 책임을 느낀 나머지 일가족과 함께 권총 자살로 생애를 마감했다는 소식들이 굵은 활자로 연달아 신문 지면을 장식했다.

그동안 시위사태로 전면 휴교령이 내려졌던 대학가도 개학 조치로 다시 문이 열렸다. 분노의 함성으로 메아리쳤던 캠퍼스에도 민주화의 새봄이 찾아온 것이었다. 우리의 현대사에서 4·19가 결국 미완의 혁명으로 끝났다고는 하지만, 혁명 정국은 〈경향신문〉의 복간과 함께 급류처럼 흘러가던 참이었다.

그리고 그해 5월에는 이승만 대통령이 프란체스카 여사와 함께 하와이로 망명했으며, 8월에는 윤보선尹潽善 대통령과 장면 총리가 정식으로 선출되어 과도내각과 임무를 교체함으로써 국민들은 민주화의 과정을 피부로 실감하고 있었다.

이런 상황이었던 만큼 〈경향신문〉의 인기는 더 말할 것도 없었다. 대략 낮 12시쯤 소공동 사옥 윤전기에서 석간신문이 찍혀 나오면 명동과 무교동, 종로 일대를 비롯한 시내 중심가가 순식간에 〈경향신문〉 가판으로 뒤덮일 정도였다. 1959년 4월의 폐간조치로 발행이 중단되었다가 1년 만에 신문이 복간되자 독자들의 반응은 더없이 뜨거웠다.

당시 언론계의 모습

여기서 당시 언론계의 모습을 간략하게나마 살펴볼 필요가 있다. 그것이 앞으로 진행될 얘기를 이해하는 데도 도움이 될 것으로 여겨지기 때문이다.

일단은 거의 제한 없이 언론의 자유를 누릴 수 있었던 시기라고 해도 과언이 아닐 것이다. 4·19 이후 민주당 정권이 정기간행물의 허가제를 폐지하고 등록신고제로 발행을 완전 자유화함으로써 새로운 신문과 잡지가 봇물처럼 쏟아져 나오고 있었다. 자유당 정권의 극심했던 언론탄압에 대한 반작용이었다.

그때는 〈경향신문〉 말고도 〈동아일보〉를 비롯해 〈조선일보〉, 〈한국일보〉, 〈서울신문〉, 〈평화신문〉, 〈자유신문〉, 〈민국일보〉, 〈연합신문〉 등 중앙지만 해도 두 손으로 꼽을 수 없을 만큼 적잖은 신문이 발간되고 있었다. 당시 조사에 따르면 중앙지가 64개에 지방지까지 합쳐서 일간신문이 모두 115개에 이르던 터였다. 여기에 통신사도 316개에 이르는 것으로 집계되고 있었다.

우리의 언론 역사에서는 물론 세계 어느 나라에서도 일찍이 경험하지 못했던 초유의 언론기관 난립현상이었다. 언론 자유라는 명분은 좋았지만, 그 결과 경영 능력이 떨어지는 간판뿐인 신문사도 있었고, 따라서 공갈과 협박을 일삼는 사이비 기자들로 인한 폐해도 나타나기 마련이었다. 그러나 아직은 부작용보다는 언론의 자유가 사회적으로 더 의미를 부여받고 있었다.

이들 신문들은 대부분 조·석간으로 배달판을 찍어내고 있었는데, 신문업계에서 1957년부터 시행되어온 관행이었다. 지금과 달리 각 신문사마다 아침, 저녁으로 신문을 발간하고 있었다는 얘기다. 그러나 조·석간이라고 해보아야 지면은 각각 4면씩의 체제에 불과했다. 기사도 정치와 사회 분야 기사가 주류를 이루고 있었다.

방송도 아직 라디오 방송뿐이었으며, 텔레비전 방송은 막 시작 단계에 와 있을 때였다. 국영인 〈서울텔레비전〉 방송국의 개국

이 1961년 12월의 일이었으니 말이다. 지금에 비한다면, 전체적으로 의욕은 넘치면서도 아직은 낭만적인 수준에 머무를 수밖에 없었던 언론 환경이었다.

앞서 언급한 신문들 외에 혁신계 정치인이던 조용수趙鏞壽의 〈민족일보〉가 새로 등장하고, 한양대학교 설립자인 김연준金連俊이 〈평화신문〉을 인수해 〈대한일보〉로 제호를 바꾸어 내기 시작한 것도 바로 그 무렵의 일이다. 이승만 대통령의 공보비서관 출신으로 〈서울신문〉 사장을 지낸 장기봉張基鳳 씨가 〈신아일보〉를 새로 선보였고 지금의 〈중앙일보〉가 창간된 것은 그보다 약간 늦은 1965년에 들어와서다.

그렇게 민주당 정권 하에서 방임에 가까울 만큼 자유를 누리던 언론 환경은 5·16으로 인해 한꺼번에 뒤바뀌게 된다. 그 직후 들어선 국가재건최고회의가 포고령 제11호를 발령해 사이비 기자와 언론사 정화에 나섰던 것이다. 이로 인해 신문·통신사에 대해 무더기 폐간조치가 단행되었으니, 이때 간판을 내린 언론사가 무려 500여 개에 이른다. 언론사에 대해 제도적으로 일제히 정비가 이루어진 것이었다.

신문들의 조·석간 체제도 과도한 경쟁을 부추긴다는 이유로 폐지되어 조간이나 석간 가운데 어느 한쪽만을 택하도록 하는 이른바 '단간제單刊制 조치'가 내려졌다. 발행면수도 제한되었다. 신문들이 채찍과 당근을 함께 휘두르는 권위주의적 카르텔 통제 체제에 들어섰던 가장 대표적인 사례다.

〈경향신문〉은 그때부터 석간으로 굳어져 30년 가까이 지속되게 된다. 그러다가 지금처럼 다시 조간으로 바뀐 것은 1991년 4월의 일이다. 그동안 〈중앙일보〉로 옮겨 가 편집국장과 출판담당 상무를 지낸 뒤 다시 친정으로 돌아와 경영책임을 맡고 나서 내가 내린 가장 중요한 결정이었다.

'올챙이 기자' 시절

이처럼 긴박했던 시대적 상황에서 신문사에 입사해 6개월 동안의 견습기간을 거쳐 처음 발령을 받은 부서가 사회부였다. 지금도 그렇지만, 각 언론사마다 신참 기자들을 훈련시킨다는 의미에서도 초년병 시절에는 대부분 사회부를 거치게 했다.

이를테면, 신문사에서 기자들에게 취재 방법이나 기사 작성법을 훈련시키며 나름대로의 근성을 가르치는 부서가 바로 사회부인 셈이다. 물론, 기자들의 근성이라고 할 때 긍정적이기보다는 부정적인 이미지가 더 많이 떠오를지도 모른다. 어느 자리에서도 나서기 좋아하고, 때로는 건방지고, 타협할 줄 모르는 등등의 모습들이 거기에 포함될 수 있을 것이다.

그 무렵에도 어느 선배들은 우리 신참들에게 간담을 키워준다며 저녁 술자리가 끝난 다음에는 근처 파출소에 데려가 공연히 트집을 잡도록 유도하기도 했다. 경찰서 간부들의 방에 드나들 때도 손잡이를 돌려 문을 여는 게 아니라 발로 밀고 들어가야 한다고 가르치는 선배도 있었다. 바람직한 교육법은 아니었지만, 당시 신문기자들이 거친 환경 속에서 취재해야 했던 상황을 말해준다.

나도 견습기간을 포함해 사회부를 거치면서 일반 사회에서는 쉽게 경험할 수 없는 일들을 적잖이 겪었다. 그때 어느 선배 기자를 따라 동대문 상가 화재사건 취재에 나갔다가 사람이 불에 탄 모습을 처음 목격했다. 서울시경 출입기자로 사건담당 '캡'이었던 어임영 기자를 따라 동대문 경찰서를 들렀을 때다. "담뱃불 좀 붙여오라."며 서장에게 담뱃불 심부름을 시키는 어 기자의 모습을 보고 얼마나 얼굴이 화끈거렸는지 지금 생각해도 민망스럽다.

그 초창기 시절, 월급은 8천 원선이었다. 하숙비가 3, 4천 원 할 때니까 박봉이었다고 할 수밖에 없다. 교통편은 시내에 전차 노선이 깔려 있어 주로 전차를 이용했다. 전차표는 월급과는 별도로 신문사에서 다달이 지급받았다. 당시 미도파백화점 앞에는 종각에서 남대문과 용산을 거쳐 노량진까지 전차 노선이 연결되어 있었다.

그러면서도 점심시간에는 대체로 명동이나 무교동 거리를 거닐면서 당시 유행과 문화의 최첨단을 맛보기도 했다. 명동 거리를 걷는다는 자체가 젊은이들에게는 낭만으로 받아들여지던 시절이었다. 신문사가 소공동에 위치해 있었던 덕분이다. 그때 명동 들어가는 초입에 문을 열고 있던 문예서점에 들러 이런저런 책들을 고르던 기억이 지금도 새롭기만 하다.

그러나 신문기자 생활이 그렇게 수월하지만은 않았다. 아직 견습기간이 끝나지도 않은 시점에서 5·16이 일어난 때문이었다. 4·19 혁명이 일어난 지 불과 1년여 만의 일이다. 그리고 공공 안녕질서를 유지한다는 명목으로 비상계엄이 선포되었다. 계엄령이 아니더라도 두 해에 걸쳐 혁명과 쿠데타를 연달아 겪었다는 자체가 신문기자로서뿐만이 아니라 여느 일반 개인으로서도 결코 작은 충격은 아니었을 것이다.

그 사이에 한창우 씨가 사장직에서 물러나고 윤형중尹亨重 신부가 그 자리에 앉았다. 그는 1961년 6월에 취임하자마자 신문의 정치적 중립을 표방하는 방법으로 외풍을 차단하려 들었다. 장면 총리 집권 당시의 여당지라는 일반의 비판을 의식한 것이었다. 〈경향신문〉을 바라보는 혁명세력의 눈길이 아무래도 껄끄러웠을 것이다.

이렇듯 기갑부대를 앞세워 정권을 장악한 5·16 군부는 계엄령을 선포하고 먼저 신문부터 휘어잡았다. 그 무렵 서슬이 퍼렇던 이른바 혁명군의 주요 간부였던 박창암 대령이 〈경향신문〉 편집국장석에 나타나 허리춤에 차고 있던 권총을 매만지며 삿대

질을 하는 모습도 목격했다. 자신들의 의지와 다르게 여론이 형성되는 것을 허용하지 않겠다는 뜻이었다. 신문에 대한 사전 검열이 바로 그 증거였다. 신문을 인쇄하기 직전의 초벌 대장 상태에서 마음에 들지 않는 기사를 일방적으로 삭제하고는 했다.

나는 아직 신참기자로서 한동안 대장을 들고 검열을 받으러 다니는 심부름을 해야 했다. 계엄 당국의 검열본부는 지금의 서울시청에 설치되어 있었다. 소공동 신문사에서 그리 멀지 않은 거리였지만, 대장을 들고 서울시청으로 향하는 발걸음은 매우 무거울 수밖에는 없었다. 더구나 검열관이 대장에 밑줄을 그어가며 기사를 삭제하라는 표시를 할 때마다 기사를 쓴 선배 기자를 생각하며 공연히 내 잘못인 양 얼굴이 뜨거워지곤 했다.

나는 원래 사회부보다는 정치부를 은근히 원했으나 당시 김태운金泰運 사회부장이 놓아주지 않았다. 몸도 그리 건강한 편이 아니어서 취재가 고된 사건기자를 하기가 어렵다고 핑계를 댔는데도 내 마음대로 될 일은 아니었다. 그러나 돌이켜 생각하면, 사회부에 배치된 덕분에 훌륭한 선배들로부터 능력을 인정받으면서 차근차근 신문사 일을 배울 수가 있었던 것 같다.

나는 사회부에서도 법조팀에 배치되었다. 검찰청과 법원을 드나들면서 법조 사건을 취재하는 게 맡겨진 임무였다. 당직 판사실에 들러 구속영장을 체크하거나 새로 접수된 고소·고발사건은 어떤 것들이 있는지를 파악하는 것이 취재의 기본이었다.

돌아가는 시국사건에 대한 처리 방향도 검찰 수뇌부 차원에서 결정되는 게 보통이었다. 아직 서소문(지금의 서울시청 별관 자리)에 있던 대법원과 검찰청을 수시로 드나들어야 했음은 두말할 필요가 없다.

당시 법조팀으로는 이종전李鍾全, 임판호林判鎬 기자가 맹활약하고 있었다. 나는 그 밑에 배속된 3진이었다. 아직 총각 시절이라 일을 배운다는 의미에서도 나름대로는 열심히 쫓아다녔다. 이들 가운데 〈경향신문〉 견습 2기인 임판호 기자는 1989년 평양에서 개최된 제13차 세계청년학생축전에 참석했던 임수경林秀卿 전 의원의 부친이다. 물론 그때는 아직 임 의원이 태어나기도 전이었다.

궁핍의 시절, 그러나 미래를 꿈꾸며

나는 법원에 출입하면서도 일반 기사의 취재를 맡기도 했다. 편집국에 기자가 적어 손이 달리던 시절이라 출입처에 관계없이 기사를 써야 하는 경우가 많았기 때문이다. 나는 오히려 그렇게 다양한 분야를 취재할 수 있다는 게 은근히 마음에 들었다.

어떤 때는 신문사에 당번으로 앉아서 밖에서 전화로 송고되어 오는 기사를 받아 적기도 했다. 마감 시간에 임박해 기사가 원고지 한 장, 한 장에 채워지면 곧바로 활자를 뽑기 위해 문선에 넘겨지는 긴박함 속에서 내가 신문사의 엄연한 일원이 되었음을 실감할 수 있었다.

▲올챙이 기자 시절

더구나 당시 〈경향신문〉에는 쟁쟁한 기자들이 적지 않았다. 언론계 원로인 조용중趙庸中을 비롯해 정종식鄭宗植, 권오기權五琦, 이환의李桓儀, 김경래金景來, 김광희金珖熙, 최서영崔瑞泳, 조세형趙世衡, 송건호宋建鎬 씨 등이 두루 〈경향신문〉을 거쳐 갔다. 기자들이 비교적 자유롭게 신문사를 옮기던 시절이었다.

극작가로 이름을 떨친 이진섭李眞燮과 유호兪湖, 시인 신동문辛東門 씨도 〈경향신문〉 편집국 기자로 지내고 있었다. "두꺼비" 만평으로 유명한 안의섭安義燮이나 두꺼운 먹붓으로 단숨에 그림을 휘갈기던 백인수白寅洙 화백도 그 무렵에는 〈경향신문〉에 그림을 연재하던 중이었다. 이분들 가운데 대부분이 이미 타계하셨으니 세월이 야속할 뿐이다.

그런 가운데서도 이승만 박사의 하와이 망명을 보도한 특종 기사는 신문기자로서 뿌듯한 자긍심을 갖게 해주었다. 같은 사회부의 선배 기자인 윤양중尹亮重 씨가 낚아 올린 세계적인 특종이었다.

윤양중 기자는 〈경향신문〉 견습 1기로 1957년 6월에 입사했으니, 나보다는 신문사 생활이 3년 반 정도 빠른 셈이다. 방일홍方一弘을 비롯해 홍승억洪承億, 엄일영嚴鎰永, 서병현徐炳鉉 씨가 그 동기다. 모두 언론인으로서, 또는 정치인으로서 훌륭한 자취를 남긴 주인공들이다. 그 밑으로 견습 2기는 앞서 소개한 임판호 외에 김진배金珍培, 신광일申光日, 여영무呂永茂, 정태경鄭泰卿, 조규진曹圭晉 씨 등이 있었다.

이처럼 선배 기자들 밑에서 초년병 시절을 보내는 동안 역시 기자는 현장을 지키는 게 중요하다는 사실을 깨닫게 되었다. 그냥 지키는 게 아니라 현장에서 보고 들은 것을 사실대로 기록하는 것이 더 중요함은 물론이다. 그것이 기자의 역할이며, 존재 이유인 것이다. 그리고 그렇게 현장에서 캐낸 기사야말로 기자를 떠받드는 힘이라고 할 수 있다.

그러나 역시 신참은 신참이었다. 나 개인적으로는 군대도 마쳤고, 대학도 졸업했으니 만큼 나름대로 세상 돌아가는 이치를 대략은 알겠다 싶었는데, 그게 아니었다. 신문사는 일반 직장과는 또 달랐다. 매일 맞닥뜨리는 사건·사고가 상식을 벗어나기

일쑤였다. 더구나 시기적으로도 각 분야에서 격동이 휘몰아칠 무렵이었기에 나는 올챙이 허물을 벗어가면서 세상의 험한 풍파를 그대로 마주할 수밖에 없었다.

사회적으로는 대부분 헐벗고 굶주리던 시절이었다. 끼니만 제대로 해결할 수 있어도 그런 대로 만족할 수 있었다. 대한민국의 현실이 그러했다. 그러면서도 각자가 마음속으로는 무한한 미래를 그려가던 중이었다. 나도 신문기자로서 열정과 의욕이 가득 찬 미래를 꿈꾸고 있었다.

민박의 排球팀

소공간에도 좋은끼고

友情은 江물처럼

모두울린 卒業선물

제2장

기자는 기사로 말한다

그 무렵, 내가 직접 취재해서 썼던 기사 가운데서도 몇 가지 기억에 떠오르는 것이 있다. 특히 견습 기간을 끝낼 무렵 선배 기자를 따라 동대문운동장에 갔다가 취재했던 화호禾湖 여중의 배구팀 기사는 아직도 내용까지 머리에 선명하다. 기사는 "맨발의 배구팀"이라는 제목으로 보도되었다.

호남 지방의 들판. 가구 수를 모두 합해야 400여 호 밖에 안 되는 작은 마을의 화호여자중학교 배구팀이 서울운동장에서 열린 제16회 전국남녀종별선수권대회 여자중학부에서 당당하게 최우승의 영광을 차지했다. 운동화

조차 사 신지 못해 모두 맨발로 뛰면서도 시종 꿋꿋한 투지와 능란한 솜씨로 마주치는 팀마다 물리치고 올라와 결승전에서도 영남의 강호 부산여중을 2:0으로 눌러 전승의 월계관을 차지했다. 우승이 확정된 순간 선수들은 서로 얼싸안고 울음보를 터뜨리며 북받치는 감격을 되새겼다.

〈경향신문〉, 1961년 7월 8일)

　연습도 제대로 하기 어려운 시골 여자중학교의 배구팀이 역경 끝에 우승을 차지한 스토리는 감동 그 자체였다. 더구나 맨발로 뛰다니? 나는 맨발팀을 목격하자마자 예선에서부터 준준결승, 준결승, 결승까지 관람과 취재를 계속했다. '우승하면 기삿감이다.'라는 직감이 들었다. (기사 내용의 서울운동장은 동대문운동장을 뜻한다. 지금은 운동장 시설이 철거되고 동대문디자인플라자가 들어섰다.)

　화호여중은 당시 행정구역상으로 전라북도 정읍군 신태인읍 화호리에 위치해 있었다. 전체 학생 수가 기껏 150명 안팎에 불과한 작은 사립학교였다. 기사에 썼듯이 운동화는 물론 배구공도 웬만큼 쓸 만한 공은 만져보기조차 어렵던 처지였다. 선수들의 유니폼이라고 해야 포목점에서 광목을 떠다가 자신들이 손수 지어 입었을 정도였으니 말이다. 그런 상황에서 어렵게 우

승의 영광을 차지했으니, 코트에 주저앉아 감격의 울음을 터뜨
릴 수밖에 없었을 것이다.

그런데 문제가 하나 생겼다. 우승팀에 대한 시상식이 시합이
끝나고도 사흘 뒤에야 열리도록 되어 있었는데, 화호여중 팀이
체류 여비가 모자란 탓에 시상식에도 참석하지 못하고 다음 날
로 바로 내려간다는 것이었다. 물론 이러한 사연도 기사에 덧붙
여져 보도되었다.

기사에 대한 반응은 즉각 나타났다. 선수들이 시상식에 참석
할 수 있도록 시상식 날까지 자기 집에서 숙식을 제공하겠다는
독지가가 등장한 것이었다. 당시 동방과학공사의 부사장이던
오찬吳燦 씨가 그 주인공이다. 자신 역시 농촌 출신으로 가난하
게 자랐는데, 기사를 읽고는 비록 조그마한 힘이나마 보태겠다
며 신문사로 연락을 보내왔던 것이다.

선수들로서도 그런 호의를 마다할 이유가 없었다. 그러고는
시간이 난 김에 남산 식물원과 창경원까지 덤으로 구경할 수 있
는 여유를 누리기도 했다. 배구협회도 이들을 배려하는 차원에
서 당초 예정보다 하루 앞당겨 시상식을 거행하기에 이른다. 시
상식을 마친 그날 화호여중 선수들은 서울역에서 야간열차 편
으로 금의환향 길에 올랐다. 모두가 환하게 웃는 얼굴이었다.

이렇게 화호여중 배구팀의 기사를 취재하고 보도하면서 마
치 나 자신이 직접 한 편의 감동적인 드라마를 연출하는 듯한 느

낌이었다. 신문기자가 우리 사회를 위해 기여할 수 있는 역할이 결코 작지 않다는 사실도 뚜렷이 깨닫게 되었다.

어떤 독자는 그 기사를 읽으며 자신도 모르게 눈물을 흘렸다며 "기사를 취재해주신 기자님에게 감사를 드린다."는 편지를 보내오기도 했다. 그러한 격려의 편지를 읽으면서 '기자는 기사로 말한다.'는 교훈을 다시금 되새길 수 있었다.

한편, 이 화호여중 배구팀은 이때의 우승을 계기로 삼아 일약 전국적으로 이름을 날리게 되었다. 실력을 떨친 쟁쟁한 선수들도 적잖게 배출했다. 그 뒤 여자실업배구 리그에서는 물론 국가대표 선수로도 활약했던 이춘일李春日, 최송자崔松子 선수 등이 이 화호여중 출신이었다.

"벗은 4월에 갔으나 우정은 강물처럼"

화호여중 배구팀 기사로 맛을 들인 때문인지 기사 취재에 더욱 열성적으로 임하게 되었다. 내가 쓴 기사가 독자들에게 커다란 반향을 불러일으켰다는 자체가 대견했다. 독자들로부터 받은 격려 편지를 책상 서랍에 넣어 두었다가 가끔씩 꺼내어보는 습관도 그래서 생겼을 것이다.

그러나 기사를 취재하는 보람도 보람이었지만 당시 사건의 배경을 떠올리면서 나 스스로 숙연해지는 경우도 없지 않았다. 우리가 살아가는 세상이라는 게 늘 슬픔과 기쁨이 엇갈리기 마련이라는 점에서는 그때나 지금이나 크게 다를 바가 없기 때문이다. 더욱이 사회적으로 극심한 혼란을 겪던 시기가 아니었던가.

그 이듬해, 경기고교 졸업식의 취재 기사가 그러했다. 4·19 당시 가두시위에 나섰다가 희생된 학생들에게 명예졸업장이 수여되었던 것이다. 뭉클한 사연을 담은 이 기사가 또한 적잖은 반향을 불러일으켰다. "4월의 사자獅子들에 명예졸업장"이라는 제목의 이 기사는 사회면 톱기사로 보도되었다.

> 4·19 당시 혁명 대열에 참가했다가 총탄에 맞고 채 젊음을 피우지도 못한 채 순국한 두 어린 소년이 자신이 다니던 모교로부터 명예졸업장을 수여받았다. 2일 상오 10시 경기고교 제58회 졸업식, 이종량李鍾亮 군 당시 2학년, 고완기高完基 군 당시 3학년에게 명예졸업장이 수여되었다. 이종량 군은 그때 조선호텔 맞은편 특무대 앞에서 날아온 총탄에 맞아 쓰러져 세브란스로 옮겨졌으나 교모를 움켜쥔 채 숨지고 말았다.
>
> 〈경향신문〉, 1962년 2월 2일)

다시 말해서, 시위대 행렬에 앞장섰다가 경찰의 총탄에 맞아 절명한 안타까운 뜻을 기리기 위해 명예졸업장이 수여된 것이었다. 명예졸업장이 수여된 자체가 경기고교 개교 이래 처음 있는 일이라고 했다. 고등학교에서 왜 명예졸업장을 수여할까, 뒷얘기는 없을까 하는 궁금증을 가지고 가족들을 만나 취재를 한 끝에 알게 된 내용이다. 4·19 당시 대학생 말고도 초·중·고생 16명이 사망하고, 21명이 중상을 입었는데, 그 사망자 가운데 2명이 경기고교 학생이었던 것이다.

이종량 군에 대한 명예졸업장은 가족들이, 고완기 군의 졸업장은 재학 시절의 친구가 각각 대신 받았다. 특히 이 군의 경우 어머니에게 졸업장이 수여되는 동안 그의 누나도 동생의 영정 사진을 들고 함께 단상에 올라 참석자들은 눈시울을 붉혔다. 이 군은 당시 서울시립농대 이휘재李徽載 학장의 막내아들이었다. 지금 서울시립대학교의 전신이 서울시립농대다.

기사가 보도되고 독자들의 반응이 빗발치자 데스크로부터 추가 취재 지시가 떨어졌다. 아직 신참기자에 불과했던 나로서는 얼떨떨한 행운이었다. 사실은, 몇 줄의 기사로 끝낼 만큼 간단한 사연이 아니었다. 후속 기사는 바로 다음 날 "벗은 4월에 갔으나 우정은 강물처럼"이라는 제목으로 보도되었다. 평소 이 군과 친구들 사이의 끈끈했던 우정을 다룬 내용이었다.

벗은 땅속에 묻혔으나 우정은 강물처럼 넘쳐 흘러가고 있다는 아름

다운 이야기가 어린 고등학교 학생들에 의해 꾸며지고 있다. 2일 상오 경기고교 제58회 졸업식에서는 죽어서 졸업장을 탄 학생이 생전에 친하던 벗의 졸업을 축하하며 졸업선물을 안겨 주는 눈물 어린 광경이 벌어져 보는 사람들의 가슴을 에이게 했다. 이종량 군이 친구 9명에게 파커 만년필을 하나씩 선물한 것이었다. 핑크빛 종이로 싸인 포장 위에는 '축 졸업'이라는 글과 함께 '1962년 2월 2일 이종량 드림'이라고 적혀 있었다. 이 군은 이날 누나의 품에 사진으로 안겨 어머니와 함께 졸업장을 받았다.

(《경향신문》, 1962년 2월 3일)

파커 만년필을 전달받은 친구들은 평소 이 군과 함께 동아리 활동을 하던 멤버들이었다. '새벽 클럽'이라는 이름의 동아리였다. 이 군이 명예졸업장을 받을 수 있도록 학교 당국에 처음 건의한 것도 이 동아리 친구들이었다. 이들은 벌써 이 군의 일기와 사

진을 모아서 《4월에 핀 꽃》이라는 추모집을 제작하기도 했다.

이 후속 기사는 "이별의 노래가 스피커를 통해 울려퍼지는 가운데 이날 이 군의 벗 9명은 그의 위령비 앞에 아스파라거스 꽃송이를 홀로 남겨 놓고 교문을 나서는 슬픔을 짓씹었다."라는 문장으로 끝난다.

기사를 쓰면서 나 자신도 속으로 흐르는 눈물을 애써 참았던 것 같다. 기사의 주인공인 이 군에게는 그해 4월 정부로부터 건국포장이 수여되었다

그런데 지금에 와서 다시 살펴보니 그 친구들의 이름이 그렇게 낯설지가 않다. 김우기金禹起, 박정웅朴正雄, 신명균申明均, 최동식崔東植, 이홍희李弘熙, 임용빈任龍彬, 변길남邊吉男, 임창렬林昌烈, 이건웅李健雄 등등. 이 가운데 신명균, 이건웅 씨는 법조인으로 이름이 널리 알려졌고, 임창렬 씨는 경제부총리와 경기도지사를 지내지 않았던가. 또, 최동식 씨는 한글학자인 외솔 최현배崔鉉培 선생의 손자로서 고려대 화학과 교수를 지냈다. 아마 명예졸업장을 받은 이종량 군도 그때 희생되지 않았다면 우리 사회를 위해 훌륭한 업적을 남겼을 것이다.

가톨릭 재단에서 벗어난 〈경향신문〉

경기고교 명예졸업장 기사로 인해 나는 당시 이준구李俊九 사장으로부터 표창장을 받기도 했다. 그때로서는 그리 흔하지 않은 일로, 지금으로 치자면 아마 특종상이나 노력상 정도에 해당할 것이다.

그때는 한창우韓昌愚 사장이 고문으로 물러나고 윤형중尹亨重 신부가 사장을 맡았다가 불과 7개월여 만에 이준구 씨에게로 신문사의 경영권이 넘겨진 상태였다. 더구나 한 사장이 이른바 '반혁명 사건'에 연루됨으로써 신문사도 곤경을 치르고 있었다. 가톨릭 재단이 사실상 〈경향신문〉의 운영에서 손을 떼는 하나의 계기가 되기도 했다.

반혁명 사건은 그 직후 중앙정보부에 의해 발표된 이주당二主黨 사건과 함께 5·16 쿠데타 세력이 장면 총리의 지지세력을 뿌리 뽑으려는 의도에서 이름을 붙인 정치적 사건이었다. 장면과 개인적으로 가까운 사이였던 한 사장이 민주당 정권을 다시 일으켜 세우기 위해 선우종원鮮于宗源과 공모했다는 것이 그 혐의 사실이다. 한 사장은 장면과 사돈지간이었으며, 선우종원은 검사 출신으로 그의 비서실장을 지낸 인물이다.

어쨌거나 반혁명 사건과는 별도로 당시 〈경향신문〉은 여러 가지로 내부적인 어려움에 직면해 있었다. 그 하나의 사례가 인사

난맥상에서도 드러난다. 김팔봉金八峰 주필을 부사장에 임명하고 편집국장에 민재정閔載禎 씨를 발령한다는 사고를 1면에 내보내고도 이를 사장 명의로 취소하는 기사가 바로 다음 날 게재되기도 했다. "이 인사가 천주교 유지재단의 통고로 인한 근거 없는 오보임이 확인되었음을 독자 제위에게 알린다."는 식이었으니, 상식적으로도 도저히 납득할 수 없는 일이었다. 1961년 12월의 일이다.

특히, 그 무렵 〈경향신문〉은 경영적으로 상당한 곤경에 처해 있었다. 가톨릭 재단이 명동성모병원을 신축하면서 자금 압박에 부닥치자 신문사 경영에도 직접적인 영향을 미칠 수밖에 없었다. 이 과정에서 이준구 씨가 천주교 서울교구를 통해 신문사에 자금을 빌려 주었고, 결국 경영권이 그에게 넘어가게 되었던 것이다.

이 과정에서 최현배 선생의 아들로 정음사 출판사를 운영하던 최영해崔暎海 씨가 신문사의 부사장으로 영입되었는데, 앞서 소개한 경기고교 명예졸업장의 주인공 이종량 군의 친구인 최동식의 부친이다. 나는 명예졸업식 기사가 나가고도 한참 뒤에야 그런 사실을 알게 되었다. 아마 데스크가 나에게 후속 기사를 쓰도록 채근한 것도 그런 배경이 있지 않았는가 여겨지지만, 그렇다고 해서 기사의 가치나 감흥이 떨어지는 것은 결코 아닐 것이다.

그리고 이 기사에 대해서는 다음과 같은 후일담이 이어진다.

이종량 군의 유가족들이 땅속에 묻힌 막내아들과 가까이 지내겠다며 전농동에 살다가 아예 수유리로 이사를 간 것이었다.

당초 망우리 공동묘지에 묻혔던 4·19 희생자들의 유해가 1963
년 수유리에 4·19 묘지가 조성되면서 모두 이장된 뒤의 얘기다.
해마다 4·19 기념식 때면 그의 모친인 이기순李基順 씨가 묘지
를 찾아 아들의 묘비를 쓰다듬는 기사나 사진을 신문에서 보면서
나도 그때의 생각에 잠기곤 했다.

불행했던 시대의 한 단면이다. 그리고 그의 부친 이휘재 씨는
한동안 4·19 유족회장을 지내기도 했다. 젊음을 채 피워보지도
못하고 세상을 떠난 어린 아들의 죽음으로 인해 온 가족이 겪어
야 했던 쓰라린 상처가 오죽했을 것인가.

강원도 산골의 선혜학원

그러나 세월은 흐르고 꽃은 또다시 피기 마련이런가. 그것이 변
치 않는 계절의 섭리일 것이다. 눈물과 혼란으로 어수선하던 추
운 겨울철이 끝나가면서 사람들은 봄소식을 기다리고 있었다.
신문기자로서 나의 봄은 강원도 첩첩산골의 어느 화전민 마을
에서 시작되었다. 그해, 1962년의 봄이었다.

먼저 기사의 내용을 소개한다. 사회면 톱으로 실린 기사다.
제목은 "두메에 배움의 새봄". 강원도 고성군 간성면의 탑동리
선유실仙幼室 마을이 그 무대다. 서울에서 간성까지만 해도 시외

버스로 대략 여덟 시간 가까이 걸리는 데다, 거기서도 한 시간 이상을 걸어 들어가야 하는 산골짜기 부락이었다.

험한 태백산맥 속에 묻혀 있는 강원도 두메산골에서 조밥을 먹으며 글 한 줄 못 배우고 자라나던 어린이들이 서울에서 내려온 여선생님을 맞아 꿈에 그리던 글공부를 하게 되어 제일 먼저 봄을 맞았다. 이 축복받은 어린이들은 휴전선을 눈 위에 두고 있는 강원도 고성군 선유실 부락의 소년들이다. 국민학교가 있는 간성면 소재지와는 40리(16킬로미터)나 떨어져 있어 학교에 가보지 못한 이들 어린이들이 올해 이화여자대학교 영문과를 졸업하고 아무도 모르게 찾아온 이혜숙(李惠淑, 22) 양을 스승으로 맞이하게 된 것이다. 동리의 조그만 방 하나를 교실로 30명의 어린이가 가방 대신 책보를 등에 짊어지고 산길을 넘어 찾아드는 이 학교는 그 이름도 선혜학원. 선유리의 선仙 자와 이혜숙의 혜惠 자를 딴 이름이다.

(〈경향신문〉, 1962년 3월 7일)

사실, 이름만 학교였지 돗자리 두 장을 바닥에 깔아 놓은 비좁은 먹방에 지나지 않았다. 찌그러진 문에는 바람을 막기 위해 굵게 엮은 새끼줄을 문풍지라고 매달아 놓은 형편이었다. 그래도 손바닥만 한 마당에서 강아지, 병아리와 어울려 즐겁게 뛰어노는 어린이들은 더없이 행복한 얼굴이었다. 학년도 4학년까지밖에는 없었는데, 오전과 오후로 나뉘어 번갈아 수업을 받고 있었다.

무엇보다 산골 학생들을 가르치기 위해 이곳으로 찾아온 이혜숙 선생이 가상했다. 이화여대에 들어가면서부터 계몽대원으로 산간벽지를 찾아다닌 그녀가 언젠가 간성면 일대에서 봉사 활동을 벌인 것을 계기로 이 마을을 택해 찾아왔다는 것이다. 나름대로는 학교 성적도 우수했지만 취직과 유학을 모두 포기하고 스스로 결정한 길이었다. 희생적인 용기와 결단이 필요한 선택이었다.

하지만 화전민 마을의 생활이라고 해야 너무도 뻔한 형편이었다. 전체 주민이 100여 명으로, 산등성이에 두어 집씩 흩어져 사는 이 마을의 생업은 농사가 반, 나무가 반이었다. 나무를 잘라다가 숯으로 구워 간성면 시장에 내다 파는 주민도 없지 않았다. 누덕누덕 해어진 바지를 몇 번씩 기워 입거나 밑바닥이 닳아빠진 양말을 신은 학생들의 차림에서도 그들의 고단한 생활의 모습이 그대로 드러나고 있었다.

첫 보도가 나간 다음 날에는 다시 속보가 이어졌다. 이혜숙 양의 활동상을 자세히 소개하는 내용이었다. 강원도 첩첩산골로 어렵게 찾아간 길을 기껏 한 번의 보도로 끝내기는 내 생각에도 안타까웠다. 그녀가 밤중에는 부녀자들에게 야학을 지도하거나 간성 읍내에 나가서 학용품이나 성냥, 비누, 실 따위의 생필품을 사다가 주민들에게 실비로 제공한다는 얘기까지 상세히 소개되었다.

나는 이혜숙 양에 대한 얘기를 이화여대에 들렀다가 국문과 윤원호尹元鎬 교수로부터 전해들었다. 윤 교수가 농촌계몽단의 지도교수를 맡고 있을 때였다. 대학생들의 농촌계몽 활동이 무척 활발한 무렵이었으므로, 계몽단 지도교수는 중요한 취재원의 하나였다. 심훈沈熏의 소설 《상록수》에서처럼 농촌의 숨은 일꾼들이 우리 사회의 표상으로 여겨지던 시절이기도 했다. 머리Head, 마음Heart, 건강Health, 손Hands에서 알파벳 머리글자를 딴 '4H 운동'이 농촌마다 펼쳐지고 있었다.

산골마을의 성대한 낙성식

선혜학원의 기사가 보도되자마자 역시 사방에서 뜨거운 반응이 쏟아져 들어왔다. 마치 창문을 두드리는 봄비의 시원한 빗줄기 같았다. 다 같이 살기가 어려운 처지인데도 이웃을 돕는 데는 뒤질 수 없다는 듯한 반응이었다.

반응은 이혜숙 양의 모교인 이화여대로부터 시작되었다. 재학생들이 선혜학원에 보내기 위해 책과 꽃씨를 모으는 운동을 시작했으며, 계몽대원 후배들은 별도의 성금 모금운동에 들어갔다. 아울러 이화여대 학보사는 트랜지스터 1대를 기증하기로 했고, 이 양의 영문과 은사인 제임슨 교수는 다달이 지원금을 보내 주기로 약속했다.

어떻게 전해들었는지, 멀리서 어느 하와이 교포는 손목시계를 전달해달라며 신문사로 보내오기도 했다. 이와 함께 국가재건최고회의 문교사회 분과위원회의 정세웅鄭世雄 위원이 선혜학원에 새 교과서를 보내 주고 교실을 지을 수 있는 방안을 검토하라며 관할 기관에 지시했다는 보도도 이어졌다.

더구나 의미가 있었던 것은 미국 공보원USIS이 선혜학원의 애기를 널리 소개하기 위해 영화로 만들기로 했다는 소식이었다. 이화여대 영문과의 제임슨 교수가 아이디어를 내기도 했겠지만, 미국 공보원이 우리 농촌에 관심을 갖고 있지 않았다면 이루어지기 어려운 일이었을 것이다. 다른 한편에서는 이혜숙 양에 대해 ‘살아 있는 상록수’ 표창을 해야 하지 않겠느냐는 애기도 퍼져나가고 있었다.

이런 분위기에 따라 나도 당분간은 선혜학원과 관련된 취재에 집중적으로 매달릴 수밖에 없었다. 그것은 취재기자의 입장에서는 더없는 보람이었다. 수시로 각계에서 들어오는 문의에 대해 나 말고는 달리 창구역할을 할 사람도 마땅치가 않았다. 하다못해 선유실 마을에 전화조차 가설되어 있지 않았으니, 아무리 관심을 기울인다고 해도 개인적으로 현지와 연락을 취하기에는 어려움이 따를 때였다.

그중에서도 가장 큰 관심을 끈 것은 선혜학원 교사를 마련하는 공사였다. 공사가 시작된 것은 기사가 보도된 지 석 달 만인 그해 6월의 일이다. 교사라고 해야 800평 부지에 부속실과 선생님 숙소가 딸린 교실 하나를 짓는 것이었지만, 사회적인 관심은 결코 작지 않았다. 건축비는 이화여대 학생들의 모금과 제일은행의 지원으로 마련되었다. 보성고교 학생들과 다른 사회단체에서도 모금활동에 참여했다.

드디어 공사가 진행된 끝에 그해 10월, 교사 낙성식을 갖게 되었다. 낙성식에는 서울에서 내려온 이화여대 학생 대표들과 농촌계몽단의 윤원호 지도교수, 이혜숙 양의 영문과 은사인 제임슨 교수가 참석했으며, 박준남朴准南 고성군수와 지방 유지들도 두루 참석했다. 공사비는 모두 11만7천 원이 들어갔다. 나는 그때의 낙성식 장면을 "탑동리 역사에서 가장 기쁘고 성대한 잔칫날"이라고 보도했다. 그것은 과장이 아니라 사실이었다.

각계에서도 신축 교사 낙성식에 맞추어 성원이 답지했다. 당시 이원우李元雨 공보부장관이 학교 종을 기증했으며, 재건운동 본부 강원도 지부는 대형 벽걸이 시계를 보내왔다. 이화여대 학생회에서는 책상과 걸상 30벌을 기증했다. 여기에 덧붙여 간성에 주둔하고 있던 고사포 부대와 방첩부대가 칠판과 거울을 기증했다.

특히 감격스러웠던 것은 낙성식이 끝난 자리에서 선혜학원을 소재로 삼아 제작된 '두메의 등불' 영화가 상영된 것이었다. 미국 공보원이 제작한 영화였다. 이러한 과정을 지켜보며 취재 기자인 나로서도 감명을 받을 수밖에 없었다. 시작은 비록 미미했을지라도 주변에서 조금씩이나마 관심을 기울였기에 이렇듯 놀라운 결과를 만들어낼 수 있었던 것이다.

선혜학원의 얘기는 좀 더 이어진다. 내가 계속 강원도를 왔다 갔다 하며 취재의 인연을 이어갔던 것이다. 교사 낙성식이 끝난 뒤 그해 겨울을 보내고 이듬해 다시 새봄을 맞이하면서 새로운 화젯거리가 생겼다. 나는 그 얘기를 "원시의 골짜기를 흐르는 문명의 새 여울"이라는 제목으로 보도했다. 학교뿐만 아니라 마을 전체가 변모하고 있었던 것이다. 다음은 그 내용이다.

태백산맥 첩첩산중에 기적이 일어나고 있다. 천 년을 버텨 온 우람한 바위를 밀어내고 해를 가렸던 나무 숲을 불 질러 푸른 씨앗을 가꾸려는 산의 기적이다. 선

혜학원 뒤로 우뚝 솟은 해발 800미터의 관대암 비탈에
는 이미 1만2천 평의 밭이 조성되어 3만 그루의 뽕나
무가 가지런히 심겼다. 산비탈을 타고 번져갈 이 녹원
의 길목에는 소 떼가 몰려다닐 목장도, 비단실을 만들
어낼 잠사 공장도, 그리고 버섯을 기르는 표고 재배장
과 양봉, 양토장도 갖추어질 것이다.

(〈경향신문〉, 1963년 4월 8일)

수풀에 불을 질러 밭을 조성한다는 자체가 자연보호를 우선
시하는 지금으로서는 쉽게 용납되지 않을 일이지만, 그때는 사
정이 달랐다. 선혜학원을 중심으로 뽕나무를 심고 농촌을 살리
기 위한 운동이 벌어졌던 것이다. 이때쯤에는 이혜숙 양이 이미
학생들과 4H클럽을 꾸려서 옥수수, 호박, 오이 등 농작물 재배
에 재미를 붙이고 있었으며, 부녀자들을 위한 야학 활동도 자리
를 잡아가고 있었다. 선생님도 이화여대 사회사업과를 졸업한
곽점분郭点粉 양과 대전감리교 신학대학을 졸업한 이창수李昌洙
씨 등 2명이 새로 합류하고 있었다.

더욱 흥미 있는 것은 이 첩첩산골 마을에 드디어 전기가 들
어오게 되었다는 사실이다. 골짜기 물을 막아 30마력 출력의 발
전기를 돌림으로써 희미하게나마 각 가정마다 전등을 밝힐 수
있게 된 것이다. 아직 서울에도 변두리 지역에는 전기가 들어오

지 않아 호롱불 신세를 지고 있을 때였으니, 칡뿌리를 캐고 숯가루를 만지던 이곳 탑동리 주민들로서는 분에 넘치는 호사였다. 선혜학원의 등장 덕분이었다.

마을에 갖추어진 발전기 자체가 각계의 도움으로 마련되었듯이 선혜학원에 대한 성원도 계속 이어지고 있었다. 그해 9월 이화여대 학생회 주최로 열렸던 자선공연이 대표적인 경우다. 이 자선공연에는 당시 영화배우이자 코미디언으로 가장 인기를 끌던 김희갑金喜甲 씨가 기꺼이 출연해주었으며, 미국 공보원이 제작한 영화가 성황을 이루며 상영되었다.

뒤이어 열린 수익금 전달식은 더욱 성황이었다. 이화여대 강당에서 열린 수익금 전달식에는 당시 김옥길金玉吉 총장을 비롯해 교직원, 학생 및 외부 인사 등 무려 4천여 명이 참석함으로써 사회적인 관심이 지대했음을 증명했다. 이 자리에서는 박정희朴正熙 최고회의 의장의 부인인 육영수陸英修 여사와 이후락李厚洛 공보실장, 그리고 서울은행이 보낸 기탁금도 함께 전달되었다. 대한교육연합회 회장이던 유진오兪鎭午 박사도 교사들의 간성 나들이를 위해 자전거를 별도로 기탁해왔다.

취재기자인 나도 덩달아 우쭐해졌다.

관심이 깊었던 농촌 문제

선혜학원 취재가 아니더라도 나는 그 무렵 대체로 농촌 문제에 깊은 관심을 기울이고 있었다. 지금 생각하면, 사회부의 법조 출입기자로서보다는 오히려 농촌 현장기자로서 활약했던 게 아닌가 여겨질 정도다.

내가 농촌 출신이기도 했지만, 우리 사회를 떠받치는 주요 산업이 아직은 농업이었다. 그런데도 농촌의 경작 여건은 열악하기만 했다. 농민들은 아무리 열심히 일해도 제대로 수확을 건지기 어려웠다. 고리채도 농민들의 발목을 잡고 있었다. 대학생들이 앞을 다투다시피 농촌계몽 활동에 나섰던 것이 그런 까닭이었다. 농촌을 살려야 나라가 잘살 수 있다는 생각에서였을 것이다.

나는 선혜학원 취재에 앞서서도 충청북도 단양군 오사리 마을에서 활약하던 이화여대 학생들의 농촌계몽 활약상을 소개하기도 했다. 모진 추위를 무릅쓰고 겨울방학 기간을 이용해 농촌에서 봉사활동을 벌이던 여대생들의 모습은 안쓰러울 정도였다. 다음은 농촌봉사 활동에 참여한 여대생들을 대상으로 내가 사회를 본 현지 좌담회 기사의 도입 부분이다.

삼동三冬 추위를 무릅쓰고 겨울방학을 고스란히 농어

촌의 계몽에 바치고 있는 남녀 대학생들. 그들은 가난과 무지에서 깨어나지 못한 두메 사람들의 눈을 뜨게 하고 좀 더 잘살 수 있는 길을 밝혀주는 광명의 사도들이다. 지금 서울의 각 대학과 지방대학의 학생 계몽대원들은 각지에서 크게 활동하고 있다. 기자는 그중에 한 마을, 시집갈 때까지 쌀 서 말 먹기가 힘들다는 충북 영춘면 오사리로 이화여대 계몽반을 찾아 그들의 소감을 들어보았다.

(〈경향신문〉, 1962년 1월 6일)

이 좌담회에는 그때 학생들을 인솔했던 태정학太正學 교수를 비롯해 안신자安信子, 임경희林京姬, 진영주陳英珠, 양소영梁素英, 우충자禹忠子 등의 학생들이 참여했다. 이들은 농촌 주민들을 위해 쇠죽을 끓이고, 밥불을 때며, 방아를 찧는 어려움에 대해 얘기했다. 그런데 현장에서 내가 카메라로 직접 찍은 사진이 먹통이 되어 한 장도 건져낼 수가 없었다. 서울에 올라온 뒤 현장에서 만났던 〈조선일보〉 사회부 장정호 선배로부터 사진 한 장을 빌려서 기사에 첨부해 썼다. 지금 생각해도 얼굴이 뜨겁다.

선혜학원 취재를 나가서 동해안 일대의 어촌을 둘러보았던 것도 이때다. 농촌이나 어촌이나 어려운 살림살이는 매한가지였다. 다음은 '동해안의 봄'을 그린 스케치 기사다.

동쪽 바닷가에도 봄이 찾아왔다. 그러나 동해의 춘태(春太, 명태)잡이는 요즘 통 경기가 없다. 기자는 명태잡이가 한창인 거진항에 들렀다. 험한 해풍을 밀치고 나가 온종일 시달리다 들어와도 하루 벌이는 고작 500~600환(화폐개혁 이전의 단위) 정도다.

아빠는 배를 타고 나가고 엄마는 노가리(명태의 등외품)를 팔러 가면 어린이들은 갯가에 남아 돌아올 엄마를 기다린다. 한낮이 넘도록 기다려도 엄마는 돌아오지를 않는다. 목교木橋 위에 앉아 노가리를 지키고 있는 꼬마들의 배에서는 쪼르륵 소리가 났다. "엄마는 왜 오지 않니?" 옆에 가서 묻자 시름없이 앉아 있던 꼬마가 금세 웃음을 되찾으며 "곧 올기라요."라고 투박한 사투리로 말하며 수줍은 표정을 짓는다.

(〈경향신문〉, 1962년 3월 10일)

더욱이 당시 태풍이나 장마가 닥치면 농촌은 피해에서 벗어날 수가 없었다. 자연재해의 피해는 요즘도 불가항력이라고는 하지만 그때는 더욱 심했다. 내가 1962년 9월 이원재李元載, 신광일申光日 등 선배기자들과 함께 현장취재에 파견되었던 전남 여수, 순천, 승주 지역의 홍수 피해가 그러했다.

한밤중에 갑자기 홍수가 밀어닥치는 바람에 집과 가재도구를 잃은 이재민들은 임시로 마련된 잠자리에서도 추위에 떨어야 했다. 학생들도 학교를 잃고 말았다. 교사는 하룻밤 사이에 물길에 쓸려 두 동강이 났는가 하면 운동장은 모래와 자갈밭으로 변해버렸다. 책상과 의자도 급류에 떠내려가버린 뒤였다.

아마 전국적으로 이처럼 어려운 형편이었기에 강원도 산골마을에 세워졌던 선혜학원이 널리 관심을 모았을 것이다. 그것이 우리 사회의 현주소였다. 나는 이 밖에도 사회부로 배치받고 나서 안면도, 포천, 영월, 평택 등 여러 곳으로 취재를 다녔다. 1년 남짓한 기간으로 따진다면 지방 취재가 상당히 많은 편에 속했다. 아니, 사회부 기자라면 누구라도 대체로 지방 취재가 많을 때였다.

특종때문에 기자실에서 제명당하다

이러한 과정을 거쳐 나는 문교부로 출입처를 옮겨 가게 되었다. 법조 출입을 시작한 지 거의 1년이 지나갈 무렵의 일이다. 문교부는 사회부에서도 내무부, 서울시청, 시경 등과 더불어 매우 비중이 있는 출입처였는데 신참인 나에게 임무가 맡겨진 것은 순전히 시대적 상황 때문이었다.

당시 5·16으로 인해 자유당, 민주당 시절에 활약하던 고참 선배기자들이 대부분 일선부처 출입이 금지된 결과였다. 이른바 '구악舊惡 기자'라는 딱지가 붙여졌지만, 혁명주체세력이 언론을 장악하기 위한 방편으로 한 일이었음은 더 말할 필요도 없다. 따라서 나 말고도 신참기자 여러 명이 부처 출입처를 배정받게 되었던 것이다.

내가 문교부에 출입하게 되었을 때의 장관은 헌법학자로서 부산대 총장을 지낸 박일경朴一慶 씨였다. 좀 고지식하고 원칙적인 성격이면서도 개인적으로는 부드러운 일면을 지닌 분이셨다. 그러나 재임 5개월 만에 이종우李鐘雨 씨로 바뀌었고, 다시 1963년 12월에는 민정 이양과 함께 고광만高光萬 씨가 새로 장관을 맡았으나 역시 5개월간의 단명으로 그치고 말았다.

이처럼 장관들의 재임기간이 대체로 짧은 편이었다. 자의 반 타의 반이었을 것이다. 박일경 장관 직전에 문교부를 거쳐 간 김상협金相浹 씨도 기껏 아홉 달 만에 사표를 제출하고 고려대 강단으로 복귀했다. 문교정책이 일관성을 유지하지 못하고 흔들릴 수밖에 없었던 이유가 거기에 있을지도 모른다.

그때 문교부 청사는 지금의 광화문 교보문고 자리에 위치해 있었다. 그 전에는 옛 조선총독부 청사로 사용되던 중앙청 구내의 목조 별관을 청사로 쓰다가 공보부에 내어주고 이전해 나온 것이었다. 이곳에 들어 있던 재무부는 이때의 부처 이전계획에 따라 중앙청으로 들어간 것으로 기억된다.

지금도 그렇지만 교육 분야의 업무에 대해서는 국민의 관심이 클 수밖에 없었다. 대학입시나 그 제도와 관련해서는 더 말할 것도 없다. 내가 문교부를 출입하게 되면서 가장 신경을 썼던 것도 역시 그 부분이었다. 그리고 행운이 따른 덕분이었는지 곧바로 특종기사를 낚게 되었다. 1962년 12월 전국적으로 실시된 대학입학자격고사 결과에 대한 내용이었다. 발표를 앞두고 있던 상황에서 미리 자세한 윤곽을 캐낼 수 있었던 것이다.

지난 13일 전국에서 일제히 실시된 내년도 대학입학 자격 국가고사의 커트라인이 밝혀졌다. 27일 문교부에서 알려진 바에 의하면 이번 대학입학자격 국가고사에서 남자 응시자의 커트라인은 180점 만점에 93점으로 확정되었다 한다. 여자 응시자는 대학입학 정원이 확정되지 않아 최종적 커트라인이 결정되지 않았으나 90점이 될 것이 거의 확정시되고 있다.

이로써 남자는 총 응시자 6만9천190명 중 2만4천 명이 합격하게 되는 것이며, 여자는 1만8천10명 중에서 6천~7천 명이 합격의 영광을 차지하게 되었다. 이 숫자는 금년도의 전국대학 모집정원(1만6천992명)의 180퍼센트를 합격시킨 결과를 보여주는 것이다.

이번 대학입학자격고사의 남녀 총 응시자의 평균 점수는 84점. 최우수 고등학교는 평균 110점을 맞은 경기

고등학교인 것으로 전해졌다. 이 밖에 성적이 우수한 학
교로는 서울의 경복, 서울고등학교를 비롯해 대전, 경북,
광주, 부산, 전주고등학교로 알려졌다.

(〈경향신문〉, 1962년 12월 27일)

커다란 활자로 제목이 뽑혀서 사회면 톱기사로 보도되자 문
교부는 물론 기자실도 발칵 뒤집히게 되었다. 특히 경쟁사 기자
들의 입장에서는 며칠 뒤에 정식 발표를 앞두고 있던 상황에서
출입한 지도 얼마 되지 않는 신참기자에게 특종을 허락했으니,
체면을 구겨도 한참 구긴 셈이었다. 더군다나 출제위원들을 정
릉 청수장에서 합숙을 시키며 외부와 철저하게 격리시키고 있
던 터라 취재가 불가능한 상황이었다.

지금에 와서 사실대로 털어놓자면, 이 기사는 당시 문교부
전용신田溶新 장학관으로부터 입수한 것이었다. 그 역시 청수장
에서 시험문제 채점에 매달리다가 크리스마스를 기해 하루의
휴가를 얻어 집으로 돌아와 가족들과 함께 휴식을 취하던 참이
었다. 그의 집은 당시 성북동 삼선교 근처에 있었다. 밑져야 본
전이라는 심정으로 밤늦게 그를 찾아갔다가 특종을 해냈다.

당시의 대학입학자격고사는 1962학년도부터 도입되었지만
정원미달 사태와 대학의 자율성 침해 논란이 벌어지면서 폐지
되고 1964학년도에는 다시 대학별 단독고사로 바뀌게 된다. 해

방 직후의 대학입시는 전적으로 대학 자율에 맡겨지다가 도중에 국가연합고사가 도입되는 등 제도가 계속 바뀌어왔다. 1994학년도부터 지금의 대학수학능력시험이 도입되기 전에는 한때 예비고사가 실시되기도 했다. 복잡했던 우리 대학입시 제도의 한 모습이다.

어쨌거나 기사가 보도되자 곧바로 기자단 회의가 소집되어 나에 대한 제명 절차가 논의되었다. 같이 취재해서 쓰기로 되어 있었는데 내가 약속을 어겼다는 이유였다. 그러나 정식 발표를 앞두고 있었다고 해서 그것을 그대로 기다렸다가 기사를 써야 한다는 것은 납득이 안 되는 얘기였다. 하지만 매일 얼굴을 맞대고 지내는 동료들 사이에서 다수의 입장을 무시할 수는 없었다.

당시 문교부 출입기자들로는 〈동아일보〉의 남시욱(南時旭, 후 〈문화일보〉 사장 역임), 〈조선일보〉의 김치석金致淅, 〈한국일보〉의 정덕교(鄭德敎, 후 체신부 국장 역임), 〈서울신문〉의 김종하(金鍾河, 후 국회의장 비서실장 및 국회의원 역임) 기자 등이 기억난다.

결국 이렇게 해서 나는 기자실에서 제명되고 말았다. 제명이 해제되기까지 기자실에 출입할 수 없게 된 것이었다. 기자실을 통해 발표되는 기사 자료와 시시콜콜한 주변 정보를 얻는 데 불편을 겪을 수밖에 없었다. 그러나 무엇보다 가슴 아팠던 것은 기자로서의 자존심이 상처를 입었다는 사실이다.

이런 상황이니만큼 사회부 데스크로서도 웬만하면 출입처

를 바꾸어줄 만도 했으련만 계속 문교부를 담당하도록 하라는 지시가 떨어졌다. 결국 묘책을 짜내어 후배기자인 손주환孫柱煥 씨에게 기자실을 담당하도록 하고 나는 기자실의 외곽을 맡는 역할 분담을 이루었다.

나로서는 이런 입장이 불편하기는 했지만, 견디지 못할 일도 아니었다. 기자로서 성숙해지는 과정으로 받아들이니 오히려 마음이 편해지기도 했다. 뒤에 노태우盧泰愚 대통령 시절 청와대 정무수석과 공보처장관을 맡게 되는 손주환은 나보다 견습 1기 아래인데 김정하金晶河, 문병숙文炳淑, 이광영李光英, 이창원李昌遠, 정학재鄭學在 등이 그 동기들이다.

하지만 기사의 발설자인 전용신 장학관이 문교부 내부의 징계를 피할 수 없었던 점은 심적으로 적잖은 부담을 느끼게 했다. 문교부 자체의 조사 결과 자초지종이 드러났기 때문이다. 나에게도 도의적 책임이 있었던 것이다. 그는 뒤에 고려대 심리학과 교수로 옮겨 가 학자로서 활발한 족적을 남겼다. 전화위복이라고나 할까.

부지런한 사람이 이긴다

그 뒤에도 비슷한 경우가 하나 더 있었다.

문교부 입학고사중앙위원회의 대학입시 회의 자료를 미리 빼내어서 보도했던 것이다. 그때 입학고사중앙위원회는 대학교는 물론 중·고교에 대해서도 입학 전형을 관리하고 있었다. 5·16 직후 각급 학교의 입학전형을 정부가 직접 관리토록 한다는 목적으로 설립된 기구가 바로 이 입학고사중앙위원회다.

그 업무의 담당자가 문교부의 강성익姜聲益 장학관이었다. 회의가 열리는 날, 나는 새벽같이 북악스카이웨이 입구 부암동에 있던 그의 집으로 쳐들어갔다. 마침 출근을 앞두고 아침 밥상을 받던 강 장학관에게 나는 "오늘 중앙위원회에 올라가는 자료를 얻을 수 있겠느냐."며 떠보았다.

느닷없는 요청에 당황해하면서 잠시 머뭇거리던 그는 "그러면 비밀을 지킬 수 있겠느냐."며 나에게 거듭 다짐을 받고는 회의에 올라가는 유인물 한 부를 봉투에 넣어 건네주었다. 취재기자가 원한다고 해서 모든 자료를 내어줄 수 있는 것도 아니겠지만, 강 장학관은 숙고 끝에 나의 요청을 받아들였다.

그렇지만 자료를 받아들면서도 나는 속으로 놀랄 수밖에 없었다. 그렇게 쉽사리 손에 넣을 수 있으리라고는 전혀 생각지 못했던 것이다. 앞서 전용신 장학관의 경우처럼 자칫 그 자신이 인사상의 불이익을 받을 소지가 있었기에 나로서도 세차게 밀어붙일 형편이 아니었다. 그런데도 몇 마디 말끝에 자료를 움켜쥘 수 있었던 것이니, 내가 놀랄 만도 했다.

서류봉투를 받아든 나는 같이 밥을 먹자는 그의 권유를 뿌리치고 커피 한 잔만 마신 뒤 곧바로 버스를 갈아타고 소공동의 신문사로 들어갔다. 일단 자료를 챙겼으니 아침 식사보다는 신문기사가 더 급선무였다. 그 기사는 보기 좋게 그날 석간신문의 1면 톱을 차지했다.

더욱 다행스러웠던 것은, 그 기사 자료의 유출로 인해 강 장학관이 신분상의 불이익을 받지 않았다는 점이다. 아마도 그가 자료를 흘렸다는 사실이 드러나지 않았기 때문일 것이다. 설령 자료를 유출시켰다는 사실이 확인된다 하더라도 반드시 징계로 이어지는 것은 아니다.

어쨌든 강 장학관은 그 뒤 얼마 지나지 않아 공직을 그만두고 미국 유학길에 올랐다. 본인이 뜻한 대로 학위를 마치고는 미국에서 교수로 지낸다는 소식을 들은 것이 벌써 한참 전의 일이다. 나는 지금도 그때의 일을 떠올리면서 그가 왜 나에게 선뜻 자료를 건네주었을까 생각해보곤 한다. 글쎄, 특별한 이유가 있었을까. 새벽같이 자기 집에 찾아왔다는 이유 말고는……

고려대 합격자 발표를 미리 입수해 신문에 실음으로써 고려대 안팎을 뒤집어놓은 일도 있었다. 아직 대학교 합격자 명단이 신문 호외로 깨알같이 실리던 시절이었다. 그때 고대학보사에 근무하던 친구 박찬세朴贊世가 건네준 것이었다. 4·19 당시 이른바 고려대의 '4·18 선언문'을 작성한 주인공이 바로 그였다.

나는 지금도 그가 쓴 선언문을 뚜렷이 기억한다.

친애하는 고려대학생 제군, 한마디로 대학은 반항과 자유의 표상이다. 이제 질식할 듯한 기성독재의 최후 발악은 바야흐로 전 국민의 생명과 자유를 위협하고 있다. 우리들 청년학도들은 더 이상 역류하는 피의 분노를 억제할 수 없다. 우리 청년학도만이 진정한 민주역사 창조의 역군이 될 수 있음을 명심하여 총궐기하자.

박찬세는 같은 법학과 출신으로 당시 고대학보사의 편집국장을 맡고 있었다. 그 뒤 유진오 박사의 비서관으로 정계에 입문한 그는 국회 전문위원과 청와대 공보비서관, 통일연수원장 등의 요직을 지냈다. 그는 세월이 한참 흐른 뒤에도 나를 만날 때마다 "그때 합격자 명단을 건네준 일로 북새통이 벌어지게 되자 마음이 조마조마했다."라고 말하며 함께 웃음을 터뜨리곤 했다.

문교부 취재에서나 고려대 합격자 명단에서나 나는 결국 부지런한 사람이 그렇지 않은 사람보다 한발 앞서 가게 된다는 사실을 다시금 확인할 수 있었다. 그것은 신문기자 사회에서도 다를 수가 없는 영원한 진리다. "아침에 일찍 일어나는 새가 더 많은 먹이를 먹는다."고 하지 않는가.

한편, 이 무렵 내가 취재에 열의를 기울였던 테마 가운데 하나가 일제 당시 3·1운동을 주도했던 민족대표 33인에 관한 것이었다. 33인 중에서도 대표 서명자였던 손병희孫秉熙 선생의 경우 진작 고인이 되셨기에 미망인을 만나 뵙고 뒷얘기를 들을 수 있었다. 3·1운동이 1919년에 일어났으니 이미 40여 년이 지난 시점이었는데, 미망인 주각경 여사는 우이동 누옥에서 홀로 지내고 있었다. 아직 이갑성李甲成 선생이 생존해 계셨지만, 건강상 문제로 직접 만나 뵙지 못했던 게 지금도 아쉽기만 하다. 역시 고인이 되신 한용운韓龍雲 선생에 대한 취재를 위해서는 그가 묻혀 있던 미아리 공동묘지까지 찾아갔었다. 일제의 식민지배에 항거해 독립운동에 나섰던 분들인데, 그 후손들까지 생활이 어려운 처지에서 헤어나지 못하는 모습을 보고는 마음이 아플 수밖에 없었다. 민족대표 33인 시리즈가 끝난 다음 여류시인 모윤숙毛允淑 씨가 그 후손들에게 전달해달라며 성금을 보내왔던 사실도 기억에 생생하게 남아 있다.

해양대학 원양훈련

문교부에 출입하면서 해외를 둘러볼 수 있는 기회를 잡게 되었다. 해양대학 원양훈련에 참가하게 되었던 것이다. 그때의 목적지가 대만(자유중국)과 일본에 불과했지만, 아직 일반인들은 외국에 마음대로 드나들 수 있는 형편이 아니었다. 해외여행이라는 표현조차 생소할 때였다. 물론 나로서도 첫 번째 해외 취재였다.

기자들의 경우 취재를 기회로 가끔씩 외국에 다니고는 있었지만, 그나마도 특파원을 제외한다면 신문사마다 해외 출장을 다녀온 기자가 그렇게 많지 않을 때였다. 해외 취재에 나선다는 자체가 기자로서도 우쭐할 만한 일이었다.

더욱이 그만한 행운도 없었다. 제비뽑기 추첨에 의해 탈락이 되었는데도 오히려 양보를 받았던 것이었으니 말이다. 그때 원양훈련선 동승취재 티켓이 2장으로 정해져 있었으므로 문교부 출입기자 모두를 대상으로 추첨을 실시하도록 되어 있었고, 나는 추첨에서 탈락하고 말았다.

나에게 해양대학 원양훈련선 탑승권을 양보한 사람은 신용성愼龍晟 씨였다. 〈경향신문〉에서 사회부 차장과 부장을 지낸 뒤 〈조선일보〉로 옮겨 가 부장대우 기자로 다시 문교부를 출입하던 베테랑 기자였다. 6·25 전쟁 당시 1·4 후퇴 때도 부산에서 문교부를 출입했을 정도로 교육정책 전문가로 꼽히던 주인공이었다.

그는 〈경향신문〉 사회부에 근무할 때도 나에게는 각별히 신경을 써주었다. 그러다가 바로 얼마 전 〈조선일보〉로 자리를 옮긴 것이었다. 회사를 옮기고도 그는 〈경향신문〉 당시의 데스크로서 문교부에 같이 출입하게 된 나를 줄곧 염두에 두었던 모양이다. 결국 해양대학 추첨에 뽑히고도 그 티켓을 나에게 선뜻 넘겨주었던 것이다. 기왕이면 〈경향신문〉에서 인연이 있었던 데다 자기 수제자로 여겼던 나에게 넘겨주는 것이 좋을 거라고 생각했는지도 모를 일이다.

해양대학 원양훈련선인 반도호半島號가 당시 김현옥金玄玉 부산시장과 손태현孫兌鉉 해양대학장을 비롯한 출영객들의 환호 속에 부산항을 출발한 것은 1963년 9월의 일이다, 훈련기간은 한 달간으로 잡혀 있었다. 나 말고도 〈한국일보〉의 안병찬安炳璨 기자가 훈련선에 동승했다. 그는 해양대학 출신이기도 했다.

당시의 원양훈련은 한국과 자유중국의 친선을 도모하는 의미도 겸하고 있었다. 한국에 와 있던 대만 유학생들을 고국으로 태워다주는 계획이 포함된 것이 그런 이유 때문이었다. 이런 계획에 따라 70명 정도의 대만 학생들이 훈련선에 함께 타고 있었다. 이 반도호의 규모는 3천300톤급, 속력은 시속 4~5노트에 불과했지만, 당시로는 국내에서 최대로 꼽히는 해양 훈련선이었다.

항로는 순조로웠다. 거친 파도가 넘실댔지만, 그런 정도는 큰 바다를 처음 경험하는 나로서도 무난히 견뎌낼 수 있었다. 출항하고 며칠이 지난 뒤 내가 신문사로 송고한 기사에서도 그런 내용이 엿보인다. 기사는 배 안에서 모스부호로 전송했고, 그것이 부산전신국을 경유해 신문사로 전달되었다.

동지나 해상에서는 아직도 낮이 길고 밤이 짧다. 23일 새벽 반도호 위치는 한국 영해를 완전히 벗어난 북위 31도 10분, 동경 125도 57분. 이날 해가 뜬 시각은 상오 6시 18분, 해가 진 시각은 하오 6시 37분이다. 부산항을 떠난 지 사흘째 반도호는 잔잔한 물결을 헤치고 현해탄을 거쳐 일본 규슈九州 남방을 통과해 동지나해 북방에 들어선 것이다. 저녁에는 초승달이 잠깐 비쳤다. 반도호는 추분秋分인 24일 저녁 8시에 대만 지룽基隆 항에 도착할 예정이다.

(〈경향신문〉, 1963년 9월 24일)

그런데 문제가 생겼다. 예정대로 지룽 항에 도착하긴 했으나 상륙이 허가되지 않았다. 동승하고 있던 대만 대학생 한 명이 콜레라 보균자라는 진단이 떨어짐에 따라 승선원 모두에 대해 상륙이 금지되었다. 환자는 즉각 격리되어 지룽 병원으로 옮겨졌으나 훈련선은 출입이 통제되고 화장실도 봉쇄되었다. 요즘은 배탈 정도로 가볍게 여겨지는 콜레라지만 당시에는 매우 치명적인 전염병으로 간주되었다.

결국 사나흘이 지난 뒤에야 상륙 허가가 떨어졌다. 승선원 전원을 대상으로 실시된 대변검사 결과 다른 사람들에게서는 이상 징후가 발견되지 않았기 때문이다. 타이베이臺北에 거주하는 우리 교포들을 초청해 벌이려던 친선행사도 뒤늦게나마 예정대로 실시되었다. 우리는 현지에서 닷새 정도 머무는 동안 타이베이 시내 관광은 물론 우라이烏來 민속촌도 구경하고 베이터우北投 온천 관광지도 두루 둘러보았다.

대만 다음의 코스는 일본이었지만, 이번에는 장티푸스가 문제였다. 훈련생 한 명이 장티푸스에 걸려 요코하마橫濱에 입항하려던 당초 계획이 차질을 빚게 되었다. 결국 부산으로 되돌아와서 위생 문제를 해결하고는 다시 일본으로 향하게 되었다.

그때 요코하마에 상륙해 전차를 타고 도쿄까지 왔다 갔다 하던 기억이 새롭다. 아직 한일 간에 국교가 수립되지 않아 대사관이 아닌 주일駐日 대표부만 설치되어 있을 때였다. 대표부를 방문했다가 마침 그곳에 들른 꼬마 시절의 조치훈趙治勳을 만나기도 했다. 일찍이 바둑을 배우려고 일본에 가 있던 그는 어린 나이인데도 무척 대견스럽게 보였다.

훈련선은 요코하마와 도쿄 방문을 마친 다음 홋카이도의 무로란室蘭을 거쳐 귀국했다. 당초 한 달간으로 잡혔던 훈련 일정이 도중에 콜레라와 장티푸스 때문에 두 달로 늘어나 있었다. 어쨌거나 대만이나 일본의 풍경은 우물 안 개구리였던 초년병 신문기자의 입장에서는 너무나 색다른 경험이었다.

특히 일본 방문을 마치고 부산으로 회항하는 길에 미국 케네디 대통령이 텍사스 댈러스에서 암살당했다는 소식을 배 안에서 전해 듣고는 아연해졌던 기억이 되살아난다. 때아니게 불어 닥친 늦가을 태풍으로 뱃멀미를 앓으며 잔뜩 고생하던 처지에서도 이러다가 세상이 어떻게 되는 게 아닌가 하는 걱정을 금할 수 없었던 것이다.

이때의 원양훈련에서 돌아와 "대만 소묘"라는 제목으로 신문에 몇 차례인가 관광기를 연재했다. 독자들의 반응은 좋았지만 그때 신문에 글을 잘 쓰는 선배들이 하도 많아서 상대적으로 비교가 될까 봐 은근히 마음이 쓰이기도 했다.

특히 그 무렵 〈경향신문〉에 연재되던 이어령李御寧 교수의 '흙 속에 저 바람 속에'는 선풍적인 인기를 끌고 있었다. 이 연재칼럼이 책으로 출판되어 2000년까지 200만 부가 팔려나간 것만 봐도 그 인기를 실감하게 된다. 그가 〈경향신문〉에서 논설위원으로 활약하면서 진작부터 글솜씨를 뽐내고 있었던 것이다. 고려대학교에서 법철학을 가르쳤던 이항녕李恒寧 교수가 젊었을 때 가졌던 문학지망의 뜻을 늦게 펼쳐 소설 《청산별곡靑山別曲》을 〈경향신문〉에 연재했던 것도 이때다.

민정 이양, 제3공화국의 출범

내가 사회부에서 법원과 문교부 출입을 끝내고 정치부로 발령을 받은 것은 1964년 초의 일이다. 5·16 혁명세력의 민정 이양 약속에 따라 최고회의 체제가 막을 내리고 박정희 의장이 제5대 대통령으로 취임해 있었다. 윤보선 전 대통령과 치열한 접전을 벌인 끝에 당선되었던 것이다.

민정 이양 과정은 우여곡절의 연속이었다. 박정희 의장이 전역을 하는 조건으로 대통령에 출마한다고 했다가 다시 민정 참여를 포기한다는 번복 발표가 이어졌다. 군 내부에서 정치 중립화 선언이 발표되기도 했다. 그때까지만 해도 박정희가 군을 완전히 장악하지 못했던 데다 케네디 대통령의 미국 정부와 미묘한 마찰을 빚었던 까닭이다.

그러나 일부 군인들이 다시 군정 연장을 요구하고 나섰고, 이를 빌미로 박정희가 이 문제를 국민투표에 붙이겠다는 성명을 발표하는 등 정국은 한 치 앞도 내다볼 수 없을 정도로 혼미를 거듭했다. 1963년 8월의 공화당 전당대회에서 박정희가 당총재와 대통령 후보 지명을 수락한 것은 이런 복잡한 과정을 거친 뒤였다. "다시는 이 나라에 본인과 같은 불운한 군인이 없도록 합시다."라는 인사말을 남기고 전역한 바로 다음 날의 일이다.

그리고 그해 10월에 실시된 선거에서 윤보선 후보를 제치고 박정희가 대통령으로 당선되었다. 기껏 15만 표 차이로 당락이 결정된 것이었으니, 선거 분위기가 얼마나 치열했는지 미루어 짐작할 수 있을 것이다. 그도 그럴 것이 야당이 국민의당, 민정당, 자유민주당으로 분열되어 각각 허정許政, 윤보선尹潽善, 송요찬宋堯讚을 후보로 내세웠다가 결국 윤보선으로 단일화되어 박정희 후보와 양자 대결로 압축된 결과였기 때문이다.

흥미로운 점은 그때 박정희는 경상도와 전라도에서 득표를 했던 반면 윤보선은 서울을 비롯해 경기도, 충청도, 강원도 등에서 많은 표를 얻었다는 사실이다. 지금과는 달리 정치적인 지역 구도가 남북 대립 현상을 보여주었던 셈이다. 요즘의 영호남 대립구도가 역사적인 산물이 아니라 근년에 들어와 만들어졌다는 얘기이기도 하다.

이렇게 하여 그해 12월 17일 박정희가 대통령에 취임했다. 최고회의는 그 전날 해산되었다. 완전한 민정 이양은 아니었지만, 적어도 형식적으로는 군정이 종식되고 민정이 시작된 것이었다. 하지만 정치의 무대는 오히려 험난하기만 했다. 혁명세력과 민간세력의 본격적인 정치적 다툼이 시작되었기 때문이다. 이른바 제3공화국의 출범이다.

당시 〈경향신문〉의 정치부장은 김경래金景來 씨였다. 정치부 기자로는 정재호鄭在虎, 정종식, 이환의李桓儀, 최서영崔瑞泳, 서행식徐幸植 등 쟁쟁한 선배기자들이 포진해 있었다. 견습 출신으로는 방일홍方一弘, 김진배金珍培, 조규진曹圭晋 등이 배치되어 있었고, 견습 동기인 윤상철尹相哲과 내가 정치부의 막내로 합류했다.

이 가운데서도 김경래 부장은 유머가 풍부하고 포용력이 넓어 부원들을 원활하게 이끌어가고 있었다. 정치인들과의 교류도 잦은 편이어서 저녁식사 약속 때마다 부원들을 몇 명씩 대동하고는 했다. 박정희 대통령과는 최고회의 의장 시절부터 친분이 시작되어 가끔씩 사신을 받을 정도였다. 그렇게 받은 사신이 모두 50여 통에 이른다고 한다.

그 한참 뒤의 얘기지만, 그가 교회 장로로서 자신이 다니던 북창동 교회가 신축 중에 자금이 모자라 공사가 중단되자 청운동의 자택을 처분해 건축자금을 댔다는 얘기는 널리 알려져 있다. 거처를 아예 교회로 옮겨 모친과 장모님을 함께 모시고 사는 모습에 가슴이 뜨거워졌던 기억이 있다. 생전에 영락교회 한경직韓景職 목사가 그를 찾아와 기독교 100주년 기념사업회 책임을 맡도록 권유했던 것도 그런 배경이 감안되었을 것이다.

부원들도 모두 유능한 분들이었다. 이환의 씨는 엄민영嚴敏永 내무장관 시절 내무부 기획관리실장으로 자리를 옮겼다가 전북도지사와 〈문화방송〉·〈경향신문〉 사장을 거쳐 국회의원으로 활약했다. 정재호, 방일홍, 김진배 씨도 국회의원을 지냈다. 최서영 씨 역시 〈한국방송공사KBS〉 보도국장을 거쳐 〈내외경제신문〉 사장을 지낸 주인공이다.

나에게는 외무부가 출입처로 맡겨졌는데, 당시 중앙청 안에 외무부가 있었다. 일제시대 경복궁 자리에 지어졌던 옛 조선총독부 건물이 여전히 정부 청사로 사용되고 있었고, 통칭 그 청사를 중앙청이라 부르고 있었다. 세종로에 지금의 정부종합청사가 지어지고 1983년 국무총리실이 이곳으로 옮겨지기 전까지의 이름이다(그 뒤 옛 조선총독부 청사는 국립중앙박물관으로 사용되다가 김영삼 대통령 시절이던 1995년 일제 잔재 청산 차원에서 철거되었다).

내가 외무부에 출입할 때의 외무장관은 이동원李東元 씨였다. 대통령 비서실장과 주 태국대사를 거쳐 외무장관으로 임명되었는데, 솔직 담백한 성격으로 친화력이 매우 뛰어난 분이었다. 더구나 보스 기질에 밀어붙이는 배짱도 지니고 있었다. 개인적인 사생활에 대해서조차 기자들에게 스스럼없이 털어놓을 정도였다.

당시 외무부 출입기자로는 〈동아일보〉의 조규하(曺圭河, 후 전남지사 역임), 〈조선일보〉의 리영희(李泳禧, 후 한양대 교수 역임, 작고) 등 쟁쟁한 인물들이 포진하고 있었다. 통역장교 출신인 리영희 기자는 점심으로 꼭 도시락을 싸들고 다니며 〈포린어페어스〉 등에도 영문 기고를 하는 등 탁월한 영어실력을 구사했다.

그때 리 기자는 순화동에 있던 외무장관 공관에 사흘간 숨어 지내기도 했다. 이유인즉, 그가 "남북한 유엔 동시가입 추진"이란 작문성 특종기사를 썼고, 이것이 김형욱 중앙정보부장에게 보고되어 반공법 위반 혐의로 구속될 찰나여서 이동원 장관이 그를 공관에 숨겨 보호했던 것이다. 정보부 서슬이 시퍼렇던 시절, 김 부장은 이 장관에게 범인은닉죄를 적용하겠다며 빨리 리

기자를 내놓으라고 협박한 터였다.

결국 이 장관은 "리 기자 구속이 자칫 언론탄압이란 인식을 국민들에게 주게 되면 한일회담 추진에도 큰 장애가 된다."면서 김 부장을 설득했다. 이 장관은 김 부장을 초대해 서울시청 뒤에 있던 이학 일식집에서 식사를 하고 옆방에 숨겨 놓았던 리 기자를 나오게 해서 잘못을 사과하는 형식을 갖추어 사건을 무마시켰다. 이래서 리 기자는 가까스로 정보부 연행 조사, 구속을 면했다. 하긴 당시 나이 39세였던 이동원 장관은 배짱도 있고 넉살도 좋고 임기응변도 뛰어났다. 그가 한일회담 막판 일본 총리대신 공관에서 조인식을 할 때도 독도문제를 일본 측에서 또다시 거론하자 "개도, 고양이도 한 마리 안 사는 무인도를 가지고 다투지 말자."고 하거나 사토 에이사쿠 수상에게는 "이 문제가 자꾸 거론되면 난 한국에 돌아갈 수도 없다. 당신이야 미남이니까 미국에 가서 배우라도 할 수 있지만……."이라고 농반, 진반 어물쩍 넘기는 방어술을 썼다고 한다. 한일회담은 당시 미국의 대한국, 대일본 압력이 없었다면 성사되기 힘들었을 것이라는 것이 전문가들의 분석이다. 뒤에 기록으로 확인되었지만 독도 폭파론은 일본 측 실무 국장이 거론했고 한국 측은 박정희 대통령의 지시로 독도 영유권을 협상 테이블에 올리지 않는다는 기본 지침을 갖고 일을 진행했다.

이동원 장관이 한일회담을 추진하고 있을 무렵 뒷날 짧은 기간이나마 대통령 자리까지 오른 최규하 씨는 외무부 대기대사로 방 한 칸 차지하고 하는 일 없이 시간을 보내고 있었다. 주일 공사로 근무하던 그가 본부 대기대사로 들어온 것은 위험을 의식해서인지 한일교섭에 적극적으로 몸을 던지지 않고 보신을 했기 때문이었다는 말이 돌았다.

그렇지만 관료로서의 그의 처신은 훌륭했다고 해야 할 것 같다. 장관이 퇴청하지 않으면 절대 먼저 퇴근하는 일이 없고 영어에 능통했던 실력으로 일주일에 한두 차례 〈타임〉, 〈뉴스위크〉 등 외국 정기간행물을 초역해 퇴근 전인 저녁 무렵 장관에게 보고하는 일을 게을리하지 않았다. 상당 기간 이런 일을 하면서 장관의 신임을 받았던 것 같다. 한일회담이 사실상 타결된 뒤 그는 주 말레이시아 대사로 부임했다. 다행히 최 대사는 말레이시아 대사 재임 중 이 장관이 추진한 아시아 태평양 지역 각료회의 사무총장을 맡아 임무를 훌륭히 치러냈고 박정희 대통령의 눈에 들어 외무장관, 청와대 외교안보특보를 역임한 뒤 총리로 기용되는 황금노선에 올라탔다.

그는 외무부 대기대사 시절 점심시간이 되면 기자들과 더러 어울려 중앙청 건너편, 경제기획원(현재 역사박물관) 구내식당에 가 설렁탕이나 국밥을 들었다.

허기진 군상群像

정치부로 옮겨 갔어도 취재의 관심이 민생 문제에서 크게 벗어날 수는 없었다. 아직도 봄에서 초여름으로 옮겨 가는 보릿고개 때는 굶는 사람이 태반일 때였다. 서울에서도 변두리 지역에서는 주민들에게 밀가루가 배급되었으며, 학생들에게는 보리빵이 지급되고 있었다. 집안이 부유하거나 가난하거나를 가리지 않고 무상급식이 이루어지는 요즘 시각으로는 그런 일이 있었으리라고 생각하기조차 어려운 일이다.

정부가 5개년 경제개발계획을 발표하긴 했건만 어디서부터 손을 대야 할지도 막막한 실정이었다. 자금도 없었고, 차관을 들여오기도 막막한 형편이었다. 대한적십자사 총재를 맡고 있던 최두선崔斗善 씨가 제3공화국의 초대 국무총리로 발탁되었다가 '방탄 내각'이라는 별명만 남기고 불과 5개월 만에 정일권 씨에게 자리를 내어준 것도 그런 배경이 다분히 작용했을 것이다. 최두선 총리는 육당 최남선崔南善의 동생으로 〈동아일보〉 사장을 지내기도 했다.

〈경향신문〉 정치부가 나서서 "허기진 군상群像"이라는 시리즈를 내보내기 시작한 것도 그런 시대적 흐름을 깔고 있었음은 물론이다. 큼직한 현장고발 사진과 함께 1면에 게재된 이 연재물은 독자들의 눈길을 끌기에 충분했다. 칡뿌리와 솔잎으로 허기를 달래고 뜨물과 비지로 멀건 국을 끓여 먹어야 했던 우리의 현실을 그대로 담고 있었기 때문이다.

정치부 기자들이 돌아가면서 집필했던 이 시리즈의 첫 회는 김경래 부장이 직접 맡았다. 대전의 어느 양조장으로 술지게미를 얻으러 오는 행렬을 묘사한 글이다.

여기 핏기 잃은 한 행렬이 있다. 누가 오라 해서 온 것도 아니고, 가라 해서 물러설 행렬도 아니다. 목구멍이 불러서 나선 것이고, 창자가 시켜서 나온 것이다. 그들에겐 부끄러움이 없다. 체면이라든가 이목에 구애받지 않는 기아선상의 민생고가 일찍이 밟아보지 못한 그곳 양조장 뒷문으로 저 영세 시민들을 새벽같이 끌어낸 것이다. 대전시내 P 양조장은 혁명공약, 선거공약을 비웃는 아이러니 속에서 오늘도 태양을 외면한다.

(〈경향신문〉, 1964년 5월 19일)

이 기사는 다음과 같은 의문형으로 끝맺는다. "혁명을 두 번이나 치른 이 겨레는 왜 이다지도 못사는가? 누가 어쩌다가 이 꼴로 만들었을까?" 두말할 것도 없이 5·16을 일으켜 정권을 쥐고 있던 박정희 정부에 대해 책임을 추궁하는 질문이었다. 절망과 기아선상에서 허덕이는 민생고를 해결하겠다며 내세운 공약의 허구성을 고발하는 것이기도 했다.

독자들의 반응이 쏟아져 들어올수록 당국의 눈길은 싸늘하기만 했다. "〈경향신문〉은 야당의 대변지"라는 얘기도 들려왔다. 일반 독자의 입장에서는 칭찬과 두둔의 목소리였지만, 당국으로서는 신문에 대한 불만을 표현하는 말이기도 했다. 조금만 더 인내심을 건드렸다간 괘씸죄로 둔갑할 불만이기도 했다.

이 무렵, 박정희 정권은 언론을 통제하기 위한 언론윤리위원회법과 학원보호법의 제정을 추진하던 중이었다. 언론계의 반발이 따랐지만 정부의 방침은 확고했다. 그런 상황에서 "허기진 군상" 시리즈가 게재되고 있었으니, 가히 일촉즉발의 국면이라 할 만했다.

나도 시리즈의 한 편을 담당했다. 나는 기사를 통해 두부 공장으로 비지를 사러 오는 서울 하층민들의 모습을 그렸다. 하층민이라기보다는 그것이 보통 서민들의 삶이었다. 지게벌이로 하루를 연명하는 노동자와 농민들, 서울로 일자리를 찾아 올라와 자리를 잡지 못한 이농민들의 대체적인 생활이 그러했다.

'살찐 돼지는 사람보다 낫다.'는 패러독스가 당연한 논리로 통하는 세상. 굶는 자유보다는 차라리 죽는 자유를 택하고 싶어 하는 가난한 백성의 신음소리가 뼛속에 스며드는 아픈 세태. 주림과 빈곤, 실의失意의 행렬이 삶의 골고다 언덕을 넘어서고 있는 극한지대. 새벽 2시부터 열을 지어야만 가까스로 비지를 사다 물을 타서 다섯 식구가 한 끼니를 잇는다는 서울시내 H동의 이야기. 두부를 만들고 난 찌꺼기는 사람이 먹지 않고 돼지 등의 가축에게만 주는 것으로 알고 있는 것은 큰 잘못. 이 찌꺼기를 사지 못해서 그대로 돌아가는 행렬도 있으니 그들은 돌아가 무엇을 먹을까?

(〈경향신문〉, 1964년 5월 26일)

그러나 이 시리즈는 7~8번인가 나간 끝에 결국 중단되고 말았다. 그해 6월 3일을 기해 서울시 일원에 비상계엄령이 내려졌기 때문이다. 정부의 한일회담 추진 내용이 구체화되면서 대학가를 중심으로 굴욕 외교라는 비난과 함께 격렬한 시위가 벌어졌다. 민심도 흉흉하기만 했다. 계엄령은 시위를 차단하고 유언비어를 단속하는 방법이었다. 지금도 흔히 '6·3 사태'라는 이름으로 불리는 역사적 사건이다.

일단 계엄령이 내려진 이상 "허기진 군상"도 그 조사 대상에서 벗어날 수는 없었다. 이 시리즈를 기획한 김경래 부장과 정재호, 윤상철 기자가 즉각 소환되어 조사를 받아야 했다. 그것은 내 입장도 마찬가지였다.

특히 이 시리즈에 사진을 찍었던 손충무孫忠武 기자는 입장이 더 곤란했다. 그는 비슷한 무렵 나갔던 "하루는 책보, 이틀은 깡통"이라는 제목의 별도 기사에도 관여되었던 것이다. 대전의 어느 국민학교 어린이가 밥 동냥을 하느라 학교에 제대로 다니지 못하는 상황을 묘사한 기사였는데, 그 내용이 과장되거나 허위로 꾸며졌다는 사실이 드러났기 때문이다.

그때는 동대문운동장 건너편 덕수상고(지금의 두타백화점 자리) 쪽 부근에 중앙정보부 지하 분실이 있었던 것으로 기억된다. 신문 보도와 관련해 문제가 생길 때마다 기자들을 끌고 가 억압적으로 신문했던 장소다. '허기진 군상' 취재팀이 차례로 끌려갔던 장소도 바로 여기였다.

그래도 김경래 부장은 넉살이 좋아 처음 보는 사람과의 관계도 부드럽게 끌어가는 솜씨가 뛰어났으므로 그렇게 곤욕을 치른 것 같지는 않았다. 조사를 받으러 들어가면 누구를 만나도 "안녕하십니까, 수고들 하십니다."라고 먼저 고개를 수그리므로 상대방도 일방적으로 몰아세우기는 어려웠던 모양이다. 심지어 그에게는 '정보부의 학사 학위를 받은 졸업생'이라는 등의 우스개 별명이 붙여질 정도였다.

그런 점에서는, 정재호 기자도 임기응변이 뛰어난 편이었다. 그가 쓴 내용 중에서도 "신이여, 차라리 이 민족에게 죽음을 주소서."라는 문장 끝부분이 문제가 되었다. 위압적인 수사관이 이에 대해 집중적으로 추궁하자 '형이상학적인 표현'이라는 답변으로 위기를 모면하는 현장을 그의 옆자리에서 조사를 받던 내가 목격했다. 그는 자신이 시인으로서, 형이상학적인 것을 추구하는 내용이 그 기사에 담겨져 있다며 어렵고 힘들게 해명했다. 그러면서 박정희 의장을 따라 출장 다니는 얘기를 덧붙였다. 위기 모면용으로 적시타를 날리고 있었다.

그는 최고회의가 해산되기까지 최고회의를 출입했는데, 박정희 의장이나 이후락李厚洛 대변인과의 친분관계도 위기를 벗어나는 데 적지 않은 도움이 되었을 것이다. 그는 술자리에서나 어느 노는 자리에서도 곧잘 어울리고 좌중을 휘어잡는 재주를 지니고 있었다. 〈서울신문〉에서 옮겨 온 그는 정치부 기자 사회에서 '정코'라는 별명으로 통할 정도였다.

가장 곤욕을 치른 사람은 역시 손충무였다. 사진의 앵글을 잡아도 특유의 감각으로 비틀어대는 재주를 갖고 있었지만, 실제로 존재하는 상황보다는 연출에 의한 사진이나 이른바 짜 맞추기 합성사진이 더 추궁의 대상이었다. 더구나 워낙 굽히지 않는 성격이어서 신체적으로도 상당한 가혹행위를 당했던 것으로 전해지고 있다.

이준구李俊九 사장도 조사 대상에 올랐다. 그리고 연행되어 조사를 받은 끝에 반공법 위반 등의 혐의로 손충무와 함께 구속되었다. 계엄령이 내려진 바로 다음 날, 6월 4일의 일이다. 더 나아가 열흘쯤 뒤에는 윤상철 기자도 그전에 보도되었던 4·19 특집기사와 관련해 연행되었고 끝내 내란선동 혐의로 구속되고 말았다. 그로부터 한 달 뒤에 계엄령이 해제되고 이들이 모두 풀려나긴 했지만 〈경향신문〉에 대해 집중적인 압력이 가해졌음을 보여주는 사례다.

이형백 간첩사건

〈경향신문〉이 당국으로부터 부당한 압력을 받은 것도 사실이지만, 신문사 내부에서도 빌미가 될 만한 일들이 끊이지 않았다. 과거 자유당 정권 아래서 폐간처분을 받아야 했던 상황도 크게 다르지 않다. 다른 신문이라고 비슷한 사례가 없지야 않았겠으나 유독 〈경향신문〉이 더했다.

"허기진 군상" 시리즈 이후에 일어난 사건 가운데서는 이른바 '이형백 사건'이 대표적이다. 편집국에서 조사부장을 맡고 있던 이형백李馨白이 간첩사건에 연루되었던 것이다. 1965년 4월, 중앙정보부가 그를 포함한 관련자 4명을 언론기관 배후조종을 기도한 간첩혐의로 체포했다고 발표하면서 세상에 드러난 사건이다. 조사 과정에서 관련자는 더 늘어나게 된다.

북한에 거주하던 그의 친동생 이문백李文白이 1958년 5월 남하해 그의 집에 묵으면서 남한의 언론계 동향을 북쪽에 보고했다는 것이 사건의 개요다. 이 사건으로 인해 형인 이형백뿐만 아니라 그의 장모와 장인, 처남, 매부, 누이, 조카 등 모두 10명이 재판정의 피고인석에 앉아야 했다.

이와 더불어 〈경향신문〉의 도쿄 지사장이었던 윤우현尹祐鉉이 그 전해인 1964년 12월 모든 식솔을 이끌고 월북한 사건도 새로이 조명을 받게 되었다. 윤우현은 조총련 계열로 확인되고 있었다. 〈경향신문〉이 "이런 사건이 발생한 데 대해 반공 일선에 앞장서야 하는 언론사로서 독자들에게 죄송스럽다."는 사고를 게재한 것도 그런 당혹스런 입장 때문이었을 것이다.

가뜩이나 한양대 학생들 200여 명이 편집국에 난입해 들어와 무려 여덟 시간이나 편집국을 휘저어놓았던 그 직전의 찜찜했던 기억이 채 가시지 않고 있던 참이었다. 〈경향신문〉이 "돈받고 뒷구멍 입학"이라는 제목의 기사를 통해 한양대가 미등록 학생을 충원하면서 시험도 치르지 않은 학생을 슬그머니 입학시켰다며 부정입학 사례를 지적한 데 대한 집단적인 반발이었다. 학생들은 즉각적인 해명과 정정보도를 요구하고 있었다. 요구가 받아들여지지 않는다면 쉽게 물러설 조짐이 아니었다.

그런데도 위축되지 않고 제 역할을 수행한 사람은 역시 사진부의 손충무였다. 그는 책상 위에 올라가더니 플래시를 터뜨리며 몰려든 학생들의 사진을 찍어댔다. 여차하면 불법난입의 증거로 사용하겠다는 으름장이나 다름없었다. 하지만 학생들도 가만히 있지는 않았다. 그를 끌어내리더니 차례로 주먹 세례를 퍼붓고 말았다. 결국 손충무가 물러나긴 했지만, 그 기개만큼은 대단했다. 그가 때로는 무리수를 둔다는 사실을 알면서도 이준구 사장이 그를 남달리 아꼈던 이유가 거기에 있었을 것이다.

집단의 위세 앞에 신문사로서도 일단 후퇴할 수밖에는 없었다. 그다음 이틀날에 걸쳐 문제의 보도 내용이 사실과 다르다는 해명기사를 실어야 했다. 그것이 당시 〈경향신문〉이 처했던 현주소였다. 이미 〈경향신문〉의 사세는 크게 이지러지기 시작하고 있었다.

경매 처분된 〈경향신문〉

1965년 9월 드디어 〈경향신문〉에 대한 경매신청이 법원에 제기되었다. 한일은행과 제일은행, 서울은행 등 3개의 채권은행이 신문사의 사옥과 윤전기에 대해 경매를 신청한 것이었다. 신문사로부터 대출금을 제대로 상환받지 못했다는 것이 그 이유였다.

그때 〈경향신문〉의 은행 부채는 4천600만 원 남짓. 물론 작은 규모는 아니었지만, 줄잡아 1억 원선을 넘나드는 다른 신문사들에 비해서는 그나마 양호한 편이었다. 정권 차원의 압력이 있었음을 보여주는 부분이다. 실제로, 채권단은 경매신청에 앞서 유독 〈경향신문〉에 대해서만 대출금 전액을 일시에 상환하라고 통고했던 것으로 드러나고 있다.

이 과정에 당시 김형욱 중앙정보부장이 직접 개입했다는 증언도 흘러나오고 있다. 특히 빌미가 된 것은 이형백 간첩 사건이었다. 〈경향신문〉이 가뜩이나 정권의 눈총을 받던 입장에서 이런 사건까지 일어났으니 호시탐탐 엿보던 중앙정보부로서는 저절로 굴러 들어온 기회를 놓칠 리가 없었을 것이다. 간첩 사건의 전후 과정은 사실이겠지만, 사실보다 부풀려져 발표됐다는 의혹도 없지 않았다.

결국 〈경향신문〉은 그 이듬해 1월에 실시된 경매에서 기아산업의 김철호金喆浩에게 넘겨지고 말았다. 단독 응찰자였던 그는 2억1천800만 원을 써넣어 낙찰을 받았다. 이처럼 신문사가 경매를 통해 경영권이 새로운 주인을 찾아 넘겨진 것은 국내 언론 사상 처음 있는 일이었다. 이렇게 경매절차가 진행되는 동안 이준구 사장은 1965년 11월 서울형사지법에서 열린 공판에서 반공법 및 외환관리법 위반죄로 징역 3년에 자격정지 2년을 선고받게 된다.

이렇게 경영 주체가 흔들리던 〈경향신문〉은 결국 1974년 〈문화방송〉과 통합됐다가 전두환 정권이 시작되면서 다시 분리된다. 1981년의 강압적인 언론통폐합 조치의 결과였다. 이런 식으로 불안정한 경영 체제를 유지하던 〈경향신문〉은 1990년 8월 한화그룹으로 경영권이 넘어가게 된다.

한편 이준구 사장은 1970년대 말에 이마산업을 설립하고 다시 재기에 성공한 뒤에도 〈경향신문〉에 대한 미련을 떨쳐버리지 못했다. 나는 그가 2006년 타계하기 직전까지 다니던 롯데호텔의 헬스클럽에서 그와 자주 마주치곤 했다. 내가 경기고교 명예졸업장 기사를 썼을 때 나를 불러서 활짝 웃으며 격려해주던 그 모습이 떠오른다.

한 票
直線·노골적인
現
국민

제**3**장

〈중앙일보〉 시절

내가 〈중앙일보〉로 자리를 옮긴 것은 1965년 8월의 일이다. 〈중앙일보〉가 그해 9월 창간을 목표로 편집국의 구성을 한창 마무리하던 시점이었다. 이로써 대략 5년 8개월 동안에 걸친 〈경향신문〉 시절이 막을 내리게 되었다. 근무처가 소공동에서 서소문으로 바뀌게 되었던 것이다.

〈경향신문〉 정치부에서 부장으로 모시던 정종식鄭宗植 씨가 〈중앙일보〉로 회사를 옮긴 뒤 나에게 함께 일하자고 한 권유를 받아들인 것이었다. 나 역시 창간 준비요원으로서 그가 부장으로 일하고 있던 정치부에 배정받았다.

정 부장의 권유도 권유였지만, 당시 〈경향신문〉에 여러 가지 정치적 사건이 한꺼번에 겹치면서 안팎으로 쪼그라드는 모습을 보며 나 개인적으로 더 버틸 만한 의욕이 나지 않았다는 게 더 솔직한 얘기일지도 모른다. 그러나 회사 상황을 떠나서도 기자들이 이리저리 자유롭게 옮겨 다니던 시절이었으므로 그리 어렵지 않게 결정을 내렸던 것 같다.

그러면서도 신문기자로서 처음 친정으로 몸담았던 언론사가 곤욕을 치르고 있는 상황에서 훌쩍 떠나는 마음이 그렇게 편할 수만은 없었다. 내가 신문사를 옮기기로 최종 결정을 내린 것이 이형백 간첩사건의 외중에 이준구 사장이 구속된 직후였다는 점에서도 특히 그러했다.

어쨌든 새로 꾸려진 〈중앙일보〉 정치부의 진용도 그만하면 화려한 편이었다. 부장인 정종식 씨를 비롯해 김영수金榮洙, 노철용盧哲容, 서정강徐正剛, 이영석李英石, 이태교李太敎, 이억순李億淳, 오전식吳田植 등이 그 멤버였다. 내 후배로는 윤기병尹奇炳, 윤용남尹龍男 등이 포진되어 있었다.

더구나 수습기자를 뽑기 전에 짜인 진용이므로 어차피 외인부대일 수밖에 없었다. 〈경향신문〉 외에도 〈동아일보〉를 포함해 〈조선일보〉, 〈한국일보〉, 〈서울신문〉, 〈합동통신〉, 〈동아방송〉 등에서 옮겨 온 분들이다.

나의 대학 동기인 정덕교도 〈한국일보〉에서 옮겨 와 사회부에 배치되어 있었으며, 나와 함께 해양대학 원양훈련선 취재에 동승했던 안병찬도 〈중앙일보〉에 합류했다. 그러나 안 기자는 몇 년 지나지 않아 친정인 〈한국일보〉로 되돌아가고 말았다. 정치부에 와 있던 오전식도 3년여 만엔가 다시 〈경향신문〉으로 옮겨 갔다.

내 입장에서도 다시 〈경향신문〉으로 돌아갈 기회가 전혀 없었던 것은 아니다. 하지만 일단 떠난 마당에 다시 돌아가기란 그리 쉬운 일이 아니었다. 나에게 〈경향신문〉으로 돌아오도록 권유한 분은 김경래 씨였다. 그가 부국장을 거쳐 편집국장을 맡게 되자 나에게 주일 특파원 자리를 제의하면서 컴백을 권유해왔던 것이다. 그러나 나는 이미 〈중앙일보〉 정치부에서 자리를 잡아가던 중이었다.

아직 신문은 발행되지 않고 있었으나 〈중앙일보〉는 이미 그해 3월 창립주주총회를 열고 정식 출범해 있었다. 이병철李秉喆 회장이 대표이사 사장을, 홍진기洪璡基 씨가 부사장을 맡았다. 이 회장의 차남인 창희昌熙 씨도 이사로 이름을 올렸다. 그리고 아직 사옥의 마무리 공사가 부분적으로 진행되는 중에도 윤전기는 벌써 갖추어져 시험판 지면이 제작되고 있었다.

서소문 사옥은 에어컨 시스템과 자동난방 시설, 아메리칸 스탠다드의 최신식 수세식 화장실 등을 갖춤으로써 당시로는 서울시내에서도 최신식 건물로 꼽히고 있었다. 다른 신문사들은 겨울철이면 아직 편집국에 구공탄이나 조개탄 난로를 때던 시절이었다. 그 직후 정부가 세종로에 종합청사를 지을 때 당시 이석제李錫濟 총무처장관이 서소문 사옥을 방문해 필요한 자료를 수집해 갔을 정도다.

수습사원 공모를 통해 〈중앙일보〉의 제1기 수습기자가 선발된 것도 비슷한 무렵의 일이다. 금창태琴昌泰, 정천수鄭天樹, 오만진吳萬瑨, 이원달李源達, 조남조趙南照 씨 등이 그 제1기의 주인공들이다. 제1기 기자들은 모두 30명이 훨씬 넘었다.

이런 과정을 거쳐 드디어 그해 9월 〈중앙일보〉 창간호가 발행되었다. 사옥의 낙성식도 신문 창간에 맞추어 거행되었다. 초대 편집국장에는 이원교李元教 씨가 임명되었다. 역시 〈경향신문〉에서 부국장을 지내다 〈한국일보〉를 거쳐 옮겨 오신 분이었다.

서소문 사옥에서 편집국은 2층에 자리 잡고 있었다. 5층에는 〈동양방송〉을 들임으로써 사옥 자체를 종합 매스컴 회사로서의 면모를 갖추게 한다는 계획이었다. 〈중앙일보〉에 참여한 기자들의 포부도 덩달아 커지고 있었다. 그것은 나도 마찬가지였다.

이미 나로서도 신참기자의 어리숙한 모습에서 벗어나고 있을 무렵이었다.

▲서소문 시절의 〈중앙일보〉 사옥

나는 정치부 출입처 가운데서도 중앙청을 맡게 되었다.

국무총리실을 비롯해 총무처와 공보부, 법제처가 그 취재 울타리에 포함되어 있었다. 모두 중앙청 안의 별관 건물에 집무실을 꾸리고 있던 부처들이다. 옛 조선총독부 청사가 중앙청으로 사용되고 있었다는 사실은 앞에서 설명한 바와 같다. 내가 〈경향신문〉 정치부 시절 출입하던 외무부도 같은 중앙청 안에 집무실이 들어 있었지만, 관행적으로 중앙청과는 별도의 출입처로 나뉘어 있었다.

당시 정일권丁一權 씨가 국무총리를 맡아 행정부처를 관할하고 있었다. 젠틀맨 타입의 정 총리는 대인관계가 원만하고 누구에게도 호감을 주는 인상이었다. 웃는 표정만으로도 너끈히 점수를 딸 만한 사람이었다.

그러나 당시 언론들이 그의 내각에 대해 '돌격 내각'이라고 별명을 붙였듯이, 그의 역할이 웃는 데 그쳤던 것은 아니다. 때로는 각 부처를 통솔하며 고함을 질러야 했고, 때로는 마음속으로 눈물을 흘리기도 했을 것이다. 경제개발계획이 추진되면서 장기영張基榮 경제기획원장관 겸 부총리가 경제 문제는 총괄하고 있었지만, 정치 및 사회 문제는 전적으로 그의 관할이며, 책임이었다.

정부가 헤쳐가야 할 바다는 파도가 험난하기만 했다. 민정 이양과 함께 출범한 박정희 대통령의 제3공화국 정부에서 그는 1964년 6·3 사태 이후 1970년까지 국무총리 직책을 유지함으로써 역대 최장수 기록을 세우게 된다.

중앙청의 출입부처인 총무처는 이석제 씨가, 공보부는 홍종철洪鍾哲 씨가 장관을 맡고 있었고, 법제처장에는 대검 검사와 법무부차관을 지낸 서일교徐壹敎 씨가 민정 이양 때부터 임명되어 있었다. 모두 능력이 뛰어나 박 대통령이나 정 총리로부터 두터운 신임을 받던 분들이다.

취재부처가 여럿이었던 만큼 중앙청 출입기자들의 업무도 결코 적지는 않았다. 주로 기자실에서 브리핑이 이루어졌지만, 때로는 각 부처로 바쁘게 쏘다녀야 했다. 그 가운데서도 매주 두 차례씩 정례적으로 열리는 국무회의 안건이 가장 중요했다. 총무처와 공보부를 통해 발표되는 정부 고위직 인사나 국정 현안에 대한 정부 브리핑도 놓치면 안 되는 기삿거리였다. 법제처에서는 새로운 정부조직 및 정책과 관련해 법안이 발표되기도 했다.

그때 중앙청 2층에 있던 기자실에는 출입기자가 대략 30명 안팎에 이르렀다. 〈동아일보〉의 유병무劉秉武, 조규하曺圭河 기자를 비롯해 〈조선일보〉의 송기오宋基五, 채영석蔡映錫, 주돈식朱燉植, 〈한국일보〉의 염길정廉吉正, 이수정李秀正, 〈서울신문〉의 고흥욱高興旭, 〈대한일보〉의 신경식辛卿植, 〈동아방송〉의 장순재張淳在 등이 그들이다. 〈경향신문〉에서는 이창원李昌遠 기자가 출입하고 있었다. 이 가운데 고흥욱 기자는 이명박 정권에서 특임장관을 맡았던 고흥길高興吉 씨의 맏형이기도 하다.

특기할 만한 일은 〈중앙일보〉로 옮겨 가자마자 정일권 국무총리를 수행해 동남아 순방 출장에 오르게 되었다는 사실이다. 〈경향신문〉에서 문교부를 출입하면서 해양대학 원양훈련선을 타고 대만과 일본을 둘러보았다면, 이번에는 비행기를 타고 해외 출장길에 올랐다는 점이 차이점일 것이다.

아마 〈중앙일보〉가 창간되고 나서 편집국 기자로는 최초의 해외 출장이었을 것이다. 〈중앙일보〉의 창간호가 나온 것이 그해 9월 22일, 그리고 김포공항에서 비행기를 타고 출장길에 오른 것이 그보다 불과 사흘 뒤인 9월 25일의 일이었으니 말이다. 나는 서소문에서도 차근차근 경력을 쌓아가고 있었다.

정일권 총리의 동남아 순방 취재

그때 정일권 총리의 동남아 순방은 말레이시아 공식방문을 겸해 월남과 홍콩을 둘러보는 일정으로 짜여 있었다. 그해 4월 한국을 방문했던 말레이시아의 압둘 라만 수상의 답례 초청으로 이루어진 해외순방이었다. 한국보다도 늦게 1957년 영국으로부터 독립을 이룬 말레이시아가 신생국가로서 주변국과의 외교 활성화에 주력하던 때였다.

그러나 가장 중요한 목적지는 역시 월남이었다.

당시 남북으로 갈려 하노이 정권의 월맹 및 베트콩 군대와 전쟁을 벌이고 있던 월남에는 우리의 비둘기부대가 막 파견되어 있었다. 비둘기부대는 공병·수송 병과로 구성된 비전투 부대로, 그 뒤에 연달아 파병되는 청룡, 맹호, 백마 등 전투부대의 선봉이었다. 우리 정부가 국군장병 파견을 기회로 삼아 월남 정부와의 경협확대 협상에서 최대한의 소득을 이끌어내려던 상황이기도 했다.

월남전뿐만 아니라 캐시미르 지역의 영유권 문제를 둘러싸고 인도와 파키스탄의 분쟁도 격화될 무렵이었다. 더구나 그 이듬해에는 박정희 대통령의 동남아 순방도 계획되고 있었다. 따라서 정 총리의 동남아 순방은 박 대통령의 순방을 앞두고 일대의 정세를 미리 살펴보는 의미도 포함되어 있었던 것이다.

이 동남아 순방 일정에 따라붙었던 취재기자는 나를 포함해 모두 6명이었다. 〈동아일보〉의 박원근朴原根을 비롯해 〈한국일보〉의 박현태朴鉉兌, 〈조선일보〉의 채영석, 〈대한일보〉의 신경식, 그리고 〈경향신문〉에서는 이창원 기자가 수행 기자단을 이루었다. 정부 각료로서는 박충훈朴忠勳 상공부장관과 윤주영尹胄榮 무임소장관이 정 총리를 수행하고 있었다.

우리 일행은 캐세이퍼시픽 항공을 타고 김포공항을 이륙했다. 하늘에서 내려다보는 국토는 아름다웠다. 헐벗었지만, 우리가 지켜갈 땅이었다. 그런 상념과 기대에 부풀어 있는 사이에 비행기는 대만 타이베이 공항의 중간기착을 거쳐 드디어 첫 목적지인 열대의 나라 월남에 도착했다. 사이공 탄손누트 공항에 착륙한 것이었다.

공항에는 월남 정부의 의전관 외에도 우리 측에서 신상철申尙澈 대사와 군복 차림의 파월부대 지휘관이 출영 나와 있었다. 그 파월부대 총사령관이 채명신蔡命新 장군인 것을 뒤늦게야 알았다. 그는 우리보다 한 달 전쯤 비둘기부대를 인솔해 현지에 도착해 있었다.

무엇보다 정 총리의 도착 성명은 인상이 깊었다. 공항 환영식 행사에서 낭독한 내용을 요약하면 다음과 같다.

"본인은 오늘날 한국뿐만 아니라 자유국가들이 다 같이 자유 이념을 갖고 있으며 월남과도 이를 기반으로 상호 협조해야 한다고 믿는 바다."

지금은 월남의 정치적 상황이 180도 바뀌어버렸지만, 당시로서는 당연한 문구였다.

더욱이 정 총리에 대한 월남 정부의 대접은 부족함이 없었다. 구엔 카오 키 수상과 구엔 반 티우 대통령이 회담장에서 정 총리를 반갑게 맞아하는 모습에서도 그것을 알 수 있었다. 미국과 월남이 우리 정부에 비둘기부대에 이어 전투부대의 추가 파병을 요청하던 때였다. 그리고 이런 계획에 따라 해병대로 구성된 여단 병력의 청룡부대가 전투부대로는 처음으로 그 다음 달 월남에 파견되도록 차근차근 계획이 진행되고 있었다. 채명신 장군이 그 후 밝힌 만찬자리에서의 '오프더레코드' 발언이 아직도 기억에 남아 있다. "월남에서 한국군이 전투도 잘 하지만 전쟁에 동원된 무기들 가운데 특히 M16 소총 등 한국 산악전에 유용한 무기들을 많이 한국으로 가져가고 있어요." 이 무기들은 물론 미군 허가 없이 한국군 수송선으로 옮겨 나른 '폐기 물자'였다.

정 총리는 캐벗 로지H. Cabot Lodge 주월 미국 대사와도 만나 의견을 나누었다. 1960년의 미국 대선에서 공화당 닉슨 후보와 러닝메이트를 이루어 부통령 후보로 나섰던 그가 사이공 대사를 맡고 있었다. 그때 미국 존슨 대통령 정부의 가장 큰 관심사가 월남전이었음은 두말할 나위가 없다. 미국은 케네디 대통령의 결정에 따라 월남 전쟁에 개입했으며, 케네디가 암살당한 뒤 그 자리를 물려받은 존슨 행정부도 미국 구축함이 북베트남의 경비정으로부터 공격을 받은 1964년 8월의 통킹만 사건을 계기로 더욱 깊숙이 발을 들여놓게 되었던 것이다.

그때의 방문에서 베트콩이 어둠을 틈타 정 총리 일행이 묵고 있던 영빈관을 습격할 거라는 얘기가 나돌아 한때 긴장하기도 했던 기억이 새롭다. 그들의 표현대로 "베트콩은 어디에도 있고, 어디에도 없다."고 할 정도로 여기저기서 수시로 출몰하고 있었다. 경비도 삼엄했다. 시민들의 스쿠터 행렬이 지나가는 시내에도 주요 거리마다 바리케이드가 설치되고 장갑차가 지키는 모습은 마치 우리의 6·25 전쟁 때를 떠올리게 했다.

다음 목적지는 말레이시아였다. 말레이시아 정부의 대접도 융숭했다. 라만 총리가 공항에 직접 나와서 정 총리 일행을 맞이했다. 현지에 주재하던 최규하崔圭夏 대사도 모습을 내비쳤다.

그때 말레이시아는 신생국의 입장에서 주변국들과 활발한 외교활동을 벌이고 있었다. 더구나 보르네오 영토 문제로 인도네시아와 분쟁을 겪고 있었으며, 그 전해인 1964년에는 싱가포르가 독립해서 분리되어 나감으로써 정치·외교적으로 상당한 변화에 직면해 있을 때였다. 라만 총리와 정일권 총리가 무려 네 차례나 회담을 하면서 양국의 통상 확대와 유엔을 비롯한 국제 무대에서의 상호 지지를 약속했던 것도 그런 배경이 작용했을 것이다.

나는 사전에 서면 질의서를 말레이시아 총리실에 전달하는 방법으로 라만 총리와 인터뷰를 진행했다. 최규하 대사를 비롯해 현지의 우리 대사관 직원들이 수고했음은 물론이다. 〈중앙일보〉가 단독 보도한 작은 특종이라고 할런지……. 말레이시아는 13개 주로 이루어져 있는데, 그 가운데서도 9개 주의 술탄이 돌아가며 5년씩 교대로 국왕을 맡고 있다. 하지만 실권은 없고 상징적인 역할에 불과하다는 사실도 그때 비로소 알게 되었다.

도쿄, 한일협정의 무대

정일권 총리를 수행한 동남아 일정은 그렇게 끝났지만 다음은 도쿄가 기다리고 있었다. 그해 6월에 타결된 한일회담의 국회 비준을 놓고 양국에서 한창 논란이 벌어지던 무렵이었다. 홍콩에서 곧바로 일본으로 날아가 한일회담의 후속 상황을 취재하라는 데스크의 지시가 떨어진 것이었다.

홍콩에서 데이비드 트렌치David Trench 총독과 회담을 마치고 다음 날 서울로 돌아가는 공식 수행단 일행과 공항에서 이별을 고할 수밖에 없었다. 수행하던 기자단 중에서도 채영석, 신경식 등 몇 명이 도쿄행 비행기에 동승했다.

도쿄에서는 한일협정 비준을 놓고 집권당인 자민당과 야당 사이에 격랑이 거세게 몰아치고 있었다. 서울에서도 사정은 마찬가지였다. 서울 일원에 위수령이 내려질 정도로 대학가에서 연일 반대 시위가 벌어졌던 것이다. 나라의 체면을 무너뜨린 '졸속 외교'라는 게 그 이유였다.

일본 의회는 도쿄 시내 나가다 초永田町에 있었지만 정식으로 출입증을 발급받지 않았기 때문에 필요할 때마다 방청하는 정도로 만족해야 했다. 아직까지는 대사관 대신에 대표부가 설치되어 영사 업무를 맡고 있었다. 일본 사회에서 재일교포에 대한 차별이 심하고 그에 따라 조총련의 움직임도 상당히 활발할 때였다.

그러나 아침마다 신문을 펼치면 의회의 돌아가는 내용이 자세히 보도되고 있었으므로 그 내용만 제대로 정리해도 기삿거리로는 충분했다. 나로서는 해방을 맞이하기 전까지 학교에서 일본어를 배웠으므로 기본적인 실력은 갖추고 있었던 게 그나마 다행이었다.

특히 〈중앙일보〉는 창간된 지 얼마 지나지 않아 아직 도쿄에 특파원을 파견하지 못하고 있었다. 그때 외신부 기자이던 강범석姜範錫 씨가 특파원 발령을 받고 도쿄에 도착한 것이 그해 10월 말이었으니, 내가 그동안 특파원 사무실 준비요원으로 활동했던 셈이다. 실제로 〈중앙일보〉 도쿄지사 사무실을 얻으려고 이길현李吉鉉 지사장과 함께 고서점이 늘어선 간다 거리를 여러 번이나 왔다 갔다 했었다.

이병철李秉喆 회장이 도쿄에 주재하는 다른 언론사의 특파원들에게 오찬을 베풀기도 했던 것으로 기억난다. 나도 그 자리에 참석했었기 때문이다. 그 뒤 〈중앙일보〉 사무실은 궁성 앞에 있었던 삼성물산의 오데마치 지사로 옮겨졌다가 다시 가스미가

세키로 이전해 지금에 이른다. 삼성물산과 〈중앙일보〉뿐만 아니라 〈동양방송〉 지사도 함께 입주해 있었다.

그때 다른 신문에서는 이름만 들어도 누구나 알 수 있을 만큼 쟁쟁한 분들이 도쿄 특파원으로 활약하고 있었다. 〈동아일보〉에서는 유혁인柳赫仁 씨가 특파원으로 두각을 나타내고 있었으며, 〈조선일보〉의 김윤환金潤煥, 〈한국일보〉의 이원홍李元洪, 〈경향신문〉의 나필성羅必成, 〈동양통신〉의 한종우韓鍾愚 등이 같은 그룹을 이루고 있었다.

그때 홍콩에서 같이 날아간 우리 중앙청 출입기자들은 함께 아카사카 근처의 뉴저팬 호텔에 숙소를 잡고 있었다. 아침에 눈을 뜨면 일본 신문을 훑어보고 각자 내용을 정리해 기사를 작성하는 게 먼저였다.

그렇게 기사를 작성한 다음에는 신바시의 다이이치 호텔의 로비에 앉아 서로 간단히 의견을 교환하고는 근처의 국제전신전화국에서 서울로 기사를 송고했다. 그러면 그날의 중요한 일과는 일단 끝이었다.

그때는 외국에서 기사를 한국으로 보내려면 한글이 아니라 영문으로 작성해야 했다. 영어로 작문해야 한다는 게 아니라 발음을 따서 영어 알파벳으로 옮겨야 했던 것이다. 이를테면, "일본 의회는 오늘 안건을 표결처리했다."라는 문장이라면 "ILBON EUHOENEUN ONEUL ANGEONEUL PYOGYEUL

CHEORIHAETTA."는 식으로 '로마자화'해서 보내야 했다. 전신국에서 그렇게 기사를 보내면 신문사에서는 그 내용을 받아 다시 한글로 풀어썼으니, 고릿적 얘기다.

그런 식으로 기사를 처리하고서야 겨우 아침 겸 점심을 먹으러 갈 수 있었다. 점심은 긴자의 한국 음식점에서 우거지 설렁탕 비슷한 메뉴로 때우곤 했다. 음식도 깔끔하고 맛이 있는 편이었는데, 그 식당이 뒤에 아카사카로 옮겨 이치류―龍라는 간판을 큼지막하게 새로 내걸었다. 한동안 도쿄에 들를 때마다 그 식당을 찾곤 했는데, 그것도 벌써 20~30년 전의 아득한 추억이 되어버렸다.

원고봉투에 들어간 여권

이렇게 도쿄에 머물면서 한일회담 기사를 송고한 기간이 대략 한 달 정도에 이른다. 강범석 특파원이 정식으로 부임해 오면서 내 역할이 끝난 것이다. 한 달이라면 지금으로서도 장기 출장에 속한다. 그만큼 한일회담이 양국 사이에 커다란 현안이었기 때문일 것이다.

그렇다고 꼭 한일회담 기사뿐만은 아니었다. 마침 그때 신칸센 히카리光 호가 도쿄에서 오사카 구간에 테이프 커팅식을 갖고 첫 개통되었는데, 그 시승기를 기사로 송고하기도 했다. 신칸센에서 내렸더니 현지의 어느 방송에선가 나에게 마이크를 들이대고 소감을 묻기에 더듬거리며 답변해주었던 기억도 되살아난다.

그런데 너무 엉뚱한 일이 하나 벌어졌다. 지금 생각해도 웃기는 일이었다. 하네다 공항에서 김포로 들어가는 승객 편에 기사를 보내면서 원고뭉치에 내 여권이 휩쓸려 있는지도 모르고 함께 봉투에 넣어 보냈던 해프닝이 바로 그것이다. 일을 급하게 처리하려다 보니 빚어진 실수였다.

앞서 설명한 대로 기사를 영어 알파벳으로 바꾸어 전신국에서 송고했던 방법만 있었던 것은 아니다. 시간이 급한 원고는 그렇게 곧바로 처리해야 했지만, 비교적 시간적 여유가 있는 해설 기사의 경우에는 직접 원고지에 한글로 작성해서 비행기 승객 편에 보내기도 했다. 그런 과정에서 기사 원고를 봉투에 넣으면서 그 뭉치에 여권이 함께 들어간 것을 미처 몰랐던 것이다.

서울 본사의 데스크에서 "도대체 여권은 왜 보냈느냐?"는 전화가 걸려오고서야 내가 엉뚱한 실수를 저질렀음을 깨닫게 되었다. 여권은 국제우편으로 다시 도쿄로 돌아왔다. 주인은 그냥 호텔방에 놓아둔 채 여권만 서울로 여행을 갔다가 제자리로 돌아온 셈이다. 혹시 도중에 여권이 필요했다면 과연 어떤 상황이 벌어졌을지 상상하기조차 어렵다. 서울 본사에서도 아마 굉장한 웃음거리가 되었을 것이 틀림없다.

그때 뉴저팬 호텔에 같이 머무르던 〈조선일보〉의 채영석 기자도 엉뚱한 실수로 곤욕을 치르는 일이 벌어졌다. 수도꼭지를 제대로 잠그지 않은 채 외출하는 바람에 방이 온통 물바다를 이루는 촌극이 일어났던 것이다.

재일교포가 주인인 호텔 측에서는 변상을 요구했고, 채 기자는 그럴 문제까지는 아니라며 버텼었는데 마지막에 어떻게 처리되었는지는 기억이 가물가물하다.

채 기자와 관련해서는 앞서 정 총리를 수행해 동남아를 방문할 때부터 쉽게 잊혀지지 않는 일화가 남아 있다. 말레이시아 쿠알라룸푸르에 도착하니 현지 대사관을 통해 서울 본사로부터 그에게 전문이 전달되었는데, 그 내용부터가 심상치 않았다. 영어로 "SEND STORY OR RESIGN CHOSUN ILBO."라고 적혀 있었으니, 취재해서 기사를 송고하든지, 아니면 회사를 그만둘 각오를 하든지 하라는 내용이었다.

당시 〈조선일보〉의 정치부장이던 김인호金寅昊 씨로부터 날아든 전보였다. 해외출장을 떠난 부원이 기사를 제대로 보내오지 않자 경고성으로 전문을 보냈을 터이지만, 일종의 재치도 포함되어 있었다(그는 얼마 지나지 않아 〈중앙일보〉로 옮겨 와 정종식 씨 후임으로 정치부장을 맡게 된다. 뒤에는 편집국장도 지냈다).

이렇게 되었으니 채 기자가 나름대로는 열심히 기사를 작성해서 보낼 수밖에 없었다. 하지만 기사를 보낸 다음 날 다시 전문이 날아들었다. 이번에는 "STOP SENDING SUCH DULL STORY."라고 적혀 있었다. 엉뚱한 얘기를 보내려면 차라리 보내지 말라는 것이었다. 사실은, 기삿거리가 마땅치 않아 기껏 관광가이드 책자를 뒤적여가며 말레이시아 기후가 어떻고, 국민 소득이 어떻고 하는 식으로 기사를 보냈으니, 재차 경고성 전문이 날아들 만도 했다. 지금은 고인이 되었지만, 그때를 돌이켜 생각할 때마다 소탈하면서도 호방하던 성격의 채영석 기자가 떠오른다.

헬렌 여사와 김 시스터즈

정일권 총리를 수행해서 외국 출장을 다녀올 수 있는 기회가 그 뒤에도 한 번 더 주어졌다. 1967년 3월의 일로, 이번에는 미국이 목적지였다. 우리 정부가 월남전에 전투병을 보낸 데 대해 존슨 대통령이 감사의 표시로 정 총리를 초청한 것이었다. 이미 박정희 대통령이 1965년 미국을 방문했고, 그 이듬해 존슨 대통령이 답방 형식으로 서울을 방문한 뒤끝이었다.

그때 정 총리의 미국 방문에서는 파월 부대의 장비 현대화와 우리 건설업체들의 월남 재건계획 참여 방안 등이 논의될 예정이었다. 정부 인사 중에서는 김성은金聖恩 국방부장관과 박충훈朴忠勳 상공부장관 그리고 이후락李厚洛 청와대 비서실장이 수행했다.

출입기자 가운데서도 〈경향신문〉의 정남鄭男 기자를 포함해 여러 명이 수행단 명단에 함께 이름을 올렸다. 그러나 그해 6월의 제7대 총선거를 앞두고 있었고, 경제개발계획 추진에 따른 울산 제3비료공장의 준공식이 온통 떠들썩한 분위기에서 준비되고 있었으므로 정 총리의 미국 방문은 아무래도 전체적인 정치 일정의 비중에서 약간 뒤처진 측면이 있었다.

그러나 백악관 잔디밭에서 진행된 환영식은 취재기자인 우리들도 우쭐하게 만들었다. 그때로서는 백악관을 구경한다는 자체가 보통 일이 아니었다. 존슨 대통령의 환영사가 있었고, 뒤따라 정 총리의 답사가 이어졌다. 그는 "우리는 미국의 협조로 장래에 대한 확신과 희망을 가지고 전진과 비약을 계속하고 있다."며 미국에 대한 고마움을 표시했다.

정 총리는 이때의 워싱턴 방문에서 험프리 부통령과 러스크 국무장관 그리고 맥나마라 국방장관을 면담했던 것으로 기억된다. 뉴욕에 들러서는 롱아일랜드 대학에서 명예법학박사 학위를 받기도 했다. 이미 주미대사와 외무부장관을 지냈었기에 그런대로 미국 곳곳에 인맥을 유지하던 그였다.

우리 순방단은 워싱턴과 뉴욕 일정을 마친 다음 로스앤젤레스를 방문했다. 나는 이곳에서 따로 떨어져 도산 안창호安昌浩 선생의 미망인인 헬렌 안 여사를 인터뷰했다. 본명이 이혜련李惠練인 헬렌 여사는 당시 여든세 살의 고령으로, 인공심장을 착용하고 지낼 정도로 심장병이 악화되어 있었다. 헬렌 여사는 그 2년 뒤에 작고했다.

취재 무대는 라스베이거스로까지 넓혀졌다. 그곳에서 활동하던 김 시스터즈의 결혼을 취재하게 된 것이었다. 라스베이거스는 듣던 대로 환락의 도시였다. 라스베이거스에는 비행기를 타고 갔는데, 그때 로스앤젤레스 영사로 근무하던 대학동기 박수길朴銖吉과 함께했다. 외교관으로서 의욕이 넘치던 그는 뒤에 유엔대사에까지 올랐다.

납북 작곡가인 김해송金海松과 '목포의 눈물'을 부른 이난영李蘭影의 딸인 김 시스터즈는 미8군 무대를 거쳐 진작부터 미국에서 활동 중이었다. 이들은 당시 라스베이거스에서 활동하던 연예인들 가운데 고액 납세자 순위에 꼽힐 정도로 인기를 모으고 있었다. 요즘으로 친다면 국내 최초의 걸그룹이 아닐까 싶다. 한류 바람을 일으키고 있었다는 점에서도 크게 다르지 않다. 그러나 김 시스터즈의 3명의 멤버 가운데 누가 결혼의 주인공이었는지는 기억이 가물가물하다.

이러한 해외출장을 제외한다면 중앙청 기자실은 대체로 정중동靜中動 상태였다. 내가 1966년 9월 국무회의에 비밀안건으로 올려진 20만 톤의 쌀 긴급수입 기사를 비롯해 두세 건인가 특종을 하기는 했지만, 특종과 낙종이 사실은 종이 한 장 차이에 지나지 않았다.

기자들은 바둑과 장기를 두며 시간을 보내면서도 늘 바깥에서 어떤 상황이 벌어지는지 신경을 곤두세워야 했다. 서로 모이기만 하면 화투놀이를 벌이는 기자들도 있었지만, 나는 천성적으로 화투나 바둑, 장기 같은 잡기에는 그다지 취미가 없었다. 다른 기자들과 제대로 어울리지 못하고 구석 자리에서 책장이나 넘기면서도 어떻게 왕따를 당하지 않고 지내 왔는지 나로서도 궁금하기만 하다.

한편, 이 무렵에는 중앙청에 같이 출입하던 〈경향신문〉의 이창원도 〈중앙일보〉로 옮겨 와 있었다. 1966년에 터져나온 삼성그룹의 한국비료사건으로 〈중앙일보〉 전체가 큰 진통을 겪고 있었으며, 그것은 정치부도 마찬가지였다. 정종식 부장과 노철용 기자가 퇴사한 것도 바로 그 여파다. 수습기자로 들어온 조남조趙南照, 성병욱成炳旭 등이 정치부에 배속되어 막내 역할을 도맡고 있을 무렵이다.

이창원은 〈중앙일보〉로 옮겨 와서는 유진오兪鎭午 낭수가 이끌던 민중당에 출입하게 되었다. 그러나 그는 회사를 옮겨 온 뒤 5~6년 만에 신문사를 그만두어야 했다. 아직 한창 나이에 신문기자로서의 젊은 혈기가 발동한 탓이었다. 그 일화도 지금에 와서는 한낱 실소를 자아내게 할 뿐이다.

다른 게 아니라 신문사 앞에 세워져 있던 이병철 회장의 승용차를 발로 차서 문짝에 살짝 흠집을 낸 사건 때문이었다. 밤늦게 술을 마시고 회사로 들어오다가 당시로는 서울에 서너 대 밖에 없었던 벤츠600 승용차가 주차된 것을 보고 공연히 심술을 부렸던 것이다. 그것도 그냥 시늉으로 찼던 것이었는데 공교롭게도 약간 찌그러지고 말았다. 결국 그는 자신을 주시하는 은근한 눈치를 견디다 못해 사표를 썼다. 하지만 이후 한국단자라는 전자제품 회사를 차려 단단히 자리를 잡았으니, 오히려 전화위복의 사례로 기억될 만하다.

행정개혁조사위원회 사건

〈중앙일보〉 정치부 기자 시절을 통틀어 가장 기억에 남는 사건을 꼽으라면 역시 행정개혁조사위원회 사건을 빼놓을 수 없다. 남산의 중앙정보부까지 끌려가 곤욕을 치렀던 사건이다. 1967년 7월의 일이다.

당시 중앙청 안에 행정개혁조사위원회가 설치되어 있었다. 비합리적이고 낭비적인 행정 요소를 줄이는 한편, 민주적이며 효율적인 행정방안에 대한 조사 및 연구를 위해 1964년 대통령

직속으로 출범한 자문기구였다. 그때 이 위원회가 준비하던 보고서를 입수해 보도했는데, 경찰과 검찰, 보안사, 중앙정보부 사이에 중복된 공안행정과 수사기능을 조정할 필요가 있다는 내용이었다.

그것은 1면 머리기사가 되고도 남을 만큼 중요한 의미를 지니고 있었다. 그중에서도 대검찰청 수사국을 강화하는 방법으로 다른 기관의 중복된 수사기능을 줄여야 한다는 것이 핵심 포인트였다. 여기에 발끈한 것은 중앙정보부였다. 행정개혁조사위원회가 중앙정보부의 위상과 역할을 견제하고 있다는 판단에 이른 것이었다.

편집국의 국장단에서도 시내판 기사가 나간 다음 중앙정보부 쪽에서 계속 전화를 걸어오며 이것저것 꼬치꼬치 묻자, 심상치 않다고 판단했다. 그런 나머지 3판에서는 기사를 부랴부랴 4단으로 줄였다.

문제는 다음 날 바로 나타났다. 중앙청 기자실에 나갔더니 중앙정보부에서 나온 기관원이 기다리고 있었다. "잠깐 같이 가셔서 몇 마디 해주셔야겠다."는 부탁이었지만, 어조는 단호했다. 어차피 피할 수는 없다고 생각하고 순순히 따라나섰다. 그를 따라 도착한 곳은 얘기로만 듣던 남산 조사실이었다.

지금에서야 얘기지만, 나는 그 기사를 신도성愼道晟 위원에게서 취재했다. 서울대학교와 이화여대에서 정치학과 교수를

지냈고, 〈동아일보〉 논설위원과 국회의원, 경남도지사를 지낸
그가 이 위원회의 위원을 맡고 있었던 것이다. 신 위원도 이미
남산 조사실로 불려와 있었다. 그의 사무실 여비서도 함께였다.
특히 사무실 여직원은 매우 불안해하는 눈치였다. 내가 속으로
불안에 떨고 있었으니, 그 여비서는 오죽했을 것인가.

행정개혁조사위원회의 위원은 직급으로는 차관급이었지만
조사 대상에서 제외될 수는 없었다. 그만큼 중앙정보부의 위세
가 등등할 때였다. 특히 시기적으로 북한의 중앙통신 부사장이
던 이수근李穗根이 판문점에서 위장 귀순했고, 동백림 사건 수
사가 한창 내밀하게 진행되고 있을 때였으니, 더 말할 것도 없었
을 것이다.

그러나 나는 다그치는 수사관의 질문에도 끝내 입을 열지 않
았다. 취재원을 밝히는 것은 기자로서의 직업윤리상 도저히 용
납될 수 없는 일이라고 생각했다. 더구나 내가 입을 뻥긋하면 당
사자인 신도성 위원에게 곧바로 어떤 식으로든 보복이 따를 것
이 명확했다.

나는 묵비권으로 일관했다. 육체적으로 압력이 가해질 경우
견디지 못할까봐 걱정했지만, 다행스럽게도 육체적인 압력은 없
었다. 그러나 심리적 부담은 육체적인 고통에 결코 못지않았다.

이 일로 인해 신도성 위원은 끝내 행정개혁조사위원회에서
사퇴하고 말았다. 그가 나에게 보고서를 전해 주었다는 사실이

드러났던 모양이다. 나로서는 그에게 마음의 빚을 진 셈이다. 그러나 그로서도 위원회 내부에서 그런 논의가 오가고 있었던 만큼 신문보도를 통해 사실을 알려야 한다는 일종의 의무감으로 나에게 보고서를 건네주었던 게 아닌가 하는 생각이다. 아직 김형욱金炯旭 중앙정보부장 시절의 얘기다.

그런데 내가 남산에 끌려가서도 끝내 취재원을 발설하지 않고 견뎌냈다는 얘기가 소문으로 퍼졌던 것 같다. 그 일이 잊혀질 만한 시점에서 이병철 회장이 자기 방으로 나를 부르더니 "언론은 당연히 권력도 비판해야 한다. 참 잘했다."며 격려해주었다. 중역실은 서소문 사옥의 3층에 있었다.

이 회장이 이따금씩 일이 있을 때마다 기자들을 불러 격려해준다는 얘기를 듣기는 했지만, 나로서는 처음 겪는 일이었다.〈중앙일보〉 설립 때부터 대표이사를 맡았던 그가 한국비료사건에 대한 책임을 지고 1966년 말 대표이사 회장 자리를 홍진기洪璡基 씨에게 넘겨주고 물러났다가 다시 대표이사 회장직으로 복귀한 1968년 초의 일로 기억된다.

이처럼 이 회장의 신문 철학은 나름대로 투철한 편이었다. 하지만〈중앙일보〉를 창간해서는 오히려 삼성그룹까지 피해를 본 측면이 강하다. 다른 신문들이 한국비료사건을 끈질기게 물고 늘어졌던 것도 어쩌면〈중앙일보〉를 의식한 결과였는지도 모른다.

우리 현대 정치사에서 어두운 기록으로 남아 있는 것 가운데 하나가 바로 3선개헌 파동이다. 1967년의 대선에서 연임에 성공한 박정희 대통령이 헌법을 개정해 3선에 도전하려던 것이었고, 결국 장기집권의 길로 들어서는 결정적인 계기가 되고 말았다.

3선개헌 작업은 1969년에 들면서 본격적으로 시작되었다. 그해 1월, 공화당 윤치영尹致暎 의장서리가 연두기자회견에서 헌법 개정의 필요성을 제기하고 나선 것이 신호탄이었다. 그는 우리 실정에서 무엇보다 강력한 리더십이 필요하다는 이유를 들어 "현행 헌법의 연임금지 조항에 문제가 있다면 앞으로 연구·검토할 수 있다."며 공개적으로 3선개헌에 대해 언급했다.

벌써부터 공화당 안팎에서 논의되던 문제였다. 그러나 당내에서도 반발은 만만치 않았다. 김종필金鍾泌(JP)이 그 주축이었다. 초대 총재를 지낸 정구영鄭求瑛도 반대 의사를 분명히 했다. 결국 공화당은 그해 4월의 항명파동으로 권오병權五柄 문교부 장관 해임안이 가결된 것을 빌미 삼아 양순직楊淳稙, 예춘호芮春浩, 정태성鄭泰成, 박종태朴鍾泰, 김달수金達洙 등을 무더기 제명 처분하고 말았다. JP를 따르거나 3선개헌에 반대하던 사람들이었다.

그 이후, JP도 청와대에 불려 들어갔다가 나온 뒤부터 입장이

바뀌었다. JP를 청와대로 부른 박 대통령이 "혁명하자고 할 때
는 살아도 같이 살고, 죽어도 같이 죽자고 하더니 이제 와서 혼
자만 살겠다고 하는 거요"라며 3선 개헌을 도와 달라고 채근했
다는 내용이다. 더욱이 박 대통령이 집무실 맨바닥에 내려앉는
모습을 보였다고 하니 JP로서도 더 버틸 수가 없었을 법하다. 결
국 JP도 바닥에 함께 주저앉아 "알겠습니다"라고 수락하고 말았
다는 것이다. 그 뒤로 JP는 전국을 순회하며 3선개헌의 불가피성
을 강조하고 다니는 입장이 되어버렸다. 이런 사정이었으니 다
른 의원들의 태도는 더 말할 것도 없었다.

이러는 사이에 공화당은 야당이던 신민당 소속 의원 3명을
포섭함으로써 이미 개헌 지지선을 확보해놓고 있었다. 성낙현成
樂絃, 조흥만曺興滿, 연주흠延周欽 등이 그들이다.

그때 나는 정치부에서도 공화당에 출입하고 있었다. 공화당
에는 〈중앙일보〉에서 3명이 출입하고 있었는데, 그중에서도 내
가 우두머리를 맡고 있었다. 윤용남尹龍男 기자와 성병욱成炳旭
기자가 함께 출입했다.

앞서의 복잡한 과정을 거쳐 공화당이 3선개헌안을 발의해
놓고 있었으므로 3명의 출입기자가 모두 신경을 곤두세우고 돌
아가는 사정을 주시하고 있었다.

개헌안 처리를 놓고 공방이 벌어지던 무대는 국회 본회의장
이었다. 지금은 서울시의회로 사용되는 태평로 건물이 그때 국

회 청사로 쓰이고 있었다. 신민당 의원들은 벌써부터 본회의장을 점거하고 농성을 벌이던 터였다. 국회 출입기자들도 밤낮을 가리지 않고 의원들의 동향을 살피며 이리저리 쫓아다닐 수밖에 없었다.

상황이 벌어진 것은 국회 제3별관에서였다. 지금의 광화문 서울파이낸스센터 빌딩 자리다. 공화당 의원들이 야당 의원들이 농성하던 본회의장을 피해서 길 건너편의 제3별관에 모여 눈 깜짝할 사이에 안건을 변칙 처리하고 해산한 것이었다. 그야말로 날치기 처리였다. 일요일이던 그해 9월 14일 새벽에 벌어진 어두운 헌정사의 한 페이지다.

공화당은 3선개헌안을 이런 식으로 처리하면서 몇 명의 기자들만을 불러 표결과정을 지켜보도록 했다. 구차하게도 현장 증인용이었다. 결국 나머지 기자들은 모두 현장을 놓쳐버린 셈이었다.

표결 소식은 본회의장 주변에 모여 있던 기자들에게 곧바로 전달되었다. 나는 엄청난 역사의 현장을 놓쳤다는 자괴감에 온몸이 꺼져버리는 듯한 기분이었다. 밤새워 본회의장을 맴돌던 다른 기자들도 마찬가지였을 것이다.

기자들보다 더 흥분한 사람들은 야당 의원들이었다. 의원들 사이에서 "당장 쳐들어가자."는 소리가 들렸다. 앞장선 김상현金相賢 의원을 따라 우르르 길 건너편의 별관으로 몰려갔을 때는 김재순金在淳 대변인만이 층계를 급하게 내려오고 있었다. 김택수金澤壽 원내총무를 비롯한 공화당의 다른 의원들은 이미 무교동 방향으로 종적을 감춘 뒤였다. 시곗바늘이 새벽 2시를 넘어 30분 정도를 가리키고 있었다.

그나마 미리 연락을 받고 표결절차를 지켜보았던 몇몇 기자들의 얘기를 종합해 기사를 작성할 수 있었던 것이다. 다행이라면 다행이었다. 아침 일찍 시내에 뿌려질 호외용 기사였다. 하지만 기사를 써놓고 희부옇게 동터오는 새벽빛을 받으며 갈현동 집으로 돌아가는 마음은 못내 찜찜했다. 이불을 덮고 잠깐 눈을 붙였으나 잠이 올 리도 없었다.

예상했던 대로, 다음 날 편집국 차원에서 공화당 출입기자 3명에 대한 징계가 논의되었다. 기자로서 현장을 놓쳤다는 이유였다. 하지만 징계는 겨우 면할 수 있었다. 기자들의 태만 때문이 아니라 공화당의 사전 계획에 따라 이루어졌으므로 정상의 범위를 벗어났다는 결론이 내려진 것이었다.

이러한 3선개헌 파동에 앞서 그해 7월 29일 영빈관(지금의 신라호텔)에서 열린 공화당 의원총회도 기억할 만하다. 당론을 규합하기 위해 열린 이 의총에서 폭탄 발언이 속출하면서 총회가 18시간이나 이어졌기 때문이다. 기자들이 직접 회의장 안에 들어갈 수는 없었지만 회의장 분위기가 심상치 않은 것만은 틀림없었다. 이만섭(국회의장 및 국민당 총재 역임) 의원이 특단의 발언을 하고 있다는 얘기도 흘러나오고 있었다.

그날 밤, 나는 의총을 끝내고 나오는 이만섭 의원 승용차에 뒤따라 올랐다. 영빈관에서 광화문까지 이르는 약 20분 남짓한 시간에 의총 발언 내용을 취재했다.

그가 당시 나는 새도 떨어뜨린다는 김형욱 중앙정보부장 및 이후락 청와대 비서실장의 해임과 중앙정보부의 정치사찰 중지, 공화당에서 제명된 양순직 등 5명 의원의 복당을 요구하는 5개항 선행조건을 제시함으로써 회의가 소란과 격론 속에 진행되었다는 얘기를 전해들을 수가 있었다.

당시로서는 메가톤급 폭탄 발언이었다. 취재가 끝날 무렵 차가 광화문에 도착했고, 내가 내리자 이 의원을 태운 승용차는 서대문 쪽으로 사라졌다. 나는 서둘러 회사로 들어가 수첩을 펼쳐 놓고 윤용남, 성병욱 기자와 함께 기사를 작성했다. 기사 작성이 끝날 즈음 어느새 새벽이 동터오고 있었다.

이 발언은 박 대통령의 격노를 샀다. 공화당 5역이 사표를 써 들고 청와대를 오가야 했을 정도로 상황이 급박했다. 결국 "개헌 후 내가 알아서 처리하겠다. 맡겨 달라."는 박 대통령의 발언으로 의원총회 결의를 거쳤으나 그 후유증은 컸다. 당사자인 이 의원도 1971년 5월에 실시된 8대 총선에서 이후락 중앙정보부장 등의 방해로 떨어졌고, 김택수 원내총무는 3선개헌 통과에 공을 세우고도 아예 공천조차 못 받았다. 이만섭 의원은 그다음

9대 총선에서도 공천을 받지 못해 한동안 야인생활을 해야 했다. 김 원내총무는 장충동 신라호텔 뒤편에 있던 호화저택, 일명 오사카조大阪城가 구설수에 올라 공천 탈락이란 쓴잔을 맛보았다는 설이 나돌았다. 그의 집 응접실에 붙어 있던 박정희 대통령 친필휘호 '득중동천(得衆動天, 백성을 얻으면 하늘도 움직인다는 뜻)'과 공천 탈락은 무슨 함수관계가 있을까 라고 의문을 가져본다.

결국 이러한 절차를 거쳐 3선개헌안은 그해 10월 17일 국민투표에서 통과 확정되었다. 그 과정에서 표결처리 현장을 놓쳤던 사태를 만회해보겠다는 생각에 예춘호, 양순직 씨 등을 어렵사리 인터뷰해서 기사를 쓰기도 했지만 만회의 기회는 끝내 주어지지 않았다. 치욕적이란 생각이 한동안 머릿속에 깊이 새겨져 있었다. 지금도 내 머릿속에 남아 있는 3선개헌안 파동의 기억이다.

국가보위 특별조치법

그런데 그 다음에는 입장이 바뀌어 내가 역사의 현장을 지켜보는 증인으로 호출되기에 이르렀다. 이번에도 공화당이 야당을 배제한 채 안건을 처리하는 과정에서 일어난 일이었다. 민심에서 어그러진 역사의 한 토막을 지켜보게 되었던 것이다. 1971년

12월, 비상사태 선포 후 국가보위에 관한 특별조치법이 통과될 때의 얘기다.

그때 공화당이 추진하던 국가보위에 관한 특별조치법은 대통령에게 비상대권을 부여한다는 것이 요점이었다. 언론·출판·집회 및 단체교섭을 규제하는 특별조치와 국가동원령을 내릴 수 있는 근거를 담고 있었다. 제1조에서부터 "이 법은 비상사태 하에서 국가안전보장과 관련된 내정, 외교, 국방상 필요한 조처를 사전에 효율적이며 신속하게 취함으로써 국가안전보장과 국가보위를 확고히 함을 목적으로 한다."고 규정하고 있었다.

공화당은 당시 급변하던 국제 정세에 비추어 대통령의 비상대권이 필요하다는 주장이었다. 그 직전, 중공(중화인민공화국)의 유엔 가입이 확정되었고, 그에 따라 북한의 남침 위협이 증가하고 있다는 것이었다. 그러나 3선개헌에 따라 박정희가 그해 4월에 치러진 대선에서 제7대 대통령으로 당선되었다는 점에서 오히려 내부 단속용으로 대권 강화의 필요성이 제기되고 있었던 것이다.

공화당이 제출한 법안은 이미 법사위에 회부되어 있었다. 신민당이 극렬히 반대하고 있었으나 백두진白斗鎭 의장이 직권으로 올린 것이었다. 신민당의 김홍일金弘壹 당수를 비롯해 소속의원들은 본회의장과 법사위 회의실 그리고 제3별관을 점거하고 농성에 들어갔다. 앞서 3선개헌안 처리 때의 모습과 비슷했다.

그러던 어느 날, 공화당의 신형식申洞植 대변인이 "가볍게 술이나 한잔하자."며 집으로 찾아왔다. 퇴근하고 집에서 쉬던 밤늦은 시간이었다. 내 집이 한강 넘어 사당동에 있을 때였다.

그때까지만 해도 신 대변인이 집으로 찾아온 진짜 이유를 알 수가 없었다. 그의 태연한 표정에 그냥 기분풀이로 소주나 한잔 나누자는 것이겠거니 생각했다. 더구나 나는 술을 즐겨 마시지 않는 편이었다.

신 대변인은 나를 워커힐로 안내했다. 간단히 한잔하자던 얘기치고는 의외의 장소로 안내한 것이었다. 거기에는 이미 〈합동통신〉의 김영일金永日 기자와 〈조선일보〉의 백순기白舜基 기자가 와 있었다. 돌아가는 분위기로 미루어 대강은 미리 그날 밤중에 펼쳐질 일에 대해 언질을 받고 있었던 듯했다. 나도 그 자리에서 비로소 국가보위에 관한 특별조치법 처리 방향에 대한 애기를 들었다.

출입기자들이 전부 다 현장을 지켜볼 수 없을 터이니 몇 명이서라도 현장 취재를 하라는 주문이었다. 취재 겸 현장 증인이었다. 출입기자 모두에게 사전에 이런 방침을 전달한다면 단독 처리 정보가 새어나감으로써 계획이 틀어지기 십상이었다. 법안 처리의 거사 장소는 외무위가 있던 제4별관이라 했다.

우리는 위스키를 한 잔씩 들이켜고는 자리에서 일어났다. 그리고 신형식 대변인을 따라 신라호텔로 안내되었다. 그날 표결에 참여하는 공화당 의원들이 신라호텔 영빈관에 집결하도록 되어 있었던 것이다. 아닌 게 아니라, 밤늦은 시간인데도 미리 도착한 의원들이 끼리끼리 모여서 심각한 표정으로 이야기를 나누고 있었다.

의원들이 모두 집결하고 준비가 끝남에 따라 드디어 버스의 대열이 출발하려는 즈음이었다. 〈동아일보〉의 안성열安聖悅 기자와 〈신아일보〉의 이긍규李肯珪 기자가 허겁지겁 신라호텔에 들어섰다. 어떻게 얘기를 전해들었는지는 몰라도 장경순張坰淳 국회 부의장의 승용차에 올라 함께 도착한 것이었다.

그러나 합류는 허락되지 않았다. 오히려 영빈관 입구에서 대기 중이던 경찰 병력에 의해 끌어내려져 주차장 대기실에 갇혀버렸다. 현장 참관조차도 사전 각본에 따라 정해진 인원만 허락되었던 것이다. 그렇다고 이들 두 명의 기자를 그냥 내버려 둔다면 금방 비밀이 새어나갈 것이었기에 잠시나마 감금할 수밖에 없었을 것이다. 지금 와서 생각하면 있을 수 없는 일이 버젓이 벌어졌다. 그것이 우리 정치의 한계였고, 수준이었다.

이렇게 신라호텔을 출발한 의원들의 버스는 경찰의 선도를 받으며 반도호텔 앞길을 거쳐 순식간에 국회 제4별관에 도착했다. 의원들은 미리 지시를 받은 대로 3층 회의장으로 줄지어 올라갔고, 특별조치법은 눈 깜짝할 사이에 의결되었다. 그해 12월 27일 이미 자정을 훨씬 넘겨 새벽 3시쯤 벌어진 역사의 한 장면이다. 뒤늦게 쫓아온 동료 기자들에게 현장 목격자로서 상황을 자세히 알려주면서도 마음은 그렇게 편하지가 않았다.

김성곤 씨 자택에 두고 온 버버리 코트

"심 기자님이시죠. 왜 코트를 놓고 가셨어요. 코트 찾아 가세요."

1971년 10월 3일 오후. 서울 광화문 근처 김성곤(속칭 SK) 씨 집 대기실 비서로부터 전화가 걸려왔다. 그날이 일요일이자 추석날이었지만 나는 전화를 받자마자 갔어야 했다. SK가 중앙정보부 요원에 의해 그날 새벽 연행당한 자초지종을 그 자리에서 확인, 취재할 수 있는 기회였다. 그런데 나는 하루, 이틀 지난 다음에 놓고 온 코트를 찾아올 생각으로 가족들과 나들이를 갔던 것이다. 기자로서 현장 취재 기회를 놓쳐버렸다. 여당인 공화당 의원이 동조해 오치성 내무장관을 국회에서 해임 결의한 이른바 '10·2' 항명파동이다. 국회결의로 오 장관이 장관직을 내려 놓은 것은 10월 2일 국회 본회의장에서 총 투표수 203표 중 가결 107표, 부결 90표, 무표 6표로 결의안이 통과된 결과였다. 불행하게도 국회 출입 기자였던 나는 통과 시각 이후의 후폭풍을 미처 예측하지 못했다. 국회의원에 대한 면책특권이 날아가고 영장 없는 체포와 폭력 행사 등이 중앙정보부에 의해 자행되어

SK를 비롯해 길재호, 김진만, 백남억 등 이른바 공화당 '4인 체제'가 몰락, 소멸하는 정치 '드라마'가 연출되었다. 우리는 국회 해임 사태와 탈당, 의원직 상실 등만 기사화했을 뿐 뒤늦게, 시간이 한참 지난 뒤에야 고문 사실을 취재했기 때문에 '드라마' 2막, 3막을 제대로 신문지면에 반영하지 못했다.

김한수 의원(작고)의 국회 발언 속기록을 들여다본다.

김성곤, 길재호 두 선배는 기관의 철권에 의해 타살되었다. 이는 의회 민주주의를 박탈하려는 민주반역 행위가 아닌가? 9명의 국회의원이 보자기에 씌워져 발길에 채이고, 몽둥이에 맞는 고문을 당했다. 얼마나 치고 때렸는지 생으로 무엇을 쌌다는 얘기입니다.

물론 '10·2' 항명파동으로 김창근, 문창탁, 강성원 의원 등 23명이 연행조사를 받았고 SK, 길재호 의원은 당 제명에 따라 자동적으로 의원직을 상실당했다. 이 파동으로 친 JP파와 4인 체제가 붕괴되면서 박 대통령은 다음 해인 1972년 10월 유신에 의한 영구집권의 길을 가게 된다. 친 JP계는 1969년 3선개헌파동 전 양순직, 예춘호, 박종태, 김달수, 정태성 등 중진급 의원들이 제명되어 당을 떠난 상태였다. SK 등 4인 체제가 야당과 손을 잡고 박 대통령의 3선 임기가 끝나는 1975년 이후를 구상했던 내각책임제의 꿈은 백일몽으로 끝났다. 당시 야당인 신민당에 의해 해임안이 제안된 9월 30일 밤 김종필 총리가 신문로 SK 집을 찾아 술상을 마주하고 박 대통령에 대한 도전장을 내려놓으라고 설득했으나 실패했다. SK는 "이미 야당에도 우리 뜻을 알린 상태"라며 난색을 표명했다. 이 사실을 보고 받은 박 대통령이 SK를 청와대로 불렀다. "문제가 무엇인가를 잘 파악했다. 김 위원장이 앞장서서 공화당이 오 장관 해임안을 부결시켜주면 여러분의 뜻을 감안해 충분한 조치를 취하겠다."고 했다. SK는 "잘 알겠습니다."라고 대답한 뒤 돌아와 즉각 백남억, 길재호, 김진만을 불러 머리를 맞댔다. 백남억 의원은 몸을 떨 정도로 말을 잊었고 김진만 의원은 "각하 뜻이 그렇다면 성곡, 각하 뜻을 따릅시다."라고 했다. 그러나 길재호 의원은 완강했다. "아니끼(兄이라는 속칭어), 사내가 칼을 뽑았으면 뽑은 대로 행동을 해야죠. 박 대통령과 나는 아니끼보다 더 가깝습니다(5·16 쿠데타 주체임을 내비친 것)." 다시 SK가 말했다. "동생 재고하자, 각하가 나를 직접 불러 말씀하셨는데……."

길재호 의원이 다시 입을 열었다. "아니끼 마음이 약해졌어요. 우리 4인이 단결합시다. 각하 성격은 내가 더 잘 알잖아요." SK는 잠을 못 자고 고심했다. 다음 날 길재호 의원은 SK에게 다시 말했다. "아니끼, 나는 마음 바뀌지 않았습니다." 이런 과정을 거치면서 4인 체제는 '강행'을 시도했다. 중앙정보부에 연행되어 SK의 콧수염이 뽑혔다거나 길재호 의원이 고문 후유증으로 상당 기간 지팡이를 짚고 다녀야 했다는 얘기가 나돈 것도 사실이다. 1, 2년의 세월이 흐른 뒤 SK와 길재호는 야인이자 평민으로 보스턴의 SK 사위 집에서 재회했다. 두 사람은 서로 얼싸안고 울었다. 길재호는 너무 서러워 "펑펑 울었다."고 SK가 그 후 측근에게 밝혔다.

박 대통령의 성격과 의지를 꿰뚫어 알고 있고 돌다리도 두들겨가며 정치 공작을 해내는 길재호가 왜 끝까지 밀어붙였을까? 그 이유로는 두 가지가 거론된다. 첫 번째가 오치성과 길재호의 사원私怨과 다툼이다.

당 사무총장으로서 3년 6개월 간의 장기 복무를 끝낸 길재호가 1969년 무임소장관으로 자리를 옮겼다. 그 자리를 오치성이 맡았다.

무임소장관과 당 사무총장은 땅과 하늘의 차이였다. 전국 당 조직, 의원 공천, 선거 대책과 살림을 관장하는 사무총장의 자리는 권력 랭킹 10위 안에 들어가는 막강한 '파워 포스트'다.

길재호는 무임소장관으로서 당 사무총장인 오치성과 1971년도 총선과 대통령선거 '마스터 플랜'을 만들어 박 대통령에게 각각 따로 보고했다. 이때 박 대통령은 "선거는 역시 길재호가 맡아서 하는 게 낫겠다." 라며 길재호의 손을 들어주었다.

1970년 선거를 1년 앞두고 길재호는 사무총장으로 다시 복귀했고 오치성은 무임소장관으로 밀려났다. 1971년에 내무장관에 임명된 오치성은 복수전을 감행했다. 취임 2개월 만에 길재호, SK 등 4인 체제 조직을 주요 '타깃'으로 경찰간부 220명, 시장, 군수, 구청장 등 고위 관료 204명을 권고 해임, 인사 이동을 시켜 뿌리를 잘라냈다. 고령자와 비위척결이라는 명분이 붙었으나 4인방은 자신들의 손발을 잘라낸 폭거라고 규정지었던 것이다.

또 하나의 원인은 길재호가 박 대통령의 심중을 오독, 오판했을 가능성이다. SK와 길재호는 이즈음 박 대통령을 독대한 자리에서 "오치성 장관이 관료사회를 뒤흔들어놓아 큰일입니다. 이대로 가면 안 됩니다."라고 공작을 했고 그 자리에서 박 대통령은 "그 친구 왜 말썽이야."라며 오 장관을 못마땅히 여겼다는 것이 길재호 측근의 증언이다.

묵시적으로 재가를 받았다고 판단했음 직하다. 이런 개인 감정과 오판이 결국 10·2 항명파동을 불러온 것으로 보는 사람들도 많다. 박 대통령의 용인술은 '디바이드 앤드 룰(divide and rule, 분리통치)'이라거나 '이이제이以夷制夷' 식으로 표현되듯이 SK나 길재호를 뛰어넘는 수준이었다. 이때 이미 3선 임기가 끝나는 1975년 이후의 영구집권 '플랜'을 머릿속에 그리고 있었을지도 모른다.

SK는 1975년에 63세로, 길재호는 1985년에 한참 일할 나이였던 62세로 소리 없이 세상을 떠났다. 이런 현상이 독재 체제 아래에서의 국회, 정당, 의원들의 찢기고, 구겨진 실상이었다. 나는 SK 저택에 놓고 온 '버버리코트'를 찾아오지 못했다.

납치 사건에서 살아 돌아온 DJ

납치되어 서울 동교동 자택으로 돌아온 김대중 사건은 정치부 기자들뿐만 아니라 세계를 깜짝 놀라게 한 폭탄 '뉴스'였다.

나는 당시 정치부 차장으로서 야근하는 기자 4명과 취재 여담을 나누고 있었다.

그런데 허준(許準, 작고) 기자가 누군가로부터 전화를 받고는 "김대중 씨가 자택에 와 있대요."라며 소리쳤다.

1973년 8월 13일 밤 10시 20분경이었다. 즉각 정치부 기자 총동원령이 내려졌다. 집에 있다 신문사 전화를 받고 동교동 김대중 씨 자택으로 뛰어갔던 조남조(전 국회의원) 기자의 회고다.

"동교동 자택에는 화들짝 놀라서 뛰어온 30여 명의 기자들이 모여들었다. 김 씨는 울먹이면서 납치의 자초지종을 설명했다. 그는 '죽었다가 다시 살아난 기분이다. 그들은 나를 바다에 던져 죽이려고 했다. 그때 바다 위에서 비행기가 나는 소리가 났다. 배와 비행기의 교신이 이루어졌는지는 모르겠으나 바다에는 던져지지 않았다.'라고 말했다."

조 기자는 김 씨가 수척하고 매우 피로해 보였으나 정신은 또렷또렷했고 말도 또박또박 이어갔다고 했다. 이날 밤 신문, 방송 각사에 전화를 한 사람은 자칭 '애국청년 구국대원'이었고 다음 날 아침 조간은 김대중 씨 자택 귀가 '뉴스'가 1면 전체를 차지했다. 이때도 자유로운 취재와 보도가 이루어지지 않았다. 다음은 최철주(전 〈중앙일보〉 편집국장) 기자의 증언이다.

"〈TBC〉 사회부 소속 사건기자로 야간 취재 중이었던 나는 야간 데스크로부터 마포 쪽에 있는 동교동 김대중 씨 집으로 가라는 긴급 지시를 받았다. 입사 3년차였던 나는 김대중 씨 인터뷰 내용을 녹음하는 데 전념했다. 선배들은 기사 송고에 매달렸다. 뒤늦게 온 중계차 마이크도 내가 들었다. 그 마이크를 통해 김대중 씨 목소리가 라디오 생방송으로 나갔다. 그 엄혹한 시대에 상상할 수 없는 일이었다. 그런데 생방송은 그것으로 끝이었다. 수사기관이 개입하기 시작했다. 편집부의 두 기자가 나중에 수사기관에 불려가 조사를 받았다."

이 사건은 그 후 이후락 중앙정보부장 주도로 중앙정보부에 의해 꾸며진 것으로 밝혀졌다. 그러나 박정희 대통령의 지시 여부, 살해 계획 여부 등은 여러 갈래 주장들이 얽혀 진상 확인은 지금까지 미루어져오고 있다.

진실은 밝혀질 것인가? 역사는 과연 어떻게 기록할 것인가?

나는 근래에도 1년에 한두 차례 도쿄를 방문하고 때로는 김대중 씨가 납치되었던 '그랜드파레스' 호텔에 투숙한다. 그때마다 착잡한 감상에 젖어 살기 어린 정치의 '아이러니'를 음미해본다.

언론자유 활동에 앞장섰던 기자협회 임원 시절

내가 기자협회 임원을 맡아 언론자유수호에 대해 목소리를 내기 시작한 것도 비슷한 무렵의 일이다. 1972년 4월, 신문회관에서 열린 기자협회 제9차 전국대의원대회에서 공동 부회장으로 선출된 것이었다. 회장은 〈한국일보〉 정치부의 김상진金相振 차장이 맡았고, 〈조선일보〉 유지형柳志馨 기자와 〈부산일보〉 서울지사 박기병朴基秉 기자가 나와 함께 부회장을 맡았다.

이 무렵 기자들의 취재환경은 갈수록 제약을 받고 있었다. 국가안보를 앞세운 정치 상황은 언론의 보도활동을 곳곳에서 가로막고 있었다.

언론자유를 포함해 출판, 집회 등 기본권을 통제할 수 있도록 대통령에게 비상대권을 부여한 국가보위 특별조치법이 대표적인 사례다.

기자협회가 당시 대의원대회에서 채택한 결의문에도 그런 시대적 상황이 엿보이고 있다.

3개 항으로 이루어진 결의문은 첫 번째 항에서 "일선 기자들은 권력의 언론에 대한 간섭과 언론인 불법연행 등 언론자유를 제한하는 어떤 요소와도 타협하지 않는다."며 언론자유수호의 의지를 천명하고 있었다. 중앙정보부 요원들이 기자들을 임의 연행하는 것은 물론 강압적인 밤샘 조사가 빈번하던 시절이었다.

기자협회 활동을 하면서 남북 분단으로 헤어진 이산가족 문제 해결을 위해 남북적십자사 사이에 개최된 적십자회담에 대해서도 기억이 남아 있다. 1972년 회담이 열렸을 때 북한 대표단을 따라 서울을 방문한 북한 기자단과 식사 자리를 가졌기 때문이다. 기자협회 임원진이 10여 명에 이르는 북한 기자들을 관철동 음식점으로 초대해 저녁을 대접하는 자리였다.

더구나 당시 관철동은 서울에서도 젊은이들의 거리로 북적거리던 터였다. 북한 기자들은 네온사인이 어지럽게 돌아가는 서울 중심가의 낭만적인 분위기에 처음에는 약간 기죽은 듯했으나 자리에 앉아 식사가 시작되고 술이 몇 잔씩 돌아가면서는 남한 사람들을 부러워하는 투의 얘기까지 솔직하게 터놓기 시작했다. 남북이 서로 체제 경쟁을 하던 상황에서 쉽게 나올 얘기는 아니었을 것이다.

특히 인상적인 것은 남북 기자들 간에 오갔던 6.25 전쟁 당시의 대화 내용이다. 참석자 중에서 누가 "전쟁 때 어디 있었느냐"는 질문을 던졌는지는 모르겠지만 일단 이야기가 시작되자 북

측 기자들로부터 예상치 못한 얘기들까지 술술 흘러나왔다. 자신은 전쟁 중에 다리 부상을 입었다느니, 자기 부대가 전라도까지 내려왔다느니 하는 등의 내용이었다. 또 다른 기자는 소속 부대가 전투 공훈을 세워 '영웅 사단' 칭호를 받았다는 자랑까지 곁들이기도 했다. 호기심으로 듣고 지나칠 수만은 없는 얘기였다. 지금까지 이어지는 민족 분단의 비극을 말해준다.

북한 기자단 중에는 일본 조총련 소속 기자도 포함되어 있었다. 그는 나에게 개인적으로 "도쿄에 올 기회가 있으면 연락해서 한 번 더 만나자"고 약속했으나 그 약속은 이뤄지지 못했다. 마음대로 조총련 사람들을 만나고 다닐 수 있는 시절이 아니었다.

남북적십자 회담은 1972년 당시 이후락 중앙정보부장이 박정희 대통령의 밀사 자격으로 평양을 방문해 김일성 주석을 만난 뒤 남북에서 7.4 공동성명이 동시 발표된 것을 계기로 이산가족을 만나게 하자는 뜻에서 시작되었다. 그때 이후락 정보부장의 평양 방문 이야기를 어디선가 전해 듣고 세계적인 특종을 하는가 싶었다. 하지만 오히려 정보부에 끌려가 발설자를 대라는 추궁을 당하며 곤욕을 치렀다는 이야기는 뒤에서 다시 소개하겠다.

한편으로는 기자들의 생계 문제도 심각하게 받아들여지고 있었다. 각 언론사의 급료 인상이나 월동 보너스 지급 여부가 기자협회보의 지면을 차지하고 있을 때였다. 폐간 언론사의 임금

체불 문제도 있었다. 윤주영尹冑榮 문공부장관이 5억 원 규모의 언론인기금을 설치하겠다는 방안을 발표한 것도 이즈음의 일이다. 기자들의 평균 초임이 기껏 3만 원 안팎에 이를 때였다.

그 무렵, 기자들의 이직 사례가 적지 않았던 것도 그런 때문이었을 것이다. 그렇다고 아무 자리로나 옮겨갔던 것은 아니다. 대부분 정부 기관이었다. 기자들이 그만큼 기본 소양을 인정받고 있었기 때문이었다. 나에게도 제의가 들어온 적이 있었다. 중앙청 출입기자 시절 이석재 총무처장관으로부터였다. 이 장관은 나에게 청와대 사정비서관실이나 감사원 간부로 가지 않겠느냐고 은근히 의사를 타진해 왔으나 아직 나로서는 언론계를 떠나 다른 직종으로 옮겨갈 생각이 없었다. 결국 그 얘기는 흐지부지 끝나고 말았다.

기자촌 문제에 대해서도 에피소드가 적지 않다. 1969년 박정희 대통령의 배려로 경기도 고양군 진관외동에 400여 가구가 조성되어 기자들이 입주했는데 무엇보다 주거 환경이 열악했다. 교통 사정이 좋지 않았고 수도관도 연결되지 않아 지하수를 끌어다 써야 했다. 그것도 용량이 부족해 이틀이나 사흘에 한 번씩 가구별로 돌아가며 시간제로 급수를 해야 하는 형편이었다. 당시 〈대한일보〉 조사부장이던 동홍석董弘石 씨가 기자촌 운영회장을 맡고 있었으나 기자협회가 앞에 나서지 않는다면 해결될 수 없는 문제들이었다.

결국 그해 7월 김현옥 내무장관을 움직여 3천만 원의 지방교부세를 배정받는 데 성공함으로써 갈현동으로부터 기자촌까지 수도관을 연결하는 공사가 시작되기에 이르렀다. 때때로 지하수가 말라붙어 급수차까지 동원되던 기자촌 주민들로서는 오아시스를 만난 것이나 다름없었다.

그 직전에는 불광전화국 전화 회선을 증설받아 기자촌에 150여 대의 직통전화가 한꺼번에 개통되기도 했으니, 기자 사회에서는 최대의 화제요, 뉴스였다.

기자촌에 미분양으로 남아 있던 택지도 기자협회가 주관해 분양하고 있었다. 당시 그 땅이 평당 8천 원에 거래되고 있었으니, 그야말로 까마득한 옛날이야기다. 기자촌에 대한 기자협회의 공헌은 그보다 한 해 뒤인 1973년 지역 관할을 경기도에서 서울특별시로 편입시킴으로써 커다란 과제를 일단 마무리 지은 데 있다.

제**4**장

시련의 시절

내가 중앙정보부 취조실에 다시 연행되어 조사를 받은 것도 바로 그 비슷한 무렵의 일이다. 발단이 된 것은 이후락李厚洛 중앙정보부장의 방북 사실이었다. 1972년 이른바 7·4 남북공동성명으로 그의 평양 방문뿐만 아니라 북한의 박성철朴成哲 부수상이 서울을 방문했다는 사실까지 발표되었지만, 아직은 기밀에 붙여지고 있었다.

아마 그해 5월 중순이었던 것으로 기억된다. 이후락 부장이 3박 4일의 일정으로 평양을 방문했던 것이 5월 2일의 일이었으니 열흘 남짓 지난 뒤의 일이다.

그가 비밀리에 김일성金日成 주석을 면담하고 돌아왔다는 얘기를 취재 과정에서 어느 고위 인사로부터 전해들었던 것이다. 지금이야 남북 정상회담도 열리는 상황이지만 당시로서는 전혀 상상이 되지 않는 얘기였다.

믿기지는 않았지만, 세계적인 특종이 되는 것이었다. 특종에 대한 욕심보다는 기자로서의 호기심이 더 컸을 것이다.

사실, 내용상 청와대나 중앙정보부에서도 극히 제한된 인사 외에는 어느 누구도 알 수 없는 극비 기밀이었다. 나는 이렇게 얻어들은 얘기를 회사에 들어와 김동익金東益 정치부장에게 보고했다. 더 이상 구체적으로 확인할 수는 없었더라도 일단 데스크에 알려야 할 필요가 있었다. 기사를 쓰고 안 쓰고를 떠나 정보 자체만으로도 보통 일이 아니었다.

더 나아가 나는 김 부장에게 이 얘기를 기사화하자고 제안했다. 남한 정보당국의 총책임자가 평양을 다녀왔다는 것은 놓칠 수 없는 특종감이었다. 그러나 정치부의 논의 과정에서 부정적인 의견이 지배적이었다. 아무도 사실 자체를 믿으려 들지 않았다. 확인을 할 수도, 해주는 사람이 있을 수도 없었다. 그렇게 기사를 쓸 엄두도 못 내면서 상당한 날짜가 지나가고 있었다.

그러던 어느 날, 오후 4시가 약간 지난 시간이었을까. 국회기자실 간사로부터 중앙정보부 언론과장이 나를 찾는다는 전갈이 왔다. 태평로 국회 본회의장에서 법안심의 본회의를 취재하고 있을 때였다. 안면은 있었어도 직접 부딪칠 일이 거의 없었던 그가 나를 왜 찾는지 의아했다. 그러나 만나지 않을 이유도 없었다.

중앙정보부의 고위 간부가 나를 좀 만나고 싶어 한다는 것이 그의 얘기였다. 용건은 자신도 모른다고 했다. 그리고 밖에 차를 대기시켰으니 함께 가자는 것이었다. 마음이 썩 내키지 않았으나, 안 가겠다고 뿌리칠 수도 없는 일이었다. 지프차가 의사당 건너편의 신문회관 앞에 대기하고 있었다. 나는 언론과장과 함께 지프차에 올라탔다.

도착한 곳은 다름 아닌 세종로 정부종합청사였다. 정부종합청사 19층에 정보부 별실이 마련되어 있었던 것이다. 거기서 나를 기다리던 사람은 김동근金東根 보안차장보였다. 육사 8기 출신인 그는 정보부 내에서도 실력자로 꼽히고 있었다. 내가 자리에 앉기를 기다렸다가 잠시 뜸을 들인 뒤 그가 말문을 열었다.

바로 이후락 중앙정보부장의 평양 방문에 관한 것이었다. 김동근 차장보는 나에게 그런 얘기를 처음에 누구로부터 들었느냐고 질문을 던졌다. 질문이라기보다는 추궁에 가까웠다. 나는 그의 사무실에 들어서면서부터 일종의 신문을 받고 있었던 것이다.

이후락 부장이 감쪽같이 평양을 다녀왔다고 생각했는데 어느새 소문이 새어나가 신문기자에게까지 흘러들어간 것이었으니, 자신들로서는 보안에 심각한 구멍이 뚫린 셈이었다. 따라서 그 누설자를 색출하려고 나를 불러들였을 터였다. 나도 그제서야 비로소 불려 간 이유를 깨닫게 되었다.

그 뒤에 따져보니까 내가 그 얘기를 들은 것이 이후락 부장이 평양을 다녀온 지 대략 열흘쯤 지나서였고, 그로부터 다시 20일쯤 지나서 이렇게 임의 연행된 것이었다. 아무튼 정보부 내에서는 박정희 대통령과 몇 명의 측근밖에 알지 못할 중대 기밀이 바깥으로 새어나갔으니 귀신이 곡할 노릇이라고 생각했음 직하다.

이후락 중앙정보부장의 방북

당시의 정치상황에도 먹구름이 드리워져가고 있었다. 3선개헌안을 관철시켜 1971년 대통령에 당선된 박정희가 집권을 더욱 강화하려고 애쓰던 참이었다. 그때의 북한 카드는 남북화해와 긴장완화를 통해 국내정치의 안정을 도모하려던 의도였을 것이다. 하지만 그해 1972년 '10월 유신維新'으로 국회가 해산됨과 동시에 전국비상계엄령이 선포되었던 사실을 되돌려보면 돌아가는 상황이 그리 만만치는 않았던 것 같다.

어쨌거나 나로서는 뉴스의 출처를 밝힐 수는 없었다. 이미 행정개혁조사위원회 사건에서도 비슷한 경험이 있지 않았던가. 더구나 이번엔 그때와는 또 달랐다. 경우에 따라서는 줄초상이 날 판이었다. 그것을 떠나서도 언론계에서 중견기자의 위치에 있다고 자부하고 있는 나 자신의 자존심과 위신에 직접적으로 관련된 문제였다.

김동근 차장보는 계속 나를 설득하려 들었다. 중앙정보부 안에서도 국내 정치의 총괄책임을 맡고 있던 그였다.

"심 차장에게는 절대로 해를 끼치지 않을 테니 누구로부터 그런 얘기를 들었는지만 말해달라."고 했다. 어떤 경우에도 비밀을 지킬 것이며, 또 당사자에 대해서도 절대로 피해를 주지 않겠다고도 했다. 반드시 누가 발설했는지 알아내겠다는 투였다.

나는 잠시 생각한 끝에 대답했다.

"나는 그런 얘기를 어느 누구에게도 들은 일이 없습니다. 또, 그런 얘기를 어느 누구에게도 한 일이 없습니다."

취재원을 밝히지 않겠다는 의지를 마음속으로 굳혔던 것이다.

그렇게 30분이 지나고, 한 시간이 지났다. 다시 두 시간이 지났다. 계속 설득하고 부인하는 동안 어느덧 인왕산 너머로 해가 저물어 저녁이 되었다. 김동근 차장보도 더 이상 그렇게 실랑이를 벌일 문제가 아니라고 생각한 듯했다. "여기서 얘기를 안 해주니까 할 수 없다. 장소를 옮겨 더 조사를 해야겠다."며 나에 대한 직접 신문을 끝냈다.

나는 다시 언론과장에게 넘겨져 충무로에 있는 세종호텔 13층으로 끌려갔다. 거기에도 중앙정보부 조사실이 있었다. 어두워지는 밤길처럼 내 마음에도 공포의 그림자가 드리우고 있었다. 우려했던 대로 조사는 거칠어졌다. 말이 조사였지, 폭력이 동원된 취조였다. 방 안에 들어서자마자 기다리던 수사관 2명으로부터 폭언과 함께 주먹과 발길질이 날아들었다. "이 자식, 국가가 필요해서 요구하는 일을 거부하고 방해할 수 있느냐."며 사정없이 구타했다.

밤 12시가 지났을까 하는 무렵, 수사관들은 나를 호텔에서 남산의 정보부 청사로 다시 끌고 갔다. 이미 나는 고막이 터지고 무릎이 아파 절룩거리는 상태였다. 그래도 나는 마음을 가다듬었다. "아무리 개 패듯 해도 절대 출처는 밝힐 수 없다. 폭행과 고문을 열 번 당해도 나는 항복하지 않을 것이다."라고 다짐했다.

남산 본부의 취조실에서는 본격 대질신문이 이루어졌다. 나한테서 이 부장의 방북설을 전해듣고 상부에 보고했다는 서울시경의 이 모 경사가 옆방에서 대기하던 중이었다.

그는 "그날 태평로 의사당에서 심 차장을 만나 〈서울신문〉으로 건너가는 지하도에서 이 부장 방북 사실을 들었다."고 진술했다. 자신이 크리스천이기 때문에 절대로 거짓말을 하지 않는다는 얘기도 덧붙여졌다.

나는 "그런 중대한 얘기를 불과 1~2분 동안 지하도를 걸어가며 어떻게 할 수 있겠느냐."라고 반박했다. 이 경사가 "지하도에서 빠져나와 심 차장은 무교동 김대중金大中 사무실로 갔고 나는 남대문의 시경으로 갔다."고 말한 부분에 대해서도 "나는 공화당 출입기자이므로 김대중 씨의 사무실에는 갈 이유가 없다."고 해명했다. 그때 공화당 당사는 조선호텔 맞은편, 그러니까 지금의 한국은행 뒤편에 위치하고 있었다.

이런 대질신문이 계속 반복되었다. 그와 나를 떼어 놓고 붙이고를 반복하다가 나중에는 〈경향신문〉 당시 "허기진 군상" 필화 사건으로 동대문운동장 맞은편의 별실에 끌려갔을 때 나를 신문했던 오 아무개 과장과 대면시켰다. 노련한 수사관으로 소문이 나 있던 장본인이다.

그의 회유가 시작되었다.

"심 차장, 나는 이병철 회장과도 안면이 있는 사이요. 우리 일에 협력하면 심 차장 개인 신상에도 좋은 일이 있을 텐데 왜 그렇게 고집을 피우시오. 우리 일에 협력해주시오."

그러나 내 입에서는 다른 말이 나오지 않았다. 예상과는 달리 남산 본부에서는 폭행이나 고문이 가해지지는 않았다. 밤새도록 신문은 계속되었고, 그대로 날이 샜다.

다음 날 오후 5시쯤이나 되었을까. 오 과장이 타협안을 내놓았다. 자신들도 조사결과를 상부에 보고해야 되니 내가 국회 주변에서 어느 누구한테선가 그런 얘기를 들은 일이 있다고만 하면 어떻겠느냐고 했다. 그런 사실을 인정하되 이름은 굳이 밝히지 않아도 좋다는 것이었다.

나는 잠시 생각했다. 그렇다면 별문제가 없을 것 같았다. 어느 누구에게도 피해가 돌아갈 우려는 없었다. 나는 타협안에 동의했다. 꽤 시간이 걸려 신문 조서가 꾸며졌고, 밤 11시쯤이 되어서야 풀려날 수 있었다.

그들이 내어준 지프차를 타고 한강을 건너 사당동 집에 도착했다. 그런데 집 앞에서 누가 서성거리고 있었다. 다가와 인사를 하는 사람은 바로 나를 일러바친 이 경사였다. 케이크 상자 하나를 들고 있었다.

"이 자식, 형편없는 놈, 꺼져버려."

나는 소리를 꽥 지르고는 집 안으로 들어가버렸다. 뒷얘기지만 이 경사는 국회 출입기자단의 결의로 국회 출입으로부터 퇴출되었다.

나는 그때의 고문으로 고막이 찢어져 2주 동안이나 병원을 다녀야 했다. 세계적인 특종을 놓친 것은 고사하고 남산에 끌려가서 혹독한 조사를 받고 끝났다. 언론탄압이 자행되던 시대의 암울한 단면이라고나 할까.

나에게 이후락 부장의 방북 사실을 귀띔해주었던 고위 공직자는 내가 남산에 끌려갔던 사실도 모른 채 그 뒤로도 장기간 고위직을 무사히 수행했다.

한편, 그런 가운데 1973년 3월에는 정부 부처에 대변인 제도가 도입됨으로써 기자들을 통제하는 수단으로 이용되기 시작했다. 기존의 공보 담당관제를 개편해 좀 더 적극적으로 기자들을 다루겠다는 뜻이었다. 지금처럼 취재에 도움을 준다는 취지를 내걸었지만, 실제로는 그게 아니었다.

경호실과의 축구시합

내가 중앙정보부에 끌려갔었다는 소문은 금방 퍼져 나갔다. 고막이 찢어질 만큼 구타를 당하면서도 끝내 입을 열지 않았다는 얘기와 함께 말이다. 정치부 주변에서 나에 대한 대접이 달라진 것을 느낄 수 있었다. 내가 그 직후 출입처를 청와대로 옮기게 된 것도 그런 영향을 받지 않았을까 여겨진다.

청와대 출입을 하는 기간에도 에피소드가 있었다.

가장 기억에 남는 것이 경호실과 기자실이 축구시합을 벌인 것이었다. 하지만 처음부터 무리였다. 기자단은 인원이 불과 20여 명이었고, 경호실 직원은 무술 유단자를 포함해 줄잡아 500여 명에 이르렀다. 그 가운데서 선수를 추려낸 것이었으니, 기자실이 꿀릴 수밖에 없었다. 박종규朴鐘圭 씨가 경호실장을 맡고 있을 때였다.

시합은 태릉 선수촌에서 열렸는데, 나는 풀백을 맡았다. 〈동아일보〉의 조규하曺圭河를 비롯해 〈한국일보〉의 송효빈宋孝彬, 〈합동통신〉의 조성천趙成天 등이 기자실 팀의 주축 멤버였다.

그러나 시합은 어른과 어린아이 경기와 같았다. 우려했던 대로 금방 문제가 생겼다. 시합이 시작되고 나서 불과 5분여가 지났을까 하는 무렵에 내가 심각한 골절상을 입게 되었다. 경호실 팀의 공격수 선수와 순간적으로 부딪쳐서 넘어졌는데 오른쪽

다리의 통증으로 일어날 수가 없었다. 복숭아뼈가 골절되었던 것이다. 결국 들것에 실려 나가 곧바로 구급차로 경복궁 옆 병원에 옮겨져 깁스를 대야 했다.

시합은 시합대로 지고 말았다. 보통 진 것이 아니라 스코어가 의미 없을 정도로 대패하고 말았다. 더욱이 나로서는 깁스를 한 채로 두 달여를 절룩거리며 지내야 했으니, 여간 불편하지 않았다. 깁스를 풀고 한참 지난 뒤에도 당시 김성진金聖鎭 청와대 대변인으로부터 "사람이 왜 그렇게 허약하냐."며 농담을 들었던 기억이 되살아난다. 〈동양통신〉 출신의 김 대변인은 언제 보아도 말끔한 신사였다.

그렇게 깁스를 하고 목발을 짚고 지내던 어느 날 박정희 대통령이 본관에 오찬을 차려 놓고 출입기자들을 초대했다. 하지만 나는 국가 원수를 만나는데 목발을 짚은 상태로는 안 되겠다고 생각해서 혼자 기자실에 남기로 했다. 그런데 영부인 육영수陸英修 여사로부터 다시 전갈이 왔다. 다른 기자들로부터 내 사정을 전해듣고는 "다리를 절뚝거리는 게 뭐 어떠냐."며 나를 부른 것이었다.

아마 육 여사가 나를 개인적으로 기억하고 있었던 모양이다. 평소 박 대통령과 함께 기자실 모임에 자주 참석했고, 그때마다 기자들에게 이것저것 자상하게 묻곤 하던 육 여사였다. 1962년 덕혜옹주가 한국으로 영구 귀국했을 때 육 여사가 최고회의 의장의 부인 자격으로 서울대병원에 입원했던 덕혜옹주를 위문한 일이 있었다. 그 당시 내가 〈경향신문〉 사회부 기자로서 두 사람의 만남을 취재했다. 육 여사가 그때의 일을 기억할 리는 없었지만 내가 그런 일이 있었다고 말해준 것을 잊지 않고 있었을 것이다.

그날도 내가 오찬 장소에 목발을 짚고 뒤늦게 나타나자 육 여사는 "어떻게 축구를 시원찮게 했기에 그렇게 되었느냐."며 웃으면서 관심을 보여주었다. 전통적인 품위와 아름다움을 지닌 전형적인 한국 여성이 바로 육 여사였다. 여름 휴가철이면 진해 앞 저도猪島의 대통령 별장에서 출입기자들에게 식사를 베풀어 주곤 했다.

뒤늦게 정치에 입문해 청와대 입성의 굳은 의지를 보여주었던 박근혜朴槿惠 전 대통령에 대해서도 기억이 남아 있다. 당시 서강대학교에 재학 중이던 그녀가 1973년 1월 우리 교민들의 하와이 이민 70주년 기념행사에 참석차 현지를 방문해 그곳 의회에서 연설한 일이 있었다. 어린 나이에도 무척 의젓한 모습이었다. 그해 가을 무렵 동대문운동장에서 3군사관학교 체육대회가 열렸는데, 박 대통령이 대회 참가자들을 청와대로 초청해 만찬을 베풀면서 틀어준 필름에 그 장면이 들어 있었다. 박 대통령 부부가 따님에 대해 매우 대견스럽게 여기고 있었음은 물론이다.

그리고 그 이듬해 뜻밖의 저격사건으로 육영수 여사가 운명하게 되었다. 국립극장에서 열린 8·15 경축식에서 벌어진 사건이다. 재일교포 문세광文世光이 발사한 몇 발의 총탄은 온 국민을 경악시켰다. 나는 그날 국립극장 현장에 나가는 대신 정치부의 데스크 자리를 지키고 있었다. 그러나 텔레비전에 나온 장면이 현장 못지않게 생생했다.

문세광은 곧바로 형이 확정되어 그해 12월 서울구치소에서 교수형으로 생을 마감했지만, 육 여사의 온화했던 모습은 지금도 잊히지 않고 있다. 육 여사의 타계로 박정희 대통령도 점차 몰락의 길을 걷게 된 것이나 다름없었다.

나의 청와대 출입기간은 1년여로 끝나 박정희 대통령과 접촉하고 취재하는 시간이 길지는 않았다. 1973년 여름 박 대통령이 진해 앞 저도로 여름 휴양을 간 일이 있었다. 청와대 기자들이 수행해 저도 해변에서 막걸리 파티가 벌어졌다. 그때 옆자리에서 본 박 대통령은 너무나 소탈하고 소박했다. "대통령이란 자리는 비가 와도 걱정, 가뭄이 와도 걱정."이라며 나막신과 우산 장수 두 아들을 둔 아버지 우화를 얘기했다. 이 무렵 박 대통령은 청와대에서 가졌던 출입기자들과의 간담회에서 비망록을 꺼내 보이며 한국 출신 해외 석학들을 불러들여 핵개발을 극비리에 추진하고 있는 사실을 대외비로 밝힌 일이 있다. 뒤이어 기자들은 지방 모처에 있는 국방과학연구소를 시찰하는 기회를 가졌다. 그 자리에서 충남 태안반도를 향한 미사일 시험 발사를 관람했다.

박 대통령의 핵개발 구상은 그 뒤 미국의 압력과 저지로 무산되어 버렸다. 더욱이 박 대통령의 장기집권에 대한 반발 움직임에 따른 인권 탄압 문제가 부각되던 가운데 1976년 10월에는 이른바 '코리아 게이트'까지 터져 나오면서 양국 관계는 상당히 악화되고 있었다. 결국 이듬해 들어선 지미 카터 대통령의 행정부는 주한미군 철수 문제까지 공공연히 거론하는 국면에 이르렀던 것이다. 이런 상황에서 미국이 청와대 전화를 도청했다는 소문과 함께 핵개발 중지를 공식 요청했다는 보도가 연이어 나왔다.

전두환 정권 초기에는 홍릉에 있는 핵개발 연구시설 폐쇄를 공식 요청하기까지 했다. 그때 핵개발이 이루어졌다면 한반도 정세는 어떻게 되었을까? 물론 미국 등의 압력으로 절대 불가능했을 것이라고 단언한다.

정치적으로 숨 막히던 시절

이런 상황에서 나는 정치부장이 되었다. 상식에 근거한 비판을 가함으로써 우리 정치가 올바른 길로 가도록 하는 책임이 주어졌던 것이다. 그러나 비판을 가할 수 있는 여지는 거의 없었다. 언론에도 커다란 재갈이 물려 있었다.

내가 정치부장을 맡기 직전 〈중앙일보〉에 사건이 하나 벌어졌다.

독자들의 관심 속에 내보내던 "남기고 싶은 이야기들" 시리즈에 조봉암曺奉岩의 진보당 사건 얘기가 다루어졌다고 해서 중앙정보부 요원들이 편집국으로 들이닥쳤다. 김인호 편집국장과 이영석 정치부장, 그리고 조남조 기자가 중앙정보부에 연행되었으며, 진보당 사건 시리즈는 그날로 중단되고 말았다. 1974년 9월의 일이다. 이 일로 정치부장 교체가 이루어진 것이다. 조그마한 꼬투리조차 허용되지 않았다.

표면적으로는 그해 초에 발령되었던 긴급조치 1호와 4호가 해제됨으로써 정치적 논의가 풀리고 언론자유의 숨통이 열리는 듯도 했다. 그해 8·15 경축식에서 육영수 여사가 불의의 총격 사고로 운명하고 나서 여드레가 지난 8월 23일 전격적으로 이루어진 조치였다. 긴급조치 1호는 유신헌법 개정과 관련된 일체의 논의를 금지하고 있었으며, 긴급조치 4호는 민청학련 사건을 빌미로 교내외의 집회·성토·농성을 금지하고 있었다. 그렇지만 긴급조치 1호와 4호의 해제에도 불구하고 내면적으로는 거의 변한 것이 없었다.

1974년 10월, 〈중앙일보〉와 〈동양방송〉 기자들이 언론자유 수호 선언문을 발표했던 데서도 당시의 언론 상황을 짐작할 수 있다. 전국적으로 다른 신문과 방송사에서도 기자들이 연달아 언론자유를 되찾아야 한다는 취지의 선언문을 발표하고 있었다. 그나마 긴급조치가 해제되어 기자들이 이런 정도로나마 자신들의 요구 사항을 표출할 수 있었다는 자체만으로도 달라졌다면 달라진 모습이었다.

종교계와 법조계, 학계, 문인, 여성계 등에서도 민주화 촉구 움직임이 이어졌다. 그해 12월 종로 기독교회관에서 개최된 민주회복국민회의 선언대회가 그 분수령을 이루었다. 대회에 참석한 인물들 모두가 당시 우리 사회를 대표할 만한 분들이었다. 윤보선, 백낙준, 유진오, 김영삼, 정일형, 양일동, 함석헌, 강원용, 이희승, 천관우, 법정 스님 등등. 이 선언대회 직후 김대중 씨가 가택연금에서 풀려난 것이 가시적으로 가장 뚜렷한 효과였다.

그런 몇 가지 사실을 제외한다면 오히려 청량리 대왕코너에서 화재사고가 일어나 90명 가까이 목숨을 잃는 참사의 여파로 그해 연말은 더욱 어수선했다. 그 무렵, 미국 포드 대통령이 서울을 방문했지만, 한국 안보에 대한 약속을 위주로 다짐하고 돌아갔다는 점에서 민주화 움직임에는 큰 도움이 되지 못했다. 그가 워터게이트 사건으로 물러난 닉슨 대통령의 뒤를 이어받아 대통령에 취임한 지 불과 석 달 만에 방한했다는 자체가 더욱 큰 의미로 받아들여지고 있었을 뿐이다.

1975년에 들어서면서 언론 상황은 더욱 악화되고 있었다. 이른바 조선·동아투위 사태가 가장 상징적인 사건으로 기록된다.

서울대생들의 시위사건 보도와 관련해 당국의 사주를 받은 광고주들로부터 압력을 받게 되자 그해 2월 자유언론실천 선언에 참여했던 160여 명의 기자를 강제 해직시킨 것이 동아투위 사태다. 광고를 빈 지면으로 내보내는 백지광고 사태도 이 과정에서 나타나게 된다.

더 나아가 그해 4월에는 긴급조치 7호가 발령되어 고려대에 휴교령이 내려졌으며, 다음 달에는 긴급조치 8호와 9호가 선포되었다. 그야말로 긴급조치의 시대였다. 국내의 양대 사학으로 꼽히는 연세대의 박대선朴大善 총장과 고려대의 김상협金相浹 총장이 연이어 사표를 제출하고 물러난 것도 바로 이때의 일이다.

그해 9월에는 여의도에 새 국회의사당이 준공되었지만 축하하기보다는 오히려 측은감만 불러일으킬 뿐이었다. 준공 기념식에서도 박정희 대통령이 주인이었고, 정일권 국회의장은 손님일 뿐이었다. 정치가 죽어버린 시절이었다. 희망은 메말라버렸고, 절규만 허공에 떠돌고 있었을 뿐이다.

야당인 신민당의 김옥선金玉仙 의원이 국회 본회의 질문에서 '관제 안보궐기대회'의 문제점을 지적했다가 반국가적 이적행위라는 이유로 제명 위기에 처하게 되었던 것이 그 증거다. 김 의원은 결국 자진 사퇴의 방법으로 의사당을 떠나고 말았다. 여자였지만, 어느 남자보다 더 당차고 기개가 있었던 주인공이다. 새 의사당이 준공되고 열린 첫 회기에서 일어난 일이었다.

박정희 대통령은 독재와 반反민주의 철권통치를 했다. 경제를 살려 한국의 위상을 크게 신장시킨 업적을 평가받고 있는 것도 틀림없는 사실이지만, 의회 민주정치와 자유언론을 짓밟은 측면에서 보면 그는 분명히 독재자였다. 특히 그의 집권기 후반에 이르러서는 가히 정치가 죽어버린 시절이라 부를 만했다. 정치부장을 5년 장기집권했으나 이렇게 유신정권 하의 지면 제작은 건조하고 힘든 인고의 시절이었다. 그럴수록 정치부 기자들은 한 가족처럼 뭉쳐 응집력을 발휘했다. 회사가 정치와 정치기사를 중요하다고 판단해서인지 내 이후에도 편집국장은 정치부장 출신들이 많이 맡았다. 성병욱(전 〈중앙일보〉 주필, 세종대학교 언론대학원장), 이제훈(전 〈중앙일보〉 부사장), 송진혁(전 〈중앙일보〉 논설고문), 고흥길(전 무임소장관), 전육(전 프로농구연맹 총재), 한남규(전 〈중앙일보〉 부사장) 등이 그들이다. 국회의원 배지를 단 후배들도 조남조, 홍사덕, 고흥길, 이협 씨 등이 여야로 갈려 활동했다. 나의 정치부장 시절은 그렇게 지나갔다.

자카르타에서 들은 10·26 사태

박정희 정권의 유신체제는 1979년에 들어와 최대의 위기를 맞고 있었다. 그동안 누적되었던 모든 폐해들이 한꺼번에 터져 나오고 있었던 것이다. 그해 10월의 부마항쟁이 그 정점이었다. 이를 진압하려고 부산에 비상계엄령이 발동된 데 이어 마산과 창원 일원에 위수령이 발동되었건만, 파국은 오히려 권력층 내부에서 곰삭고 있었다.

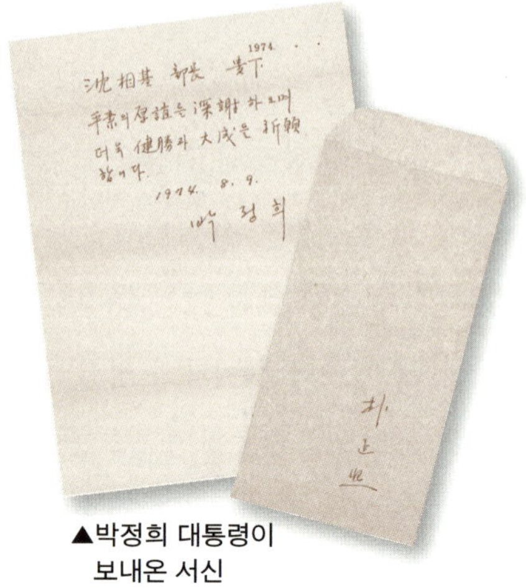

▲박정희 대통령이 보내온 서신

그해 10월 26일, 청와대 궁정동 별관에서 만찬을 갖던 도중에 김재규金載圭 중앙정보부장이 박 대통령을 시해하는 사건이 벌어졌다. 경호실장이던 차지철車智澈도 현장에서 총탄에 맞아 목숨을 잃었다. 이른바 10·26 사건이다. 대한민국의 역사는 또 한 차례 혼란 속에서 요동치고 있었다.

나는 그때 인도네시아에 출장 중이었다. 자카르타에서 열린 경남대학교 공동주최의 국제세미나에 참석하고 있었던 것이다. 정치부장에서 물러나 편집부국장을 맡고 있을 때였다. 공화당과 청와대 출입기자 시절, 또는 데스크를 맡고 있을 때보다는 훨씬 여유를 누리던 무렵이었다.

마침 이틀 동안의 세미나 일정이 끝나고 박재규朴在圭 총장을 비롯한 다른 참가자들과 함께 발리로 가기 위해 중간의 큰 도

시인 족자 카르타에서 하룻밤을 묵은 뒤였다. 우리 일행은 대략 10명 정도였는데, 주미대사와 대통령 외교안보 특별보좌관을 지낸 함병춘咸秉春 씨도 거기에 포함되어 있었다.

그날 아침, 그러니까 아마 사건 다음 날인 10월 27일이었을 것이다. 호텔에서 아침을 먹으려고 식당에 내려와 있는 일행에게 박 총장이 "〈BBC〉에서 박 대통령의 사망 뉴스가 나오는 게 이상하다."며 일러주었다. 그 자신도 심각한 표정이었다. 뭔가 심상치 않다는 것이었다. 급히 자카르타 한국대사관에 연락을 취한 결과 그것은 사실로 확인되었다. 설마 하던 일행 모두의 얼굴빛이 사색이 되고 말았다.

당연히 발리 일정은 취소되었다. 서둘러 비행기표를 끊어 귀국하는 게 급선무였다. 일행 가운데서도 함병춘 씨는 대사관에서 티켓을 급히 구해 우리보다 앞서 서울행 비행기에 올랐다. 나머지 일행들은 일단 자카르타의 대사관에 들러 그곳에 설치된 조문소에 분향을 한 다음 홍콩을 거쳐 김포공항에 내렸다.

서울의 공기는 삼엄했다. 거리 곳곳에 무장 군인들이 경계를 서고 있는 것부터가 달랐다. 불과 며칠 만에 달라진 분위기였다. 정국이 어떻게 바뀔 것인지 누구도 장담할 수 없는 상황이었다. 무엇보다 권력층 내부의 마찰로 국정의 최고 책임자가 유고 상태에 처하게 되었다는 사실부터가 그러했다.

사실은 권력층 내부의 갈등이 아니라도 유신체제는 진작부터 곳곳에서 도전에 직면하고 있었다. 언론계에서도 마찬가지였다. 〈중앙일보〉와 〈동양방송〉의 성남주재 박원훈 기자로부터 비롯된 성남시 주민교회의 구속자 석방기도회 보도사건이 하나의 사례에 속한다. 1978년 3월의 일이다.

그 내용은 이러하다. 교회에서 기도회가 열릴 예정이었으나 기도회에 참석하려던 함석헌咸錫憲 선생이 자택 연금되는 등 당국의 저지로 무산되었고, 김지하金芝河 시인은 현장에서 연행되었다. 이에 박원훈 기자가 밤중에 기사를 본사로 송고했고, 이 기사가 야간 데스크였던 이상근 기자의 손을 거쳐 〈TBC〉의 12시 마감뉴스로 전파를 탔던 것이다.

이로 인해 결국 박원훈은 해임되고 이상근은 방송심의실로 좌천되고 말았다. 중간 데스크였던 유균柳鈞 기자도 1개월 감봉 처분을 받게 되었다. 하지만 이런 조치는 즉각 기자들의 집단반발을 불러일으켰다.

기자들은 회사 측에 대해 편집·제작의 자율성 확보와 불합리한 인사고과제도의 철폐를 요구하는 결의문을 채택하기에 이른다. 여기에 참여한 기자가 40여 명에 이르렀고, 회사도 이를 부분 수용한다는 약속을 내걸어 사태를 진정시킬 수밖에 없었다.

그렇다고 10·26 시해사건으로 모두 끝난 게 아니었다. 이듬해 5월에는 5·17 사태가 이어졌다. 전두환全斗煥 보안사령관을 중심으로 하는 신군부가 권력을 장악하는 과정에서 계엄령을 전국으로 확대하는 동시에 민주세력에 대한 탄압에 들어간 것이다. 광주에서는 이에 반발해 시민들이 계엄령 철폐와 신군부 퇴진 등을 요구하며 민주화운동을 벌였으나 계엄군의 총칼 앞에서는 역부족이었다. 끝내 계엄군은 시위대에 발포했고, 이로써 적잖은 인명 피해가 발생하기에 이르렀다. 광주민주화항쟁이 바로 요원의 불길처럼 번져나갔던 것이다.

언론통폐합의 기억

어두운 시대였다는 점을 제외한다면 나는 기자로서는 매우 행운이 따른 편이었다. 다른 모든 것을 제쳐두고라도 편집국장에 오른 것 하나만으로도 그렇게 얘기할 수 있다. 정치부장과 편집부국장을 거쳐 '기자의 꽃'이라는 편집국장에 올랐던 것이다. 김동익金東益 국장의 후임이었다. 1980년 6월 25일의 일이다.

하지만 영광은 편집국장에 오르던 그 순간뿐이었다. 축하와 박수소리는 그것으로 그치고 말았다. 편집국장 자리를 가득 메우도록 축하 화분이 들어왔건만, 그것은 쓰라린 가시밭길을 앞두고 전달된 위로의 꽃다발이나 다름없었다.

그 첫 번째로 들이닥친 것이 바로 기자들 강제해직 및 언론통폐합 조치였다. 이 가운데서도 강제해직 사태는 내가 편집국장을 맡기 전부터 이어진 자유언론 투쟁의 결과가 뒤늦게 나타난 것이라는 점에서 나도 피해자나 다름없다. 그렇다고 해도 편집국장으로서의 도의적 책임을 피할 생각은 없었다.

일단 편의상 순서를 바꾸어 언론통폐합 조치부터 얘기해보자. 〈중앙일보〉로서는 〈동양방송〉을 〈한국방송공사〉에 일방적으로 넘겨준 사건이었다. 내가 편집국장을 맡고 겨우 자리를 잡아가는 즈음에 일어난 일이었기에 더욱 잊히지 않는다. 그때의 언론탄압 사례 가운데서도 가장 대표적인 사건이었다.

그해 11월의 어느 날, 홍진기洪璡基 회장이 보안사 요원들에 의해 연행되어 갔다. 그가 〈중앙일보〉와 〈동양방송〉을 합친 중앙매스컴의 회장을 맡고 있을 때였다. 그리고 몇 시간 뒤엔 이병철李秉喆 삼성그룹 회장까지 안양골프장에서 운동 중 연행되었다는 소식이 편집국으로 접수되었다. 보안사령관이 개인적으로 만나고 싶다는 것이었지만, 어딘지 심상치 않았다.

홍 회장이 연행된 곳은 경복궁 옆의 보안사였다. 그곳 지하에 마련된 조사실로 안내된 것이었다. 여기서 군무원이 〈동양방송〉 양도포기각서 서명을 강요했다. 그러나 그는 "〈동양방송〉은 대주주가 이병철 회장이니 내가 각서에 서명할 자격도 없고, 할 수도 없다."고 거부했다. 보안사가 이 회장을 다시 연행한 것은 그런 때문이었다. 결국 위협과 공갈 속에 어쩔 수 없이 이 회장이 홍 회장으로 하여금 서명을 하도록 했다는 후문이다.

그때 보안사령관은 노태우盧泰愚 중장이었다. 전임자인 전두환 사령관이 국보위 의장을 맡으면서 물려받은 자리다.

이미 그 직전 최규하崔圭夏 대통령의 하야에 따라 전 의장이 통일주체국민회의 선거에서 당선되어 제11대 대통령에 취임해 있을 때였다.

그렇지 않아도 언론사를 통폐합시킬 것이라는 소문은 진작부터 떠돌고 있었다.

〈중앙일보〉에서는 편집국 간부 가운데 군부 쪽에 가까운 손주환孫柱煥 씨를 내세워 보안사와 줄을 대고 있었고, 그 직전까지만 해도 〈동양방송〉은 걱정하지 말라는 신호를 보내와 모두들 마음을 놓고 있던 중이었다(손주환 역시 〈경향신문〉 출신이지만 이미 1967년에 〈중앙일보〉로 옮겨 와 있었다).

전두환 대통령도 방송 통폐합 발표 며칠 전에 "필요하긴 한데 보상을 해줄 커패시티(능력)가 없다."며 후퇴 의사를 밝힌 바 있었다. 청와대 출입기자들이 이에 대해 질문을 던지자 애매하게 답변한 것이었다. 그러나 당시 허문도許文道 정무비서관 등 젊은 실세들이 문공장관에게 보상 문제를 연분할 상환으로 처리하면 큰 문제가 없다고 전 대통령에게 보고하도록 강력히 밀어붙여 기어코 통폐합을 성사시키고 말았다.

여의도 스튜디오에서 〈동양방송〉 사기社旗가 내려진 것은 그해 11월 30일의 일이다. 〈중앙일보〉가 2011년에 종편(〈JTBC〉)을 시작하면서 개국일을 12월 1일로 잡았던 것도 나름대로는 그때 중단되었던 방송을 이어간다는 뜻을 지녔을 것이다. 그만큼 〈중앙일보〉 식구들로서는 그때의 참담했던 기분을 쉽사리 잊지 못하고 있다.

깃발이 내려지던 그날도 마찬가지였다. 스튜디오로 쓰이던 여의도 별관(지금의 〈KBS〉별관)을 지하부터 옥상까지 구석구석 돌아보던 이병철 회장의 침통한 표정이 지금도 기억에 뚜렷하다. 그는 스튜디오를 둘러보고는 함께 갔던 회사 간부와 탤런트 등 10여 명과 차를 마시며 한마디를 남겼다.

"내 기어코 〈TBC〉를 다시 찾아오고야 말끼다."

어디 이병철 회장뿐이었을까. 통폐합 조치로 〈동아방송〉을 빼앗긴 〈동아일보〉가 그랬을 것이고, 〈경향신문〉에 합병된 〈신아일보〉 관계자들의 입장 또한 다르지 않았을 것이다. 합동·동양·동화 등 3개 통신사가 〈연합통신〉으로 통폐합된 것도 바로 이때였다.

눈물의 강제해직 사태

그러나 이미 언론사 통폐합 이전에 불똥은 신문사를 한 바퀴 훑고 지나갔다. 내가 편집국장 자리에 앉자마자 기자들이 무더기로 해직되었다. 그때 〈중앙일보〉, 〈동양방송〉에서 쫓겨난 기자들이 모두 30명 가까이에 이른다. 전국적으로는 37개 언론사에서 700여 명도 넘게 해직되었다. 언론사 통폐합 넉 달 전인 그해 7월의 일이다.

정권을 장악한 신군부가 언론인들의 집단해직 사태를 꾸민 것은 광주민주화항쟁에 대한 언론사 내부의 들끓던 분위기 때문이었지만, 〈중앙일보〉에서는 또 다른 사건이 겹쳐져 있었다. 그 직전, 강원도 정선군 동원탄좌 사북광업소에서 일어난 집단쟁의 사태를 취재하던 탁경명卓景明(작고) 기자가 계엄사 합동수사반에 끌려가 취조과정에서 뭇매를 맞고서야 풀려났던 것이다.

당시 만성적인 저임금과 열악한 작업환경에 시달리던 광원들이 한꺼번에 일어났던 이 사북사태는 국민들에게 초미의 관심사였건만, 탁 기자에 대한 과잉수사를 포함해 상당 부분이 보도통제 사항이었다. 광주민주화항쟁과 함께 탁경명 기자의 사북사태 건으로 〈중앙일보〉 편집국에는 긴장감이 고조되고 있었다.

이런 상황에서 5·17 사태가 일어났다. 계엄당국은 5월 17일 자정을 기해 비상계엄을 전국으로 확대하는 한편 껄끄럽던 정치인을 비롯해 재야인사, 대학생을 무더기로 연행했다. 언론인도 예외는 아니었다.

〈중앙일보〉에서는 기자협회 부회장직을 맡고 있던 정교용鄭僑溶 기자가 연행되었다. 광주에서 시위대가 계엄군이 발사한 총탄에 절명했다는 소식도 연이어 전해졌다.

편집국 기자들은 비상총회를 열어 광주의 진상이 정확히 보도될 수 있을 때까지 제작을 거부하기로 결의했으며, 한동안 이 결의는 그대로 지켜졌다. 동료인 탁경명의 일로 격앙되어 있던 기자들이었다. 하지만 제작 거부 움직임에도 불구하고 사실을 왜곡하는 내용으로 신문이 계속 찍혀 나오게 되자 제작 거부 주장에도 혼선이 생기게 되었다.

내가 편집국장에 임명된 것은 이런 와중에서다. 그리고 내가 편집국장 자리에 앉자마자 7월 중순 무렵 회사 측은 모든 사원에게 사표 제출을 강요했다. 신군부의 지시에 따른 요식적 절차라는 것이었다. 편집국장인 나로서도 놀랄 수밖에 없었다.

드디어 며칠 뒤, 〈중앙일보〉 기자 24명에게 사표수리 방침이 전격 통고되었다. 나로서는 집안에 개인적인 불상사가 겹치는 바람에 회사 업무에 제대로 전념할 수 없는 상황에서 벌어진 일이다. 편집국장이긴 했지만, 어떻게 돌아가는지도 모른 채 손도 써보지 못하고 팔다리를 잘린 셈이었다.

그 명단은 다음과 같다.

주필 김승한, 편집부 김동호, 외신부 전택원, 사회부 박준영, 경제부 전희철, 정치부 김원태, 문화부 방인철, 외신부 이흥재, 사회부 최형민, 편집부 김송번, 편집부 최돈오, 출판국 편집위원 허술, 출판국 편집위원 유병무, 출판국 문예중앙 이춘욱, 출판국 여성중앙 정연수, 제주주재 신상범, 경주주재 김태균, 광주주재

황영철, 이리주재 이근성, 장성주재 탁경명, 청주주재 김경렬, 원주주재 조광희, 마산주재 김형배, 청주주재 최근배(이상 24명).

〈동양방송〉에서도 정경부 한종범, 외신부 황용복, 대구주재 오홍진, 외신부 정홍렬, 남성우 피디, 정훈 피디, 이병효 피디, 라디오 편성부 김준범, 라디오 편성부장 허환 등 9명이 여기에 해당되었다.

이렇게 사표가 선별 처리된 사람들에 앞서 지식인들의 민주화선언에 동참했던 홍사중 논설위원과 윤호미 기자가 강제로 회사를 떠났고, 기협 부회장을 맡았던 정교용 기자도 스스로 사표를 내던졌다. 오랜 세월이 지난 뒤 그나마 몇 명은 다시 신문사로 복귀할 수 있어서 다행이었다. 그 가운데서도 박준영은 전남도지사를 지냈으며, 이홍재는 서울법대 교수를 지냈다.

아무튼 언론계 숙청은 전두환 군사정권이 들어선 이래 끊임없이 이어졌고, 거기에 앞장섰던 사람들 대부분이 언론계 출신이었다는 사실만큼은 별도로 기록에 남겨두어야 할 것 같다.

정치권 호출을 받았으나

그런데도 내가 정치권과 밀접한 관계를 유지하며 기자들 강제해직과 언론통폐합에 입김을 넣었을 것이라는 소문이 한때나마 퍼진 적이 있었던 것 같다. 내가 보안사 관계자들로부터 정치참여 권유를 받은 데 따른 오해였다.

보안사를 중심으로 민정당 창당작업이 비밀리에 추진 중에 있었던 것도 이 무렵이다. 언론계와 학계 등 여러 분야에서 정치 신인들 발굴작업이 이루어지고 있었다. 정치풍토쇄신법으로 김영삼, 김대중 등 기존의 야권 인사들은 물론 김종필, 김진만, 이후락 씨 등 여권 인사들까지 대거 묶어놓고 새로운 정당을 만들고 있었던 것이다.

5·16 직후 과거 민주당과 자유당 시절 정치인들의 손발을 묶었던 정치정화법의 수법이나 매한가지였다.

내가 정치참여 권유를 받은 것이 이때다. 당시 보안사 정보처장으로 막후에서 실권을 휘두르던 권정달權正達 씨로부터 적극적인 권유를 받았던 것이다.

그는 나에게 신당의 충남도당 위원장직을 거론하며 "대전에 가면 정치상황을 브리핑하고 다 안내해줄 것이니 빨리 내려가라."며 채근했다. 내가 부여 출신이라는 점을 감안해 그런 얘기가 오갔을 것이다.

이때 언론계에서는 나 말고도 〈동아일보〉의 이웅희李雄熙, 〈조선일보〉의 김용태金瑢泰, 〈한국일보〉의 심명보沈明輔, 〈동양통신〉의 노철용盧哲容 등 4명이 정치 입문을 권유받고 있었다. 〈동아일보〉의 이웅희 국장은 그중에서도 먼저 전두환 대통령 당선 직후 청와대 대변인으로 임명되었다. 보안사의 언론 대책반 반장이 던 이상재李相宰는 내 문제와 관련해 "민정당 충남도당 위원장으 로 전두환 사령관의 결재를 모두 맡았다."고까지 했다. 그때 그 는 '강 보좌관'이라는 이름으로 활동하고 있었다.

그러나 나는 그 권유를 뿌리치고 말았다. 정치에 전혀 뜻이 없었던 것은 아니었다. 언젠가 기회가 되면 정치도 한번 해볼 만 하다고 생각한 적은 있었으나, 우리 정치 상황에서 금배지를 단 국회의원의 모습이 허상에 불과하다는 판단에 이른 것이었다. 신문사에서 무려 20년 가까이 정치부 기자를 하면서 얻은 결론 이 바로 그러했다.

3선개헌 파동과 국가보위특별조치법 통과과정을 지켜보았 듯이, 국회의원들은 본인의 소신에 의해서보다는 청와대의 구 령에 따라 움직이는 하수인 부대 같았다. 유정회는 더 말할 것도 없었다. 겉으로는 화려하고 거창한 듯했지만 힘 없는 심부름꾼 에 불과했다. 동정심마저 느끼게 되었던 것이다.

내가 "정치에 관심이 없다. 편집국장 일이나 열심히 하겠다." 고 했더니, "〈중앙일보〉는 괜찮을 것 같으냐."는 위협조의 답변 이 되돌아왔다. 그때 이미 〈중앙일보〉와 〈동양방송〉에 대한 통 폐합 논의가 진행되고 있었던 모양이다. 지방신문 몇 개를 없앤 다느니, 방송사를 어떻게 한다느니 하는 소문이 나돌 때였다. 정 치입문 얘기는 그것으로 끝나버렸다.

결과적으로 정치입문 권유를 받은 언론계 인사 중에서는 나만 제의를 거절하고 만 셈이었다. 그 직후, 10월 무렵인가 일본 도쿄에서 열린 한일 편집국장 세미나에 참석했을 때 돌아가는 분위기에서 그것을 알 수 있었다. 앞서 거론된 분들이 대부분 세미나에 참석하고 있었다. 결국 〈중앙일보〉 몫으로는 나 대신에 조남조趙南照 정치부장이 새로이 권유를 받았음을 그 뒤에 알았다.

그때 돌아가던 사정을 뒷받침해주는 신문기사가 하나 있다. 〈동아일보〉에 연재되던 "남산의 부장들" 시리즈에 나오는 한 대목이다.

신당의 이름은 민정당과 민주복지당 등 2가지 이름을 놓고 논의를 한 끝에 민주정의당으로 결정되었다. 발음상 문제가 있다는 의견에 따랐다는 것이다.

창당 작업의 핵심인 발기인의 면면도 틀이 잡혀 있고, 시도책은 이미 내정된 상태였다. 보안사와 중정 작업팀은 10월 말 11개 시도책을 2~4배수로 청와대 회의에 올렸다.

(〈동아일보〉, 1993년 10월 24일)

이때 충남 조직책으로 공화당 의원이던 정석모鄭石謨 씨와 적십자사 충남지사장인 박선규朴善圭 씨, 그리고 나를 포함해 3명의 이름이 올라간 것으로 이 기사는 보도하고 있다. 그러나 청와대 회의 결과 이들 세 사람 대신에 전혀 다른 인물인 공군 출신의 천영성千永星 씨로 낙착되었다는 것이다. 기사에 표현된 시기가 내가 이미 조직책에 응하지 않겠다는 뜻을 밝힌 뒤일 것이라고 여겨진다.

정치쇄신법으로 기존 정치인들을 묶어놓고 국회의원을 뽑을 때였으니, 만약 내가 그때 정계로 옮겼다면 최소한 두세 번의 임기는 채웠을 것이 틀림없다. 하지만 그때 그런 제의를 선뜻 받아들이지 않은 데 대해 지금도 후회는 없다. 그 후에도 민주공화당에서 두세 차례 노태우 대통령 시절에도 한 차례 출마 권유가 있었으나 사양했다. 지역도 부여, 대전, 서울 등 다양했다

그뒤 자민련 김종필 총재로부터 또 출마를 강력하게 요구받은 적 있었으나 사양했다.

보안사에 연행된 《욕망의 거리》

이처럼 잠깐 정치입문 제의가 오간 것을 제외한다면, 편집국장으로서의 내 기억은 고뇌와 번민의 연속이었다. 사태가 벌어질 때마다 편집국 후배들이 나만 처다보는 것만 같았다. 후배들이

용기를 잃지 않도록 나 스스로도 힘을 내야 했지만, 그때마다 속으로는 까마득한 나락으로 굴러떨어지는 듯한 절망적인 심정이었다.

기사 보도를 놓고 윗선에서 전달된 지시를 뿌리치며 옥신각신 줄다리기를 할 때도 마찬가지였다. 겉으로는 밀고 당기는 것처럼 보였을망정 실제로는 거의 일방적인 게임이었다. 말을 듣지 않으면 어떤 식으로든 응징 수단이 동원되곤 했다. 그것이 당시 우리 언론계가 겪어야 했던 수모였다.

한수산韓水山 씨가 집필하던 연재소설 《욕망의 거리》로 곤욕을 치렀던 것이 그런 사례다. 소설에 정부를 비판하는 내용이 포함되었다는 이유로 편집국 간부와 기자들이 무더기로 끌려가 조사를 받았던 것이다. 내가 편집국장을 맡고 1년쯤 지난 1981년 5월의 일이다.

연재소설과 관련해 작가와 연락을 주고받던 손기상孫基祥 편집국장 대리 겸 문화부장과 정규웅鄭奎雄 편집위원, 권영빈權寧彬 출판부장, 그리고 이근성李根成, 허술(許術, 전 출판부) 기자가 연행되었다. 갑자기 들이닥친 세단에 태워져 '빙고 하우스'라 불리던 서울 동빙고동의 보안사 조사실로 끌려간 것이었다. 이들이 연행된 직후 이리저리 수소문해보았지만 손쓸 만한 방법도 딱히 없었다. 각각 독방에 알몸으로 수감되었다는 얘기를 전해듣고는 한숨만 내뱉을 수밖에 없었다.

편집국 간부들이 나름대로 문제가 되었을 만한 표현을 추려 냈다.

하여튼 세상에 남자 놈치고 시원치 않은 게 몇 종류가 있지. 그 첫 번째가 제복 좋아하는 자들이라니까. 그런 자들 중에는 군대 갔다 온 얘기 빼놓으면 할 얘기가 없는 자들이 또 있게 마련이지.

정부의 고위 관리가 이상스레 촌스런 모자를 쓰고 탄광촌 같은 데 찾아가서 그 지방 아낙네들과 악수를 하는 경우, 그 관리는 돌아가는 차 속에서는 잊을 게 뻔한데도…….

(〈중앙일보〉, 1981년 5월 2일)

그러나 워낙 시기가 시기였다. 박정희 대통령이 시해된 10·26 사태 이후 12·12, 5·17, 광주민주화항쟁 등으로 나라가 온통 격변과 혼란에 처해 있었다. 1980년 8월 최규하 대통령의 뒤를 이어 전두환 국보위 상임위원장이 제11대 대통령에 취임함으로써 군부통치의 제5공화국이 출범한 직후였다.

언론에 대한 통제는 더욱 강화되고 있었다. 5공화국 언론정책의 근간이 되어버린 언론기본법이 1980년 12월 공포된 데 이

어 이듬해 1월에는 문공부에 홍보조정실이 설치되었다. 언론보
도 방향에 대한 구체적인 보도지침이 내려지기 시작한 것도 바
로 이때다. 중앙정보부는 물론 보안사령부까지 나서서 정치, 언
론, 사회 전반을 시찰하고 옥죄는 역할을 떠맡았다.

내가 편집국장을 맡은 이후 고난의 가시밭길 행군이 이어질
수밖에 없었던 것이다. 이 연재소설 연행사건도 그 하나다. 아마
내용은 차치하고라도 "욕망의 거리"라는 제목부터가 당국의 비
위에 거슬렸을지 모른다. 우리는 국가원수 모독, 군 비방혐의가
씌워졌다고 추측했다. 결국 이 사건은 연행된 사람들이 사흘 만
에 풀려남으로써 일단 종지부를 찍게 되었다.

그러나 끌려간 기자들이 당한 고문이 암흑시대의 무법 살상
행위와 유사하다.

아마도 간첩들을 잡으면 이 정도였으리라고 짐작되었다. 오
랜 세월이 지난 뒤에야 당사자들이 입을 열어 기록한 증언을 내
놓았다.

다음은 1991년 펴낸 정규웅 편집위원의 산문집 《글동네 사
람들》에 나오는 고백이다.

5월 30일(토) 출근과 동시 허석 이사로부터 "한수
산 소설이 문제되었으며, 연행되어 간 한수산이 당신
을 배후 조정자로 지목했다."는 이야길 듣다. 오전 10

시 한 떼의 기관원들이 3대의 검은색 세단차를 타고 신문사로 몰려와, 나와 권영빈 출판부장 그리고 이근성 출판부 기자를 각각 다른 차로 연행. 10시 30분 이른바 '빙고 하우스'에 도착. 곧 독방에 처넣어져 알몸으로 벗기운 채 검은 제복을 입은 5, 6명의 젊은이들로부터 몽둥이 구둣발길질로 무차별 구타당하다. 약 한 시간 동안 초죽음이 되도록 폭행당하다가 고문실로 끌려감. 양 장단지 사이에 각목을 집어넣고 무릎을 짓이기는 고문, 의자에 앉혀 사지를 꽁꽁 묶고 얼굴에 타월을 덮어씌운 뒤 고춧가루 물을 쏟아 붓는 고문, 전기가 통하는 의자에 앉혀 놓고 열 손가락에 전깃줄을 연결시킨 뒤 스위치를 올렸다 내렸다 하는 고문, 두 팔을 허공에 있는 밧줄에 동여매고 몸이 뜨게 한 뒤 좌우로 흔들어 각목 세례를 퍼붓는 고문, 그 밖에도 엘리베이터 고문, 손가락에 연필 끼우고 고문……등 있을 수 있는 모든 고문을 당하다.

고문의 내용은 1)여자문제 2)간첩 접선 여부 3)기자로서의 독직 등이었으나 답변은 거의 허용치 않다. 시간이 얼마나 흘렀는지 짐작조차 할 수 없는 상태에서 취조실로 옮겨지다. 구타 곁들인 본격적인 신문 시작. 옆방에서 허술 기자의 목소리가 들리다. 밖에서

"박정만이 방이 어디야!" 하는 소릴 듣고 박정만도 연행되어 왔음을 알다. 얼굴만 빼놓고 온몸에 검붉은 피멍이 든 채로 끝없는 신문, 구타, 욕설이 되풀이되다. 단 한잠도 자지 못하고 밤새도록 '자서전'을 쓰다.

5월 31일(일) 하루 종일 글 쓰는 작업 계속. 가정 얘기, 친구 얘기, 직장 얘기, 문단 얘기…….

고문자 신문자가 오다가다 방에 들어와 쓴 글을 읽어 보고 '다시 쓰라'고 쥐어박기 예사. 가장 참기 힘든 건 아들 뻘밖에 안 되는 20대 초반의 '아이들'이 들어와 상스런 욕을 해대며 구둣발길질을 퍼붓는 것. 이날은 서너 시간쯤 잠을 잘 수 있도록 '배려'하다.

6월 1일(월) 같은 일의 되풀이. 오후 3시쯤 '높은 분'의 부름을 받다. 도저히 걸을 수 없어 양쪽에서 부축을 받아 어기적거리며 응접실로 가다. 한바탕 꾸짖음과 훈계를 듣고 이근성 기자의 등에 업혀 그 '죽음의 집'을 빠져나오다.

나의 체험 위주로 쓴 글이지만 함께 끌려가 곤욕을 치른 다른 여섯 사람도 크게 다르지 않았을 것으로 짐작된다. 그러므로 내가 겪은 정신적 육체적 고통은 곧 그들의 것일 수 있고, 또한 내가 느끼는 분노 역시 그들의 분노일 것이었다. 그 분노가 어떤 정도였는지, 후에 박정만이 쓴 시를 보면 다음과 같이 나타나고 있다.

(전략)

펄펄 끓는 물솥에 수건을 적셔

내 몸의 어혈 위에 찜질도 하고……

탕기에선 한밤 내 부글부글

죽음이 들끓는 소리

절명하라, 절명하라, 절명하라

이를 갈다 이를 갈다

가슴도 부글부글 소리를 내고……

분노도 피딱지도 약에 녹아

하나가 되고……

어혈은 풀어져서

내 몸의 피와 살과 뼈에 스미고…….

(정규웅, 《글동네 사람들》 중에서)

박정만은 이미 고인이 되어 이 세상 사람이 아니거니와, 그는 살아생전 만날 때마다 "형님, 도대체 워찌된 일이다요. 답답해 죽겠소. 이유나 알고 죽었으면 원이 없겠소."라고 말했다. 나나 신문사 동료들은 또 그렇다 치더라도 박정만이야말로 '마른 하늘에 날벼락'이며, '아닌 밤중에 홍두깨'였던 것이다(박정만 시인은 한수산 작가와 알고 지내는 사이였고 연재소설과는 아무 관련이 없었다).

그래도 그때 그들은 아무 일도 없었다는 듯 웃고 있었다. 하지만 그들의 팔다리와 온몸 여기저기에 무차별 구타의 흔적이 역력했다. 눈가에 멍이 들기도 했고 다리를 절룩이는 모습이기도 했다.

자신들이 연행되어 다른 동료들이 은근히 속을 태우고 있었음을 알아차렸을 것이다. 그런 모습으로 편집국으로 들어서는 그들에게 동료들은 뜨거운 박수를 보냈다.

그러나 박수를 받는 사람이나 보내는 사람이나 가슴으로는 누구나 눈물을 흘리고 있었을 것이다.

손기상 국장대리를 포함해 연행되었던 주인공들은 육체적 고통으로 인해 며칠씩 고려병원에 입원해 치료를 받아야 했다. 병원에서조차 보안사 압력으로 쫓겨나 타의에 의한 퇴원이 이루어졌다. 그때 제주도에 거주하던 한수산 씨도 비행기 편으로 서울로 끌려와 함께 조사를 받고는 풀려났던 것이다. 그는 풀려난 뒤에도 고문 후유증으로 극도의 정서 불안정에 시달리다가 결국 1988년 한국을 등지고 일본으로 떠났다. 그것이 우리의 가슴 저리는 현실이었다.

안기부장이 직접 나선 "제3공화국"

그 이듬해에는 기획 연재물인 "제3공화국"에 대해 노골적인 견제가 들어왔다. 1982년 1월부터 시작된 야심 찬 탐사기획이 바로 "제3공화국" 시리즈였다. 주 6회 전면 연재가 시작되자 기대했던 대로 폭발적인 반응이 일어났다. 국내에서는 물론 미국 등 해외의 교포 독자들로부터도 뜨거운 호응의 전화와 편지가 쇄도했다.

결국에는 다른 경쟁지들도 차례차례 뛰어들게 되었다. 눈을 뻔히 뜬 채로 독자를 빼앗기지 않겠다는 뜻이었을 것이다. 〈조선일보〉, 〈동아일보〉, 〈한국일보〉 등이 나란히 제3공화국과 관련된 비화 시리즈를 내보내기 시작했다. 5·16 이후 베일에 가려져 있었던 박정희 시대의 어두웠던 뒷면이 일제히 들추어지기 시작한 것이었다.

그러자 안전기획부가 나섰다. 어느 날 안기부의 유학성兪學聖 부장이 이건희李健熙 삼성 부회장과 이종기李鍾基 사장, 그리고 편집국장인 나를 남산의 안전기획부로 오찬에 초대했다. "제3공화국의 정치문제와 관련해 취재경쟁이 너무 치열해 국가기관의 업무에 지장이 많다."며 연재 중단을 부탁하는 자리였다. 다른 신문사들에 대해서도 연재를 중단토록 종용하겠다는 다짐도 덧붙여졌다.

나는 이건희 부회장과 이종기 사장의 눈치를 살피면서도 반대 의사를 분명히 했다. 신문 구독자가 전국 각처에서 하루가 다르게 늘어날 정도로 독자들의 반응은 열렬했다. 그렇지 않더라도 원래 1년 이상을 연재한다는 장기 계획 아래 시작된 기획물이었다.

그래도 안기부의 압력은 계속 이어졌다. 결국 이 시리즈는 34회로 막을 내리고 말았다. 시리즈가 시작된 다음 달에 '제1부 끝'이란 부기를 달아 최종회가 어정쩡하게 처리되었다. 다른 경쟁지들의 시리즈도 한꺼번에 끝나고 말았으니, 아마 독자들도 돌아가는 사정을 어느 정도는 눈치채고 있었을 것이다.

한번은 이런 일도 있었다. 야당 지도자인 김영삼金泳三 총재가 상도동 자택에서 단식투쟁을 하다가 위급상황을 맞아 서울대학병원에 실려 갔던 1983년 5월의 일이다. 그는 단식으로 건강이 심각한 상태였지만, 당국은 그가 병원에 입원했다는 사실조차 보도를 금지시키려 했다. 김 총재가 병원에 실려 간 그날 오전 그 기사에 대한 게재 불가의 압력이 이종기 사장으로부터 전달되었다. 물론 청와대나 보안사로부터 연락이 왔을 것이다.

이 사장은 상업은행에서 행원으로 근무하다가 장인인 이병철 회장 덕분에 신문사 경영을 맡게 된 주인공이었다. 이 회장의 3남 5녀 가운데 넷째 딸 덕희德姬 씨가 그의 부인이다. 대인관계도 원만하고 덕장 스타일의 온후한 인품의 소유자였다. 김 총재의 단식사건 때도 당국의 압력을 받은 이 사장은 기사를 빼도록 지시를 내린 것이었다.

그러나 역시 가장 중요한 것은 편집국장인 나의 입장이었다. 과연 이를 어떻게 처리할 것인가 고민되지 않을 수 없었다. 편집국장인 나를 두고 "사장이 빼라는 기사는 오히려 꼭 싣는다."며 은근히 헐뜯는 사람들이 사내에 더러 있었던 시절이다.

나는 사장실로 올라가 "이런 큰 뉴스는 뺄 수 없다. 경쟁지들은 어떤 식으로든 보도할 것입니다."라며 보도 의지를 밝혔다. 하지만 이 사장은 "다른 신문도 절대 쓰지 못할 것이니 우리도 쓰지 맙시다."라며 거듭 기사로 취급하지 말도록 요구했다. 나는 꺾이고 말았다. 그래서 가판인 1판에는 기사를 싣지 않았다. 아니나 다를까. 〈동아일보〉에는 김 총재의 입원기사가 1면 톱을 장식했다. 이럴 때 편집국장이 할 수 있는 일은 무엇일까. 정말 쥐구멍이라도 있으면 들어가고 싶은 심정이었다.

부랴부랴 서울 시내 배달판을 다시 만들었다. 김 총재의 입원기사를 중간 톱으로 실었다. 사장의 지시와 언론의 보도사명, 다른 신문과의 보도경쟁에서 편집국장의 위치는 과연 어디에 자리 잡을 것인가. 물론 최종적으로는 편집국장이 책임을 져야 하는 문제였다. 나는 머리를 짓누르는 고민과 고통 가운데서 힘겨워했다.

때로는 이 사장과 실랑이도 오갔다.

"이렇게 만들어서 경쟁에서 이길 수 있겠습니까. 이런 식이라면 독자도 외면하고 경영도 어려워질 것입니다."

"그것은 내 책임이니 내가 하라는 대로 하세요."

아직도 기억에 남아 있는 대화의 일부분이다.

또 다른 얘기도 있다. 어느 날인가, 보안사 요원이 편집국에서 사회부장석과 공무국을 왔다 갔다 하는 것이 눈에 띄었다. 그러고는 신문의 초벌 인쇄용지를 들고 금창태琴昌泰 사회부장에게 무엇인가 기사를 바꾸어달라고 요구하는 것이 아닌가.

이 무렵, 보안사와 문공부에서는 각 언론사마다 아예 담당요원을 상주시켜 필요한 정보를 수집하는 한편, 기사 작성에 깊이 관여하고 있었다. 심지어 기자들의 출입처 인사에까지 관여하기도 했다. 그 담당요원이 사회부장 옆에 붙어서 은근히 압력을 넣고 있었던 것이다. 무엇을 고쳐달라는지는 몰랐다.

그러나 나는 고함을 질렀다.

"야, 이 새끼, 당장 편집국에서 꺼져."

편집국 데스크들과 수십 명 기자들의 눈길이 순식간에 보안사 요원과 나에게 집중되는 것을 느낄 수 있었다. 내 입에서 원색적인 욕설까지 튀어나왔으니 편집국 식구들도 놀랐을 것이다. 그 요원은 얼굴이 불그레해져 머뭇거리다가 결국 편집국을 빠져나갔다. 이른바 '권위주의' 시절의 어두운 단면이다.

그러나 정치적으로는 짓눌렸지만 다른 분야에서의 일은 자꾸 늘어나고 있었다. 내가 편집국장을 맡은 이듬해인 1981년 새해 초부터 신문 지면이 기존 8면에서 12면 체제로 늘었다는 자체만으로도 그것을 알 수 있다. 무엇보다 경제 활성화에 따라 경제면이 대폭 늘어났다. 건강·의학면, 그리고 방송·연예면도 늘어나기 시작했다. 그야말로 정치가 경제보다 못한 시절이 바로 그때였다. 나의 편집국장 시절이 그러했다.

한편, 나는 〈중앙일보〉 편집국장과 출판담당 상무로 재직하면서 신문방송편집인협회 부회장으로 활동했다. 권오기(權五琦, 작고, 전 통일부장관, 〈동아일보〉 사장) 씨가 회장을 맡았던 무려 6년 동안의 기간이었다. 송용식(宋庸植, 전 국회의원, 〈연합통신〉 전무), 조두흠(曹斗欽, 전 〈한국일보〉 전무), 안덕환(安德煥, 전 〈대구매일신문〉 전무) 씨 등과 같이 부회장으로 있으면서 언론인 인명사전을 출간한 것이 가장 커다란 보람으로 남아 있다.

제5장

출판업무를 책임맡고

어떠한 자리라도 일단 올라가면 언젠가는 내려가야 하는 법. 내 편집국장 자리도 마찬가지였다. 더구나 기사 게재를 둘러싼 당국과의 거듭된 마찰로 골머리를 앓고 있을 때였다. 이제는 나로서도 훌훌 털고 물러날 때가 되었다고 느끼던 참이었다.

그해 1983년 10월 9일, 일요일. 내가 설악산 등정에 올랐던 것도 편집국장 경질설로 어수선한 기분을 떨쳐버리려던 의도였다. 이 산행에는 편집국에서 당시 한규남韓圭南 부국장, 한남규韓南圭 정치부 차장, 김현일金玄鎰 정치부 기자가 동행하고 있었다.

그날 인천에서 열리던 전국체전을 제외한다면 별달리 예고된 기사가 없었던 덕분이기도 했다. 아무리 개인적으로 마음이 무거웠다 하더라도 기삿거리가 밀려들어오는 상황이라면 자리를 비우기가 어려웠을 것이다. 전두환全斗煥 대통령도 해외순방

을 떠나 있었으므로 국내 정치상황이 그런 대로 잠잠할 것이라
는 판단도 없지 않았다.

그러나 봉정암에서 오세암을 거쳐 백담사로 향하던 도중에
아웅산 참사 소식을 라디오로 전해듣게 되었다. 전 대통령은 가
까스로 위기를 모면했지만 일부 수행원들이 참변을 당했다는
내용이었다. 내가 갖고 다니던 소니 휴대용 라디오는 산속에서
도 음파를 잡아낼 만큼 성능이 무척 좋았다. 이제는 등산이 문제
가 아니었다. 허겁지겁 내 차가 대기하고 있을 백담사 쪽으로 뛰
어 내려왔다.

하지만 여름철의 홍수로 다리가 끊어지는 바람에 백담사까
지 승용차가 들어오지를 못하고 있었다. 그래도 긴급한 사정을
알아챘는지 기사가 백담사까지 걸어 들어와 나를 기다리고 있
었다. 승용차는 8킬로미터나 떨어진 용대리에서 대기 중이었다.

용대리에서 작은 가게에 들어가 겨우 서울과 통화가 이루어
졌다. 손기상孫基祥 부국장이 "호외도 두 번이나 냈으니 큰 걱정
마시라."며 회사 소식을 전해주었다. 곧바로 차에 올라타자마자
액셀을 밟았는데도 밤 11시가 되어서야 겨우 서소문에 도착할
수 있었다. 흙이 묻은 등산화를 신은 채였다. 내 인사 문제와 교
차하던 아웅산 사태의 기억이다.

내가 이렇듯 설악산 등정에 나섰던 것은 이종기李鍾基 사장
으로부터 편집국장 인사 문제와 관련된 얘기를 들은 뒤끝이었

다. 그가 나를 부르더니 "문공부에서 장관이 오라고 해 갔더니 심 국장을 자리에서 물러나게 하라는 것이요."라고 말해주었다. 그것이 그때 상층부의 돌아가는 분위기였을 것이다. 이진희李振義 씨가 문공부장관을 맡고 있을 때였다.

나에 대한 소문이 좋지 않게 퍼져가고 있을 것이라는 점을 나 스스로도 어느 정도는 짐작하고 있었다. 편집국에서 얼쩡대는 보안사 파견원을 호통쳤던 일만 해도 그러했다. 그 무렵 〈조선일보〉에서도 김대중金大中 정치부장이 한직으로 밀려나 외유의 길에 올랐다. 갖은 형태로 언론계 숙청이 이루어지고 있었다. 그 뒤에도 이 사장이 두어 차례 문공부 측으로부터 편집국장 교체 요구를 받았다는 얘기를 넌지시 전해듣고 있었다.

최후의 통보는 홍진기洪璡基 회장으로부터 날아왔다.

그해 11월의 어느 날. 홍 회장이 나를 집무실로 불렀다. 내가 자리에 앉자 잠시 뜸을 들이던 그는 "아무래도 심 국장의 입장이 어렵게 된 것 같다."며 "미국이나 일본으로 한 2년쯤 외국 유학을 다녀오면 어떻겠느냐."고 운을 뗐었다. 이 사장으로부터 문공부 방침을 전달받을 때와는 분위기가 또 달랐다. 홍 회장이 나를 불렀다는 자체가 사태의 심각성을 말해주고 있었다.

사실상 편집국장에서 경질시키겠다는 방침을 통고하는 자리였다. 다만, 외국으로 유학을 떠나는 모양새를 갖추도록 한다는 것뿐이었다. 남은 문제는 내가 유학 제의를 받아들이느냐 마느냐 하는 정도였다.

나는 잠시 망설이다가 "집안 형편상 애들 때문에 오랫동안 집을 비울 수가 없다."고 응답했다. 그는 다시 삼성그룹 쪽으로 자리를 옮기는 문제를 꺼냈다. 나보다 앞서 편집국장을 지낸 김인호金寅昊 씨가 전주제지 중역으로 옮겼고, 박동순朴東淳 씨가 경제부장을 지낸 뒤 삼성물산 임원으로 영입된 사례가 있었던 터라 나만 승낙하면 삼성으로의 이적은 문제될 것이 없었다.

그는 내가 옮겨 갈 자리를 구체적으로 거론하지는 않았고, 그래도 언뜻 얘기로 미루어 전무급 자리가 될 것이라는 뜻인 것 같았다. 〈중앙일보〉의 이사 겸 편집국장으로서는 영전일 수도 있다. 하지만 나는 신문사를 떠나고 싶지 않았다.

결국 나는 출판담당 이사로 발령이 났다. 편집국장 재직 3년 5개월 만의 일이다. "그렇다면 출판 담당은 괜찮겠느냐."는 의사타진을 받아들였던 것이다. 그때까지 출판국을 담당하던 정인섭鄭仁燮 이사의 뒤를 물려받은 것이었다. 후임 편집국장에는 김영희金永熙 씨가 임명되었다.

1등으로 올라선 〈여성중앙〉

출판본부에서는 편집국에서처럼 날마다 정치적인 기사를 놓고 쓰느니 마느니 하는 문제로 신경 쓸 일은 거의 없었다. 외부의 압력이 전혀 없었던 것은 아니지만 편집국 시절에 비하면 거의 무시해도 될 만한 정도였으니 말이다. 한 번인가 노태우盧泰愚 보안사령관 관련 기사를 빼달라는 부탁이 들어와 약간 실랑이를 벌였을 정도에 지나지 않았다.

그것보다는 영업이 먼저였다.

그때 출판시장에서 무시하지 못할 점유율을 차지하던 것 가운데 하나가 바로 여성지 분야였다. 여성지 시장이 시사월간지 시장보다 오히려 훨씬 더 큰 것을 그때서야 비로소 알게 되었다. 〈여성중앙〉을 비롯해 〈주부생활〉, 〈여성동아〉, 〈여원〉 등이 서로 각축을 벌일 때였다. 아직 〈가정조선〉은 발간되기 전이었다.

내가 출판담당 이사로 처음 발령받았을 때만 해도 〈주부생활〉이 앞서 있었다. 따라서 나머지 잡지들이 그 다음 순위를 놓고 서로 경쟁을 벌이고 있었다. 학원사가 발행하는 〈주부생활〉은 1965년에 창간되어 경쟁지 가운데서는 가장 역사가 오랜 편이기도 했다. 그 뒤를 이어 〈여성동아〉가 1967년에 나왔고, 〈여성중앙〉은 1970년에 창간되었다.

〈여원〉은 1971년에 〈신여원〉이라는 이름으로 첫 발행되다가 3년 뒤부터 이름을 바꾼 것이었다. 원래 국내 첫 여성 월간지로서 학원사가 1955년에 창간했던 똑같은 이름의 〈여원〉이 있었다. 그 뒤에 판권이 옮겨져 운영되다가 결국 〈여성중앙〉이 나온 직후 서로 각축을 벌이는 과정에서 폐간되고 말았으니, 여성지 시장이라고 그리 만만한 싸움터는 아니었다.

따라서 출판담당 이사로서 후발주자인 〈여성중앙〉의 판매부수를 늘리는 것이 가장 업무 우선순위였음은 두말할 필요가 없다. 내면적으로는 광고 판매가 더 중요했지만, 그것도 대체로는 판매부수에 따라 영향을 받기 마련이었다.

일단은 기획과 편집에서부터 일일이 신경을 써야 했다. 교양과 생활, 요리, 취미, 여행 등 잡다한 분야는 생소하기만 했다. 여성지의 편집자들이 대체로 그 분야의 전문가이기 때문에 내가 특별히 신경 쓸 일은 거의 없었지만, 그래도 화젯거리를 발굴하고 편집 방향을 결정하는 데 있어서 편집국장 출신으로서의 경험과 감각은 중요한 구실을 했다. 광고에도 적잖은 신경을 기울였다.

실적이 나오는 데는 그리 오랜 시간이 걸리지 않았다.

불과 2년여 만에 〈여성중앙〉이 판매부수와 광고매출 실적에서 〈주부생활〉을 따라잡고 단연 1등의 자리를 꿰차게 되었던 것이다. 특히 가계부를 부록으로 주는 송년호의 경우에는 대략 30만 부까지 나가기도 했다. 그렇지 않더라도 매달 20만 부 정도의 판매부수는 꾸준히 올리게 되었다. 시사 월간지들이 많이 팔려야 기껏 7~8만 부 정도에 그쳤던 것과 비교하면 시장의 크기를 대략이나마 짐작할 수 있을 것이다.

이 과정에서 문제가 생겼다. 여성지의 판도가 바뀌었는데도

<주부생활>이 계속 '판매율 1위, 열독률 1위'라는 문구로 광고를 내보내고 있었다. 우리 쪽의 판매 책임자를 시켜서 시정을 요구했으나 응하지도 않았다. 결국은 공정거래위원회에 제소할 수밖에 없었다. 그리고 공정거래위원회의 조사에 따라 그러한 광고 내용이 실제와 다르다는 사실이 확인되었다. 경제기획원 기자실에서 조사 내용이 공표되어 정부 당국이 결과적으로 <여성중앙>의 변화된 위치를 확인시켜준 셈이 되었다.

그렇다고 <중앙일보> 출판국이 <여성중앙>으로만 꾸려지던 것은 아니었다. <소년중앙>과 <학생중앙>, <영레이디> 등으로 여성과 학생, 어린이를 포괄하는 잡지 대열을 형성하고 있었다. 같은 여성지 중에서도 <여성중앙>이 기혼 여성을 독자로 겨냥하고 있었다면, <영레이디>는 미혼 여성을 대상으로 한 잡지였다.

출판본부는 이 밖에도 전문지와 단행본 분야는 물론 전집에 이르기까지 폭넓은 사업 영역을 확보하고 있었다. 특히 전문지인 <계간미술>과 <문예중앙> 등은 우리 문화의 수준을 한 단계 올려놓았다는 평가를 들을 만큼 내용이 알차게 꾸며지고 있었다. 물론 이들 전문지들이 경영수지에 있어서는 개별적으로 상당히 어려웠던 게 사실이다.

<월간중앙>은 1980년 신군부의 등장과 함께 무기휴간 처분을 받고 있었다. 1968년 창간된 이래 가장 큰 시련에 부닥친 것이었다. <창작과 비평>을 포함해 <문학과 지성>, <뿌리깊은나무>, <기

자협회보〉등 170여 종류의 정기간행물이 동시에 언론통제의 철
퇴를 맞았다. 정권에 비판적이던 간행물에 대한 본보기였다.

나는 〈월간중앙〉의 복간을 위해 문공부에 여러 차례 의사를
전달했으나 뜻을 이루지 못했다. 그러다가 1988년에서야 노태
우 정부 출범과 함께 복간허용 통보를 받은 것이었으니, 내가 회
사를 그만둔 이듬해의 일이다.

출판국 전성시대

내가 출판담당 이사에서 상무로 승진한 것은 출판국 발령을 받
고 불과 석 달쯤 지나서였다. 승진 자체로만 따진다면 벼락 승진
이나 다름없었다. 출판본부가 편집에서부터 판매 및 광고에 이
르기까지 영업기능을 모두 갖추고 있었으므로 보통의 국장급
타이틀로는 업무 추진이 애매할 것이라는 경영진의 판단에 따
른 조치였다.

무엇보다 출판국의 영업 규모가 급속도로 늘어나고 있었다.
내가 발령받기 이전만 해도 불과 4억 원 안팎에 불과하던 이익
규모가 빠르게 증가하고 있었다. 우리 사회적으로도 경제성장
에 맞추어 출판시장이 급속도로 성장하던 시절이었다. 내가 근
무하던 기간을 통틀어 불과 3~4년 만에 출판국의 이익규모가

25억 원 정도로 껑충 치솟은 것을 보면 그것을 알 수 있다.

출판국의 업무도 덩달아 늘어나고 있었다. 1984년에는 경제 전문지인 〈이코노미스트〉 경영을 출판국으로 이관받았고 대중음악지인 월간 〈음악세계〉, 무크지인 〈아름다운 집〉이 연달아 창간되었다. 이듬해에는 음악전문 계간지인 〈스테레오 뮤직〉이 새로 선보였으며, 또 그 이듬해에는 신년호로 〈하이틴〉이 창간되었다. 〈하이틴〉은 그 직전 〈학생중앙〉이 종간되면서 내게 된 새로운 잡지였다.

단행본 분야에서도 새로운 시장이 개척되고 있었다. 가장 대표적인 사례가 《성씨姓氏의 고향》이다. 내가 편집국장 시절이던 1982년부터 시작된 시리즈가 아직 신문 지면에 계속 연재되고 있었는데, 그것을 단행본으로 출간한 것이었다. 신문 시리즈도 그랬지만, 이 단행본은 그야말로 공전의 히트를 기록했다.

출판 업무를 맡고 나서 보니 내가 편집국장 때 신문에 연재되던 도중 정보부 당국으로부터 트집이 잡혀 곤욕을 치렀던 한수산韓水山 작가의 《욕망의 거리》가 단행본으로 출간되어 서점가를 휩쓸고 있었다. 그때 이미 10만 부 이상 팔리는 '베스트셀러'로 독자들의 관심을 끌던 터였다. 우리 사회가 민주화되고 있음을 새삼 실감하지 않을 수 없었다. 감개가 새로웠다고 해야 할지.

정기간행물과 단행본 이외에 《VIP 중앙대백과》가 1985년에 출간되는 등 일반 출판물 사업도 활기를 띠고 있었다. 《음악의 유산》을 비롯해 《여성 대백과》, 《오늘의 역사, 오늘의 문학》, 《지능개발 유치원》 등의 대규모 전집물이 발행되어 성공을 거둔 것도 비슷한 무렵의 일이다.

그러나 이들의 출판과정이 하나같이 그리 간단한 작업은 아니었다. 《음악의 유산》만 해도 모두 11권으로 이루어진 대형 전집물인 데다 부록으로 60장의 음반이 따라붙었다. 그 직전 8년 만에 완간된 고미술 전집인 《한국의 미》도 모두 24권으로 마무리를 보았다. 출판국 직원들이 모두 열성을 다해 맡은 바 업무에 매달린 결과였다.

한 가지 특기할 만한 일은 출판에 관여하게 되면서 만화에 대해 새롭게 눈뜨게 되었다는 사실이다. 청소년들을 대상으로 하는 만화잡지의 필요성을 느끼게 되었다.

그래서 나는 〈소년중앙〉 편집팀의 기자 한 명을 도쿄대에 유학 보내면서 틈틈이 고단샤講談社에서 일하도록 주선했다. 그 기자가 귀국하는 대로 〈소년중앙〉을 만화잡지로 완전히 탈바꿈시키겠다는 계획을 갖고 있었다. 〈소년중앙〉이 적자에서 벗어나지 못하고 있기도 했지만, 국내에서도 조만간 만화가 본격적으로 대접받는 시대가 다가올 것이라는 점을 직관적으로 깨달은 때문이었다.

하지만 내 계획은 끝내 수포로 돌아가고 말았다. 먼저 그 기자가 귀국해서는 만화 업무를 기피했다. 〈소년중앙〉 기자들도 연판장을 돌리며 만화잡지 계획에 반대하고 나섰다. 만화잡지를 만들 것이라면 차라리 다른 부서로 이동시켜달라고까지 했다. 나는 만화가 출신의 편집장을 일단 임명하고 강행의지를 분명히 했으나 내 사표가 수리되는 바람에 결실을 보지 못했다.

결국 이러한 만화잡지 출판계획은 내가 〈중앙일보〉를 그만두고 독립적으로 서울문화사를 차린 뒤에야 이루어졌다. 만화잡지를 발행하면서 생각에도 없었던 서울국제만화애니메이션페스티벌SICAF의 조직위원장까지 뒤늦게 맡게 되었으니, 사람의 팔자란 참 묘한 것이라고밖에 여겨지지 않는다.

내가 이렇게 출판담당 상무로 있을 때 민정당의 심명보沈明輔 사무총장이 〈중앙일보〉에 들렀다가 출판국의 내 방으로 찾아왔다. 특별히 볼일이 있어서가 아니라 그냥 인사차 들른 것이었다. 그가 자리에 앉아서 나에게 불쑥 얘기를 던졌다.

"그때 같이 정치를 했으면 좋았을 텐데, 한직으로 밀려날 일도 없었을 테고."

분명히 나를 생각해서 한 얘기였을 터다. 여성지에 매달리고 있는 내 모습이 안쓰러웠을 것이다. 그렇다. 그의 말대로 그때 정치에 발을 들여놓았다면 아마 나도 똑같이 금배지를 달고 있었을지도 모른다.

하지만 그 뒤 바로 1987년에는 노도와 같은 민주화 물결이 세상을 뒤바꾸어놓았다. 군사독재 시대의 탁류에 휩쓸리지 않은 것이 오히려 자존과 위안이 되었다.

출판문화협회와의 마찰

이렇듯 인생사의 모든 일이 뜻대로 돌아갈 수는 없는 일이다. 일이 잘 풀린다고 좋아하다 보면 어디에선가는 잡음도 들리고, 마찰도 생기게 마련이다. 호사다마好事多魔라는 얘기가 왜 나왔겠는가.

출판 업무를 활성화시켜 순항 궤도에 올려놓는 과정에서 출판문화협회와 극심한 마찰을 빚게 되었다. 신문사로서 기존 출판사들의 울타리를 너무 침범한다는 이유였다. 대부분 신문사들이 경쟁적으로 출판 영역에 뛰어들고 있었던 데다 아마 그 가운데서도 〈중앙일보〉가 삼성재벌의 영향을 받고 있었다는 점에서 더욱 그럴듯한 핑곗거리가 되지 않았나 생각된다.

특히 '삼성문화문고'가 기존 출판사들로서는 껄끄러운 경쟁 상대였다. 삼성문화재단이 1970년대 초부터 포켓북으로 발간해 시중에 보급하던 이 삼성문화문고 시리즈가 기존 출판사들의 시장을 위축시켰던 측면도 무시할 수는 없을 것 같다. 문고판의 내용이 알차고, 가격도 비교적 저렴했던 데다 공공도서관이나 대학도서관에는 무료로 기증되었으므로 출판업계로부터 주시의 대상이 되고 있었다. 〈중앙일보〉 출판국과는 상관이 없었던 이 삼성문화문고로 인해 공연히 눈총을 받게 되었던 것이다.

직접적인 계기는 국내 작가들의 소설을 단행본 시리즈로 낸다는 계획 때문이었다. 그것도 염가의 문고본으로 30여 권을 발행해 문학의 대중화에 기여하겠다는 취지였다. 그 첫 번째 기획으로 황석영, 한수산, 최인호 등 10여 명 작가군의 작품을 선보일 예정이었다. 이에 대해 출판문화협회가 "재벌 회사가 소설류까지 침범한다."며 문제를 제기했던 것이다. 한마디로 "재벌 출판 중단하라."는 게 그 요점이었다.

이로 인해 한번은 당시 출판문화협회의 임인규林仁圭 회장과 점심을 먹다가 심하게 다투기까지 했다. 인사동의 어느 한정식 집에서 식사를 하던 중 뜻하지 않은 언쟁이 벌어졌던 것이다. 언쟁 끝에 내가 "헌법에도 출판의 자유가 보장되어 있는데 신문사가 출판을 하는 게 뭐가 문제냐."고 따지자, 그가 흥분한 나머지 숟가락을 집어던지고 벌떡 일어났던 장면이 떠오른다. 그는 식탁에 나를 남겨 둔 채 "당장 출판문화협회 이사회를 소집해서 당신 얘기를 그대로 전하겠다."며 나가버렸다. 한판 붙어보자는 자세였다. 갈등의 배경에는 중앙지 출판물, 그중에서 《음악의 유산》, 《한국의 미》 등 전집류가 공전의 베스트셀러가 되면서 이해관계가 있는 몇몇 출판사들이 차제에 중앙출판에 제동을 걸자는 움직임이 작용했던 것이다.

이런 사태는 결국 삼성 제품 불매운동으로까지 번지게 되었다. 출판계와의 마찰이 그룹에까지 영향을 미치게 되었던 것이다. 심지어 단행본 총판협회는 물론 〈중앙일보〉 전집출판물을 취급하던 출판경영협의회조차 공동 전선을 펴고 달려들었다. 나로서는 유구무언이었다. 모든 게 내 잘못인 양 비쳐질 것이었기 때문이다.

이렇게 갈등이 표면화되자 전연 업무관련이 없는 그룹 비서실의 소병해蘇秉海 실장도 전화를 해와 우리 출판국 쪽을 말리고 나섰다. 더 다투어보았자 잃을 게 더 많았다. 그런 사정이었으니, 가장 심하게 스트레스를 받는 것은 나였다. 오죽하면 화장실에 갈 때마다 대변에 피가 섞여 나올 정도였을까. 그러나 남에게 하소연도 못하고 혼자 끙끙 속병을 앓을 수밖에 없었다.

이런 마찰은 1년 정도 지나고서야 겨우 해소되었다. 출판문화협회 회장이 지학사의 권병일權炳壹 사장으로 바뀌고 나서 겨우 타협 방안이 논의되었던 것이다. 결국 이로써 애초에 기획되었던 소설 단행본 시리즈는 《레테의 연가》하나로 그치고 말았다.

도덕성 의혹에 휘말렸으나

내가 개인적으로 도덕성을 의심받게 되는 일까지 벌어졌다.

회사 업무를 내세워 남몰래 개인적인 이익을 꾀했다는 의혹에 휩싸이게 되었던 것이다. 삼성그룹 비서실에서 〈중앙일보〉 업무 전반에 대한 특별감사를 시행했을 때다. 출판국 업무도 그 대상에 올랐다. 출판문화협회와의 마찰과는 근본적으로 차원이 다른 문제였다. 그때가 아마 1986년 무렵이었던 것으로 기억된다.

감사 대상은 크게 두 가지였다. 〈여성중앙〉의 인쇄단가 계약이 적절하지 않다는 것이 하나였고, 《VIP 중앙대백과사전》을 찍어서 그 일부를 내가 개인적으로 빼돌렸다는 의혹이 두 번째였다. 〈여성중앙〉의 인쇄단가에 있어서도 내면적으로는 책임자인 나와 인쇄소 사이에 모종의 거래가 있었을 것이라는 의혹도 없지는 않았을 것이다.

먼저, 인쇄 단가 부분. 〈여성중앙〉은 광명인쇄에서 찍고 있었는데, 인쇄단가를 일부러 비싸게 책정함으로써 회사에 손실을 입혔다는 것이 의혹의 초점이었다. 그러나 감사팀이 관련 서류들을 자세히 훑어보고 있었지만, 나는 전혀 걸릴 것이 없다고 자신했다. 문제로 지적된 광명인쇄의 인쇄단가 자체가 내가 출판국으로 발령 나기 이전에 책정된 것이었기 때문이다. 1980년 당시 김덕보金德寶 대표이사가 신문사를 대표해 인쇄단가를 책정하고 계약서에 서명한 내용 그대로 유지되고 있었다.

오히려 물가 요인에도 불구하고 5~6년 동안이나 계약 단가를 올려주지 않고 있었으므로 〈여성중앙〉이 인쇄료에서 이득을 보고 있지 않았나 하는 게 나의 생각이었다. 그런데도 단가가 비싸게 책정되어 회사 측이 결과적으로 8억 원 정도의 누적 손실을 입었다는 것이 감사팀이 제기한 의혹의 내용이었다.

이러한 의혹은 경쟁지인 〈가정조선〉이 1985년에 창간된 것을 계기로 그룹 감사팀이 어디서인지 자료를 입수해 그쪽의 인쇄단가와 비교해보는 과정에서 제기된 것으로 드러났다. 두산인쇄가 그쪽 인쇄소였는데, 〈가정조선〉을 받으려고 거의 덤핑에 준하는 가격으로 처리한 결과였다. 5년도 넘게 올려주지 않았던 광명인쇄보다 더 싸게 가격이 책정된 것을 보면 인쇄업계의 출혈경쟁이 어떠했는지 추측이 가능하다.

특히 두산그룹도 그 무렵 동아인쇄를 인수해 새로 출범한 터여서 서로 제 살을 깎는 듯한 무리한 경쟁이 이루어지고 있었다. 동아출판사가 《동아대백과사전》을 냈다가 그 부담을 견디지 못하고 쓰러지자 출판사와 인쇄소가 한목에 두산그룹으로 넘겨졌던 것이다.

이런 사정이라면 그냥 눈 감고 넘어갈 만도 했으련만, 그 차액인 8억 원을 기어코 변상받아야 한다는 결론이 내려졌다. 나 개인적인 잘못은 없는 것으로 밝혀졌으나 이제는 변상을 받아내고 못 받아내고의 여부가 또 다른 시험대에 오른 셈이었다.

이렇게 된 이상 나로서도 어쩔 수가 없었다. 경쟁사보다 불리한 조건으로 계약이 맺어졌다는 사실이 확인된 이상 바로잡을 필요도 있었다. 광명인쇄의 이학수李學洙 회장을 만나서 이런 뜻을 밝혔더니 난색을 표명했다. 결산서를 보여주며 "작년에 15억 원의 적자를 본 데다 두산인쇄와의 차액을 변상하면 회사가 거덜 날 판."이라며 하소연했다. 결국 변상 액수는 4억 원 선에서 해결을 보았다.

그때 광명인쇄가 〈여성중앙〉뿐만 아니라 출판국의 다른 인쇄물도 거의 독차지하고 있었으므로 다시 계약을 맺을 때 그 물량을 놓치지 않으려면 그런 식으로라도 요구 조건을 들어주지 않을 수 없었을 것이다. 그러나 출판국의 책임자인 나로서는 마음이 무거웠고 힘겨웠던 것이 사실이다.

다음으로, 《VIP 중앙대백과사전》과 관련한 의혹 부분. 감사팀은 어디서 입수했는지 내가 백과사전 2만 질을 개인적으로 인쇄해서 빼돌리지 않았느냐며 추궁했다. 누군가가 악의적으로 헛소문을 흘린 게 분명했다. 무엇보다 2만 질이라는 자체가 혼자서 몰래 처리하기에는 엄청난 분량이었다.

나로서는 한 점 꿀릴 것이 없었다. 백과사전 제작 과정에서 만들어진 모든 서류를 내놓고 오히려 나의 결백을 입증해줄 것을 요구했다. 인쇄용지 구입 루트를 확인하고 출판국이 인쇄소에 주문한 부수와 실제 찍힌 부수를 비교해본다면 결론은 쉽게 얻을 수 있을 것이었다. 더욱이 무려 2만 질을 빼돌려 처리한 것이 사실이라면, 어떤 판매 '경로'를 통해 처리했는지도 금방 들추어낼 수 있을 터였다.

결국 조사 결과 아무런 혐의점도 드러나지 않았다. 그때 《VIP 중앙대백과사전》의 판매권을 둘러싸고 업자들 사이에 싸움이 치열했는데, 아마 그들 사이에서 탈락된 사람이 나를 해코지하려고 헛소문을 퍼뜨렸을 것이라고만 막연히 짐작하고 있다.

하지만 그런 의심을 받고 나니 회사에 대해 서운한 생각이 들었다. 나름대로는 충성과 열정을 다 바친 직장이었다. 회한의 한숨이 쏟아졌다. 편집국장 때는 아내가 유방암으로 수술대에 올랐어도 제대로 병원에 찾아가보지도 못했다. "당신은 내가 죽어가도 모른 체하고 회사 일에 매달려 찾아오지도 않는다."며 원망하던 아내의 눈길이 지금도 가슴에 맺혀 있다.

사표를 반려받았으나

엎친 데 덮친 격이라고나 할까. 나의 자존심을 여지없이 짓밟히는 사태가 다시금 벌어졌다. 출판본부를 둘로 나누어서 출판제작본부와 출판영업본부로 분리하고 나를 영업본부장으로 발령을 낸 것이었다. 제작본부장에는 〈중앙일보〉 주필이던 최종률崔鐘律이 발령을 받았다. 신문 쪽에도 직제개편이 이루어져 판매 분야가 둘로 나뉘었다.

나로서는 승복할 수 없는 일이었다. 내가 밤낮을 가리지 않고 일한 결과가 이런 보답으로 나타나는 것인가? 반쪽짜리 업무만 맡으라니……. 매출과 이익 규모가 5~6배 이상 늘어나 있었다. 전적으로 나 혼자만의 공로는 아니었지만, 그것을 깡그리 외면하는 처사였다.

인사권자인 이종기 사장과의 관계가 서먹서먹해졌다는 느낌을 벌써부터 갖고 있던 터였다. 편집국장 때는 시국에 민감한 기사의 게재 여부를 놓고 대립했으나 출판국으로 오면서는 원만한 상하 관계로 회복되어 있었다. 그런데 얼마 전부터 다시 미묘한 분위기가 싹트고 있었던 것이다.

〈여성중앙〉의 백승철白承喆 주간에 대한 인사조치 논란에서도 그것을 느낄 수 있었다. 삼성 비서실 감사 결과 그가 그해 추석 때 국산 양주 2병을 선물로 받았으며 그것이 적절하지 않은 처사였다는 이유로 인사위원회에 회부되어 있었다. 그런데 내가 나서서 반대를 했다. 사실, 그만한 자리에서 명절 때 양주 한두 병 얻어먹지 않은 사람이 어디 있겠는가. 두둔할 일은 아니었지만, 그렇다고 인사 조치를 시킨다는 발상도 너무 지나친 것이었다. 인사 조치는 일단 보류되었으나 다시 재론되어 백 주간은 끝내 자리에서 물러나 경쟁지인 〈주부생활〉로 옮겨 가고 말았다.

어쨌거나 조직개편이 발표된 그날로 나는 출판본부 간부들을 불러모았다. 그 자리에서 "정들었던 〈중앙일보〉를 오늘로 그만둔다."고 선언했다. 더 이상 미련이 없었다. 그리고 훌훌 털어버리는 마음으로 설악산으로 향했다. 한 1주일 정도 쉬다가 돌아올 참이었다. 앞으로 무슨 일을 할 것인가는 그다음이었다.

그런데, 설악산에 도착해서 사흘째쯤인가 최종률 주필로부터 숙소로 전화가 걸려왔다. 지금처럼 호텔이 많지 않아 몇 군데만 연락해보면 금방 투숙객 명단을 알아낼 수 있는 시절이었다. 전화를 받아보니, "회사에 난리가 났다."는 것이었다. 내가 사표를 썼다는 보고를 받고는 이건희李健熙 부회장이 붙잡으라고 엄명을 내렸다는 얘기였다.

그렇지만 나는 "정말 그만두겠다."며 고집을 꺾지 않았다. 간곡한 만류가 계속되자 나는 만약 출판본부를 분할한다는 방침을 되돌리고 제작본부장과 영업본부장 발령을 취소하는 조건이라면 업무에 복귀하겠다고 조건을 걸었다. 이종기 사장의 내심을 알아차린 나로서는 더 이상 눈치를 보며 굽신거릴 이유가 없었다.

이제는 반대로 인사권자인 이종기 사장이 곤욕을 맛보아야 했다. 일반 직원도 아닌 상무급 중역들을 발령 냈다가 거두어들이라는 얘기를 들어야 했으니 말이다. 그리고 끝내는 내 조건을 받아들이고 말았다. 받아들일 수밖에 없는 처지였다. 그렇게 중역 인사를 냈다가 며칠 만에 백지화시킨 사례가 〈중앙일보〉에 있어서는 아마 전무후무한 일일 것으로 여겨진다.

다름 아닌 이건희 부회장이 내 편을 들어주고 있었기에 이

사장으로서도 처신이 매우 난처했을 것이다. 〈중앙일보〉에서 맹희, 창희 씨 등 두 형이 중역을 맡았다가 물러났지만, 그는 계속 이사 직책을 맡고 있었다. 삼성그룹 계열사 가운데서도 중앙매스컴 쪽은 원래 그의 몫이었다. 이병철 회장이 《호암자전》에서 "3남 건희에겐 처음에는 매스컴(〈중앙일보〉·〈동양방송〉)을 맡길 생각을 했지만 자신도 통합 경영에 뜻을 두고 성의껏 노력하고 있으므로 삼성의 경영을 3남에게 승계시키기로 했다."고 쓴 것으로 미루어 알 수 있는 사실이다.

그런데 당시 이건희 부회장이 회사의 인사를 철회시키면서까지 왜 굳이 나를 붙잡으려고 했는지는 나도 영문을 잘 모르겠다. 특별히 신임을 주고받을 만한 일이 없었기 때문이다. 편집국장 시절부터 간혹 자기 방으로 불러서 이것저것 물어본 일이 있기는 하지만 의례적인 경우에 지나지 않았다.

다만, 한 가지 짐작이 가는 것은 1977년 그가 노르웨이 오슬로에서 열린 국제언론인협회IPI 총회에 참석했을 때 내가 수행한 일이 있었다는 사실이다. 그때 〈동아일보〉의 김상만金相万 회장을 비롯해 김종규金鍾圭 〈서울신문〉 사장, 이환의李桓儀 〈경향신문〉·〈문화방송〉 사장, 박용곤朴容昆 〈합동통신〉 사장, 김규환金圭煥 〈동양통신〉 이사 등이 IPI 총회에 참석했던 것으로 기억된다. 나로서는 아마 편집국 부국장 겸 정치부장 시절이었을 것이다. 〈동아일보〉의 런던 특파원이던 박권상朴權相 씨도 김상만 회장 수행을 겸해서 취재차 현지에 와 있었다.

당시 오슬로 총회가 끝나고도 파리와 베를린, 프랑크푸르트, 하이델베르크를 거쳐 밀라노까지 20일 가까이나 이어진 장기 해외출장이었다. 그때 파리와 베를린에는 〈중앙일보〉에서 주섭일朱燮日 특파원과 엄효현嚴涍鉉 특파원이 나가 있었다. 이들도 임지인 프랑스와 서독 일정에는 이건희 부회장을 함께 수행했다.

그때 파리에서의 일이 기억난다. 니꼬 호텔 스위트룸에 묵었는데, 나는 부속실에서 취침하면서 부분적이나마 그의 생활 단면을 살펴볼 수 있었다. 그는 밤늦게까지 일하는 스타일이었다. 그러고는 서울의 아침 출근시간에 맞추어 이병철 회장에게 전화로 보고를 하고서야 취침하곤 했던 것이다. 서울과 파리의 시차가 여덟 시간이라는 점을 감안하면 날마다 그렇게 하기가 쉬운 일이 아니었을 것이라고 생각된다. 파리의 새벽 1시 반이 서울의 아침 9시 반이었다.

이건희 부회장은 그다음에도 IPI 총회에 참석하면서 김동익 편집국장을 비롯해 성병욱成炳旭, 유근일柳根一 논설위원과 금창태琴昌泰 사회부장을 대동했지만, 그렇게 편집국 기자를 대동한 것은 내가 처음이었다.

그렇더라도 그가 이종기 사장의 발령사항을 백지화시킬 정도로 내 문제에 관심을 보이고 나설 줄은 생각하지 못했다. 어쨌거나, 그때는 그의 지원 사격을 확실히 받은 셈이다.

출판 담당 임원 시절 잊히지 않는 스토리 한 토막이 남아 있다. 〈여성중앙〉에 취재기자로 근무하고 있던 한 여기자가 출산 일주일 만에 회사에 출근해서 깜짝 놀랐다. 아기를 낳은 산모가 어떻게 그렇게 빨리 일터에 복귀할 수 있을까? 악바리치고도 보통 악바리가 아니라고 생각했다. 그 주인공이 이소영 기자였고 그는 한참 후 잡지사 더북컴퍼니를 창립해 〈싱글즈〉를 창간했다. 성공한 CEO가 된 것이다.

〈중앙일보〉를 떠나다

결국 나는 1987년 말, 회사를 떠나고 말았다. 다른 여러 가지 이유가 있었겠지만, 〈중앙일보〉에 노동조합이 설립된 것이 가장 큰 빌미였다. 내가 직접적으로 그 일에 책임을 질 만한 위치가 아니었는데도 전반적으로 어수선해진 분위기 탓이었다.

1987년은 국내 정치사에서도 격동이 몰아치던 시기였다. 그해 12월로 대선이 다가오면서 김영삼金泳三, 김대중金大中 씨를 앞세운 야권의 대통령 직선개헌 요구가 거세게 대두되는 한편으로 전두환全斗煥 대통령의 4·13 호헌조치로 정치권이 온통 요동치고 있었다. 서울 도심과 골목에도 개헌을 요구하는 대학생 시위대와 이를 저지하려는 경찰의 곤봉 및 최루탄 세례로 고함과 신음소리가 난무하던 터였다.

결국 이러한 혼란 상태는 노태우盧泰愚 후보의 전격적인 6·29선언으로 돌파구를 열었으며, 이를 계기로 곳곳에서 억눌렀던 민주화 욕구가 봇물 터지듯이 제기되고 있었다. 종교계나 여성단체, 환경단체들이 거의 마찬가지였지만 특히 기업체마다 노동조합이 새로 결성되어 노동자 권익을 부르짖는 목소리가 커지던 터였다.

〈한국일보〉, 〈동아일보〉, 〈조선일보〉 등에 노조가 결성되었고, 이러한 흐름에 따라 〈중앙일보〉에서도 노동조합이 출범했다. 그 전에는 기자들의 집단 움직임이라야 자유언론 실현에 초점이 맞추어져 있었지만, 이제는 합법적인 노동쟁의를 통해 근로조건 개선과 임금협상을 요구할 수 있게 된 것이다. 물론 노동조합이 결성된 이후에도 기자들의 가장 큰 관심사는 여전히 언론자유의 문제였다.

그러나 〈중앙일보〉가 삼성그룹의 계열사라는 점에서 다른 언론사와는 경우가 달랐다. 삼성그룹이 직원들에 대해 노조 활동을 허용하지 않고 있었기 때문이다. 각 계열사마다 업계 최고의 처우를 보장하고 공정한 인사제도를 갖고 있으며 노사협의회가 효과적으로 운영되고 있으므로 노동조합이 필요 없다는 것이 삼성그룹의 입장이었다.

노조가 출범하고 난 직후 이건희 회장이 신문사 간부 30여 명을 회장실로 불러 모았다. 그해 11월, 이병철 회장이 타계하고 난 직후의 일이다. 삼성그룹 신임 회장으로 취임 하는 날 〈중앙일보〉 노조가 깃발을 올린 것이다. 명목상으로는 오찬에 초대한 것이었지만, 실제로는 노조 출범에 대한 책임을 질타하는 자리였다.

오찬 식탁은 회장 부속실에 차려졌다. 홍진기 회장 때도 이른바 '어전御前 식사'라는 게 자주 베풀어졌다. 임원, 간부들과의 점심이나 중요한 외부 손님들이 신문사를 방문할 때 그런 식으로 접대했다. 그날의 식사는 플라자호텔 뒤에 위치한 일식집 미조리에서 주문했다고 했다. 참석자들은 가벼운 우스갯소리를 나누며 음식이 차려지기를 기다리고 있었다. 더욱이 모처럼 이건희 신임 회장의 초대로 오찬이 마련된 자리였다.

그는 자리에 앉고 나서 몇 마디 운을 뗀 뒤 참석자들을 둘러보며 "노조가 왜 생긴 것입니까?"라고 질문을 던졌다. 이에 몇 명의 간부가 정치 민주화에 따라 신문사들에도 노조가 생긴 것이며 시대적 대세로 받아들여야 한다는 식으로 답변했다. 이제는 시대가 바뀌었다는 답변도 있었다. 그의 의중을 미처 넘겨짚지 못한 답변이었다.

답변이 끝나기가 무섭게 그가 주먹으로 식탁을 치면서 목소리를 높였다.

"서구사회에서 자본가들이 노동자들을 착취했다고 해서 노조가 생긴 것 아닙니까. 내 아버지나 내가 여러분들을 착취했습니까?"

목소리가 흥분을 넘어 노기를 띠고 있었다. 노조 결성을 막지 못한 데 대한 질책이었다. 이 이야기를 하려고 간부들을 소집한 것이나 다름없었다. 부친이 타계한 지 얼마 지나지 않은 시점이어서 울적한 심기와 노여움이 풀리지 않은 탓이 컸을 것이다. 그 한마디로 분위기는 순식간에 싸늘하게 얼어붙고 말았다. 젓가락질을 하는 둥 마는 둥 식사는 그렇게 끝나버렸다.

그 여파로 신문사를 감싸고 있던 공기가 순식간에 얼어붙고 말았음은 물론이다. 내가 관할하고 있던 출판본부도 마찬가지였다. 노조 결성으로 인한 후유증이었던 만큼 간부들과 부하 직원 간의 대화도 어딘지 장벽에 가로막힌 듯 겉도는 분위기가 되어 버렸다.

출판본부 내부에서 한바탕 소동이 벌어진 것은 이런 와중이었다. 내가 〈소년중앙〉에 대해 편집장을 새로 발령 내면서까지 전면 만화잡지로 개편하려고 시도하는 과정에서 기자들의 반발이 터져 나왔다. 매월 1,000만 원 안팎 규모로 발생하는 적자를 면하려면 만화잡지로 전환해야 한다는 게 내 생각이었지만, 소속 기자들을 설득하는 데 실패하고 만 것이었다. 만화잡지 전환에 대비해 미리 일본 도쿄대에 1년간 유학 보냈던 담당 기자까지 반발 대열에 합류한 상태였으니, 나로서는 더 이상 버틸 여력이 없었다.

더구나 회사에서는 나를 문화사업국 상무로 발령 내는 방법으로 〈소년중앙〉 문제를 수습하려 들었다. 노조설립 문제로 전체 분위기가 뒤숭숭하던 차에 출판본부에서 소동이 벌어졌으니, 더 이상 문제가 확대되기 전에 조속히 해결하려 했던 것이다. 어쨌든 나로서는 〈소년중앙〉을 위해 최선의 선택을 한답시고 어려운 시도에 나선 것이었으나 되돌아온 것은 마음의 상처뿐이었다. 내가 시도했던 방향이 틀리지 않았다는 것은 뒤에 내 스스로 만화잡지를 창간함으로써 증명해 보였지만 신문사라는 조직이 아직은 만화에 대해 심리적인 거부감을 떨쳐 버리지 못하고 있을 때였다.

이런 처지에서 내가 선택할 수 있는 마지막 방법은 회사를 그만두는 것이었다. 자리를 바꿔가며 버틸수록 구차스럽게 비칠 것만 같았다. 나는 결국 사표를 제출하면서 "이쯤해서 〈중앙일보〉에서의 역할을 끝내고 싶다."며 곧바로 수리해줄 것을 요청했다. 정말이지, 그런 상황에서 더 이상 근무하고 싶지 않았다.

그렇게 사표가 수리된 직후 나는 출판본부 직원들을 불러 모아 작별인사를 했다.

"나는 오늘부로 그만둡니다, 여러분 지금껏 수고 많았습니다."

그동안 나를 도와주어서 고맙다는 말도 잊지 않았다. 나를 믿고 따르며 동고동락하던 그들이었다. 편집과 광고, 판매 등 간부들과 기자들을 포함해 대략 150여 명에 이르는 인원이었다.

내 작별인사에 더러는 눈물을 흘리기도 했다. 나도 속으로는 회한의 눈물을 흘리고 있었다. 청춘을 바친 직장이었다.

나는 이종기 사장을 찾아가 "사표를 수리해줘서 고맙다."고 인사를 했다. 그것이 내 진심이었다. 이로써 23년 동안의 〈중앙일보〉 근무기간도 속절없이 끝나버리고 말았다. 돌이켜보면 내 인생에서 가장 중요한 시기였다.

그러나 오늘까지도 자부심을 갖는 것은 〈중앙일보〉가 나를 버린 것이 아니라 나 스스로 〈중앙일보〉를 걸어 나왔다는 점이다. 지금껏 내 가슴속에 품고 있는 한 줌의 자존심이랄까.

이병철 회장에 대한 기억

〈중앙일보〉 근무 기간의 얘기를 마무리하면서 이병철 회장에 대한 기억을 빼놓을 수 없다. 나에게 개인적으로 잘 대해주었을 뿐 아니라 경영면에서도 탁월한 업적을 남긴 분이기 때문이다. 지금도 경영인으로서 존경하는 인물을 들라면 선뜻 그를 꼽는 데 주저하지 않을 정도다.

그에게 개인적으로 격려를 받은 것은 내가 정치부 기자 시절 공안행정개혁 특종 기사로 중앙정보부에 연행되어 갔다가 풀려 나온 다음의 일이다. 경찰과 검찰, 보안사, 중앙정보부 등으

로 수사기능이 중복되어 있어 문제가 많다는 내용의 기사였음
은 앞에서 얘기한 바와 같다. 특히 여기저기 관여하던 중앙정보
부의 문제점을 지적한 기사였다.

중앙정보부 수사관이 어르고 달래는데도 나는 끝까지 취재
원에 대해 함구했다. 이 회장이 그 얘기를 뒤늦게 전해들었는지
나를 집무실로 부르더니 "자네, 정말 잘했네."라며 용기를 북돋
워주었다. 이 회장은 그 뒤에도 몇 번인가 나를 불러 이것저것
돌아가는 사정을 물으면서 관심을 기울여주었다.

편집국장에 임명되고는 이 회장에게 보고할 일이 더 많아졌
다. 신문 편집과 관련된 중요 사항에 대해서는 여러 경로로 보
고가 올라가도록 되어 있는데 편집국장으로서도 보고를 소홀히
할 수는 없었다. 그러나 정식 보고할 일이 아니라도 그는 가끔씩
사옥 3층에 위치한 자신의 집무실로 나를 호출해 세상 돌아가는
일을 묻고는 했다.

특히 도쿄에 출장 갈 경우에는 그때마다 지사 사무실에 들러
이 회장에게 문안 인사를 드리곤 했다. 이 회장이 서울과 도쿄를
오가며 업무를 보고 있었으므로 도쿄 체류가 빈번할 때였다. 서
울에서는 특별한 용무가 없이는 면회하기가 쉽지 않았으나 출
장 시에는 일본에 왔다는 것만으로도 인사의 명분이 되었다. 당
시 삼성그룹의 일본지사가 오데마치 거리에서 가쓰미가세키로
이전한 뒤였다. 일본 정부의 중앙합동청사를 비롯해 외무성, 재

무성, 국세청, 경시청 등 주요 관청들이 몰려 있는 지역이 가쓰미가세키다.

언젠가 한번은 지사 사무실로 인사를 갔다가 이 회장이 〈니혼게이자이〉 사회부장과 대화를 나누고 있는 장면을 목격하기도 했다. 〈니혼게이자이〉가 〈중앙일보〉와 기사 제휴를 맺고 있었는데, 그 간부를 초청해 일본 사회의 돌아가는 상황을 듣고 있었던 것이다. 이 회장이 평소 정보를 수집하거나 탐구하려는 관심이 보통 수준이 아님을 확인할 수 있었다. 이 회장은 인사를 받으면 빈손으로 보내는 법이 거의 없었다. 출장비에 보태 쓰라며 적지 않은 돈을 몇 차례 쥐어 준 적이 있다.

뿐만 아니라 이 회장은 서울에서 편집국장이 왔다며 일부러 일본 신문사 간부들을 사무실로 초대해 같이 차를 마시기도 했다. 그는 〈니혼게이자이〉 뿐만 아니라 다른 신문사 사람들도 폭넓게 알고 있었다. 대화의 범위도 삼성그룹의 경영에서부터 세계의 경제 사정에 이르기까지 다양했던 것으로 기억된다.

이러한 관심과 열의는 그가 국내에 머물 때도 마찬가지였다. 아니, 오히려 더했다. 언젠가는 정초 휴일에 신문을 제작하고 있었는데, 이 회장도 출근해 점심식사 때 편집국 간부들을 자기 방으로 불렀다. 그 자리에서 일본 〈NHK〉가 신년 프로그램으로 제작한 특별좌담 테이프를 틀어주며 의견을 듣기도 했다. 1960년대 중반 일본대사를 지낸 라이샤워Edwin Reischauer 교수와 일본 외무성 '우시바牛場' 심의관이 출연한 프로그램이었다. 이처럼 볼 만한 프로그램이 있으면 〈NHK〉나 〈니혼TV〉, 〈후지텔레비전〉 등을 가리지 않고 〈동양방송〉 특파원을 통해 입수해서 돌려보곤 했었다.

그는 그런 식으로 일본의 신간서적도 두루 섭렵했다. 물론 바쁘기 때문에 책을 한 권, 한 권 자세히 읽을 짬은 없었을 것이다. 현지 특파원이 선별해서 책을 서울로 보내오면 〈중앙일보〉 담당 부장들이 번역해서 최대한 요약한 내용을 읽어서 소화했던 것이다. 마치 독서를 신간도서 요약본 보고서 읽듯이 처리했다고나 할까.

나는 이병철 회장이 〈중앙일보〉를 창간한 이유에 대해서도 우리 사회의 조화와 안정에 기여하는 하나의 방법으로 언론을 택했다는 그 순수성을 이해하고 싶다. 계속되는 정치적 불안정과 경제의 낙후성, 그리고 불신과 갈등이 반복되는 사회적 풍토에서 언론활동이 나라의 기틀을 바로잡는 하나의 방법이었을 것이다.

그는 《호암자전湖巖自傳》에서 5·16 혁명 이후 자신이 엉뚱하게 부정축재자라는 누명까지 쓰게 됨으로써 기업가로서의 한계를 절감하고 한때 정치에 참여하려는 뜻을 품기도 했다고 소개하면서 정치인들이 정치를 더욱 잘할 수 있도록 이끄는 방법으로 신문을 택하게 되었다고 밝히고 있다.

“올바른 정치를 권장하고 나쁜 정치를 못하도록 하며, 정치보다는 더 강한 힘으로 사회의 조화와 안정에 기여할 수는 없을까 하고 생각한 끝에 결국 종합매스컴의 창설을 결심했다.”는 것이다.

그러면서도 그는 언론 자체의 균형감각을 강조하고 있다. “마상馬上에서 천하를 잡을 수는 있으나 마상에서 천하를 다스리지는 못한다.”는 중국 격언을 인용하며 언론은 마상의 총검보다 강한 영향력을 가지고 있지만 잘못 사용하면 자칫 흉기가 될 수 있음을 지적한다. 구사하기에 따라 정의가 되기도 하고 불의가 되기도 하는 ‘양날의 칼’이라는 얘기다. 따라서 자율적으로 억제되어야 하며 균형감각이 요구된다고 강조한다.

하지만 그는 언론계에 뛰어들면서 결과적으로 필요 이상으로 견제당하기도 했다. 경쟁지들로부터의 공격이었다. 더구나 5·17 이후 신군부에 〈동양방송〉까지 빼앗김으로써 상심을 겪기도 했다. 그때 내가 〈중앙일보〉에서 편집국장을 맡고 있을 때였으니, 당국의 언론통폐합 조치와 관련해 돌아가던 상황을 잘 파악하고 있었던 사람 가운데 한 명일 것이다.

이 회장에 대해 개인적으로 특히 고마웠던 일은 유방암으로 누워 있던 내 아내의 병세에 대해 자상하게 신경을 써주었다는 사실이다. 일본 지사를 통해서 당시 효과가 좋다는 마루야마 왁찐(백신)을 구해서 한번 써보라며 전해 주기도 했다. 그는 세계적인 기업가치고는 잔정이 많은 분이었다.

이 회장을 가끔씩 접하면서 그에게서 보고 들은 경영철학에 대해서는 뒷부분에 다시 간략히나마 소개하고자 한다.

두뇌형이던 홍진기 회장

이병철 회장 밑에서 〈중앙일보〉 경영을 총괄했던 홍진기 회장에 대해서도 기억할 만한 일이 적잖이 남아 있다. 평상시 말이 많지 않았으며 어딘가 근엄하면서 눈빛이 형형했던 인상이 지금까지 내 머리에 새겨있는 기억이다. 한마디로 뛰어난 두뇌우수형 지장智將 타입이었다.

과거 자유당 정권에서 법무부 장관을 지낸 홍 회장은 사돈인 이병철 회장에 의해 〈중앙일보〉, 〈동양방송〉 사장으로 영입되었지만 내가 매일 아침 홍 회장과 대면해 신문편집 계획 등을 보고하고 지시받는 일은 1980년 이후 3년 반 동안 이어졌다. 편집국장 시절의 이야기다. 당시 김승한 〈중앙일보〉 주필(뒤에는 최종률 주필), 강용식 〈TBC〉 보도국장(뒤에는 고일환 국장) 등이 자리를 함께했다.

회의는 보통 9시 반에 시작해 짧으면 30분, 길어지면 한 시간을 넘겨 두 시간 가까이까지 이어져 때로는 신문편집 마감 시간을 넘기기도 했다. 나는 비교적 대우를 받은 편이어서 큰 질책이나 꾸중을 들은 적이 없었다. 그러나 내 전임 편집국장 가운데는 "나가!"라는 호통을 받고 회장실을 나오고는 끝내 사표를 낸 경우도 없지 않았다. 사표를 낸 당사자가 뒷날 오죽하면 "〈중앙일보〉 건물은 지긋지긋해서 쳐다보기도 싫다"고까지 말할 정도였다. 홍 회장의 질책이 호됐음을 짐작할 수 있다.

그러나 홍 회장처럼 열정적으로 업무를 처리하면서 독서하고 탐구하는 경영인을 지금까지 본 적이 없다. 오전 편집회의가 끝나면 남대문 옆 삼성빌딩으로 자리를 옮겨 이병철 회장과 함께 그룹 사장들과의 접견, 외부인과의 오찬, 그룹 전략회의 등등이 이어졌다.

그러면서도 대체로 오후 4시 반쯤이면 〈중앙일보〉 사무실로 다시 돌아와 방송, 신문 관련 일을 챙겼다. 옆에서 보기에도 격무와 중노동의 연속이었다. 1970년대 들어 〈중앙일보〉, 〈동양방송〉 실적이 연간 30퍼센트씩 급성장한 데도 그의 경영 수완에 크게 힘입었음은 두말할 나위가 없다.

홍 회장은 퇴근해서도 신문경영, 법률 전문 서적 등의 독서와 텔레비전 시청, 일본 문예춘추 등을 독파하며 심야까지 두뇌 활동을 했다. 이런 사실은 다음 날 아침 편집회의에서 확인할 수 있었다. 그는 회의 도중 "어젯밤……"이라는 표현을 앞세워 어떤 책을 읽었다느니 하면서 새로운 정보나 지식을 소개하곤 했다.

〈중앙일보〉 창간 이후 신문을 경영 측면에서 뒷받침하는 기획실을 최초로 도입한 것이지만 세계적인 권위를 자랑하던 영국의 〈더 타임스〉, 프랑스의 〈르몽드〉, 미국의 〈워싱턴포스트〉와 〈로스앤젤러스 타임스〉, 일본의 〈니혼게이자이日本經濟〉, 〈니혼TV〉 등과 기사 협력 제휴를 맺은 것도 홍 회장의 공로다.

내가 편집국장직에서 물러난 뒤 출판담당 이사, 상무를 맡았을 때도 홍 회장에 대한 보고는 계속 이어졌다. 한 달에 여러 차례씩 보고할 기회가 있었고, 임원 및 간부들을 초대한 점심식사 때도 만날 수 있었다.

그는 연말 결산보고도 직접 챙겼다. 내가 출판담당 상무 당시 출판국에서 발행되는 잡지들의 반품률에 대한 결산보고가 있었을 때다. 홍 회장은 〈여성중앙〉을 포함한 8개 잡지의 평균 반품률이 15퍼센트에 이른다는 기획실 보고를 받고는 "반품률을 한 자리 숫자로 낮추도록 하라"는 지시를 내렸다. 나는 군말없이 "예, 그렇게 하겠습니다"라고 답변할 수밖에 없었다. 잡지 반품률이 15퍼센트에 불과하다면 굉장한 성과였는데도 그는 주마가편 격으로 채찍질을 했다.

홍 회장은 "신문은 두 개의 수레바퀴로 끌고 가는 마차와 같다"는 비유를 자주 인용했다. 한쪽은 이윤을 만들어내는 경영 기능, 다른 한쪽은 언론의 사명을 수행해가는 언론 기능을 언급한 것이다. 이 두 가지 기능을 조화롭게 끌고 가는 것이 홍 회장이 주장했던 두 바퀴 신문경영론이었다.

그 당시 홍 회장의 연세가 60대 중후반이었다. "70세가 되면 나도 은퇴를 해야겠다"는 말을 이따금 했다. 그런데 그의 나이 70세에 뇌경색으로 급서했으니 너무 일찍 세상과 일터를 떠났다. 어쩌면 몸과 두뇌를 과도하게 혹사한 탓인지도 모르겠다.

내가 〈중앙일보〉에서 물러날 때는 이미 홍 회장이 돌아가시고 1년 정도 지났을 무렵이었다.

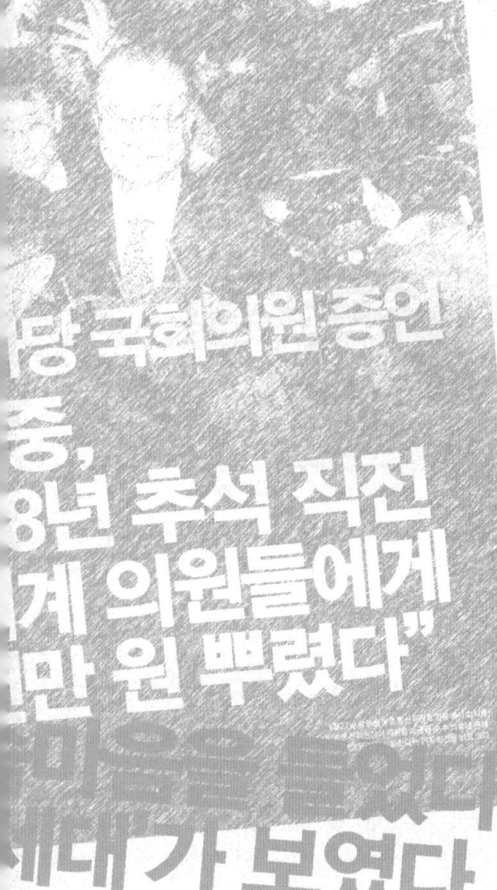

지난 1월27일 돌연 사퇴를 발표한 최시중 방송통신위원장이 위원장이 [illegible] 증언이 나왔다. 당시 돈을 받았다고 증언한 한나라당 의원은, 자신도 2008년 추석 직전 최시중 받았지만 곧 돌려주었다고 밝혔다. 그는 또 당시 최위원장의 양아들로 불리는 정용욱 외원에게도 현금을 전달했다고 전했다. 〈시사저널〉이 취재한 결과 당시 최위원장측에서 [illegible] 현금은 총 3천5백만원인 것으로 파악되었다.

제**6**장

서울문화사를 설립하다

신문사를 그만두고 물러나오면서 나에게는 하나의 꿈이 있었다. 남의 회사가 아닌 내 회사를 차려보겠다는 꿈이었다. 그때나 지금이나 개인사업이라는 게 막막한 일이긴 마찬가지지만, 대들다 보면 못 해낼 것도 없을 거라는 배짱과 의욕이 생겼다.

더구나 그때 내 나이 쉰세 살이었다. 어떻게 보면 회사를 차리기에 상당히 늦어버린 나이였지만 나는 망설이지 않았다. 일단 '반드시 마음먹은 대로 이루어질 것이다.'라는 긍정적인 생각만 갖기로 했다. 혹시 실패를 하더라도 다시 일어서면 될 것이라고 생각했다. 시작하는 게 중요했다.

잡지를 만들겠다는 목표는 금방 정해졌다. 무엇보다 신문사에서 두루 거쳤던 경험이 귀중한 밑천이 될 터였다. 잡지 분야에서도 우선은 여성지 쪽을 택했다. 〈중앙일보〉 출판본부의 경험으로 미루어보아 시사잡지보다는 여성지가 빨리 승부를 낼 수 있을 것이라는 판단 때문이었다.

서둘러 사무실부터 마련키로 했다. 장소를 물색하다 보니 정동 신아빌딩에 사무실이 나와 있었다. 아직 대법원이 지금의 서초동으로 옮겨 가기 전, 그 정문 옆에 빨간 벽돌로 새로 지어진 아담한 건물이었다. 〈신아일보〉 기자들은 신군부 당시의 언론통폐합 조치로 〈경향신문〉에 흡수되고 말았지만, 당시의 사옥은 그 이름을 그대로 지닌 채 사무실 임대업으로 명맥을 유지하고 있었다.

나는 건물의 소유주인 장기봉張基鳳 회장을 만났다. 〈신아일보〉의 창업주가 바로 그였다. 자유당 시절 〈서울신문〉 기자를 하다가 이승만李承晩 대통령의 눈에 들어 그의 공보비서를 지냈던 주인공이다.

나보다 스무 살 가까이 연세가 많기는 하지만 평소 기회 있을 때마다 가끔씩 찾아뵙던 사이였다. 내가 신문기자 딱지를 막 뗐을 무렵 그는 장기영張基榮 씨가 발간하던 〈한국일보〉의 편집국장을 맡고 있었다. 그가 〈신아일보〉를 창간한 것은 그 직후의 일이다.

나는 대략 100평 정도의 사무실 공간이 필요했다. 잡지사를 꾸려가기에 결코 충분한 면적은 아니었지만, 처음 시작하는 단계에서 그렇게 좁은 면적도 아니었다. 면적보다는 일단 일을 벌이는 게 중요했다. 장 회장은 내 얘기를 듣고 나서 흔쾌히 허락했다. "공짜로 빌려 주는 것도 아닌데 뭐 어렵겠느냐."며 그는 나의 사업 시작을 축하해주었다.

사무실은 신아빌딩 4층에 마련되었다. 당시 법무부 출입국 사무소가 그 건물에 들어 있었고, 이만섭李萬燮 씨가 총재로 있던 국민당의 중앙당사가 같이 입주해 있었다. 태평양법률사무소도 몇 개 층을 사무실로 쓰고 있었다.

주식회사서울문화사라는 회사의 이름도 일찌감치 정해져 신고 절차를 마쳤다. 이와 함께 제작 책임자들도 한두 명씩 영입되고 있었다. 여성지 분야에서 최고의 베테랑으로 꼽히던 민윤식閔允植이 첫 편집장을 맡았고 조대웅趙大雄, 이형옥李莉玉, 박선희朴宣姬 등도 편집팀에 속속 합류해 들어왔다. 광고 책임자인 손승호孫承鎬 부사장은 〈중앙일보〉 시절부터 알던 사이로 〈여원〉에서 영입했다. 특히 서울문화사 '사원 1호'로 입사한 정영애 차장은 20년이 넘어서도 서울문화사 비서실에서 근무하다가 몇 해 전 퇴직했다.

〈우먼센스Woman Sense〉 창간작업은 1988년 1월부터 시작되었다. 내가 1987년 말에 〈중앙일보〉를 그만두었던 점에 비추어 창간작업이 빠르게 진행되고 있었다. 〈우먼센스〉라는 제호는 이화여대와 숙명여대 등 여자대학교와 사람들이 몰려다니는 지하철역 주변을 찾아다니며 몇 개의 후보 이름을 놓고 인기 선호도를 조사한 결과 월등한 차이로 결정되었다. 〈주부생활〉이나 〈여성중앙〉, 〈여성동아〉, 〈가정조선〉, 〈여원〉 등 기존의 여성지에 비해서는 독특한 제호였다. 〈레이디경향〉이나 〈영레이디〉 정도가 제호에 영어를 섞어서 사용하고 있었을 때다.

그러나 잡지사를 차린다는 소문이 퍼지면서 주변에서 만류하는 사람들이 줄을 이었다. 그나마 퇴직금을 다 털어먹고 하루아침에 길바닥에 나앉으려 하느냐고도 했다. 사업을 시작은 하더라도 6개월을 버티기 어려울 것이라는 걱정의 소리도 들려왔다. 잡지사에 들어가는 뒷돈을 순복음교회나 통일교에서 대고 있다는 헛소문도 떠돌아다니고 있었다.

하지만 나로서는 이것저것 눈치를 보거나 따질 겨를이 없었다. 주변의 조언보다는 내 판단이 먼저였다. 어차피 내친걸음이었다.

대박을 터뜨린 〈우먼센스〉

'센스 있는 여성, 젊게 사는 주부.'

〈우먼센스〉가 내걸었던 캐치프레이즈다. 교양에서부터 미용, 패션, 취미 등 다른 여성지들과 비슷한 내용을 다루면서도 차별화를 두려고 했던 것이다. 요리나 육아, 여행, 건강, 집안 꾸미기 등의 분야에서도 마찬가지였다. 무엇 하나 소홀히 할 수가 없었다. 다룰 것은 모두 다루면서도 더욱 알차게 꾸미는 것이 중요했다.

　우선은 〈우먼센스〉라는 이름을 알리는 게 먼저였다. 이름을 듣고도 일반인들이 고개를 갸우뚱거린다면 아무런 소용이 없을 것이었다. 큰맘 먹고 일단 텔레비전을 통한 런칭 광고부터 시작했다. 텔레비전에 광고를 한다는 자체가 여성지로서는 전례가 드문 파격 행보였다. 출발 자금이 넉넉할 수가 없었건만 처음부터 대대적인 선전, 홍보전을 폈다.

　드디어 1988년 8월 창간호가 선을 보였다.

　결과는 예상을 훨씬 뛰어넘는 대박이었다. 초판으로 5만 부를 찍어서 서점에 깔았더니 하루아침에 바닥이 나고 말았다. 정말이지, 문자 그대로 하루 만에였다. 편집팀이나 판매팀이나 사무실에서 전화를 받느라 바빴다. 그것만으로도 대성공이었지만 곧바로 다시 재판으로 1만 부를 찍어냈다. 월간지로서 재판을 발행한다는 것이 예나 지금이나 그리 흔한 일은 아니다. 그것을 〈우먼센스〉가 창간호부터 해냈다.

　그러나 그것으로 끝나지 않았다. 재판을 찍어 돌렸는데도 또 다음 날로 책을 더 보내 달라며 주문이 쇄도했다. 그래서 다시 3만 부를 찍고, 이어서 또다시 2만 부를 찍었다. 창간호를 내면서 11만 부를 넘어 거의 12만 부에 가깝게 찍어낸 것이었다. 국내 잡지 역사에서 여성잡지와 시사잡지, 아동잡지를 막론하고 한 호를 4쇄나 찍는 신기록을 세웠다. 물론 그 무렵에도 여성잡지의 경우 연말 송년호에 가계부가 부록으로 첨부되어 판매부수가 돌출적으로 늘어남으로써 10만 부 안팎까지 찍어낼 때가 없지는 않았다. 그런 상황을 감안하더라도 〈우먼센스〉 창간호는 잡지 시장에서 새로운 지평선을 열어준 셈이었다.

창간호를 찍은 교학사 인쇄소도 덩달아 일손이 바빠졌다. 용지를 새로 들여 놓아야지, 윤전기 판갈이를 해야지, 제본을 해야지 하는 등등의 일정이 계속 이어졌다. 인쇄에서 제본까지는 최소한 사나흘이 걸리는 그리 만만치 않은 작업이었다. 다른 일정이 비워져 있어야만 작업이 가능했는데도 차질 없이 무난히 해낸 것이 무척 다행이었다. 인쇄소는 물론 광고주도 톡톡히 덕을 보았을 것이다.

판형이 다른 여성지들보다 컸고 거의 컬러를 쓰기도 했지만 무엇보다 읽을거리가 풍부했던 것이 주효했다. 텔레비전과 신문 광고도 그 내용을 근거로 내보냈기에 더욱 눈길을 끌었던 것이다. 그럴듯하게 포장만 한다고 해서 독자들에게 먹힐 수 있는 시대는 이미 지나가버렸다. 독자들의 수준이 그만큼 높아진 것이다.

당시 창간호 기사 중에서도 눈길을 끌었던 것은 이병철李秉喆 회장의 4남인 태휘泰輝 씨 스토리였다. 일본에서 얻은 아들로 호적에도 등재되지 않은 인물이다. 일본 이름으로 구라다 야스테루倉田泰輝로 불리는 그가 제일제당에서 상무이사로 근무하다가 일본으로 돌아가서는 서울로 돌아오지 않고 있다는 것이 기사의 초점이었다. 이병철 회장의 타계로 이건희 회장 체제가 출범하면서 첫 번째로 손본 것이 그의 퇴출이었다.

그러나 태휘 씨는 평소 이병철 회장으로부터 상당히 귀여움을 받았던 모양이다. 그가 한국에 처음 와서 장충동으로 박두을 朴杜乙 여사에게 인사를 드리러 가겠다며 연락을 취했더니 박 여사가 몸이 아프다는 이유로 거절했고, 이 때문에 이 회장이 전화기와 화장대를 박살 내며 노여움을 나타냈다는 얘기가 전해졌을 정도다. 한때는 그가 삼성그룹의 후계자로 지목되었다는 소문까지 나돌기도 했다. 일본에서 게이오 대학을 마치고 미국 스탠퍼드 대학원을 나왔던 만큼 나름대로는 실력도 인정받는 편이었다. 〈중앙일보〉에도 가끔 들러 간부들을 불러 놓고는 신문 제작과 판매에 관해 질문을 하는 등 관심을 나타냈다.

그런데 어떻게 알았는지 〈중앙일보〉의 이종기 사장으로부터 기사를 빼달라는 부탁이 사전에 들어왔다. 나는 "알았습니다."라고 대답하고는 숙고 끝에 그대로 내보냈다. 그대로 빼내기에는 너무 큰 특종기사였다.

사실, 그 기사는 내가 어디선가 얘기를 전해듣고 편집진에게 취재를 시킨 것이었다. 이미 태휘 씨의 신상이 《호암자전》에도 소개되었었고, 공식적으로 삼성그룹 임원으로 근무했었던 만큼 그 기사로 인해 삼성그룹이나 이병철 회장의 이미지가 나빠졌다고도 생각하지 않는다.

가수 조용필趙容弼의 아내 박지숙朴智淑의 고백을 토대로 작성된 기사도 눈길을 끌 만했다. "그의 빛나는 갈채 뒤에 나는 버려진 여자였다"는 제목에서부터 눈물과 한숨이 묻어나고 있었다. 자신이 좋아서 결혼은 했지만 원만하지 못했던 결혼생활에 대한 원망과 하소연이었다. 이미 결혼할 때부터 온갖 화제를 불러일으켰던 커플이 아니던가.

이 기사에는 공연차 도쿄에 체류하던 조용필의 전화 인터뷰 내용까지 덧붙여졌다. 조용필도 이 인터뷰에서 "나는 아내에게 죄인"이라고 솔직한 심정을 털어놓았다. 이 기사가 게재되면서 거의 동시에 이들 부부가 합의이혼에 이른 것도 단순한 우연만은 아닐 것이다.

여기에 전두환全斗煥 전 대통령이 공수특전단 근무 당시 이순자李順子 여사와의 신혼시절 8년 동안이나 장인 이규동李圭東 씨 집에서 처가살이를 했다거나, 호남전기의 진봉자陳鳳子 회장이 상속재산을 빼앗기고 10년이 넘도록 집안 식구들을 상대로 재산싸움을 벌이고 있다거나 하는 얘기들도 모두 특종감이었다. 10·26 시해사건을 일으켰던 김재규金載圭 중앙정보부장의 첫 아내로서 재벌 사장의 부인이 되어 있던 이민영(가명) 씨의 사연도 소개되었다.

기사들의 출처 자체가 신선했다. 신문사 편집국장을 지내고 출판담당 임원을 지낸 내가 보기에도 전혀 손색이 없는 얘깃거리였다. 이 밖에 김동길金東吉 교수의 시사칼럼이나 소설가 양귀자梁貴子 씨의 권두 에세이는 나도 깊은 관심을 갖고 읽었다.

특히 서울올림픽을 앞두고 경제가 활황을 보이던 무렵이어서 재테크 소개에도 상당한 지면을 할애했다. 저축과 증권, 부동산 등에 걸쳐 전문가들의 다양한 조언이 곁들여졌다. 모든 분야가 올림픽 특수에 맞물려 돌아가고 있을 때였다. 여성지 시장도 예외가 아니었다.

다음 달에도 역시 특종거리로 가득 채워졌고, 독자들의 반응은 뜨거웠다. 창간호니까 반짝 관심을 끌었겠거니 하던 경쟁지들도 바짝 긴장할 수밖에 없었다. 여성지 시장의 판도가 새롭게 짜이고 있었던 것이다.

그때 서울올림픽 개막을 한 달쯤 앞두고는 편집팀이 거의 밤샘작업 체제에 돌입하다시피 했다. 어디까지나 편집팀의 자율적인 판단과 결정이었다. 나는 편집·기획 회의에도 거의 참석하지 않고 편집팀의 자체 판단에 모든 것을 맡겼다. 특별히 중요하다고 여겨지는 몇몇 아이템에 대해서만 진행 상황을 보고받는 정도였다. 어느 여성지의 경영진은 작업 진행 상황을 일일이 점검하는 것은 물론, 표지모델 선정 섭외에까지 깊숙이 관여한다는 소문이 들려왔지만 나는 담당자들이 책임지도록 모든 것을 맡겼다.

편집팀 기자들로서는 자율 활동에 더욱 신바람이 났을 것이다. 각기 맡은 바 분야에서 스스로 최고임을 자부하던 그들이다. 내가 신문사에서 편집국장을 지냈고 출판에도 관여하긴 했지만 세부적으로는 역시 일선 기자들의 감각이 나보다 훨씬 앞서 있었다. 〈우먼센스〉의 성공은 그들의 능력과 노력에 힘입은 것이었다. "심상기 사장이 잡지를 낸답시며 돈을 홀라당 까먹고는 금방 물러나고 말 것"이라던 주변의 수근거림도 저절로 가라앉고 있었음은 물론이다.

결국 그해 송년호까지 내고 나서 계산기를 두드려보니 창간 준비 단계에서부터 들어갔던 모든 비용을 상쇄하고도 이익을 남겼다. 나로서도 미처 기대하지 못했던 성과다. 출범 첫해 서울문화사의 매출은 26억8천600만 원, 흑자는 480만 원이었다. 액수는 크지 않았어도 흑자를 기록했다는 자체가 중요했다. 비록 연말의 송년 파티는 조촐했지만 모두가 마음속으로 뿌듯한 성취감을 만끽하고 있었다.

여세를 몰았던 〈아이큐 점프〉

더 나아가 그해 12월에는 〈아이큐 점프〉도 창간되기에 이르렀다. 청소년을 위한 주간 만화잡지였다. 〈우먼센스〉의 여세를 아낄 필요가 없었다. 더구나 내가 진작부터 마음먹었던 분야이기도 했다.

주변에서는 나에게 무모하다고 했다. 〈우먼센스〉가 예상보다 잘나가는 것은 사실이지만, 좀 더 두고보아야 한다고도 했다. 아직 〈우먼센스〉가 완전히 자리를 잡기도 전에 새로 만화잡지를 낸다는 것은 아무래도 위험부담이 크다는 얘기였을 것이다.

더욱이 주간으로 잡지를 낸다는 것은 새로운 도전이며, 실험이었다. 〈소년중앙〉을 비롯한 청소년 잡지들이 대부분 월간으로 발행되고 있었다. 〈만화왕국〉, 〈보물섬〉 등의 만화잡지가 더러 있었지만, 역시 월간이 대세였다. 그런 상황에서 주간으로 새로운 시장을 개척한다고 덤빈 것이었으니, 주변 사람들이 걱정을 하는 것이 당연했다.

나는 일본의 경우를 관심 있게 바라보고 있었다. 일본은 이미 '만화의 천국'이라 할 만큼 만화가 모든 분야에서 유행을 타고 있었다. 곳곳에 '망가漫画'였다. 잡지 시장에서는 더 말할 것도 없었다. 더 나아가 일본 만화가 '세계의 만화'로 통용될 정도였으니 말이다. 국내에도 이미 일본 만화가 깊숙이 침투하고 있을 무렵이었다.

앞서 얘기했듯이, 〈중앙일보〉 출판담당 임원 시절 일본에 출장을 다니면서 한국에도 이런 추세가 닥쳐올 것을 미리 느꼈던 것이다. 그때 고단사講談社나 슈에이샤集英社, 쇼가쿠칸小学館의 편집 책임자들을 두루 만날 수 있었는데, 한결같이 "청소년 교양잡지 시대는 지나갔다."는 얘기들을 했다. 일본 출판계에서는 벌써 교양지가 거의 사라지고 온통 만화잡지뿐이었다. 고단샤는 〈소년 매거진〉으로, 슈에이샤는 〈소년 점프〉로 청소년 만화 시장을 양분하는 형국이었다. 쇼가쿠칸도 〈소년 선데이〉를 발행하고 있었다.

특히 슈에이샤가 발간하는 주간 만화잡지인 〈소년 점프〉는 1960년대 말에 선보이기 시작해 한때는 매주 600만 부 이상을 찍기도 했다. 《서유기西遊記》의 손오공을 주인공으로 등장시킨 "드래곤 볼"이 특히 인기를 끌었으며, 뒤에 애니메이션으로까지 제작되었다.

슈에이샤는 지금도 〈슈퍼 점프〉, 〈그랜드 점프〉, 〈비즈니스 점프〉 등을 포함해 한 달에 모두 1천500만 부 이상의 만화잡지를 찍어내고 있다.

〈아이큐 점프〉가 일본 만화 드래곤볼을 연재하기 시작하면서 청소년 독자들의 뜨거운 관심이 곧바로 확인됐다. 기대했던 대로였다. 매주 수요일 발매되자마자 서점뿐만 아니라 학교 앞 문방구에서도 불티나게 팔려나갔을 정도다. 심지어 한때는 해적판이 나돌기도 했으니 그때의 인기를 실감할 수 있을 것이다.

그러나 〈아이큐 점프〉를 시작하면서 큰 문제에 부닥치게 되었다. 일단은 학부모들로부터 온 저항이었다. 한창 학원을 다니고 참고서를 뒤적거리며 공부해야 하는 시기에 만화에 정신이 팔리면 학업에 지장이 있을 것이라는 우려 때문이었다. 대학입시가 사회적인 신분으로 곧바로 이어지는 우리의 현실에서 무시할 수 없는 압력이었다. 만화가 학생들 사이에 폭력을 조장한다는 주장도 제기되곤 했다.

특히 나에게는 신문사 편집국장까지 지냈으면서도 만화를 출판한다며 개인적인 비난이 대단했다. 웬만큼 양식이 있는 사람이라면 만화를 가까이 해서는 안 된다는 생각이 널리 퍼져 있었던 것이다. 아직 만화를 저급문화로 취급하며 손가락질하던 시절의 얘기다.

먼저 이에 대한 내 생각은 이렇다. 만화에 문제가 있다면, 만화 자체가 아니라 그 내용이 나쁜 것이다. 선정적인 경우도 있고, 폭력적인 경우도 있다. 철저한 심의를 거쳐 그렇게 지나친 내용만 규제하면 되는 것이다. 그런 경우가 아니라면 만화가 청소년들에게 무한한 공상의 세계를 펼쳐 보이는 것은 물론 꿈을 길러준다는 점에서 오히려 청소년들에게 권할 만도 하다. 다소 과장이 섞이더라도 상상력을 부추기는 효과는 소설이나 동화가 들려주는 이야기와는 또 다를 수밖에 없다.

내 경우는 어려서 만화를 볼 기회는 별로 없었다. 일부러 안 본 것이 아니라 시중에 만화가 없었다. 〈학원〉에 게재되는 “꺼꾸리와 장다리” 정도가 거의 전부였다. 지금도 50~60대 이상의

장년 세대라면 충분히 기억하고 있는 만화의 제목이다. 모든 것이 열악하던 시절이었으니, 그나마 만화를 접할 수 있었다는 것이 무척 다행스러운 일이다. 요즘은 《먼나라 이웃나라》와 같은 학습 만화까지 등장하게 되고 학부모들의 편견도 상당히 시정되어 다행이다.

사회 명사들의 '만화 예찬론'

〈아이큐 점프〉 초창기에 만화에 대한 사회 저명인사들의 개인적인 회고담을 실은 것도 그런 이유 때문이었다. 그 글들이 만화에 대한 우리 사회의 인식을 바꾸는 데 얼마나 기여했는지는 잘 모르겠으나 나름대로의 역할은 충분히 했을 것으로 여겨진다.

그 글에서 소설가이자 방송작가로 활약했던 한운사韓雲史 선생은 자신의 〈한국일보〉 문화부 기자 시절 신문 만화가인 안의섭安義燮과의 친분관계를 소개하며 "두꺼비가 그려내는 풍자 만화를 읽으며 심장의 벽이 간지러워지는 것을 느낀 때가 한두 번이 아니었다. 어느 때는 갑자기 밥맛이 더 났다."고 술회했다.

그는 일본에 유학을 가 있는 셋째 아들을 만나러 도쿄에 갔다가 아들의 책장에 만화책이 꽂혀 있는 것을 보고 야단을 치기도 했으나 일본의 지하철에서 청년들이 열심히 만화책을 들여다보고 있는 모습을 보고 세상이 달라진 것을 느꼈다고도 했다. 국내의 풍토도 이미 달라지고 있었다.

'아폴로 박사'로 통하던 천문학자 조경철趙慶哲 박사도 한국 만화가 전혀 없었던 어린 시절을 소개하고 있다. 당연히 일제시절의 이야기다. "지금도 일본 사람들에게 추억의 명 시리즈로 받아들여지고 있는 '노라구로'와 '모험 당길'이란 단행본 시리즈의 만화를 손에 땀을 쥐고 읽었다."며 그 속편이 나오기를 기다리기도 했다고 그는 술회했다. 더욱이 이러한 만화에 심취한 나머지 자신도 한때는 만화가가 되겠다고 결심한 적도 있었다고 솔직히 털어놓기도 했다.

결국 만화가가 되지는 못했지만, 그는 계속 그림을 즐겨 그렸고 미국 유학시절에는 그림으로 학비까지 벌게 되었다. 미술전에서 적지 않은 상복까지 누렸던 입장이고 보면 그림 실력이 보통이 아니었던 모양이다. 그는 그 글에 덧붙여 당시 노태우 대통령과 김영삼, 김대중, 김종필 등 3김 씨를 묘사한 그림을 함께 보내왔는데, 그 그림 자체가 걸작이었다. 전두환 전 대통령의 비행기가 추락하고 있고, 비행기에서 탈출한 노 대통령의 낙하산은 구멍이 나 있는 데다, 그 모습을 3김 씨가 밑에서 바라다보고 있는 그림이었다. 당시의 정치 상황을 매우 적절히 묘사했던 내용이다.

세월이 흘러가면서 만화에 대한 인식들이 크게 바뀐 것은 매우 다행이다.

<아이큐 점프>도 이런 시대적 추세에 힘입어 큰 성공을 거두었다. 판매부수가 그것을 말해주고 있었다. 호당 20만 부를 돌파하기도 했다. 월간 단위로 따지면 100만 부 이상이었다. 단행본 출판으로 따지자면, 대박 중에서도 대박이었다.

전주제지의 김인호金寅昊 사장으로부터 "웬 만화 용지를 그렇게 많이 쓰느냐."는 전화를 받았을 정도다. 한국문원 인쇄소가 용지를 전주제지로부터 들여오고 있었으므로 용지가 얼마나 들어가는지를 누구보다 잘 알고 있었을 것이다. 그는 나보다 앞서 <중앙일보> 편집국장을 지내고 전주제지로 옮겨 가 사장직을 수행하고 있었다.

이렇게 <아이큐 점프>가 성공하자 2년 뒤에는 경쟁지인 <챔프>가 등장하게 되었다. 문제는 <챔프>를 창간한 대원동화가 우리 회사의 황경태 편집장을 비롯해 광고 책임자, 판매영업 책임자 등을 싹쓸이로 스카우트해 간 것이었다. 내가 <경향신문> 사장을 하고 있을 때였다. 적극적으로 나설 수도 없어 참 난감했다. 편집장에게는 5천만 원이란 거액의 스카우트비가 제공된 것이 확인되었다. "그 돈을 서울문화사에서 줄 테니 스카우트비를 되돌려 주라."고 설득했으나 이미 끝난 일이었다. '비즈니스' 세계가 이렇게 냉혹한 지대인 것을 새삼 깨달았다.

그동안 잡지에 기여했던 작가들로는 이현세를 비롯해 김영하, 김형배, 배금택, 김준범, 황미나, 고행석, 김철호, 이향원, 김수정, 이동포, 이로마, 장태삼, 최신오, 오수, 김문태, 고유성, 김재원, 이태호, 박찬섭 등을 들 수 있다. 신인작가들의 발굴 작업에도 크게 기여했다고 자부한다.

화형식을 당한 일본 만화

하지만 문제는 또 있었다. 국내 만화가들이 집단적으로 들고일어난 것이었다. 〈주간 만화〉와 〈아이큐 점프〉가 특약을 맺고 일본 만화를 게재하기 시작한 데 따른 반발이었다. 그것이 국내 만화계의 발전을 가로막는다는 이유였다. 심지어 종로에서는 일본 만화 화형식 소동까지 벌어졌다. 역사적인 반일 감정까지 추가된 반응이었다.

그러나 이미 우리 텔레비전에서도 '우주소년 아톰'을 비롯한 일본 만화가 널리 방영되고 있을 때였다. 적어도 만화 프로그램의 80퍼센트 이상을 일본 만화로 꾸미고 있으면서, 그나마도 원저자나 제작사 이름도 거의 밝히지 않은 채 내보내던 상황에서 굳이 만화잡지를 겨냥해 성토 움직임이 일어난 것은 방향이 잘못되어도 한참 잘못된 처사였다. 지금은 오히려 외국에 수출되어 인기를 끌고 있는 신진 만화가들의 작품이 많아진 덕분에 만화의 국적 논쟁이 사그라졌으니 커다란 다행이라 하겠다.

어쨌거나 〈우먼센스〉에 이어 〈아이큐 점프〉까지 큰 성공을 거두게 됨으로써 서울문화사는 금방 자리를 굳힐 수 있었다. 회사 설립 이후 지금껏 30여 년 동안 계속 흑자행진을 이어오고 있다.

8개 계열사를 합친 총 매출이 2024년부터는 1,000억 원을 넘어서게 됐다. 인원도 처음에는 불과 20명 남짓으로 시작했으나 지금은 무려 400명을 넘어서고 있다.

나 스스로 사업가 기질이 있다고 생각해본 적은 없으나, 사업을 하면 성공할 수 있을 것이라는 신념만큼은 지니고 있었다. 그러한 신념이 결실을 거두고 있었던 것이다. 중구 정동(행정구역으로는 서소문동)의 신아빌딩에서 늦깎이 사업가로서의 나의 꿈이 서서히 영글어가고 있었다.

방송 사업에 대한 미련

말을 타면 경마를 하고 싶어 한다던가. 이번에는 유선방송(케이블 텔레비전) 진출에 눈길이 쏠리기 시작했다. 그 무렵 김영삼 대통령의 정부가 케이블 텔레비전 사업을 추진하면서 사업자 공모 작업을 벌이고 있을 때였다. 공보처가 1993년 11월부터 종합유선방송국 허가신청을 받고 있었던 것이다.

나는 〈중앙일보〉 근무 시절, 옆에서 〈동양방송〉이 돌아가는 모습을 지켜보며 방송국이 움직이는 사정을 어느 정도는 이해하고 있었다. 방송은 한편으로는 신문보다 더 매력적이었다. 이병철 회장이 언론 통폐합으로 〈동양방송〉을 빼앗겼을 때의 서운한 심정을 어느 정도는 비슷하게 느끼고 있었다. 그렇지 않아도 당시 언론에서는 종합유선방송 사업에 대해 '황금알을 낳는 거위'라며 관심을 부추기고 있었다.

나는 당시 사업자 공모에서 서대문 지역의 케이블 텔레비전 채널을 신청했다. 종합유선방송국이라고 했지만, 좀 더 정확히 말하자면 시스템 오퍼레이터SO였다. 프로그램 공급업자PP로부터 제공받는 각종 콘텐츠를 지역의 개별 가정마다 공급해주고 시청료를 징수하는 업체가 바로 시스템 오퍼레이터다. 수신자 가정에 연결되는 케이블과 컨버터를 설치하는 초기 비용이 부담이기는 했지만 일단 자리를 잡게 되면 운영상의 큰 문제가 없을 것이라는 판단이었다.

공보처는 당시 서울의 경우 시스템 오퍼레이터, 즉 종합유선방송 사업자를 각 구별로 하나씩 허가했는데, 서대문 지역에서는 서울문화사가 가장 높은 점수를 얻어 무난히 사업자로 선정되었다. 내가 거주하는 지역을 선택해서 신청한 결과 얻어낸 수확이었다.

나는 정식으로 허가를 받게 되자 〈동아일보〉 충정로 사옥 옆 삼창빌딩에 사무실을 꾸려 방송기자재를 구입하고 아나운서를 채용해 정식 방송을 시작하기에 이르렀다. 서서울케이블TV라는 이름의 유선방송국이었다. 1994년의 일이다.

케이블 텔레비전도 그만하면 성공이라고 할 수 있었다.

경험 부족으로 인한 시행착오에도 불구하고 금방 자리를 잡아나갈 수 있었다. 더욱이 은평구의 유선방송국이 매물로 나오게 되자 욕심을 부려서 그쪽 대주주인 대웅제약으로부터 지분을 사들이기도 했다. 서대문과 은평 두 지역을 하나로 묶어 방송국을 통합 운용한다면 훨씬 효과가 클 것이라 여겨졌고, 실제의 결과도 그러했다. 나는 내친김에 권역을 더 확대하려고 인접해 있는 경기도 일산까지 사업을 타진했으나 뜻을 이루지는 못했다.

그러나 이렇게 케이블 텔레비전 사업에 재미를 붙여가는 과정에서 느닷없는 복병이 나타났다. 다름 아닌 인터넷방송에 관한 얘기였다. 조만간 별도 설비도 없이 인터넷 라인을 타고 방송을 하는 방안이 실현된다는 것이었다. 그렇게 된다면 가입자 가구마다 케이블을 깔아야 하는 케이블 텔레비전은 점차 경쟁력을 잃게 될 게 뻔했다. 뿐만 아니라 2002년에는 스카이라이프 위성방송의 등장도 예고되어 있었다. 방송 환경이 쉽게 예측할 수 없을 만큼 급격히 변하고 있었던 것이다.

이렇게 되자 서서울케이블TV 사업에 함께 참여했던 주주들로부터 자신들의 지분을 처분해 달라는 요청이 이어졌다. 일단 케이블 텔레비전의 미래가 어두워지기 시작했다는 판단을 피할 수가 없었던 것이다. 결국 나는 사업에서 손을 뗄 수밖에 없었다. 케이블 방송을 시작한 지 8년 만의 작전상 후퇴였다.

하지만 지금처럼 방송에 대한 경험이 더 쌓여 조금이라도 방송 사업의 미래를 내다볼 수 있었다면 결코 중도에 포기하지 않았을 것이다. 케이블 텔레비전 사업을 그만둔 것이 여간 후회되지 않는다. 지금도 방송에 대해서는 여전히 미련이 남아 있다는 게 솔직한 심정이다.

〈경인방송〉 타진까지 했으나

한때 〈경인방송〉을 인수하려고 나섰던 것도 그런 미련 때문이었다. 단순한 미련이 아니라 본격적으로 방송 사업을 해보고 싶었다. 서서울케이블TV를 포기하고 한참 지난 데다 〈일요신문〉과 〈시사저널〉까지 발간하고 있을 때였다. 2005년 무렵의 얘기다.

이때는 계열사가 늘어남으로써 서울문화사를 포함해 서울미디어그룹SMG이라는 이름을 표방하고 있었다. (주)일요신문사에서는 〈일요신문〉과 〈해피 데이스〉를 내고 있었으며, (주)독립신문사에서는 〈시사저널〉을 발행하고 있었다. 이밖에 서울교육, 아이엠닷컴 등의 계열사도 거느리고 있었다.

당시 〈경인방송〉은 재정적으로 시련에 부닥쳐 이미 2004년

12월 말로 방송이 중단되어 있었다. 적자가 자꾸 누적되어 감당할 한계선을 넘어서버린 것이었다. 대주주인 동양화학과 대한제당이 적당한 인수자를 물색하고 있다는 얘기도 여기저기서 들려오고 있었다. 그러나 전체적으로는 방송위원회의 허가를 받아야 했다.

그때 〈경인방송〉의 가장 큰 약점은 방송 허가구역이 인천과 경기 남부로 한정되어 있다는 점이었다. 따라서 허가구역을 경기 북부로까지 확대시킬 수만 있다면 승산이 있을 것으로 판단했다. 나는 한국단자의 이창원 회장을 대주주로 하고, 2~3대 주주로 참여하는 방안을 만들어 이 회장에게 〈경인방송〉을 인수하자고 적극 설득했다. 이 회장도 수긍하고 참여 의사를 밝혔다. 이 회장이 대주주로서 자금을 대고, 나는 서울미디어그룹의 콘텐츠를 제공하는 방식이 될 터였다.

인터넷 신문인 〈프레시안〉이 이 얘기를 어떻게 전해들었는지 다음과 같이 전하고 있었다.

> 서울미디어그룹 관계자들에 따르면 심상기 회장은 지난 6월 말 자신의 고희연에 축하 화분을 보내 준 노조 간부진을 식사자리에 초대해 감사의 뜻을 전하면서 〈경인방송〉 법인을 인수할 의사가 있다고 밝혔다.

(〈프레시안〉, 2005년 7월 15일)

내가 노조 관계자들에게 〈경인방송〉 인수 의사를 밝힌 것은 사실이었다. 〈우먼센스〉와 〈아이큐 점프〉에 〈일요신문〉, 〈시사저널〉까지 차례로 성공을 거둠으로써 이제 남은 것이 있다면 방송 사업이었다. 그 나머지 꿈을 이루어보고 싶었다. 그 얘기를 노조 책임자들과 저녁식사를 나누면서 자연스럽게 털어놓은 것이 이렇게 저렇게 흘러들어갔을 것이다.

그때는 〈경인방송〉 측과 인수 협상을 전제로 실제 접촉하기도 했었다. 물론 나뿐만이 아니라 관심을 갖고 있던 다른 여러 사람들도 개별적으로 〈경인방송〉 관계자들과 접촉을 가졌던 것으로 전해지던 터였다. 하지만 아직 방송위원회가 경인지역 지상파방송을 물려받을 새로운 사업자 공모 계획을 자세히 밝히지 않은 상태여서 일은 미적미적 끌어지던 중이었다.

그때 일반의 관심은 내가 방송 사업에 뛰어들 것이라는 사실보다는 과연 어디서 돈을 조달해 사업에 댈 것이냐에 더 맞추어져 있었던 것으로 보인다. 항간에서는 내가 〈중앙일보〉에서 오래 재직했다는 사실을 들어 삼성이나 보광그룹의 자금이 뒤에서 버티고 있을 것이라는 소문도 들려왔다. 이창원 회장과의 컨소시엄 약속을 알 수 없었던 때문일 것이다. 〈프레시안〉도 앞서의 기사에서 "일부에서는 서울미디어그룹의 재정 여력을 감안할 때 제3의 기업이 자본주로 있는 것 아니냐고 여기고 있다."는 정도로만 추측하고 있었을 뿐이다.

그러나 그해 말 진행된 경인지역 민영방송 사업자 신청에 응모했으나 결국 탈락의 고배를 맛보게 되었다. 나는 이창원 회장의 한국단자와 NBC컨소시엄을 이루어 신청했고 기독교방송과 중소기업중앙회, 하림, 휴맥스 등의 중견기업들도 신청 대열에 합류했다. 그러나 2차 신청과 심사에서 최종 티켓은 영안모자가 주도하는 컨소시엄으로 돌아가고 말았다. 우리는 이창원 회장의 고사로 2차 신청에는 참여하지 않았다.

서울국제만화애니메이션페스티벌 조직위원장

얘기는 다시 1997년 무렵으로 거슬러 올라간다. 〈아이큐 점프〉의 대성공에 힘입어 팔자에도 없는 서울국제만화애니메이션 페스티벌 조직위원장 자리를 맡게 된다.

서울국제만화애니메이션페스티벌이란 애니메이션과 만화, 팬시상품, 캐릭터 사업 등을 포함한 인접 장르의 전시회 및 영화제를 통해 만화와 애니메이션 관련 산업 육성의 발판을 마련하자는 뜻에서 1995년부터 시작된 국제 행사다. 보통 시카프SICAF라고도 하는데, Seoul International Cartoon and Animation Festival의 약자다. 조직위원회는 행사의 기본방침 설정에서부터 사업 계획 수립, 예산 결산 및 집행에 이르기까지 계획을 총괄하도록 되어 있었다. 초창기에는 사무실도 변변치 못했으나 지금은 중구 예장동의 남산길 서울애니메이션센터에 사무실을 두고 있다.

첫해인 1995년과 이듬해의 행사는 정부 주도로 치러졌고 1997년 민간 중심으로 추진되면서 내가 그 첫 번째 조직위원장을 맡았던 것이다. 애니메이션제작자협회를 비롯해 만화가협회, 만화학회 등 만화와 애니메이션 관련 단체들을 중심으로 준비 작업을 해 오다가 나에게 그 직책이 떨어졌다. 내가 출판만화협회 회장이라는 직책을 맡았었기에 덤으로 맡겨진 자리였다.

부위원장에는 김석기金奭起 애니메이션제작자협회장과 권영섭權榮燮 만화가협회장이 선임되었고, 조직위원에는 만화학회 임청산林靑山 회장을 포함해 박재동朴在東, 정욱鄭煜, 신동헌申東憲, 송재빈宋在斌 씨 등이 선임되었다. 자문위원에는 만화가 김수정金水正 씨를 포함해 30여 명이 위촉되었다.

가장 큰 문제는 행사 비용을 어떻게 조달하느냐는 것이었다. 정부 주도의 행사 때는 문화관광부로부터 2억 원 규모의 경비가 책정되었으나 민간 주도로 전환되도록 방침이 정해진 만큼 정부 지원을 기대하기는 어렵게 되었다. 더구나 만화 산업이 활성화되기 전이라 적자가 뻔했기에 조직위원장이란 자리는 골치가 아플 수밖에 없었다. 자금 조달문제의 해결사로 나를 끌어낸 만큼 매듭을 풀어나가야 했다.

결국 금강기획이 운영비를 대는 방식으로 참여하되 기업이

나 관련업체들로부터 광고 협찬을 받아 수익을 올리기로 방침이 정해졌다. 금강기획의 채수삼蔡洙三 대표가 조직위원을 같이 맡게 된 것도 거기에 이유가 있었다. 완구업체로 출발한 손오공의 최신규崔信圭 사장과 만화 채널인 〈투니버스〉의 심동섭沈東燮 부회장도 스폰서로서 참여하기로 약속했다.

더욱이 민간 위주로 행사가 전환되었으므로 상징적인 차원에서도 행사를 더욱 알차게 꾸밀 필요가 있었다. 서울 삼성동 한국종합전시장COEX에서 개최되는 전시 공간을 늘리는 것은 물론 내용을 더욱 전문화시키고 각 대학별로 애니메이션 전공학생들의 창작공간도 확대키로 결정을 보았다. 또, 코엑스에서 열리는 페스티벌과는 별도로 서울시청 광장에서 캐릭터 공연과 전시회가 열리도록 되어 있었고, 코엑스 근처 극장들에서는 애니메이션 영화가 상영될 계획이었다. 원로 만화가와 애니메이션 작가들에 대한 표창도 계획에 포함되어 있었다.

그해 8월, 여드레에 걸쳐 페스티벌이 열렸다. 결과는 성공적이었다. 세계 50여 개 나라에서 70여 개 업체가 참여해 성황을 이루었다. 상품 부스도 200개 이상을 설치해야 했다. 한창 움터오르던 우리 애니메이션 산업의 현황을 외국 업체들에 알리게 된 것은 물론 해외 수출도 성사시킬 수 있었다.

행사는 1997년부터 2001년까지는 격년제로 개최되었으나, 그 다음부터는 연례행사로 자리를 굳히게 되었다. 특히 다행이었던 것은 당시 고건高建 서울시장의 협조로 서울시의회의 의결을 거쳐 연간 10억 원씩의 지원금을 받을 수 있게 된 것이었다.

더욱이 1999년의 행사에서는 김대중 대통령이 테이프커팅에 직접 참여했으며, 또 2003년엔가는 서울광장의 캐릭터 공연 시 이명박李明博 서울시장이 무대에 올라 20여 분간이나 관중들에게 인사를 할 정도로 행사의 비중이 높아졌다. 부모님의 손목을 잡고 몰려든 어린이들이 서울광장을 가득 메울 정도였으니, 정치인들이 이런 기회를 놓칠 리 없었을 것이다.

더욱 큰 성과는 이 페스티벌을 통해 중국의 만화작가연맹을 비롯해 대만, 홍콩 등의 애니메이션 작가들이나 업체 대표들과도 활발한 국제교류가 이루어지게 되었다는 사실이다.

한때 거부의 대상이었던 일본 만화가들과 만나는 기회도 잦아지게 되었다. 우리 만화가들이 30~40명씩 일본을 방문해 공동 세미나를 열었으며, 당시 청소년보호법 제정으로 만화의 폭력성, 선정성 규제가 대폭 강화되자 일본 만화가들이 "한국 정부가 창작 표현을 심하게 규제한다."는 이유로 동조 성명을 발표하기도 했다. 일본 만화 화형식을 가졌던 앙금은 과거의 기억이 되고 말았다.

서울국제만화애니메이션페스티벌은 우리의 국산 캐릭터들이 해외에 진출하는 직·간접적인 계기를 마련해주기도 했다. 현재 세계 80여 개 나라에 수출된 뽀로로 캐릭터가 그러한 사례에 포함될 수 있을 것이다.

뽀로로를 탄생시킨 최종원은 그때 행사 주관사인 금강기획에 근무하던 중견간부였다. 조직위 실무를 맡아 열심히 뛰어다녔던 주인공으로 박기종(현 SS애니멘트 대표이사) 씨가 관할하던 애니메이션 사업팀 소속이었다. 그 뒤 함께 일하던 직원들이 서로 갈라져 나와 애니메이션 관련 회사를 차리게 되면서 최종원도 독립하게 되었다. 뽀로로 캐릭터들은 2천 가지 이상의 상품에 적용되면서 계속 사업 영역을 확장하고 있는 중이다.

그전에 등장했던 꺼벙이, 둘리, 머털도사 등도 마찬가지다. 모두 만화에서 시작된 캐릭터들이다. 만화 산업의 파급효과가 결코 만만치 않음을 보여주는 예들이다. 불과 20여 년 전까지만 해도 저급문화로 따돌림을 받던 만화 영역이 대학에 전공학과가 생길 정도로 인식이 바뀐 것이다.

2004년, 이명박 서울시장과 함께 만화영화 축제가 열리는 프랑스 앙시를 방문했던 것은 새로운 경험이었다. SICAF 조직위원회 부위원장인 김석기, 권영섭 씨는 물론 만화가 이현세, 박재동, 김수정 씨 등도 함께했다. 만화영화 국제행사로서는 칸영화제에 비교할 만했다. '마리 이야기'와 '망치', '왕후심청', '원더풀데이즈', '오세암' 등의 국산 만화영화도 특별전에 출품되어 있었다.

널리 알려졌다시피, 앙시는 세계 3대 애니메이션 도시 가운데 하나로 꼽히는 곳이다. 전체 인구라야 7만여 명에 불과한 소도시인데도 애니메이션 축제 하나만으로 연간 소득의 대부분을 얻는다고 한다. 우리가 방문했던 기간에도 영화 상영이 끝나면 밤새워 파티가 열리곤 했다.

나는 2005년의 제9회 행사까지 마치고 이듬해 서울국제만화애니메이션페스티벌 조직위원장 자리에서 물러났다. 역할이 쉽지 않아 도중에 몇 번인가 물러나려 했으나 행사에서 협력관계를 유지하던 이명박 시장이 자신의 임기까지 만이라도 같이 하면 어떻겠느냐고 권유한 데 따른 것이었다.

내가 맡았던 2005년의 마지막 행사는 그래서 더욱 기억에 남아 있다. 광복 60주년 기념행사의 일환이었다는 점에서도 그러하다. 특히 그때의 개막식을 통해 서울국제만화애니메이션페스티벌이 국제애니메이션필름협회ASIFA의 공식 인증을 받았던 것이다. 이를 위해 방한한 국제애니메이션필름협회의 누레딘 자린켈크 회장으로부터 인증서를 전달받았다. 비슷한 국제행사가 열리는 도시 가운데서도 프랑스 앙시, 캐나다 오타와, 크로아

티아 자그레브, 일본 히로시마에 이어 서울이 다섯 번째였다.

내가 서울국제만화애니메이션페스티벌 조직위원장을 맡았던 기간이 8년에 이르렀고, 임기 동안에 치른 서울국제만화애니메이션페스티벌 행사도 일곱 차례에 이르렀다. 나에게는 긴 기간이었다.

제7장

〈경향신문〉의 사장을 맡아

그리 길지 않은 우리의 언론사에서 〈경향신문〉만큼 파란만장한 시련을 겪어온 신문도 별로 없을 것이다. 1946년 가톨릭 재단에 의해 창간되어 자유당 정권 때 독재권력에 맞서 싸운 것까지는 좋았다. 그러나 필화사건과 폐간처분이 이어지면서 경영 기반이 너무 취약해진 것이 흠이었다.

신문사가 원래 성격상 이윤을 추구하기보다는 언론자유와 사회정의를 부르짖는 것이 주어진 사명이라 하더라도 경제적인 기반이 약해서는 존립하기가 어려울 수밖에 없다. 경영 상태가 원활하지 못하면 광고주를 비롯한 외부의 압력에 휘둘리기 쉽고, 따라서 기사 취재와 보도에 있어서도 흔들리기 십상이다. 〈경향신문〉이 지금의 독립신문 체제를 이루기 전까지의 사정이 대체로 그러했다.

〈경향신문〉이 5·16 직후인 1962년 가톨릭 재단과는 관계가 없는 이준구李俊九 씨에게 경영권이 넘어갔다. 그러다 다시 1964년과 1965년 두 차례에 걸쳐 이 사장이 반공법 위반 혐의로 당국에 구속된 끝에 1966년 결국 경매처분으로 기아산업 김철호金喆浩 회장에게 넘겨졌다. 그리고 3년 뒤인 1969년에는 다시 신진자동차의 김창원金昌源 회장에게 이전되게 된다. 이렇게 경영권이 불안정하게 자주 교체됨으로써 편집 방향도 덩달아 흔들릴 수밖에는 없었을 것이다. 자연히 신문의 경쟁력도 떨어지는 결과를 빚게 되었다. 정치권력이 언론사들을 길들이기 위한 하나의 본보기 사례로 개입했던 의도가 바로 그것이었다.

〈경향신문〉의 운명은 〈문화방송〉에 전격 통합됨으로써 다시 한 차례 뒤바뀌게 된다. 1974년 7월의 일이다. 이에 따라 그해 11월에는 양사가 주식회사 형태로 합병된 〈문화방송〉·〈경향신문〉 체제로 개편되기에 이르렀으며, 신문사의 사옥도 그동안 둥지를 틀었던 소공동을 떠나 지금의 정동 언덕에 새롭게 자리 잡게 되었다. 좀 더 정확히 말하자면, 〈경향신문〉이 〈문화방송〉 사옥으로 이전해 들어간 것이었다(〈문화방송〉이 정동을 떠나 지금의 여의도로 옮겨 간 것은 그다음의 일이다).

〈경향신문〉으로서는 적어도 경영면에 있어서는 안정을 되찾아 새로운 출발을 기약하게 되었다. 하지만 새로 합병을 이룬 〈문화방송〉의 경영권 자체가 5·16과 연결된 '정수' 장학회에 의해 좌우되었고, 따라서 당시 박정희朴正熙 정권의 입김을 받아야 했던 것이 신문으로서는 심각한 문제였다. 일단 경영 상태는 안정되었지만 신문의 정체성이 위협을 받게 되었던 것이다. 특히 1970년대 후반 들어 박정희 대통령의 장기집권이 이어지면서 이 문제는 기자들의 갈등을 일으키게 된다.

10·26 시해사건으로 박정희 체제가 마감되고 전두환金斗煥 장군의 신군부가 등장했지만, 상황은 조금도 달라지지 않았다. 오히려 더 악화된 측면마저 있었다. 이른바 당시의 '안개 정국'에서 〈경향신문〉은 신군부의 입장을 확실히 대변했고, 이것이 일부 젊은 기자들의 반발을 사게 됨으로써 무더기 해직사태를 면할 수가 없었던 것이다.

회사 체제도 문제가 있었다. 신군부에 의한 언론통폐합 조치에 따라 〈문화방송〉과 〈경향신문〉이 각각 다른 법인체로 나뉘면서도 〈경향신문〉은 사단법인이라는 다소 엉거주춤한 형태를 갖추게 되었다. 따라서 경영 활동에 있어 다른 경쟁매체에 비해 여러 가지로 애로를 감수해야 했다. 〈문화방송〉이 그대로 주식회사 형태를 유지하게 되었던 것과 견주어볼 때도 비교가 되는 사실이다.

이러한 어정쩡한 회사 체제는 친여 신문이라는 성격에 비하면 오히려 사소한 문제였다. 〈경향신문〉의 친여 기관지로서의 체질은 1987년 6월항쟁의 한복판까지 이어졌다. 독자들을 위해서보다는 권력층을 위하는 방향으로 지면이 제작되곤 했다. 신문사의 경영진 임명권을 정부가 좌지우지하고 있었던 결과다.

갈수록 신문의 일방적인 친여 논조에 대한 독자들의 불신은 깊어졌고, 결국 6월항쟁의 와중에 분노한 시위대가 서울역 광장에서 신문을 소각하는 일까지 벌어졌다. 지방 배송을 위해 열차편을 기다리던 신문 꾸러미를 풀어젖히고 불을 붙인 것이었다. 이때의 사건을 계기로 〈경향신문〉 기자들은 언론자유협의회를 구성하고 민주언론으로 거듭나는 움직임에 본격적으로 동참하게 된다.

〈경향신문〉이 한화그룹에 인수되어 새로운 체제를 갖추고 새로 출범하게 된 것은 내부적으로 이러한 갈등 기간을 거친 뒤였다. 시기적으로 1990년 8월의 일이었다. 내가 〈경향신문〉의 사장으로 위촉되어 경영책임을 맡은 것도 바로 이때다.

성취감에 대한 도전

내가 사장에 발탁된 것을 두고 여러 추측들이 오갔던 것으로 기억된다. 〈경향신문〉 견습기자로 언론계에 들어온 것은 사실이지만, 이미 초년병 시절에 떠나서 〈중앙일보〉에서 오랫동안 근무해 왔기 때문일 것이다. 나 자신으로서도 〈경향신문〉 사장을 맡게 되리라고는 거의 생각하지 못했던 터였다.

하지만 〈경향신문〉 출신임을 감안하지 않더라도 〈중앙일보〉에서 편집국장을 지냈고, 출판담당 임원까지 지냈으므로 적어도 언론계 경력과 경험에 있어서는 부족함이 없었다고 생각한다. 한화그룹이 당초 〈경향신문〉 사장을 물색하면서 나 말고도 다른 사람 몇몇을 염두에 두었었다는 이야기가 뒤늦게 흘러나온 것으로 미루어 조직이 흐트러진 〈경향신문〉 구성원들의 기강을 되살려 신문을 제대로 만들겠다는 의지를 앞세웠던 게 아닌가 여겨진다. 다만 신문사 분위기 활성화를 위해 견습기자 출신이라는 조건이 우선으로 꼽혔을 것이다.

나로서는 〈중앙일보〉를 그만두고 나와서 내 사업을 하겠다며 서울문화사 업무에 한창 재미를 붙이고 있을 무렵이었다. 창간호부터 예상 밖의 돌풍을 일으켰던 〈우먼센스〉는 여성잡지의 선두주자로서 확실히 자리매김하고 있었다. 청소년 만화잡지인 〈아이큐 점프〉도 빠른 속도로 시장을 개척해가던 중이었다.

나에게 다른 신문사로부터 영입 제의가 없었던 것도 아니다. 이미 〈세계일보〉로부터 부사장 자리를 제의받았으며, 〈대전일보〉에서는 사장 자리를 제의받기도 했으나 그냥 물리치고 말았다. 서울문화사 사업에 더 진력하고 싶었던 것이다.

하지만 한화그룹으로부터 〈경향신문〉 사장 자리를 제의받고 보니 생각이 달라졌다. 처음 신문기자로 출발했던 친정이라는 점에서도 은근히 애착이 갔다. 〈중앙일보〉에서의 경험을 신문사에서 제대로 활용해볼 수 있을 것이라는 나름대로의 의욕도 있었다.

그러나 한국적 상황에서 재벌기업이 신문을 경영한다는 자체에 한계가 있을 수밖에 없다는 사실이 가장 마음에 걸렸다. 아무리 좋은 뜻으로 신문사를 이끌어간다고 해도 바깥에서는 엉뚱한 색안경을 끼고 곁눈질로 바라보기 마련이었다. 그것은 신문을 경영하던 재벌기업들의 자업자득인 측면도 있었다. 주력 기업들의 매출 규모가 연간 몇 조원씩이나 되는 상황에서 기껏해야 1천억 원대 안팎의 신문사 때문에 그룹 경영이 지장을 받아서도 안 될 일임은 물론이다.

사전에 김승연 회장의 측근을 통해 "재벌이 신문을 경영한다는 게 어려울 텐데 그래도 도중에 포기하지 않을 자신이 있느냐."는 다짐을 받은 것은 그런 이유 때문이었다. 그 가운데서도 신문의 자율성을 해치지 않겠다는 약속이 첫 번째였다.

서울문화사의 경영은 백승철白承喆 전무에게 일임했다. 신문사의 경영을 책임진 만큼 내 사업이라고 해도 일단 옆으로 밀어놓을 수밖에는 없었다. 서울문화사는 그냥 평소대로 굴러가기만 해도 경영에 큰 문제는 없을 것이라 여겼다. 〈우먼센스〉를 비롯한 잡지들이 충분히 제자리를 잡아가고 있을 때였다.

더욱이 당시 〈경향신문〉이 경영적인 측면에서 악화일로를 걷고 있었던 터라 내 나름대로는 회사를 다시 일으켜보겠다는 성취감에 대한 도전의식도 있었다. 〈경향신문〉에서 언론인 생활의 첫발을 내디딘 입장에서 그것은 더없는 보람일 것이었다. 적어도 내 생각은 그러했다.

'할 말은 하고, 쓸 것은 쓴다'

가장 흐뭇했던 것은 옛날 후배들과 서로 얼굴을 바라보며 손잡고 일할 수 있게 되었다는 점이었다. 정말로 고향에 돌아온 것 같은 기분이었다. 지난날 나무 계단을 오르내리던 시절의 소공동 분위기는 사라졌지만, 〈경향신문〉이라는 간판 하나만으로도 옛날의 정취는 충분했다.

지용우池龍雨, 최상완崔相岏, 유대희柳大熙, 이용승李鎔昇, 이형균李炯均, 강한필姜漢弼, 한상규韓相圭 등등. 모두 견습기자 후배들이었다. 내가 〈중앙일보〉로 떠나던 1965년 무렵까지 〈경향신문〉에 입사해 함께 옆자리에서 근무했던 동료들이기도 했다.

신문사의 체제도 비로소 주식회사의 형태를 갖추게 되었다. 누구의 발상이었는지, 기존의 사단법인 체제는 상식적으로도 납득할 수 없는 형태였다. 일정한 목적을 이루기 위해 사람들이 결합한 단체가 사단법인이라는 점에서 사단법인은 신문사 경영과는 도저히 어울리지 않는 옷을 입혀놓은 꼴이었다.

사장을 맡아 정식으로 취임하고 나서 자세히 보고를 받고 보니 〈경향신문〉의 경영실적은 생각보다 훨씬 나빴다. 더 나빠질 수 없을 정도로 최악의 상태였다. 이를테면, 매일 가판으로 나가는 신문 부수가 기껏 5천~7천 부 정도에 불과했다. 가정이나 사무실 배달판도 배달판이지만, 석간신문의 경우 가판은 그날그날의 실적을 그대로 반영한다는 점에서 신문 경영의 중요한 척도가 되고 있었다.

광고 실적은 더욱 문제였다. 월 5억 원 안팎에 지나지 않았다. 그것도 대체로 석 달짜리 어음을 받고 있었으니, 시장에서 할인을 하게 되면 더 줄어들게 마련이었다. 그런 열악한 실적으로 어떻게 기자들에게 월급을 주면서 회사를 꾸려왔는지 신통할 정도였다.

그런 점이 경영을 새로 책임 맡은 나로서는 차라리 더 편했다. 앞으로 치고 올라갈 일만 남았다고 생각하기로 했다. 단기간에 이익을 남긴 서울문화사의 전철을 그대로 밟기만 해도 될 것 같았다.

그 가운데서도 임원들의 출퇴근 승용차를 없앤 것이 첫 번째 결정이었다. 아예 군말이 없도록 사장 승용차도 없애버렸다. 나는 서울문화사에서 쓰던 차를 그대로 사용했다. 운전기사의 월급도 서울문화사에서 지급토록 했다. 처음부터 내 급여나 처우에 대해서는 한마디도 조건을 내걸지 않고 맡은 자리였다.

그러면서도 직원들 월급은 큰 폭으로 올려주었다. 그동안 어려운 형편인지라 월급을 제대로 받지 못한 데 대한 위로 차원이기도 했다. 한 해 남짓 신문사 사장을 맡았던 기간 동안 15퍼센트 가까이 올려주었던 것으로 기억된다.

이와 함께 일단은 지면 개혁에 중점을 두기로 했다. '할 말은 하고 쓸 것은 쓴다'는 캐치프레이즈를 내건 것도 그런 의지를 보여주려는 데 뜻이 있었다. 정론직필正論直筆의 정신을 되살리자는 시도였다. 손광식孫光植 주필의 아이디어를 받아들인 것이었다.

편집국장에는 강한필 씨를 임명해 편집국의 분위기를 추스르도록 했다. 사회부 기자 출신으로, '강 이빨'이라는 별명으로 불릴 만큼 기개가 높았던 만년 열혈 청년이었다. 출판국장에는 이용승 씨를 임명했고, 광고국장과 판매국장에는 이성호, 한상규 씨를 각각 발령 냈다. 이로써 새로운 진용이 갖추어진 셈이다. 이와 함께 기존 편집국 인력 중에서 이런저런 이유로 신문사를 떠났던 유능한 인재들도 다시 불러들였다. 〈시사저널〉로 나가 있던 표완수 씨가 다시 〈경향신문〉에 합류한 것이 대표적인 사례다. 별도로 외부 인력을 스카우트하지 않고도 태세를 갖춘 것이다.

아울러 전체적인 인력 재배치 작업도 벌였다. 무엇보다 특별히 주어진 업무도 없이 월급만 받아 가는 중간간부도 더러 있었다. 점심시간마다 술을 마시고 얼굴이 벌겋게 되어 들어오는 사람도 적지 않았다. 더 나아가 회사를 다니면서 개인적으로 부동산에 열중하는 경우도 있었다.

가슴은 아프지만 몇 명에 대해서는 부득이 사표를 받아야만 하는 상황이었다. 그대로 용인했다간 처음부터 조직의 기강이 흐물흐물해질 우려가 있었다. 그 가운데는 나와 개인적인 친분이 있는 사람도 있었지만, 이미 내가 도와줄 수 있는 한계를 지나쳐버린 상태였다. 지금도 그 점에 있어서는 상당히 마음의 부담을 느끼고 있다.

'제2의 창간'을 선포하다

그해 10월 11일, 힐튼호텔 컨벤션센터에서 〈경향신문〉 창간 44주년 및 제2창간 축하 리셉션이 열렸다. 한화그룹이 신문사를 인수하고 나서 처음으로 연 대외적인 행사였다.

창간 기념일은 원래 10월 6일이지만, 날짜를 맞추다 보니 며칠 늦게 일정이 잡힌 것이었다. 물론 내부적으로는 제 날짜에 맞추어 전체 임직원 800여 명이 참석한 가운데 문화체육관에서 기념식을 치른 터였다.

차인태車仁泰 아나운서의 사회로 진행된 이날의 축하 리셉션은 성황을 이루었다. 김영삼金泳三 민자당 대표최고위원을 비롯해 박태준朴泰俊·김종필金鍾泌 최고위원과 박준규朴浚圭 국회의장, 강영훈姜英勳 국무총리가 참석한 것은 물론 이기택李基澤 민주당 총재와 유창순劉彰順 전경련 회장 등도 두루 모습을 나타냈다. 리셉션장 입구에서 손님을 맞이하는 김승연 회장의 얼굴에 웃음이 가득했다.

나는 그 자리에서 기념사를 통해 "제2의 창간을 맞이하는 〈경향신문〉은 앞으로 할 말은 하고, 쓸 것은 쓰되 책임지는 신문, 용기 있는 신문이 되겠다."고 강조했다. 그것은 단순히 남에게 들려주기 위해서 한 말이 아니라 내 진심이기도 했다. 그런 의지가 아니라면 신문을 만들 필요가 없다고 나는 생각했다.

신문 제작은 편집국장에게 전권을 부여한 만큼 나는 경영 활성화에 본격적으로 매달리게 되었다. 광고주나 보급소장 모임에 참석하는 것은 그 기본이었다. 광고국이나 판매국에서 일정을 잡는 대로 오전, 오후를 가리지 않고 쫓아다녔다.

특히 보급소를 찾아 일일이 격려하는 일정은 소화하기가 쉽지 않았다. 전국을 돌아다녀야 했기 때문이다. 신문사 경영자의 입장에서는 일선에서 신문을 돌리는 조직의 분위기가 어떻게 돌아가는지 현장에서 확인할 필요가 있었다. 보급소장 가운데는 창간 때부터 보급소를 맡았던 분들도 있었다. 모두 〈경향신문〉에 애착을 지녔던 분들이다. 내가 고마움의 뜻을 나타내자 오히려 나에게 시골까지 찾아왔다며 고개를 숙이던 모습이 떠오른다.

노조와 큰 갈등은 없었으나 작은 마찰은 더러 있었던 것은 사실이다.

그 뒤 언제인가 어느 노조원이 등산용 칼을 빼어 들고 나에게 덤벼들었던 것도 그런 이유 때문이었을 것이다. 신문사가 한 화그룹에 인수되고 나서 서초동의 서울시 시정개발연구원 운동장을 빌려 단합대회를 겸해 체육대회를 열었을 때였다. 공무국 간부가 앞에서 막아주어서 그것으로 끝났지만 자칫 큰일 날 뻔했다. 나중에 알고 보니, 자신을 기존 업무에서 빼내어 다른 부서로 발령을 낸 데 대한 불만 때문에 저지른 일이었다.

비슷한 무렵, 워싱턴 특파원이던 이조연李朝淵 씨가 건강이 좋지 않아 서울에 돌아와 있다가 끝내 타계하고 말았다. 그동안 회사 경영이 원활하지 못해 특파원 활동을 제대로 지원해주지 못함으로써 스트레스를 받은 게 하나의 원인이라는 얘기도 있었다. 편집국에서 유능하고 신망을 받던 후배였다. 신문사 사우장으로 영결식을 치렀으나 내 마음은 불편하기만 했다.

내가 얼렁뚱땅 경영을 해나간다면 앞으로도 얼마든지 생길 수 있는 문제였다. 일반 기업체건, 신문사건 간에 최고경영자가 직원들의 일상사에까지 중요한 영향을 미치고 있음을 새삼스럽게 깨달을 수 있었다.

조간으로 전환하다

내가 〈경향신문〉 사장으로 있으면서 결정했던 사항 가운데 가장 중요한 것이 바로 조간으로의 전환작업이었다. 당시 〈조선일보〉, 〈한국일보〉, 〈서울신문〉이 조간이었고, 〈경향신문〉을 포함해 〈동아일보〉와 〈중앙일보〉가 석간이었다. 1962년부터 굳어져 내려온 체제였다.

그러나 이미 미국과 유럽을 비롯한 각국의 신문시장에서 석간신문의 퇴조 현상은 뚜렷했다. 어느 나라를 막론하고 독자들의 하루 생활 패턴이 그렇게 변해가고 있었다. 그것은 신문의 장기적인 생존 대책과도 직결되는 문제였다. 신문이 최소한의 독자를 잃지 않기 위해서라도 조간으로 바뀌어야 한다는 게 나의 판단이었다.

일본도 사정이 비슷했다. 당시 이남호李南浩 도쿄 지사장과 함께 지역신문의 경영 실태를 살피면서 규슈, 나고야 등지를 돌아본 결과도 그러했다. 〈경향신문〉과 특약관계를 맺고 있던 〈산케이産經〉의 우에다 신야植田新也 사장은 "우리도 조·석간 세트제로 운영하고 있지만 일선 보급소에서는 조간만 배달하겠다며 석간판은 아예 보내지 말라는 경우가 수두룩하다."고 일본 상황을 들려주었다. 석간판이 조간의 절반밖에 부수가 안 되기 때문에 자신들도 그 문제로 고민하고 있다는 얘기였다.

하지만 단순한 느낌으로만 일을 벌일 수는 없었다. 일단 여론조사 기관에 맡겨 조간신문으로 바꿀 경우 구독 여부는 어떻게 될지 조사토록 했다. 그 결과 처음 조사에서는 조간으로 전환하면 신문을 끊겠다는 응답이 64퍼센트로 나타났으나, 몇 달 지나서 다시 조사했더니 똑같은 질문에 대한 답변이 28퍼센트로 뚝 떨어졌다.

이에 김승연 회장에게 조사 결과를 보고하고 조간 전환 방침을 타진했다. 김 회장도 흔쾌히 동의했다. 좀 시간이 지났지만 그 후 "조·석간은 어떠냐."며 한술 더 뜨기도 했다. 조간도 내고, 석간도 내자는 뜻이었다. 머릿속에 아이디어가 많았던 분이다. 무엇보다 신문에 대한 나름대로의 열정과 의욕이 뒷받침되었던 때문이었을 것이다.

나는 내친김에 월간 시사잡지인 〈정경문화〉에 대해서도 발간을 중단토록 했고, 월 2회씩 찍어내던 〈레이디경향〉도 월간지로 전환시켰다. 신문사에 월간잡지가 필요하긴 했지만, 구색을 맞추기 위해 손실을 감수한다는 것은 무모했다.

그런데 이번에도 노조의 반발이 컸다. 조간으로 전환할 경우 당장 인력이 모자라 20퍼센트 정도를 추가로 보강해야 한다는 계산이 나왔지만, 내가 현 체제를 유지하며 그대로 밀고 나가겠다는 방침을 밝힌 데 대한 반발이었다. 노조의 반발은 당연했다. 그렇지만 나로서도 어쩔 수가 없었다. 그만큼 인력을 늘려 인건

비가 더 들어간다면 부담이 컸다.

　업무에 과부하가 걸려 노동 강도가 높아질 것이라는 사실을 감안하지 않은 게 아니었다. 하지만 그런 정도는 모두가 감수해야 할 장벽이었다. 〈경향신문〉이 경쟁을 뚫고 자립경영 체제를 구축하려면, 나아가 과거의 영광을 되찾으려면 그것밖에는 길이 없었다. 경비 절감과 매출 확대가 기본 틀이 되어야 한다. 내 생각은 그렇게 굳어져 있었다.

　결국 내 판단이 옳았다. 노조를 비롯해 회사 일각의 반발을 무릅쓰고 추진할 때만 해도 은근히 걱정이 앞섰던 것이 사실이었지만, 끝내 해내고 말았다. 1991년 4월, 〈경향신문〉을 조간으로 전환하고 난 2~3년 뒤에 〈동아일보〉와 〈중앙일보〉가 연달아 조간으로 전환된 사실에서도 확인되는 일이다.

　이 과정에서 노조는 노보에 "추락하는 것은 날개가 없다"는 제목으로 반대 입장을 밝히기도 했다. 〈경향신문〉이 조간으로 가면 끝내 추락하고 말 것이라는 내용으로, 조간화 작업을 반대하는 주장이었다. 나는 그런 반발을 바라만 볼 수가 없었다. 이에 당시 김지영金志榮 노조위원장에게 정식으로 정정기사를 요구했으며, 노조도 그다음 호에 정정기사를 실음으로써 한 발짝 뒤로 물러나는 모습을 보여주었다.

　노조라고 무조건 반대를 일삼으려고 그랬을까. 그것은 결코 아닐 것이다. 노조도 기본적으로는 회사를 아끼고, 직원들을 아끼고, 노조원들을 아끼는 마음 때문에 그랬을 것이라고 믿는다.

신문을 반열에 올려놓고

신문을 조간으로 전환한 만큼 총력전 태세가 필요했다. 이제는 하등의 변명이 용납될 수가 없었다. 전진, 또 전진뿐이었다. 나는 편집국 기자들을 포함한 전 직원을 독려하고 나섰다. 한화그룹의 적극적인 지원도 수반되었다.

그 결과 1991년 말에는 신문의 구독부수가 84만 부로 늘어났다. 내 취임 초기의 25만 부 수준에서 3배 이상으로 늘어난 것이다. 일본 오사카에서 하마다浜田 윤전기 한 세트를 추가로 들여온 것도 신문의 인쇄 물량이 급격히 늘어나는 데 따른 조치였다.

광고 매출도 월 5억 원 규모에서 30억 원 규모로 껑충 뛰었다. 〈경향신문〉으로서는 30억 원의 목표를 처음으로 달성한 것이었다. 광고국에서 이를 자축하는 파티가 열렸음은 물론이다. 그렇게 되기까지 조간으로 전환한 것만이 이유는 아니었겠지만, 상당한 이유가 되었던 것만은 확실하다.

이때를 전후해 해외 특파원 망도 강화시켰다. 정종식鄭宗植, 강범석姜範錫 씨를 영입해 각각 구주본부장(파리주재)과 아주본부장(도쿄주재)으로 발령을 냈다. 정 본부장은 〈경향신문〉에서 내가 정치부에서 부장으로 모시던 분이고, 강 본부장은 〈중앙일보〉 도쿄 특파원을 지낸 베테랑이었다. 그때 파리에는 고승철高承徹 특파원이, 도쿄에는 이동주李東柱 특파원이 주재하고 있었는데, 이로써 특파원 인력이 크게 보강되었다.

조간으로 전환한 그해 10월, 하얏트호텔에서 다시 창간기념 리셉션이 열렸다. 창간 45주년을 기념하는 자리였다. 그보다 1년 전 힐튼호텔에서 열렸던 창간 리셉션이 새로운 출발을 다짐하는 자리였다면, 이때의 리셉션은 일종의 중간 보고회나 다름없었다. 내용적으로도 자랑할 거리가 적지 않았던 보고회였다.

이 기간 중 개인적으로 기억나는 한 가지는 대만 정부의 공식 초청을 받아 타이베이를 방문했다는 사실이다. 1991년의 일이었으니, 신해혁명 80주년을 기념하는 쌍십절 행사였을 것이다. 아직 리덩후이李登輝 총통 때였다.

당시 서울에 주재하던 대만의 진수지金樹基 대사가 〈경향신문〉으로 예방을 오는 등 대만과는 비교적 친밀한 관계를 유지했던 것 같다. 내가 초년병 기자 시절, 문교부에 출입하면서 해양대학 원양실습선을 타고 해외출장에 나섰던 첫 번째 나라가 대만이었기에 더욱 그런 생각이 들었는지도 모르겠다. 그 이듬해 우리 정부가 중국과 수교하는 대신 대만과의 관계를 끊은 데 대해 안타까운 마음이 들 수밖에 없었다.

내가 〈경향신문〉에 입사했을 당시 회사를 이끌던 한창우韓昌

愚 사장 추모 출판기념회가 프레스센터에서 열린 것도 바로 그 무렵이다. 양기섭梁基涉 초대 사장의 비서실장으로 들어와 업무국장, 부사장을 거쳐 10년도 넘게 사장으로 재직한 주인공이다. 그가 사장으로 재직하던 당시의 편집국 기자들로 이루어진 소우회小愚會라는 친목단체 주선으로 열린 모임이었다. '소우'는 한 사장의 아호다.

그때의 출판기념회에는 소우회 회장인 유호兪湖 씨를 비롯해 송원영宋元英 전 의원, 민관식閔寬植 전 문교부장관, 이항녕李恒寧 홍익대 총장 등이 두루 참석했다. 김수환金壽煥 추기경도 직접 참석은 못했지만 축사를 보내왔다. 지난날 〈경향신문〉이 명성을 떨치던 시절의 선배님들을 뵙고 나니 한결 의욕이 솟아남을 느낄 수 있었다.

나로서는 대학 졸업을 앞두고 입사시험을 보는 자리에서 한 번 보았던 것을 빼고는 한창우 사장과 개인적으로 대면한 기억은 거의 없다. 그때 면접 시험관으로 최석채崔錫采 편집국장과 한 사장이 자리했던 것이다. 그와의 인연은 별로 없었다 해도, 멀찌감치 그의 뒤를 이어받아 〈경향신문〉의 사장 자리에 오른 만큼 신문사를 다시 일으켜야 하는 책임이 내 두 어깨 위에 지워져 있었다.

〈경향신문〉과의 결별

하지만 결별의 순간은 생각보다 빨리 닥쳐왔다. 우리의 모든 인생사에서 늘상 일어나는 일이기도 하다. 올라갔다가 내려오고, 만났다가 헤어지는 것이 우리가 살아가는 이야기가 아니던가.

1991년 7월 어느 날, 김승연 회장이 신문사를 방문했다. 신문사의 사주로서 별도의 사무실이 차려져 있었지만 그가 신문사로 출근하는 경우는 거의 없었다. 용무가 생길 때만 잠깐씩 들러서 지시를 내리고는 슬쩍 살펴보고 돌아가곤 했을 뿐이다. 어떤 때는 저녁 10시도 넘은 한밤중에 신문사에 들르면서 간부들을 비상소집 하기도 했다.

그는 신문사로 출근하기보다는 나를 한화그룹 사장단 회의에 참석시키거나 지방 출장에 동행시키는 방법으로 회사 업무에 대해 보고를 받았다. 가끔씩은 저녁 술자리에 호출하기도 했다. 그는 무척 술을 즐기는 편이었지만, 평소 술을 잘 못 하는 내 입장에서는 여간 힘든 일이 아니었다. 그러나 전반적으로 나에 대한 예우에 신경을 쓰는 편이었다.

어쨌거나 그날도 용무가 있었던 것이다. 김 회장은 나를 자기 방으로 부르더니 손광식 주필과 강한필 편집국장에게 사표를 받으라고 지시를 내렸다. 다른 자리로 교체하는 수준이 아니라 아예 그만두도록 하라는 것이니, 그야말로 뜻밖의 주문이었다. 나는 그들이 발령이 난 지 얼마 지나지 않아 개편의 명분이 약한 데다 편집국에서 반발 움직임도 일어날 것이라며 재고해주도록 요청했다. 김 회장도 신중한 자세로 부드럽게 대화를 이끌어갔다. 대화는 거의 두 시간이나 이어졌다. 그날은 김 회장이 내 이야기를 듣고는 그냥 넘어가주었다.

어쨌거나, 그때의 인사 방침은 김 회장 본인의 뜻이라기보다는 정치권의 압력에 의한 것이었다. 노태우盧泰愚 대통령의 측근들이 〈경향신문〉의 논조를 부담스러워한다는 얘기를 나도 바깥에서 진작부터 전해듣고 있었다. 나에게도 청와대 정무수석 등으로부터의 협조요청이 더러 있었지만 대체적으로 그대로 넘겼던 터다. 그러려니 하고 대수롭지 않게 지나갔는데 느닷없이 신문사 사주를 통해 곧바로 압력이 들어온 것이었다.

나는 속으로 씁쓸했다. 정치권의 압력에 고개를 수그리게 된다면 〈경향신문〉이 새로 내걸었던 '할 말은 하고 쓸 것은 쓴다'는 사시社是도 힘을 잃게 될 것이었다. 과거 〈경향신문〉이 독자들에게 따돌림을 받아 서울역에서 신문뭉치가 불태워졌던 것도 거기에 이유가 있었다.

결국, 나로서는 여러 갈래로 숙고를 해야 할 과제를 떠안게 되었고 길게 보아 사장 자리를 내놓는 수밖에 없다고 판단하기에 이르렀다. 사주의 뜻이 그렇다면 내가 더 이상 자리를 지키고 앉아 있을 이유가 없었다.

그가 당초 나에게 사장 자리를 제의했던 것은 신문을 잘 만들어달라는 뜻이었을 텐데 정권의 압력에 의해 기본적인 바탕이 허물어지는 상황에서 사장이란 직책이 무슨 의미가 있을까. 주필과 편집국장을 바꾸라는 것은 신문의 논조와 방향을 바꾸라는 것이나 다름없었다.

결국 두어 달 고민한 끝에 이제 내 임무는 끝났다고 판단을 내렸다. 휘하 간부들을 경질하느니 차라리 내가 물러나기로 마음을 먹게 된 것이다. 내가 차려놓은 서울문화사도 있었으므로 내 할 일을 찾아 돌아가기로 했다. 때마침 기존의 〈우먼센스〉와 〈아이큐 점프〉 외에 새로운 일거리가 하나 더 추가될 상황이었다. 서울문화사에서 〈일요신문〉을 인수하자는 의견이 회사 안에서 제기되어 논의가 진행되고 있었다.

나는 한화그룹의 박두용朴斗用 경영지원실장을 통해 그만두겠다는 뜻을 전달했다. 앞으로 서울문화사가 〈일요신문〉을 낸다면 신문사에 계속 머물러 있는다는 자체가 도의적으로도 문제가 될 것이라 생각했다. 〈경향신문〉도 시사 주간지를 내고 있었으므로, 어차피 사건·사고를 다루는 매체의 속성상 영역이 겹쳐지고 경쟁관계가 될 수밖에 없을 것이었다. 〈경향신문〉 경영을 맡아 나름대로 궤도에 올려놓았다는 생각에 더 이상 미련도 없었다.

더구나 〈중앙일보〉 시절의 내 쓰라렸던 경험에 비추어서도 청와대 외압으로 휘하 간부들을 경질한다는 것은 있을 수 없는 처사였다. 내가 〈중앙일보〉 편집국장 자리에서 밀려난 게 역시 전두환 정권에 밉보인 탓이었다. 홍진기 회장이 나를 불러서 유학을 다녀오라는 대안을 제시하면서 경질 방침을 전달했다는 것은 앞서 소개한 바와 같다. 그런데 똑같은 상황에서 내 손으로 주필과 편집국장에 대해 인사 조치를 내린다는 것은 도의적으로도 허락되지 않았다.

결국 사표는 수리되었다. 그러나 그 과정에서 김 회장을 직접 만나지는 않았다. 그것으로 끝이었다. 1년 4개월 동안에 이르는 나의 친정 나들이도 그것으로 막을 내렸다. 1991년 12월의 일이다. 내 후임은 〈경향신문〉 입사 동기로 〈중앙일보〉에서도 같이 있었던 최종률崔鐘律이 맡았다.

하지만 한화그룹의 〈경향신문〉 경영도 결국에는 국제통화기금IMF의 구제금융 사태가 벌어지던 와중인 1998년 종지부를 찍고 말았다. 신문사 경영에서 손을 떼되 5천억 원 규모에 이르는 신문사의 누적 부채를 떠안는다는 조건이었다. 들어간 비용으로 따진다면, 신문사를 맡아 큰 부담만 떠안은 결과를 초래했다.

이처럼 한화그룹이 경영에서 물러나게 되자 〈경향신문〉은 사원지주회사 체제로 새로 출범해 지금에 이르고 있다. 신문 매체가 전반적으로 경영이 어려워지는 가운데서도 독립경영 체제를 갖추어나간다는 소식에 대견해하다가도 가끔씩 어려움에 봉착한다는 애기를 들을 때면 아쉬움을 느끼곤 한다.

"2인 자 이학수의 '힘 너무'
삼성 내부에서 '인사 독선' 등 비판하는 소리 '솔솔' … "신상필벌' 원칙도 흔들
〈시사저널〉-미디어리서치 여론조사…"민주당 해체하고
10명 중 6명 "안철수는 대통령감"
40

제8장

〈일요신문〉, 그리고 〈시사저널〉

내가 시사 주간신문인 〈일요신문〉을 인수해 새로 발행하기 시작한 것은 1992년 4월의 일이다. 서울 문화사를 설립해 〈우먼센스〉 등의 여성잡지를 내고는 있었지만 본격적으로 시사성을 띤 뉴스 매체를 내보고 싶었던 것이다. 그보다 훨씬 뒤인 1999년에 들어 〈시사저널〉에 손을 댄 것도 그런 의욕 때문이었다.

오랫동안 신문에 몸담았던 입장에서 마음 한구석에 도사리고 있던 시사 뉴스에 대한 미련을 가두어둘 수가 없었다. 아무리 인터넷이 발달해 종이 매체를 통한 뉴스 소비가 줄어드는 추세에 있다고 해도 신문을 제대로 만들고 경영만 효율적으로 이끌어간다면 단시간 내에 자리를 굳힐 수 있을 것이라는 자신감도 있었다.

그러나 〈일요신문〉을 시작하기에 앞서 〈경향신문〉 사장을 그만두어야 했다. 명색이 신문사 사장으로 있으면서 개인적인 사업으로 또 다른 경쟁관계의 뉴스 매체를 낼 수는 없는 일이었다. 그것은 도의적으로도 올바른 처신이 아니었다.

〈경향신문〉을 그만두게 되면서 나는 정말로 홀가분한 기분이었다. 이제부터는 좀 늦어지긴 했지만, 전적으로 나 자신의 일에 매달릴 수 있게 되었던 것이다. 비록 남에게 내세울 정도로 번듯한 규모에는 미치지 못했을망정 내 나름대로 성취를 이루어가는 기쁨과 보람이 있었다. 〈중앙일보〉에서 편집국장과 출판담당 임원을 지냈고, 서울문화사를 설립한 데 이어 〈경향신문〉 사장까지 지내면서 어느새 언론 분야의 경영인으로 자리를 잡아가고 있음을 스스로 느끼게 되었으니 말이다.

일단은 〈일요신문〉 발간에 앞서 여러 가지 구상을 겸해서 영국으로 여행을 떠났다. 단순히 머리를 식히려는 여행이 아니라 신문의 편집과 경영에 대해 공부하려는 여행이었다. 영국이 역사적으로 17세기 이래 신문의 발상지로서 언론자유의 메카라는 사실을 새삼스레 깨달았던 것이다.

더욱이 타블로이드 신문의 천국이라 할 만큼 영국에서는 수많은 종류의 타블로이드 신문이 발행되고 있지 않은가. 일간지와 주간지를 포함해서 타블로이드 신문이 전체 발행되는 신문의 70퍼센트 정도를 차지하고 있다. 고급지로 분류되는 〈인디펜던트〉와 〈더 타임스〉조차 타블로이드판을 내고 있을 정도다.

현재 국내에서 발행되는 대부분의 종합 일간지들의 판형을 대판Broadsheet이라 한다면, 지하철에서 나누어 주는 무가지가 타블로이드Tabloid 판이다. 크기로 따져서 타블로이드는 대판의 절반에 해당한다. 이 밖에 대판과 타블로이드의 중간 크기로서 베를리너Berliner 판이 있지만 지금의 〈중앙일보〉 외에는 거의 채택하지 않고 있다.

그러나 불행하게도 국내의 신문시장에서 타블로이드 판형의 매체들이 성공한 사례가 거의 없었다. 따라서 타블로이드 판형의 신문을 유지하면서 단기간에 성공하려면 어떻게 해야 할 것인지가 나의 주요 관심사였다. 사실은, 창간 자본도 그리 넉넉하지 못한 상태였기에 초창기에 신문의 위상을 굳히는 작업이 급선무였다.

그런 시점에서 영국 언론계 시찰은 나에게 커다란 도움이자 행운이었다. 마침 언론계 선배로서 〈동아일보〉 주필을 지낸 박권상朴權相 씨가 영국 외무성의 초청으로 현지 언론계를 둘러보러 떠난다고 하기에 같이 동행할 수가 있었다. 시기적으로는 그가 아직 〈한국방송공사〉 사장으로 임명되기 훨씬 전의 일이다.

영국 언론사 견학 여행

영국 방문기간 중 여러 군데를 돌아보면서도 나의 관심이 주로

타블로이드 신문들에 맞추어진 것은 당연했다. 〈선데이타임스〉를
비롯해 〈파이낸셜 타임스〉, 〈옵서버〉 그리고 세계적인 언론 재벌
로 알려진 루퍼트 머독이 운영하는 〈뉴스 오브 더 월드〉의 편집국
시스템도 둘러볼 수 있었다. 파파라치들이 연예인들의 사생활을
파헤치고 여배우들의 누드 사진을 싣는 선정적인 신문이 없는 것
은 아니지만, 그것은 일부분에 지나지 않는다.

그 가운데서도 가장 인상이 깊었던 것은 아침 출근시간마다
런던 시민들이 정류장 가판대에서 줄지어 신문을 사는 모습이
었다. 우리처럼 가정 배달이 보편화되지 않은 때문이겠지만 판
매대에 수북이 쌓인 신문이 금방 줄어드는 것을 지켜볼 수 있었
다. 한낮에도 산책객들이 공원 벤치에 앉아서 신문을 읽는 모습
이 그들에게는 그렇게 낯설지 않은 듯했다. 신문은 그들 생활의
일부분이나 다름없었다.

더욱이, 사실을 사실대로 보도함으로써 독자들로부터 신뢰
를 받는 신문이 적지 않다는 것이 돋보이는 점일 것이다. 물론,
영국 신문에도 보수나 진보 성향의 구분이 있다. 그렇지만 무작
정 대립하기보다는 서로 열어놓고 다양한 의견들과 소통하려고
노력하는 것을 느낄 수 있었다. 그것이야말로 건전한 여론을 형
성해나갈 수 있는 원동력이라는 생각이 들었다.

명색이 신문업계에서 종사해 온 나의 입장에서도 새삼스런
느낌을 가질 수밖에 없었다. 〈일요신문〉 재창간 문제만은 아니

었다. 비록 짧은 기간이었다 해도 영국 신문사 견학 여행은 언론인으로서 나에게 새로운 교훈을 주었다. 그 뒤에도 신문업계 시찰을 위해 박권상 씨와 영국을 한 번 더 방문할 기회가 있었는데, 마침 케임브리지 대학에 객원 연구원으로 체류하던 김대중 DJ 전 대통령의 연설을 들을 수 있는 행운을 누리기도 했다. DJ는 1992년 치러진 14대 대선에서 패배한 뒤 이듬해 케임브리지 대학 국제문제연구센터에서 유럽의 당면 문제에 몰두하고 있었는데, 그때의 연설은 6개월 동안에 걸친 케임브리지 체류를 마감하는 고별 만찬 연설이었기에 더욱 뜻깊었던 것으로 기억된다.

그때 DJ는 연설을 통해 자신의 관심사가 독일 통일과 유럽 통합이었음을 소개하면서 이를 토대로 앞으로 한반도 통일에 관한 책을 집필할 것이라는 구상을 밝히기도 했다. 독일 분단의 상징이던 베를린 장벽이 무너져 동서독이 독일연방공화국으로 통합된 게 그 직전인 1990년 10월의 일이었다. 이러한 시대적 배경 때문에도 그가 케임브리지 연구원 생활을 통해, 특히 독일 통일에 관심을 두었을 것이라는 점은 충분히 짐작이 가고도 남는다. 문제는 통일을 이룬 독일이 사회·경제적인 부작용뿐만 아니라 '정서적 분열'까지 겪고 있었다는 사실이다. 따라서 남북한 문제에서도 장차 통일될 경우를 대비해 비슷한 시행착오를 줄일 수 있는 방안이 논의 과제로 떠오르던 무렵이었다.

이러한 관심은 DJ가 그보다 일주일 전쯤 옥스퍼드 대학교로부터 초청받아 길게 설파한 연설에서도 그대로 엿보인다. 이때의 연설 제목 자체가 '독일 통일 및 유럽 통합과 한국 통일과의 관련성'이었다. 그는 당시 옥스퍼드 연설을 통해 한반도 통일은 평화공존, 평화교류, 평화통일이라는 3가지 원칙 아래서 이뤄져야 한다며 무엇보다 상호 적대 의식을 경계했다. 이른바 동방정책Ostpolitik으로 독일 통일의 디딤돌을 놓았던 브란트Willy Brandt 서독 총리가 염려하던 "베를린 장벽은 무너졌지만, 장벽은 아직 사람들 마음과 정신에 남아 있다"는 발언을 소개한 것도 그런 뜻이었을 것이다. 이때는 브란트 총리가 이미 고인이 된 뒤였다.

DJ가 대통령에 당선되고 나서 북한과 관련해 '햇볕정책'이라는 획기적인 유화 정책을 펴게 되지만 아마 벌써 케임브리지 체류 시절부터 그 기본 방향이 마련된 게 아닌가 여겨진다. 널리 알려졌다시피 《이솝우화》에 나오는 얘기로, 추운 바람이 불어오면 누구라도 외투를 여미는 반면, 햇볕은 외투를 벗게 만든다는 취지가 그 바탕에 깔려 있음은 물론이다. DJ가 남북한 분단 이래 현직 대통령으로는 처음으로 2000년 6월 평양을 방문해 김정일金正日 국방위원장과 역사적인 남북정상회담을 가졌고, 그 공로로 노벨평화상까지 받게 된 것이 햇볕정책의 연장선상에 위치해 있음은 두말할 나위가 없다.

DJ의 이야기가 나온 김에 최근 헌정회 회보 인터뷰에서 읽었던 내용을 한마디 더 추가하고자 한다. 그의 '영원한 비서실장'으로 불리는 권노갑權魯甲 김대중평화센터 명예이사장이 "DJ의 정신 중 가장 먼저 꼽히는 것이 무엇이냐"는 질문에 '용서'라고 응답한 부분이다. DJ가 박정희 대통령 시절 박해를 많이 받았으면서도 자신이 대통령에 오른 뒤 국민통합을 이루려면 모두 용서해야 한다며 박정희기념사업회 설립을 적극 추진했다는 설명이다. DJ는 과거 야당 정치인으로 활동하면서 죽을 고비를 4차례 넘긴 데다 6년 동안 투옥되었으며 10년 동안 가택연금 또는 강제추방 조치에 시달렸다. 그런데도 상대방을 용서한다는 게 생각만큼 그리 쉬운 일은 아니었을 것이다. 지금도 그의 폭넓었던 관용·포용 정신이 생각난다.

발걸음을 뗀 〈일요신문〉

〈일요신문〉에 대한 경영계획을 본격적으로 세우게 된 것은 그렇게 영국 여행에서 돌아와서부터다. 이제는 머릿속에서가 아니라 손발을 움직여 실제로 실행에 옮길 때였다. 이미 대체적인 밑그림 정도는 그려놓고 있던 터였다.

그렇다고 영국 견학 여행만으로 그칠 수는 없었다. 나름대로는 영국 언론계를 이끌었던 로버트 맥스웰과 호주의 언론재벌

루퍼트 머독, 1920~1930년대 영국 신문업계를 뒤흔들었던 노스크리프 경, 그리고 미국 〈유에스에이 투데이〉의 창업자인 알 뉴하트에 대한 평전도 두루 읽어가며 내가 미처 놓치고 있는 것은 없는지 돌아보곤 했다. 그동안 줄곧 신문에 몸담아 왔으면서도 새로이 〈일요신문〉에 손대는 일이 살얼음판을 내딛는 듯 조마조마한 심정이었다.

호주 애들레이드에서 2개의 신문사로 시작한 머독이 세계적인 언론재벌로 떠오르는 과정은 물론, 〈데일리 미러〉를 인수해 영국 최대의 신문으로 만들었던 맥스웰의 집념은 나에게 많은 시사점을 던져주었다. 〈뉴욕타임스〉나 〈워싱턴포스트〉 같은 유력 지방지들의 틈새에서 미국 유일의 전국지인 〈유에스에이 투데이〉를 키워낸 뉴하트의 얘기 또한 그 자체만으로도 감동적이었다.

그전까지 〈일요신문〉은 〈주부생활〉을 내는 학원사가 운영하고 있었다. 원래는 〈현대경제일보〉에 의해 창간되어 운영되어 왔었으나, 전두환全斗煥 정권이 들어서면서 변동이 생긴 것이었다. 지금의 〈한국경제신문〉으로 제호를 바꾼 것이 그때의 〈현대경제일보〉였다. 몇 년간이나 그냥 방치되다가 뒤늦게 학원사로 판권이 넘겨져 주간으로 발행되고 있었다.

나는 학원사로부터 〈일요신문〉 제호를 1억 원에 사들였다. 기왕에 주간신문 시장에 뛰어들려면 새로 창간하기보다 기존의 매체를 인수하는 것이 더 쉽고 빠른 방법이라는 주변의 권유에 따른 것이었다.

　과거 서울문화사를 세우고 〈아이큐 점프〉를 창간할 때는 말리는 사람들이 많았지만, 이제 그렇게 걱정하는 얘기는 별로 없었다. 그만큼 나의 판단이 신뢰를 주고 있었다는 뜻일 것이다.

타블로이드 신문의 전성시대

하지만 마음속으로는 걱정이 안 될 수 없었다.

　그 가운데서도 과연 어떻게 경영수지를 맞추어나가느냐 하는 것이 가장 큰 문제였다. 일단은 스스로 굴러갈 수 있는 방안을 찾아내는 것이 중요했다. 현실적으로는, 신문사 운영에 필요한 최소한의 광고 물량을 어떻게 유치하느냐 하는 것이 문제였다. 기존의 타블로이드 신문들이 어려움을 겪어야 했던 부분도 대체로는 바로 그런 문제였다. 보기 좋게 대박을 터뜨리겠다는 욕심이 아니라, 경영에 필요한 최소한의 광고 매출을 기대하는 것이었지만, 그 자체가 그리 쉬운 목표는 아니었다.

　더욱이 타블로이드 신문으로서는 한계가 있었다. 그동안의 잘못된 인식 때문이었다. 타블로이드 신문이 지닌 묘한 징크스이기도 했다. 광고 책임자를 스카우트하려고 해도 아예 응하지를 않았다. 2~3명과 접촉했으나 거절당하고 말았다. 편집장도 며칠 앉아 있다가는 말도 없이 떠나기도 했다. 그동안 타블로이드 신문이 영업적으로 열세에 있었음을 보여주는 뚜렷한 증거였다.

결국은 판매부수가 관건이라고 생각했다. 판매부수를 올려 독자가 따르게 되고, 그에 따라 점차 신문에 대한 반응이 시중에 퍼져 나가면 광고도 저절로 확보될 것이라는 게 나의 판단이었다. 당장은 어렵더라도 그것이 장기적으로 경쟁력을 갖추어나가는 확실한 방법일 것이었다.

판매부수를 올리려면 기사에서부터 경쟁력을 발휘해야 했다. 〈일요신문〉이 창간호부터 뜻하지 않게 고소사건에 휘말렸던 "권정달·도영심 의원 밀회" 기사가 하나의 사례다. 과거 5공화국의 실세로서 민정당 사무총장을 지낸 권정달權正達 씨와 도영심都英心 의원이 서로 특별한 관계로서 개인적으로 사귀고 있다는 내용의 기사였는데, 권정달 씨가 사실이 아니라며 신문사를 상대로 명예훼손 혐의로 고소를 했던 것이다.

권정달 씨와는 〈중앙일보〉 편집국장을 지내면서 더러 만나던 관계였다. 그가 보안사 책임자로서 신문 보도에 직접적으로 관여하고 있었으므로 자연스럽게 마주치게 되었던 것이다. 나에게 정계 입문을 권유했던 당사자가 바로 그였다. 그런데도 막상 〈일요신문〉에 자신과 관련된 보도가 나가자 주변의 눈치 때문에 입장이 다급해졌던 모양이다. 당시 미국에 체류하던 그가 변호인을 통해 곧바로 서울지검 서부지청에 고소장을 접수시킨 것이었다. 몇몇 일간지에도 이런 내용이 보도되었다.

사실은, 도영심 씨와도 숨은 얘기가 있다. 그녀가 미국 시라큐스 대학 언론학과에 재학하던 당시 잠시 짬을 내어 〈중앙일보〉 정치부에서 연수를 한 적이 있는데, 내가 정치부 기자로 활동하던 시절이었다.

그 기사로 인해 입장이 난처해졌던 것은 도영심 씨도 마찬가지였을 것이다. 기사가 나가고 나서 며칠 뒤에 북아현동의 우리 집에 불쑥 찾아왔던 정황이 그것을 말해준다. 좀 더 정확히 말하자면, '담장을 넘어 쳐들어왔다'고 해야 옳을 것이다. 그것도 저녁 9시가 넘은 한밤중에 벌어진 일이었다. 우리 집 담장의 높이가 그냥 뛰어넘을 수 있는 정도는 아니었으므로 아마 받침대를 타고 넘었을 것으로 여겨진다. 제발 후속 기사라도 쓰지 말아달라는 게 그때 도영심 씨의 부탁이었다.

결국 고소사건은 그렇게 흐지부지되었고, 1년쯤 지나서는 두 사람이 정식으로 결혼할 것이라는 보도가 신문 지면에 나돌게 되었다. 각자 본 배우자들과 합의 이혼한 뒤였음은 물론이다. 그 뒤 권정달 씨는 한국자유총연맹 총재를 지냈으며, 도영심 씨는 유엔세계관광기구 스텝재단ST-EP Foundation 이사장을 맡아 지금도 활발하게 활동하고 있다.

얘기가 잠시 엉뚱한 방향으로 흘렀지만, 〈일요신문〉은 이처럼 나름대로 특종기사를 발굴해가며 자리를 잡기 시작했다. 정부 부처나 재벌 그룹에서도 매주마다 촉각을 곤두세우고는 자기네와 관련해서 무슨 기사가 나가는지 은근히 떠볼 정도였다. 그런 식으로 취재대상 관계자들로부터 관심을 불러일으킬 만하다면 일단은 성공한 것이나 다름없었다. 그럴수록 신문사는 정확하고 객관적이면서도 풍부한 내용으로 기사의 수준을 높이는 데 주력했다.

역시 판단은 틀리지 않았다. 그것이 자리를 잡아나가는 지름길이었다. 발행부수가 급격히 늘어나게 되고 광고도 저절로 따라붙기 시작했다.

이로써 〈일요신문〉을 재창간하고 3년쯤 지나면서부터는 나름대로 흑자를 거둘 수 있었다. 타블로이드 신문은 별로 거들떠보지도 않던 우리 풍토에서는 그야말로 대단한 성공을 거둔 셈이었다.

이런 추세가 이어져 한때 추석명절 같은 때는 33만 부까지 찍어내기도 했다. 그러나 발행부수도 부수지만, 찍혀 나온 신문이 가판대에서 거의 소화되고 있다는 사실이 더 중요하다. 말이 그렇지, 결코 쉬운 과정은 아니었다.

더욱이 영국의 경우와 비교한다면 아직은 훨씬 부족하다. 일간지인 〈더 선The Sun〉의 경우 발행부수가 300만 부에 이르며, 그 자매지로 주간신문인 〈뉴스 오브 더 월드〉도 600만 부를 고정적으로 유지해왔다. 둘 다 머독이 운영하는 신문으로 타블로이드 판형으로 발행되고 있음은 물론이다(이 가운데 〈뉴스 오브 더 월드〉는 취재과정에서 불법으로 전화 도청을 했다는 사실이 드러남으로써 2011년 7월 폐간되고 말았다).

물론, 영국의 경우와 비교한다는 것이 난센스일지도 모른다. 하지만 타블로이드 신문에 대한 인식에 있어서만큼은 우리가 잘못되어 있는 것이 분명하다. 앞서 영국 신문계를 둘러보는 동안 신문 관계자로부터 들었던 얘기가 새삼 떠오른다. 편집 책임자들과 얘기를 나누면서 "영국

▲〈일요신문〉 재창간 기념 리셉션 전경

▲〈일요신문〉 재창간 기념 리셉션에 참석한 김영삼 전 대통령

▲〈일요신문〉 재창간 기념 리셉션에 참석한 김대중 전 대통령

에 왜 그토록 타블로이드 신문이 많으냐?"고 질문을 던졌는데, 대체로 그 질문을 이해하지 못하는 듯한 눈치였다. 그들로서는 질문 자체가 엉뚱했기 때문이었을 것이다.

다행히 〈더 선〉의 어느 한 간부가 내가 왜 궁금해하는지를 알아챈 듯 "고기가 많은 곳에 그물을 던져야 고기를 잡을 수 있지 않느냐."고 답변해주었다. 그 한마디에 나는 무릎을 칠 수밖에 없었다. 타블로이드 판형이라고 얕잡아보는 우리의 풍토와는 달랐다. 중요한 것은 신문의 내용이다. 〈더 선〉의 경우에도 1969년 머독이 인수하면서 타블로이드 판형으로 바꾼 끝에 급성장해 발행부수에서 오히려 〈데일리 미러〉, 〈데일리 메일〉, 〈데일리 익스프레스〉 등을 따라잡은 상태다.

어쨌거나 〈일요신문〉이 이렇게 성공을 거두게 되니까 비슷한 유형의 주간신문들이 우후죽순처럼 생겨났다. 가판대에서 흔히 목격할 수 있는 〈일요OO〉, 〈OO시사〉, 〈OO신문〉 등의 타블로이드 신문들이 바로 그러하다. 제호는 다르지만 표지의 디자인부터가 대체로 〈일요신문〉과 비슷하게 만들어졌다는 게 내 느낌이다. 긍정적으로 본다면, 어떤 면에서는 국내에서 타블로이드 신문의 전성시대가 열린 것이다. 〈일요신문〉이 그 선구자 역할을 해낸 것이다.

그렇다고 해서 〈일요신문〉이 줄곧 탄탄대로만을 달려온 것은 아니다. 나름대로는 우여곡절이 적지 않았다. 좌절감으로 인해 쓰라린 눈물을 흘리기도 했다. 그러나 그때마다 몸부림치듯 또 힘들게 떨치고 일어나 스스로를 채찍질하면서 지금껏 달려왔다.

그중에서도 무기정간을 당했던 것이 가장 쓰라린 시련이었다. 김영삼金泳三 정부가 출범하고 난 직후인 1993년 8월의 일이다. 〈일요신문〉으로서도 재창간되어 1년이 약간 지났던 시점이어서 타격이 결코 적지가 않았다.

기업경영의 비리 의혹을 보도했는데 그 화살이 〈일요신문〉에 부메랑으로 돌아온 것이었다. 그때 17만5천 부에 이르는 초판 발행부수 전량을 해당 회사 측이 인수해 간 것이 문제의 발단이었다. 라이프주택 회장을 지낸 조내벽趙乃璧 씨가 회장 재임 시절 비자금을 조성했다는 것이 보도 내용이었다. 라이프주택 노조로부터 제보를 받아 터뜨린 특종보도였지만, 검찰이 즉각 수사에 착수하게 되면서 결과는 당황스러웠다.

보도된 의혹 내용과 함께 신문을 발행해서 모두 라이프주택 측에 넘긴 것이 동시에 수사 대상에 오르게 되었다. 라이프주택 경영진의 집요한 요구를 〈일요신문〉이 받아들인 결과였다. 신문사 측에는 부당이득 혐의가 적용되고 있었다.

당시 김영삼 대통령이 취임하고 나서 사회정화 차원에서 언론 비리를 손보고 있을 무렵이었다. 기업 비리를 고발하는 기사를 찍어서 가판에 내는 대신 전량 회사 측에 넘겼으니, 〈일요신문〉으로서도 빠져나갈 여지가 없었다. 그때 라이프주택으로부터 신문대금으로 받은 금액이 1억 2천만 원이었다. 금액으로도 적은 돈은 아니었다. 라이프주택 측은 신문을 사들여 전량 폐기 처분했던 것으로 전해지고 있었다.

하지만 그런 일이 하나의 관행으로 통하고 있을 때였다. 유력 대기업이나 신흥종교와 관련해서는 비슷한 사례가 비일비재했다. 그때의 일을 잘했다거나 변명하자는 게 아니라 어디까지나 사실이 그러했다는 것을 말하는 것이다. 신문사들이 잘못된 관행에 물들어 있던 대표적인 사례로 지적할 수 있다.

더구나 내가 중국을 방문하느라 자리를 비운 며칠 사이에 벌어진 사태였다. 한중문화협회 회장이던 이종찬李鍾贊 의원이 주축이 되어 당시 연변민족문화원이 세운 '작가의 집' 개관 행사에 참석하기 위한 여정에 올랐었다. 소설가인 이호철李浩哲, 이문구李文求 씨와 언론인 박권상朴權相 씨, 서울대 김윤식金允植 교수 등 20여 명이 동행한 뜻깊은 여정이었다.

나는 이때의 중국 여행에서 연변의 대표적 조선족 작가인 김학철金學鐵 옹을 만나 그의 파란만장한 생애를 직접 인터뷰하는 등 젊었을 때의 현장기자로 돌아가 취재 열기를 높이고 있었다.

일제시대 중국공산당의 일원으로 일본군과 맞서 싸우다가 포로로 잡혀 나가사키로 송환되었고, 해방이 되면서 서울에 왔다 다시 평양에 정착, 6·25 남침 때 참전했으나 김일성 집단과 뜻이 맞지 않아 중국으로 건너가 비로소 소설을 쓰기 시작했다는 그의 한마디 한마디는 우리의 굴곡진 역사를 대변하는 듯했다. 마오쩌둥毛澤東이 반대파를 숙청한 문화혁명 때 다시 구금되어 10년을 감옥생활로 보낸 그였다. 지금은 고인이 된 김 옹의 외곬 삶이 배어나는 말들을 기록해본다.

조선반도의 통일은 남쪽이 북쪽을 흡수 통일하는 방법밖에 없다고 봅니다. 하루빨리 김일성체제가 무너져야죠. 북을 도와준다면 오히려 북한의 독재 정권을 공고히 해주는 것이 됩니다.

일당독재는 반드시 일인독재를 낳게 됩니다. 소련의 스탈린이나 루마니아의 차우셰스쿠를 보십시오. 그리고 일인체제는 반드시 부패한다는 것이 역사의 교훈입니다.

6·25는 남한이 북한을 침략한 전쟁이라고 하는데, 도대체 선제 침략한 나라가 어떻게 사흘 만에 자기 수도(서울)를 함락당할 수 있습니까?

주사파主思派라고 떠들어대는 사람들을 보면 어처구니가 없어요. 평양에 반년만 국비를 주어 보내 눈으로 보게 하면 사회주의에 대한 환상을 싹 버릴 것입니다.

그의 작품 《항전별곡》, 《격정시대》, 《해란강아 말하라》 등은 서울에서도 발행된 바 있다. 중국의 개혁·개방을 이끌었던 덩샤오핑鄧小平의 딸로서 그의 전기를 쓴 덩룽鄧榕을

▲중국에서 덩샤오핑의 딸 덩룽과 만남

만나 인터뷰를 할 수 있었던 것도 그때의 방문에서다.

그러나 귀국하자마자 라이프주택 사건경위를 보고받고는 갑자기 깜깜한 미궁 속으로 빠져든 느낌이었다. 수습에 들어갔으나 이미 엎질러진 물이었다. 일단 라이프주택 측으로부터 받았던 신문대금은 그대로 돌려주도록 했다.

공보처 차관, 실장, 국장을 만났으나 처음에는 폐간을 종용했다. 오인환吳隣煥 공보처장관을 만나려고 야반에 여의도 집으로 찾아갔으나 일언지하에 쫓겨났다. 나는 다시 청와대의 주돈식朱燉植 정무수석을 만났으나 문제 해결의 실마리를 찾을 수는 없었다.

그사이에 검찰 수사가 진행되면서 백승철 발행인은 구속되었고, 결국 〈일요신문〉은 무기정간을 통고받았다. 그나마 폐간 처분의 제재 수위가 낮추어진 결과였다. 실제로는 신문사가 자숙하겠다는 형식을 빌어 무기휴간의 모양새를 갖추게 되었다. 문제는 휴간 상태가 기약 없이 이어질 경우 신문사가 버틸 여력이 없다는 점이었다. 그런 식으로 직원들 월급만 나가다간 몇 달이 지나지 않아 경영난에 봉착할 것이 틀림없었다.

정치부 기자 시절 가깝게 지내던 최병렬崔秉烈 의원을 통해 가까스로 청와대 박관용朴寬用 비서실장을 면담하고서야 해결의 실마리를 찾을 수 있었다. 박 실장은 국회의원으로 활동하기 전인 1960년대부터 이기택李基澤 의원의 비서관과 국회 외무위원회 전문위원을 지냈으므로 진작부터 안면이 있었다. 그렇다고 개인적으로 절친한 사이는 아니었고, 복도에서 마주치면 서로 인사를 하고 지냈던 정도다.

하지만 이것저것 따질 겨를이 없었다. 나는 박 실장에게 솔직하게 털어놓고 도움을 청했다. 자금 여력이 없는 기자 출신으로 휴간이 길어지면 감당하기 어렵다는 하소연이었다. 신문을 찍어 라이프주택에 넘긴 것이 당시의 관행이었다고 해도 신문사에 분명히 잘못이 있었음을 인정하고 다시는 그런 일이 없을 것이라고 거듭 다짐했다.

그렇게 사방팔방 쫓아다닌 끝에 결국 휴간조치는 1개월 만에 해제되었다. 여기에는 공보처의 이원종李源宗 차관도 적잖은 도움을 주었다. 백승철 발행인도 두 달 뒤에는 구속집행정지로 풀려났다. 그 정도로 끝난 것이 천만다행이기는 했어도 나에게는 커다란 아픔이었다. 그러나 그때의 쓰라린 경험을 발판으로 지금은 타블로이드 신문업계에서 추종 불허의 위치를 구축하고 있다. 한때는 30만 부 이상의 발행부수를 자랑했을 정도다. 〈일요신문〉과 〈비즈한국〉 등 자매지가 추가되었으며, 그동안 서울문화사가 발행하던 〈우먼센스〉도 〈일요신문〉으로 옮겨가 발행되고 있다. 우리 서울문화사 울타리 안에서도 〈일요신문〉이 차지하는 비중이 갈수록 커지고 있는 것이다.

〈시사저널〉을 인수하다

〈일요신문〉이 우여곡절을 겪으면서도 나름대로 자리를 잡아나가자 또 욕심이 생겼다. 시사잡지에 눈길이 미친 것이었다. 신문과 잡지가 서로 어우러지며 시너지 효과를 낼 것이라는 기대도 있었다.

이때 마침 〈시사저널〉이 매물로 나와 있었다. 1999년 무렵의 일이다.

〈시사저널〉은 원래 동아건설 대주주로서 경원대학과 예원학

원의 재단 이사장을 맡고 있던 최원영崔元榮 씨가 '한국의 〈타임 TIME〉' 잡지를 만들겠다는 큰 뜻을 품고 시작한 주간 시사잡지였다. 그는 당시 동아그룹 회장이던 최원석崔元碩 씨의 동생이기도 했다.

그의 포부가 컸던 만큼 〈시사저널〉은 국내 잡지계에서 금방 두각을 나타냈다. 한동안 정기구독을 포함한 판매부수가 10만 부를 넘어설 정도로 막강한 영향력을 보여주었던 것이다. 발행부수로는 최대 17만 부 수준까지 기록했다고 한다. 아직 내가 인수하기 훨씬 전의 얘기다. 동아건설이 리비아 대수로 공사에 참여하며 한때 도급순위로 국내 2위까지 올라갔다는 점에서, 그 후광을 어느 정도는 입지 않았을까 싶다.

그러나 최원영 씨가 갑자기 경영에 어려움을 겪으면서 〈시사저널〉을 내놓게 되었던 것이다. 들리는 소문으로는 차입금의 이자 부담조차 감당하기 어려울 정도라는 얘기도 있었다. 끝내 경원대와 예원중학교마저 내놓아야 할 만큼 다급한 사정이었다. 우리 정부가 국제통화기금IMF으로부터 구제금융을 받아야 했던 1998년의 외환위기를 맞아 그의 사업도 위기에 직면한 것이었다.

그러나 나에게 〈시사저널〉 인수 제의가 들어오기에 앞서 광주에서 〈무등일보〉를 발간하던 박성섭朴誠燮 덕산그룹 회장에게 잠시 경영권이 넘어갔었다. 박 회장은 조선대학교 설립자인 박철웅朴哲雄 씨의 아들인데, 도중에 인수 계약이 흐지부지됨으로써 결국 나에게 차례가 돌아왔던 것이다. 이때 〈시사저널〉의 자매지로서 음악 전문지인 〈객석〉은 연극배우인 윤석화尹石花 씨에게 경영권이 넘겨졌다.

내가 경영권 협상을 처음으로 제의받은 것은 〈시사저널〉의 기자 대표였던 정희상丁喜相 씨를 통해서였다. 내 사무실로 찾아온 그가 그간의 진행된 사정을 간략히 설명하고는 경영권을 인수할 의향이 없는지 타진했던 것이다.

내가 〈경향신문〉에서 사장을 지냈고 〈일요신문〉 재창간에도 성공한 만큼 잡지 경영을 다시 활성화시키는 데는 내가 제격이라고 판단했던 모양이다. 정희상 기자가 다녀간 뒤에는 〈시사저널〉의 사장 대행을 맡고 있던 신중식申仲植 씨와도 만났고 회사 주식 전체를 가지고 있던 재단 측과도 만나 협상을 진행했다.

처음 제의를 받을 때만 해도 그렇게 마음이 쓰이지 않았다. 그러나 머릿속에서 나름대로 밑그림이 또렷하게 그려지기 시작했다. 기왕에 시사잡지를 해보겠다는 의욕이 있었던 터였으니 말이다. 그야말로 미국의 〈타임〉이나 〈뉴스위크〉, 영국의 〈이코노미스트〉, 또는 독일의 〈슈피겔〉처럼 권위있는 시사잡지로 키울 수 있을 것이라는 기대와 의지가 자꾸만 꿈틀대기도 했다.

결국 그런 식으로 인수 협상이 진행된 끝에 25억 원에 인수하기로 최종 합의가 이루어졌다. 그러나 앞서의 경영진들이 정기구독자들로부터 구독료를 미리 받아 처분한 내역이 있었으므

로, 그 부분까지 따진다면 대략 33억 원 가까운 규모에 잡지를
인수한 셈이 되었다. 〈일요신문〉의 제호를 1억 원에 사들였던
데 비해서 〈시사저널〉은 훨씬 큰 모험이었다.

그러나 인수 절차가 모두 끝나고도 〈시사저널〉 발행을 위해
서는 '독립신문사'라는 별도의 법인을 차려야 했다.

〈시사저널〉이라는 기존 법인체의 명의가 다른 사람에게 넘
어가 있었기 때문이었다. 앞서 덕산그룹 박성섭 회장과의 계약
이 깨지게 되자 〈시사저널〉 경영진이 다른 임자를 찾아 경영권
을 협상하는 과정에서 생긴 일이었다.

발행인의 편지

이러한 과정을 거쳐 〈시사저널〉의 재창간호가 나온 것은 1999년
11월을 기해서였다. 마침 〈시사저널〉로서도 창간 10주년을 맞는 시
점이었다. 계기가 자연스럽게 맞아떨어졌던 것이다. 재창간호를 내
면서 독자들의 눈길을 끌 만한 기획물도 풍부히 준비했다. "누가
한국을 움직이는가"라는 커버스토리에서부터 세계의 정상급 시사
주간지들을 두루 소개한 기획물에 이르기까지 돋보이는 기사들이
적지 않았다. 사실은, 내가 새로 인수해서 이런 기사들을 기획했다
기보다는 기존의 취재팀이 창간 이후 쌓아온 특집과 기획물들을

집대성한 것이었다.

그만큼 〈시사저널〉의 인력은 능력이 넘쳤고, 어디에 내놓아도 자랑할 만했다. 잡지를 기획하고 이끌어가는 편집진의 진용부터가 화려했다. 앞서의 박권상, 신중식 씨와 진철수秦哲洙, 안병찬安炳璨 씨 등 언론계에서 인정받는 쟁쟁한 인물들이 활동했다.

나는 재창간호를 내면서 '발행인의 편지'를 실었다. 〈시사저널〉의 인수를 계기로 삼아 나름대로의 의지를 나타낸 글이었다. "다시 우뚝 일어나 진정한 독립언론의 면모를 보여나가겠습니다"라는 제목이다.

〈시사저널〉 창간호를 처음 받아 들고 느낀 감동을 저는 지금도 생생히 기억합니다. 일간지에서는 볼 수 없었던 참신한 디자인 속에서 살아 펄펄 뛰는 기사와 사진들. 이제 우리 언론계에도 정통 시사 종합주간지의 새 장이 열렸다는 사실을 예감하며 신선한 충격을 받았습니다. 그로부터 벌써 10년이 지났습니다. 제 예감은 적중해 〈시사저널〉은 시사 주간지 시대를 활짝 열어젖혔고, 그 전성기를 주도하고 있습니다.

하지만 〈시사저널〉의 10년 역사가 결코 순탄한 것만은 아니었습니다. 아시다시피 〈시사저널〉은 지난해 3월 모기업이 부도가 나는 바람에 1년 7개월여를 주인이 없는 상태로 표류해왔습니다. 그동안 〈시사저널〉 전 직원은 이루 말할 수 없는 고초를 겪었습니다. 〈시사저널〉을 사랑하는 모든 분들이 그렇듯이 독자 여러분도 흔들리는 〈시사저널〉을 바라보며 안타까운 마음 금할 길이 없으셨을 것입니다. 저 역시 평생을 언론에 종사해 온 사람으로서 우리 언론사에 한 획을 그은 〈시사저널〉이 쇠락해가는 모습을 보기가 너무 안타까웠습니다. 그래서 고심한 끝에 다시 〈시사저널〉을 곧추세우는 책임을 맡기로 결심하게 되었습니다. 오랫동안 기업을 경영해 온 저는 한 번 기운 회사를 다시 일으켜 세우는 일이 얼마나 지난한지 잘 알고 있습니다. 그런데도 제가 〈시사저널〉을 인수하려고 선뜻 나서게 된 것은 그만한 자신감이 있었기 때문입니다. 무엇보다도 저는 〈시사저널〉 기자와 전 직원의 저력을 믿습니다. 과문한 탓인지 저는 경영이 파탄 난 상태에서 급여조차 제대로 받지 못하면서 그렇게 오랫동안 회사를 지켜 온 사례를 알지 못합니다. 게다가 〈시사저널〉에는 지난 10년 동안 무수한 특종을 터뜨리며 갈고닦아온 경험이 축적되어 있습니다. 그것은 다른 어떤 경쟁지도 감히 넘볼 수 없는 〈시사저널〉만의 소중한 자산입니다.

제가 처음 기자 생활을 접고 여성지 〈우먼센스〉를 창

간하려고 했을 때 주변에서는 모두 말렸습니다. 재벌언론, 또는 언론재벌이 독주하는 우리 언론·출판 풍토에서 백면서생이나 다름없던 제가 어떻게 살아남을 수 있겠느냐는 것이었습니다. 하지만 저와 서울문화사·일요신문사 직원들은 시련을 이겨냈습니다.

경쟁지들의 도전을 뿌리치고 〈우먼센스〉와 〈일요신문〉은 지금 자기 업계의 정상에 우뚝 서 있습니다.

저는 〈시사저널〉이 가진 저력과 서울문화사·일요신문사의 경쟁력이 결합한다면 〈시사저널〉이 한 단계 날아오르는 것은 시간문제라고 생각합니다.

물론 그러기 위해서는 저와 〈시사저널〉 직원들의 힘만으로는 부족합니다. 독자 여러분의 변함없는 사랑과 지지가 절실합니다. 보람을 느끼실 수 있도록 더 질 높고 공정한 지면을 펼쳐 보이겠습니다. 자본에도, 권력에도 예속되지 않는 진정한 독립언론의 면모를 보이겠습니다.

자본과 권력의 질긴 사슬에 매여 개혁의 기수가 아니라 개혁 대상으로 전락해버린 일부 언론의 대안이 되겠다는 뜻에서 새로 출범하는 법인의 이름도 독립신문사로 정했습니다. 나태하거나 타협하지 않도록 모질게 채찍질해주십시오.

발행인 심상기 올림

이 '발행인의 편지'에서 언급한 대로 〈시사저널〉의 경영 상태는 별로 좋지 않았다. 기자들 월급을 제대로 주지 못하고 있었을 정도다. 나로서는 일단 기자들의 사기를 북돋워주는 것이 급선무였다. 급여도 인상했다. 〈시사저널〉을 인수하고 첫해에 20퍼센트 가까이 올리는 등 몇 차례에 걸쳐 대폭 인상했다.

따라서 인수 초기에는 적자를 감수해야만 했다. 2년쯤 지나면서야 겨우 제자리를 찾을 수 있었다. 편집국 기자를 비롯한 모든 직원들이 함께 노력해주었던 결과임은 물론이다. 정기구독자 관리에 있어서도 점차 애로점을 극복하고 있었다.

한 가지 소개할 만한 사실은 〈한국일보〉 문화부 기자 출신으로 소설가로 활동하고 있던 김훈金薰 씨를 편집인 겸 편집국장으로 영입해 들인 것이었다. 〈시사저널〉 인수 이듬해인 2000년 6월의 일이다. 그는 나름대로 의욕을 보였으나, 그가 다른 잡지와 인터뷰를 하면서 언급한 내용이 여기자들을 비하했다는 논란을 빚은 끝에 몇 달 만에 그만두고 말았다.

문제의 글에 대한 〈시사저널〉 여기자들의 해명 요구에 진의가 와전되었다며 몇 마디 사과하고 넘어가면 되었을 것을, 자기 소신이 그렇다고 끝까지 버티며 입장을 굽히지 않았다. 그때는 사표를 내던진 그의 처신이 은근히 원망스럽기도 했지만, 가끔은 순간적으로 결단을 내릴 수 있는 강직한 그의 성격이 부러울 때가 있었다. 그가 소설가로서 훌륭한 작품을 적잖이 써내고 있는 것도 그런 성격에 다분히 힘입었을 터다.

평양을 방문하다

〈시사저널〉 발행인으로서 기록으로 남길 만한 또 한 가지는 북한 김정일 국방위원장과의 인터뷰를 기대하며 평양을 방문했던 일이다. 2002년 10월 29일부터 7박 8일간 이어졌던 일정이다. 사실대로 말하자면 재미교포 학자 중에 당시 남문희 국제부장과 소통을 해왔던 사람이 있었는데, 그를 통해 성사된 평양 방문이었다. 그렇다고 그냥 이뤄진 일정은 아니었다. 사전에 문화협력기금이라는 명목으로 얼마간의 액수를 전달했음은 물론이다.

　내가 남문희 부장을 대동하고 중국 베이징을 거쳐 고려항공 편으로 평양의 순안공항에 내린 것은 시기적으로 가을이 막바지에 이르렀을 무렵이다. 공항에 내리자 그쪽 당국에서 보내준 벤츠 승용차가 대기하고 있었는데, 승용차를 타고 평양 시내로 들어가는 길목의 광경은 늦가을의 정취 탓이었는지 약간은 쓸쓸한 편이었다. 아낙네들이 들판에서 땔감을 거두어 짊어지고 귀가하는 풍경은 우리 농촌의 과거 헐벗었던 모습을 떠올리게 했다. 어느 동네에서는 10여 명의 주민들이 햇볕을 쐬려는지 양지에 몰려 서 있는 모습을 목격하기도 했다.

무엇보다 전력난이 심각한 것 같았다. 이러한 현상은 우리 숙소로 배정된 서산초대소에서도 예외가 아니었다. 평양 시내에 자리 잡은 서산초대소는 아담한 규모의 고급 빌라동으로 식당과 회의실, 도서실, 사우나 시설 등을 갖추고 있었다. 지어진 지 얼마 안 된 최신식 건물이었다.

숙소에는 1층과 2층에 4~5개의 침실이 마련되어 있었던 것으로 기억되는데, 전력 공급이 말이 아니었다. 방마다 전등 시설과 소형 텔레비전이 갖추어져 있었건만 발광 도수가 제대로 실력을 발휘하지 못했다. 공급되는 전력이 약했던 때문인지 방 안이 어둠침침했던 것은 물론 30분 정도 지나면 전깃불이 깜빡깜빡하다가 그냥 꺼져버리곤 했다. 그러다가 침대 위에 이어진 전선줄을 연결하면 불이 다시 들어왔다. 텔레비전을 제대로 시청할 수 없었음은 물론이다.

이러한 사정은 화장실에서도 마찬가지였다. 고급스러운 일제 수세식 변기가 설치되어 있었으나 변기에 아예 물이 흐르지 않았다. 그 대신 아침마다 물이 가득 담긴 큰 양동이가 하나씩 제공됐을 뿐이다. 그 물로 세수하고 양치도 하고 변기 물도 내려야 했다.

오죽하면 한밤중 평양 시내의 가로등마저 거의 꺼져버려 승용차를 타고 가면서 바깥의 시야를 가늠하기 어려웠을까. 주택가 도로를 지날 때도 창밖으로 불빛이 새어 나오는 모습을 구경하기 어려웠다. 한 번은 평양 시내를 지나다가 트롤리버스가 전력이 끊어졌는지 승객들이 모두 내려서 밀고 가는 장면도 직접 확인할 수 있었다. 북한 당국이 아무리 숨기려 해도 숨길 수 없는 현실이었다.

그렇지만 북한 여기저기를 둘러보면서 구경은 제대로 했다는 생각이다. 만경대 김일성 생가를 비롯해 그의 시신이 안치되어있는 금수산 궁전, 대동강 을밀대, 김일성 대학, 동명성왕릉 등을 두루 둘러볼 수 있었다. 이밖에 평양소년궁전, 봉수대교회 등도 시찰 일정에 포함됐으며 피바다 연극도 관람했다. 북한 당국이 우리에게 선전용으로 보여주려고 나름대로 마련한 일정이었을 것이다.

특히 묘향산에서는 임진왜란 당시 사명대사가 기거했다는 절과 묘향산 호텔도 구경했다. 호텔에서 약간 떨어진 곳에는 국제친선전람관이 위치해 있다. 이곳은 7만여 평의 넓이에 전시실이 150여 개나 되었다. 김일성, 김정일 2대에 걸쳐 200여 국가로부터 받은 선물 20만 점 이상이 교대로 전시되고 있다. 그 가운데는 남한관이 있다. 놀란 것은 박정희, 전두환, 노태우, 김대중 대통령이 보낸 자기, 그릇 세트 등의 선물들. 어느 종교지도자가 보내온 백제금동향로 모조품도 눈에 띄었다.

삼성이 보낸 텔레비전 세트, 정주영 회장이 기증한 다이너스티 자동차, 평화자동차 회장 이름으로 보낸 남대문모형, 에이스 침대가 기증한 대형 회의용 테이블과 의자 세트, 〈동아일보〉가

기증한 김일성 주석 보천보전투 기사 동판 등도 있었다.

대동강변 쑥섬의 남북 협상 터에는 과거 김구, 김규식 선생이 앉았던 자리가 그대로 보존되어 있었다. 지난날 해방 정국에서 두 분 선생이 평양을 방문해 북한 사회단체들과 남북연석회의를 개최했던 역사적인 장소다. 그 언저리에는 미 정보함 '프에블로' 호가 쇠사슬에 묶인 채 정박되어 있는 모습도 보였다. 물론 옥류관 냉면도 맛보았고 묘향산 계곡에 들어가 불고기 '파티'도 즐겼다. 단고기도 맛볼 수 있었다.

그러나 이때 평양 방문의 원래 목적인 김정일 국방위원장 인터뷰는 성사되지 않았다. 이러한 조건을 달아 상당 액수의 문화협력기금을 미리 전달한 것이었건만 끝내 관광 일정으로 마무리되고 말았다. 나로서는 일생일대의 도박이자 성사된다면 기자로서의 큰 영예가 될 터였다. 평양에서도 오늘내일하면서 대기했으나 면담은 결국 불발로 끝났다. 돌아올 때 안내원 2명에게는 500달러씩 들어 있는 수고비 봉투를 건넸다. 그들은 사양하는 기색을 전혀 드러내지 않았다.

〈시사저널〉 파업 사태의 전말

〈시사저널〉은 경영적인 측면에 있어서도 그런대로 만족할 만한 실적을 올리고 있었다. 1999년 인수한 이래 줄곧 연간 70억 원대 안팎의 매출액을 올리며 탄탄하게 자리를 잡아가던 터였다. 문제점이 전혀 없었던 것은 아니지만 비교적 잘 헤쳐나가던 중이었다.

그러나 2006년 6월에 들어 결정적인 문제가 터져 나왔다. 전혀 예상치 못했던 돌발상황이었다. 당시 삼성전자 부회장으로서 이건희李健熙 회장 다음의 2인자로 군림하던 이학수李鶴洙 씨와 관련된 기사로 인해 경영진과 기자들 사이에 마찰이 빚어졌다.

문제의 기사는 6월 19일자 지면에 3페이지 분량으로, "2인자 이학수의 힘 너무 세졌다"라는 제목을 달고 게재되기 직전에 취소되었다. 미완에 그치긴 했지만, 이학수 씨의 권한이 막강해지자 삼성그룹 내부에서 그의 인사 독선에 대해 비판적인 목소리들이 흘러나오고 있다는 내용을 담고 있었다.

이 기사에는 당시 삼성그룹 전략기획실의 김인주金仁宙 사장을 비롯해 최도석崔道錫 삼성전자 경영지원실 사장, 제진훈諸振勳 제일모직 사장, 유석렬柳錫烈 삼성카드 사장, 안복현安福鉉 삼성BP화학 사장, 김징완金澄完 삼성중공업 사장, 송용로 삼성코닝 사장, 양혜경 구주본사 사장 등이 실명으로 두루 거명되고 있었다. 당시 삼성그룹 내에서도 비교적 잘나가고 있던 주인공들이었는데, 이학수 씨의 고향(마산중학교) 후배이거나 회사 내에서도 업무적으로 밀접한 상하관계에 있는 직계부하들을 발탁해 쓰는 그의 정실인사로 사장 대열에 올라섰다는 내용이다. 그들의 컬러 사진도 곁들여 있었다.

더욱이 내가 심각하게 생각했던 것은 이 기사의 마지막 부분이다. 이학수 부회장과 그 주변 사람들을 이탈리아 마피아 조직인 '라 코사 노스트라La Cosa Nostra'에 비유하고 있었기 때문이다. 전 세계의 암흑가를 제패한 시칠리아 마피아의 본가로 '마피아 가운데 마피아'로 불리는 조직이 바로 '라 코사 노스트라'다.

본거지인 이탈리아뿐만 아니라 미국과 유럽에 이르기까지 유흥가의 술 판매망과 도박사업을 장악하고 있을 만큼 악명을 떨치고 있는 암흑가의 조직을 삼성 조직에 비유한다는 것은 아무래도 문제가 있었다.

이런 식의 일방적인 기사는 당사자들의 명예도 명예지만, 〈시사저널〉의 명예를 위해서도 그냥 실을 수가 없었다. 당사자들이 명예훼손으로 문제를 제기해올 소지도 얼마든지 있었다. 최소한 이들에게 반론권을 보장해주는 것이 필요했다.

이 기사는 마지막 부분에 이르러 "물론 국내 최대 기업집단의 수뇌부를 범죄집단에 비유하는 것은 적절하지 않다."며 슬쩍 빠져나가고 있으면서도, "그러나 그것이 승진에서 탈락한 사람들의 불평으로만 들리지 않는다."는 기자의 견해로 끝을 맺고 있다.

이 기사를 먼저 검토한, 〈시사저널〉의 편집인을 겸하고 있던 금창태 사장의 견해도 마찬가지였다. 기사 요건상, 그리고 팩트 Fact상 몇 가지 중대한 문제가 있어 더 철저한 검증과 보완을 위해 기사화를 보류한 뒤 다시 논의를 해야 하겠다는 것이었다. 사회부 기자 출신으로 〈중앙일보〉에서 사장까지 역임한 그는 언론계에서는 추진력 있고 깐깐하기로 이름난 원칙주의자였다.

금 사장이 지적한 문제는 대략 다음과 같은 것이었다.

첫째, 출처(취재원)의 신뢰성 문제였다. 문제의 기사는 익명의 제보를 바탕으로 하면서 언론사 스스로가 그 제보의 실체적 진실을 밝혀내기 위한 검증작업을 거치지 않았다. 취재원의 신뢰성은 정확한 보도의 첫걸음이다. 따라서 익명으로 제공된 정보는 취재의 단서에 지나지 않는다. 이 단서를 바탕으로 취재를 개시해 제보 사실의 진위를 가리는 검증작업이 반드시 뒤따라야 한다.

둘째, 원고에 거론되는 당사자들의 직접 코멘트나 반론이 전혀 반영되지 않았다. 보도기사가 비판적이거나 비방적 내용을 포함할 때는 상대방에게 해명의 기회를 주고 그 내용을 반영해야 하는데 이 원칙이 지켜지지 않았다. 따라서 기사에서 불리하게 다루어질 사람들에게 자신을 방어하고 변호할 시간과 기회를 부여하지 않았다.

셋째, 내용의 상당 부분에 사실의 오류가 내포되어 있었다.

동기생을 후배로, 타 부서에서 근무한 사람을 같은 부서에서 근무한 것으로 표현하는 등 당사자들의 개인 이력사항이 잘못 표기되어 있다. 만약 이것이 원고대로 사진과 실명이 그대로 기사화되면 그 사람들의 인격과 명예가 크게 침해될 수 있다.

이러한 이유로 금 사장은 당시 이윤삼 편집국장에게 더 검증한 뒤에 확실한 원고를 놓고 그때 가서 결정하자며 기사화 보류 방침을 전달했다. 이에 대해 이 국장은 "제가 더 보고 나서 내일 아침 대답을 드리겠다."며 물러났으나 다음 날 아침 "이 기사는 뺄 수 없습니다."라고 버텼다는 것이다. 금 사장은 해당 기자와 이 국장 모두를 여러모로 설득하려 노력했으나 모두가 허사였다.

사태가 여기에 이르자 금 사장은 회장인 나에게 자초지종을 보고하면서 긴급하게 간부회의를 소집해 이 문제를 논의하는 것이 좋겠다는 의견을 제시했다. 그날이 기사 마감시간이었기에 상황은 급박했다.

퇴근 후 집에 들어가 있던 나는 급히 중구 정동 〈시사저널〉 사무실로 나가 간부들을 소집해 이 문제를 검토하는 회의를 열었다. 그때가 6월 16일 저녁 8시쯤이었다.

박경환 상무와 현병구 광고부국장, 임만영 판매전략팀장 등 간부가 다 모였다. 이윤삼 편집국장을 불렀으나 전화를 아예 받지 않았다. 간부회의에서는 장시간에 걸쳐 원고를 검토한 끝에 금 사장이 지적한 문제점을 재차 확인하고 기사화를 보류해야 한다는 결론을 내렸다. 회의가 끝났을 때는 밤 12시가 넘은 시간이었다. 그사이 이윤삼 국장은 문제의 기사를 그대로 인쇄소로 넘겨 놓고 퇴근을 해버렸다. 현 부국장으로부터 이러한 사실을 보고받은 금 사장은 인쇄가 시작되려는 급박한 상황에서 편집인의 직무상 권한으로 인쇄소에 연락해 기사를 빼라고 지시하게 되었다.

금 사장은 회사의 적법한 의사결정 절차에 따라 발행인뿐만 아니라 편집인의 지위도 가지고 있었기 때문이다.

언론사의 편집인은 편집 내용에 대한 최종적인 책임을 지는 자다. 따라서 수하의 편집국장을 지휘 감독하는 직책을 갖고 회사가 발행하는 정기간행물에 대해 책임을 져야 하며, 그 매체를 통해 전파되는 내용에 의해 타인의 법익 침해가 이루어지지 않도록 주의할 의무가 있다. 그러므로 편집인을 겸하고 있는 금 사장으로서 이 같은 조치는 전적으로 적법하고 직무상으로도 당연한 것이었다. 신문법은 편집인을 정기간행물의 편집에 책임을 지는 자로 규정하고 편집인의 자율적인 편집을 법에서 보장하고 있기 때문이다.

다음 날 아침, 문제의 기사가 빠진 채 〈시사저널〉이 발행된 사실을 알게 된 이윤삼 국장은 편집국에 들러 작별인사를 한 뒤 사장실로 와 사표를 내고 나가버렸다. 그 후 이 국장의 사표는 금 사장에 의해 수리되었다.

그때부터 기자협의회는 회사가 취한 조치를 '편집권 침해'라고 주장하며 금 사장 퇴진운동에 돌입했다. 대자보를 붙이고 아침마다 사장실로 몰려가 시위를 하는 것은 물론 외부세력까지 여기에 가세를 하는 양상으로 사태는 번져 나갔다. 그동안 〈시사저널〉에는 노조 없이 기자협의회가 사실상 그 역할을 해 왔다. 그러나 이 사태를 계기로 기자들은 6월 29일 노동조합을 결성하고 전국언론노동조합연맹 산하 〈시사저널〉 지회가 되어 대회사 투쟁에 들어갔던 것이다.

이때부터 회사는 노조 측과 무려 14회에 걸쳐 단체교섭을 가지면서 사태 해결에 힘썼지만, 노조 측은 '편집권의 제도적 보장'이라는 명목 하에 '편집국장 임명동의제', '편집국장 중간평가제', '노조의 인사위원회 참여' 등을 요구하며 타결의 기미를 보이지 않았다. 이런 가운데 노조원들은 금 사장이 주재하는 편집회의 참여 거부 등 불복행위로 징계를 당한 노조원들의 원상회복까지 들고 나왔다.

회사 측으로서는 언론사 경영의 핵심 사항이라 할 수 있는 편집인의 편집권과 회사의 인사권이 노조에 의해 제한되고 침해되는 사태를 받아들일 수 없었다. 노동조합 및 노동관계조정법에도 노조활동은 헌법에 보장된 노동3권을 보장해 근로조건의 개선과 근로자의 경제적 사회적 지위 향상을 도모하는 데 한하는 것이지, 경영권의 본질에 속하는 부분의 일부 포기나 중대한 제한을 초래하는 사항은 단체교섭의 대상이 될 수 없게 되어 있다.

그런데 당시 사태는 근로조건이나 처우개선 문제가 아니라 편집권, 인사권에 관한 것들로 인해 벌어졌으며, 회사 측과 노조는 팽팽하게 맞섰다. 결국 노사협상은 그해 12월 15일 최종적으로 결렬되었고, 해를 넘겨 이듬해 1월 3일에 열린 서울지방노동위원회의 마지막 조정 노력도 성과가 없이 끝나고 말았다.

그러나 노조는 조정중지 결정이 내려지기도 전인 2006년 12월 26일에 파업 찬반투표를 통해 파업을 하기로 미리 결정했고, 조정중지 결정이 내려지자 그 이틀 뒤인 2007년 1월 5일부터 파업에 돌입했다.

한번은 농성 중인 〈시사저널〉 간부들을 집 안에 불러들여 대화를 시도했다. 그러나 그들은 시종 사장 퇴진 주장에서 한 발짝도 물러서지 않았다. 앞서 밝혔듯이 노조의 파업은 회사의 경영권과 인사권에 관한 사항까지 목적으로 하는 것이어서 '목적의 정당성'을 결하는 불법이었다.

파업에 돌입한 노조원들은 편집국에서 회사의 시설과 집기, 사무용품을 사용해 회사와 경영진을 비방하는 유인물을 만들어 배포하고 외부세력을 불러들여 노조활동에 대한 강연을 듣는 등 회사를 통제 불능 상태로 몰아갔다. 심지어 사장이 집무하는 테이블의 의자까지 끌어내 편집국으로 옮겨 갔다. 사장이 앉아 있을 자리까지 없애버린 것이다.

이에 회사 측은 1월 22일 오후 1시를 기해 부득이 부분 직장 폐쇄 조치를 내리게 되었다. 나는 직장 폐쇄 조치에는 선뜻 응하지 않았다. 그 조치가 몰고 올 파장과 역작용을 우려해서였다. 그러나 모두들 "이대로 가면 회사가 파국을 맞게 된다."고 해서 수용했다. 시중에는 "〈시사저널〉이 폐업을 했다."는 유언비어까지 나돌았다. 사태가 여기에까지 이르자 판매와 광고 유치에도 어려움을 겪어야 하는 등 파업이 몰고 온 피해는 이만저만이 아니었다.

다행히 광고, 판매부서 사원들은 노조에 가입하지 않고 오히려 노조의 부당하고 무리한 요구를 반박하는 성명을 잇달아 발표하고 거래처에도 사태의 진실을 알려 협조를 구하는 등 구사 활동에 발 벗고 나섰다. 그러나 노조원들은 나의 집 앞에까지 몰려와 확성기로 구호를 외치고 우리 집 담벼락에 나를 비방하는 현수막을 걸어 놓고 농성을 했다.

〈MBC〉 방송의 'PD수첩'에서는 노조의 일방적 주장만을 반영하는 프로그램을 만들어 두 차례나 내보내고 그것을 재방송까지 했다.

일부 야당 정치인과 방송인 손석희 씨 등은 노조의 캠프를 찾아가 격려하고 그 모습을 일부 언론에 보도하는 등 이 사태가 마치 국가 대사나 되는 것처럼 부풀려 나갔다. 회사는 이 같은 상황에서도 비상태세를 갖추고 온갖 노력을 기울여 〈시사저널〉의 발간이 중단되는 사태를 막았다.

나는 이에 앞서 가능한 모든 힘을 기울여 기자들의 파업사태만은 없도록 하라고 금 사장에게 지시했으므로 파업까지 가는 끔찍한 상황은 그때까지 생각지도 못했다. 내가 〈시사저널〉을 인수한 뒤 노사 간에 그래도 건전한 긴장관계가 유지되면서 노사 모두가 발전하는 방향으로 성의껏 노력했다고 자부하던 터였다.

그래서 한때는 노조와 강경하게 맞서 타협을 거부하는 금 사장이 원망스럽기도 했다. 그러나 믿고 경영을 맡긴 이상 그의 의견을 존중하고, 힘을 실어주어 그의 판단에 맡기는 것이 옳다고 생각했다. 금 사장도 박경환 상무와 정영기 경영관리실장, 현병구 광고담당, 임만영, 김정열 판매담당 등 간부들과 비노조 사원들과 한 몸이 되어 난국 수습에 진력하는 모습을 보여주었다.

금 사장은 언론계의 동료, 선후배 인사들에게 파업사태의 경위를 설명하고 협조를 부탁했다. 사회적으로 눈총을 받는 일에 선뜻 끼어들려는 외부 인사를 찾는 일이 쉬울 리 없었다. 그러나 많은 언론인들이 회사 측의 정당성을 이해하고 임시 편집위원과 취재기자로 참여해 잡지 발간을 도와주었다. 그러한 언론계의 도움에 힘입어 〈시사저널〉은 그 뒤 1년 가까이 이어지는 파업사태에도 한 번의 결호도 없이 정상적으로 발행될 수 있었다.

그 어려웠던 기간에 편집국장을 맡아 제작을 진두지휘한 김재혁(전 〈중앙일보〉 뉴욕특파원) 씨는 격무로 한밤중 사무실에서 졸도를 해 병원 응급실로 실려 가는 일까지 있었다.

고학용(전 프레스센터 이사장, 〈조선일보〉 논설위원), 이두석(전 〈문화일보〉 편집국장, 경제풍월 부회장), 김국후(전 〈중앙일보〉 편집부국장), 이문호(전 〈연합통신〉 전무), 김행(여론조사 전문가, 청와대 대변인), 이재명(프리랜서 언론인), 김주만(전 〈중앙일보〉 사진부 기자), 홍선희(전 〈한국일보〉 기자) 씨 등 여러 편집위원들이 헌신적으로 일했다.

특히 인터뷰 담당을 맡았던 조규석 위원(전 〈신아일보〉 도쿄특파원)은 김지하 시인과 류근일(전 〈조선일보〉 주필), 국민가수 이미자, 작가 이문열, 원로 정치인 조순형, 그리고 항상 화제의 중심에 섰던 마광수 교수 등 다양한 사회 저명인사들과의 회견기사를 실었다. 뿐만 아니라 대담기사를 맡아주신 남시욱(전 〈문화일보〉 사장) 등 원로 언론인들의 도움은 파업 중에도 기사의 질을 높이는 데 크게 기여했다. 〈시사저널〉이 정상적으로 발행되자 노조 측은 1년여를 버티다 〈시사IN〉이란 별도의 매체를 만들어 결별했다.

나는 노조의 파업소식을 처음 보고받았을 때 엄청난 충격에 사로잡혔다. 오래전에 읽었던 미국 〈워싱턴포스트〉의 사주 캐서린 그레이엄 여사의 자서전 《워싱턴포스트와 나의 80년》에 기술된 〈워싱턴포스트〉의 식자공 파업사태 장면들이 떠올랐다. 파업사태를 벌인 노조원의 방화로 신문사 윤전기가 불타 '폐선廢船의 기관실'처럼 살벌해진 화재현장에서 그레이엄 여사가 느꼈던 참담한 심경과 슬픔을 나도 똑같이 느낄 수 있었다.

그러나 〈워싱턴포스트〉뿐만 아니라 국내외 유수 언론사들의 오늘이 있기까지에는 〈시사저널〉이 겪었던 어려움 이상의 혹독한 시련과 도전을 극복한 비슷한 과정이 있었다고 역사는 기록하고 있다.

더욱이 생각이 맞지 않으니 떨어져 나갈 수밖에 없었겠지만, 자신들이 근무했던 회사를 두고 '짝퉁'이라고 원색적으로 비난해대는 데 대해서는 여간 마음이 불편한 게 아니었다. 과거 1970년대 언론자유 투쟁을 겪는 과정에서 기자들과 마찰이 있었다고 해서 지금의 〈동아일보〉와 〈조선일보〉를 짝퉁으로 몰 수는 없는 노릇이다.

자신들이 몸담았던 직장에 대해 그토록 비방을 퍼붓는 것도 인격적으로 문제가 없지 않다. 그 뒤 약식기소로 진행된 서울중앙지법 판결에서 파업을 주도했던 전 노조위원장에게 업무방해죄로 100만 원의 벌금형이 내려졌고, 또 다른 한 명의 노조원에 대해서는 기소유예가 내려졌다. 비록 기소유예 결정이긴 하지만 파업과정에서 저질렀던 노조의 행위들이 위법이었음이 확인되었다.

노조 측이 회사를 상대로 부당 직장폐쇄 및 불법 대체근로를 이유로 서울지방노동청에 제기했던 진정·고소사건도 무혐의로 처리되었다. 물론 회사 측이 노조와 외부 단체를 상대로 제기한 명예훼손 등의 사건들도 대부분 기각되거나 무죄로 끝났으며, 회사가 뒤늦게나마 스스로 고소를 취하한 경우도 있다. 파업사태의 분위기가 서로 필요 이상으로 과열되어 있었다는 증거다.

그렇다고 내가 〈시사IN〉을 특별히 의식하는 것은 아니다. 어떤 잡지라도 서로 정정당당하게 경쟁하면 그것으로 충분하다.

그때 〈시사IN〉으로 갈라져 나갔던 편집 인력들 대부분이 나름대로 실력을 인정받는 사람들이었다. 현재 대표이사를 맡고 있는 이숙이 당시 편집국장을 비롯해 문정우·남문희·김은남 전 편집국장과 나에게 〈시사저널〉 인수 문제를 처음 제의해 왔던 정희상 부장도 그 대열에 합류했다. 〈일요신문〉에서 〈시사저널〉로 옮겨 뛰었던 주진우 기자와 고제규, 고재열 기자 등도 취재 분야에서 모두 발군의 실력을 발휘하던 주인공들이었다. 뒤에 김훈 편집국장도 가세해 내가 안타깝게 생각할 수밖에 없었던 이유다.

더욱이 그때 이탈 대열에 합류해 〈시사IN〉 회장을 맡았던 표완수 씨와는 개인적인 인연도 없지 않다. 〈시사저널〉에 근무하던 그가 〈경향신문〉으로 컴백한 것이 내가 〈경향신문〉 사장을 맡고 나서의 일이다. 원래 〈경향신문〉 견습기자로 언론계에 들어와 군부정권 시절 해직의 아픔을 겪었던 그가 한동안 〈시사저널〉로 옮겨 활동했던 것이다. 그는 그 뒤 〈경인방송〉과 〈YTN〉에서 사장을 지냈으며, 한국언론재단 이사장 직책까지 수행하는 등 언론계에서 활발한 발자취를 남기고 있다.

그해 8월, 사태가 거의 마무리되던 시점에 나는 〈시사저널〉 홈페이지를 통해 그동안의 노사 분규로 독자들에게 불편을 끼쳐드린 데 대해 공식적으로 사과의 입장을 전했다. 노조가 퇴진을 주장하던 금창태 사장을 서울문화사 부회장으로 전보하고 내가 직접 〈시사저널〉의 대표이사 회장 겸 발행인을 맡은 직후이기도 했다.

나는 이때의 편지에서 "저희 내부의 조직 문제를 상처 없이 정상화시킨 뒤 여러분과 다시 만났다면 훨씬 떳떳하고 즐거웠을 것이지만 원칙을 저버린 힘의 논리와 타협하고 우왕좌왕하는 모습을 보인다면 〈시사저널〉의 미래가 흔들릴 수 있다고 생각했다."며 솔직한 마음을 밝혔다. 다음은 편지글의 일부다.

저는 평생을 언론인으로 살아오며 권력에 의해 언론인직에서 쫓겨난 적도 있었고, 제가 관여한 일부 매체가 무기정간을 당하는 곤욕을 치른 일도 있었지만 지금처럼 회원 여러분께 죄송하고 큰 마음의 빚을 졌다고 느껴본 적이 없었습니다. 그러나 지난 과거를 단지 새로운 탄생을 준비하기 위한 모진 진통으로만 치부해버리기에는

여러분의 인내와 사랑이 너무나 소중합니다. (중략)

이제까지와 마찬가지로 앞으로도 변함없이 〈시사저널〉은 1등 시사 주간지로서, 고급 저널리즘의 선도자로서 신뢰받고 책임지는 바른 언론의 길을 가려 합니다. 특히 비판 정론지로서 정도를 벗어나는 권력 집단에 대해서는 가차 없이 비판을 가하겠습니다.

나는 〈시사저널〉 이외에도 〈일요신문〉 등 주간, 월간을 합쳐 약 10개의 정기간행물을 발행하고 있기 때문에 각 매체의 기획, 제작, 광고, 판매 등에 하나하나 관여하지 않는다.

중요한 일이나 문제점이 제기되는 사안에 대해서만 관심을 기울이고 대책을 숙의한다. 〈시사저널〉도 마찬가지다. 사장이 편집, 판매, 광고 업무를 관리하고 직원들을 통솔해 경영활동을 잘해주고 있었다. 금창태 사장이나 내가 〈중앙일보〉에서 오래 근무했지만 삼성이라고 해서 크게 편향보도를 했거나 용비어천가를 부른 일이 없다. 하나의 예가 2005년 9월 20일에 발행된 추석 합병호다. 삼성 인사문제 기사가 나오기 9개월 전 잡지다. 총 144페이지 분량에서 133페이지를 할애해 '삼성은 어떻게 한국을 움직이나'를 주제로 삼성 비판 특집을 실었다. 잡지 전체를 삼성 기사로 도배질을 한 셈이다. 편집국장도 국장편지에서 "전면기획은 〈시사저널〉 창간 16년 만에 처음"이라고 썼다. 〈시사저널〉 역사상 전무했던 편집 행태다. 기사 꼭지 수만 해도 20개가 넘는다. "단독공개, '무노조 삼성' 컨트롤타워 실체", "제왕적 카리스마 이건희 리더십 분석", 여론조사 "이재용 승계 문제 있다", "막강권력 휘두르는 '구조본부' 해부", "보이지 않는 손 '비자금' 실체", "역풍 몰아치는 보물의 왕국", 장하준, 강준만, 김상조 릴레이 인터뷰 등등…….

이 기사에 대해 금 사장은 '노'라는 반대 입장에 서지 않았다. 이런 자세가 바로 〈시사저널〉의 시시비비를 가리는 편집 원칙이자 사시社是다. 당시 사회 '이슈'로 떠오른 반삼성 기류를 감지해 이 특집을 만들었던 것 같으나 나는 관여하지도 않았고 찬반 목소리를 내지도 않았다.

〈시사저널〉 사태에 대한 소회

〈시사저널〉 사태는 발행인인 금창태 사장이 기사를 임의로 들어낸 것이 적법한 것인가 여부가 핵심이라 볼 수 있다. 앞에서도 얘기했듯이 형식논리적으로 얘기하면 금 사장의 행위는 전적으로 적법하다. 그는 현행법상 편집의 최고책임을 지는 편집인의 지위도 겸하고 있었기 때문이다. 그럼에도 불구하고 기자들이 편집권을 침해했다는 이유로 금 사장의 퇴진을 들고 나왔다. 그렇다면 과연 편집권이란 무엇인가? 편집권이라는 것이 존재한다면 이는 소유자(발행인)와 제작자(편집) 중 누구에게 귀속되는가? 대체로 이런 것이 편집권을 둘러싼 주된 논의다.

이러한 논의가 끈질기게 생명력을 이어가게 된 데는 편집권을 규정한 법령이 없다는 사실도 일조하고 있다. 우리 신문법에 '편집'이나 '편집인' 등의 용어는 등장하지만 막상 '편집'의 개념에 대해서는 아무런 언급이 없다. 따라서 '편집권'에 대한 개념도 애매하기는 마찬가지다. 또, 편집권의 소재에 대해서도 헌법재판소는 편집인의 자율적인 편집 보장을 규정한 신문법 제4조 2항에 대해 이 조항이 "편집인 또는 기자들에게 독점적으로 편집권이라는 법적 권리를 부여한 것으로 볼 수 없다."고 유권해석을 내리고 있다.

'편집', '편집권'을 직접 규정한 법규가 없다 보니 자연히 그 개념 규정도 이론적인 관심의 영역에 머물 수밖에 없다. 다만 관행적으로는 신문 등 정간물의 제작, 편집, 편집국의 인사권 행사 등 지면 내용에 영향을 미치는 제반 권리 등으로 이해되고 있는 것 같다. 미국, 영국과 영미법 체계의 영향을 많이 받고 있는 나라들은 신문 등 정기간행물의 자유도 발행인 개인의 자유로 간주되기 때문에 기본적으로 편집권이 발행인의 권능에 귀속한다는 데에 이론이 없다.

물론 발행인이 자기 권능(편집권)의 일부를 사실적·법률적으로 편집자에게 위임하는 것은 별개의 문제다. 이때 편집자의 권리는 어디까지나 발행인으로부터 발원된 것이기 때문이다. 일본 신문협회는 1948년 이 같은 주장을 토대로 ‘편집권 성명’을 발표한 바 있다. 이 성명은 편집권을 “신문의 편집 방침을 결정하는 것을 근간으로 신문 편집에 필요한 일체의 관리를 행하는 권능”이라 규정하고 “편집 내용에 대한 최종적 책임은 경영, 편집 관리자에게 귀속하는 것이기 때문에 편집권의 행사는 경영 관리자 및 그의 위탁을 받은 편집 관리자에 한한다.”고 못 박고 있다.

이에 대해 독일 등 일부 유럽국가에서는 언론보도의 물적 기초를 제공하는 소유·경영 측(발행인)의 의견도 중요하지만 정신적 작업에 참여하는 제작 측(편집자)의 의견도 이에 못지않게 중요하므로 지면의 내용 결정에 이들의 의견도 반영되어야 한다는 주장이 20세기 들어와 대두되기 시작했다. 독일의 이른바 내부적 자유 이론이 그것이다. 그러나 이러한 이론들도 그때까지 큰 이의 없이 이어져 온 발행인만 편집권을 갖는다는 전유성專有性에 대한 이의異議지, 발행인에 대한 편집권의 완전한 배제를 의미하는 것은 아니다. 다만 제작자(기자 등)가 실질적으로 소유하고 있는 프랑스의 〈르몽드〉나 독립재단이 소유한 영국의 〈가디언〉, 그리고 자발적으로 편집규약을 제정한 일부 신문은 비록 수적으로는 소수지만 예외다.

한국은 역사적·지정학적 관계 때문에 그동안 법과 제도 면에서 일본의 영향을 가장 많이 받았다고 할 수 있다.

편집권에 대한 논의 역시 예외는 아니다. 기자들이 간헐적으로 편집권 독립 등을 명분으로 도전한 적이 없었던 것은 아니나 적어도 1987년 본격적인 민주화 이전에는 일본의 발행인 편집권 전유설이 그대로 언론계에 통용되고 있었다고 해도 과언이 아니다. 한때 노조를 앞세우고 제작 측의 거센 도전이 있었지만 그 이후에도 이러한 주장과 관행을 뒤엎을 만한 설득력 있는 이론은 등장하지 않은 것 같다. 이러한 사정은 많은 신문들의 발행인이 편집인을 겸하고 있는 현실에서도 여실히 엿볼 수 있다.

간단히 이 문제와 관련한 이론적 동향과 한국의 현실을 개관해보았다. 이쯤 해서 필자의 의견을 개진해보기로 한다. 언론의 제일의 사명은 무어라 해도 권력을 감시하고 비판하는 일이라 생각한다. 언론이 권력을 감시하고 비판하려면 권력으로부터 자유로워야 한다. 이것이 바로 편집의 자유 내지 독립성이다. 이를 편집권이라고 할 때 그 궁극적인 귀속처는 언론기관 자체다. 언론기관은 대체로 법인체이기 때문에 그 법인의 편집권을 구성원 중 누구를 통해 실행할 것인가 하는 문제는 여전히 남는다. 발행인이든, 편집인이든, 아니면 그 누가 맡든 간에 그 편집권은 소속 법인체의 것이고 실행 주체는 정관 등 사규나 취업·근로계약, 또는 조직의 명에 따라 이를 단지 실행할 뿐이다.

이는 언론과 국가 사이의 문제가 아니고 어디까지나 언론기관(법인체) 조직 내부의 권한 배분의 문제이기 때문에 자연히 그 결정은 그 기관 내부의 의사결정 절차에 따라야 하는 것이다.

그런데 언론기관은 언론의 제일 사명인 권력에 대한 감시와 비판을 효율적으로 하기 위해 거의 대부분이 사기업의 형태를 취하고 있다. 역사적으로 보아도 언론의 자유가 언론의 사경제적 요소와 연결되어 발전해온 점을 부인할 수 없다. 권력에 휘둘리지 않고 시장의 수요(국민의 알 권리)에 민감하게 반응, 대응할 수 있으며 조직원의 창의성·자발성을 유도할 수 있을 뿐 아니라 언론을 통한 정보의 유통을 원활하게 하기 위한 인적·물적 자원의 공급을 최대한 감당할 수 있다는 점에서 언론의 사기업 형태는 가장 이상적인 조직 형태라 할 수 있다.

따라서 편집권 실행 주체나 범위를 결정하는 기업 내부의 의사결정 과정에 사기업의 공통적인 일반 원리가 다소간 투영되는 것은 피할 수 없을 것으로 보인다. 한마디로 언론기업 내부의 노사관계에 있어서 소유주(대주주)의 명령·지시권과 피용자의 복종의무의 관계가 양자 간의 대등한 교섭의 한계로 작용할 수밖에 없을 것이다.

결국 언론의 보편적인 사기업성으로 말미암아 편집권의 실행 주체는 소유자(대주주) 본인이나 그 대리인으로 기울어지고 있는 것이 대세라고 간주된다. 언론보도로 인해 제3자가 피해(예컨대 명예훼손)를 입은 경우 피용자인 편집인을 상대로 소송을 해보아야 피해 배상의 실효성이 보장되지 않는다. 소유주인 발행인 쪽에 소송을 거는 것이 훨씬 실효성이 높다. 따라서 법적인 책임을 물리기 위해서도 발행인에게 편집권을 주는 것이 현실적이다. 권리가 있는 곳에 책임이 뒤따르기 때문이다.

현대에 들어와 언론은 수많은 자본과 종업원으로 구성되는 기업화의 길로 가게 되었다. 17, 18 세기의 초창기 신문과 같이 발행인이 직접 신문 제작을 전담하는 것은 상상도 할 수 없게 되었다. 발행인은 제작 전문가(편집자)를 고용해 자신의 편집권도 일부 넘김(위임)으로써 신문 제작에 따른 분업의 이익을 향수하는 한편, 자신은 제작에 필요한 자원의 공급에 전념하는 형태로 발전하게 된 것이다.

이런 현실을 뒷받침하기 위해 현행법은 신문 등 정간물에 반드시 편집인을 두도록 하고 있는데 이때 편집인의 편집에 관한 권한과 그 범위는 기업 소유자(발행인)의 위임에 의해 할양된 것으로 볼 수밖에 없을 것이다. 따라서 구체적 편집 사안에 있어 발행인과 편집인 사이에 이견이 있는 경우에는 상호 합의가 필요하겠지만 합의에 이르지 못하면 결국 발행인의 의사가 우선할 수밖에 없다고 본다. 다만 경영에 전혀 영향을 주지 않는 사소한 편집 내용까지 발행인이 간섭하는 것은 현실적으로도 불가능하고 실리 면에서도 불필요한 일이기 때문에 대체로 회사의 사시社是 등 편집의 기본 방침은 발행인이 챙기고 구체적인 개별기사 편집은 편집인이 관장하는 식으로 교통정리를 하고 있는 것이 일반 관행으로 굳어져 있다.

분업으로 인한 제작의 비중이 아무리 커지더라도 발행인이 당초 언론 설립으로 추구하려던 가치는 반드시 보호되어야 한다고 생각한다. 언론사에 따라 사정이 다를 수 있지만 한국과 일본에서는 이러한 설립자의 추구 가치가 사시社是라는 이름으로 대내외적으로 공시되어 있다. 독일에서는 이를 '경향傾向 보호'라고 하여 헌법적 가치로 보호하고 있다.

일본에서는 신문사의 주식이 설립자의 뜻과 다른 의견을 가진 사람에게 넘어가는 경우를 막기 위해 상법특례법을 두어 신문사 주식 양도는 회사와 관계가 있는 사람에게만 허용하고 있다.

또 하나 짚고 넘어가야 할 대목은 기자들이 편집권 침해를 이유로 사장 퇴진을 요구한다고 해서 이를 수용해야 하느냐의 문제다. 사장 임면권은 주주총회나 이사회의 고유권한으로서 기본적인 경영권에 속한다는 것은 이론의 여지가 없다. 이 권한은 노조나 일반사원이 침해할 수도 없고 노사의 교섭대상이 될 수도 없다. 기자들이 발행인 퇴진을 요구할 때마다 이를 수용한다면 회사는 과연 어디로 굴러갈 것인가?

기자들이 경영권을 일부 장악하게 된다면 편집국 간부, 기자의 승진, 부서 이동, 급여 등에도 발행인은 손을 댈 수 없게 될 것이 아닌가? 이런 사태가 한 발짝씩 넓혀진다면 회사의 손익에까지 영향을 미치게 될 것이 자명하다. 〈르몽드〉도 기자 선정의 권리를 갖는 사장과 발행인들 사이의 파벌다툼으로 회사 경영이 적자로 돌아서 한때 250여 명에 이르는 사원의 감원 및 사옥 매각 등의 고통을 경험하지 않았던가.

돌이켜보면 〈시사저널〉 사태는 나에게도 많은 교훈과 깨우침을 주었다. 노조를 결성한 기자들이 떨어져 나가 다른 매체를 창간하게 된 데는 나의 책임과 잘못도 있었다고 본다. 발행인 퇴진 운동 과정에서 밀고 당기는 협상을 통해 원활한 타협점을 찾아낼 수도 있었을 것이다. 결국 노사 협상 과정에서 긴밀하고도 허심탄회한 대화가 이뤄지지 못한 게 문제였다고 생각한다.

어쨌거나 이제 〈시사저널〉과 〈시사IN〉은 경쟁자로 씨름판 위에 서서 선의의 경쟁을 하고 있다. 함께 일하던 옛 동료이자 부하들인 우수한 인재 군단도 계속 활동하고 있다. 한 뿌리 두 형제로서 서로 경쟁하면서 협력하고 공존 번영하기를 기원한다.

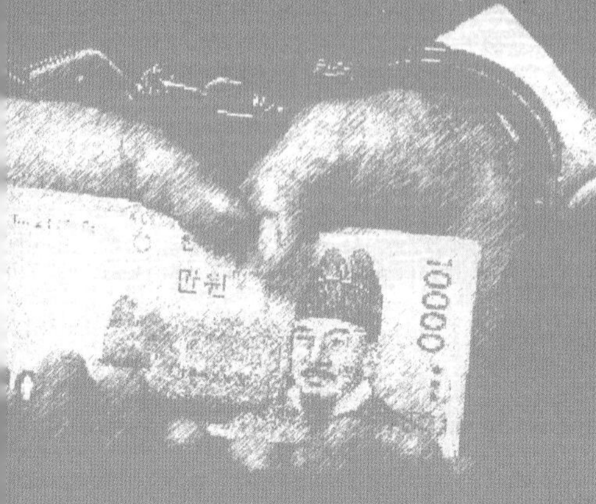

저축은행 사태 등 우리나라에서 일어나는 비리 사건은 끝이 없다. 지
부패지수 순위에서도 우리나라는 조사 대상 1백78개국 가운데 39위
부패지수는 얼마나 될까. 〈시사저널〉은 그 수준을 알아보기 위해 교수
'한국반부패정책학회'와 손잡고 각계 전문가들을 대상으로 한 설문조

김병국 기자 khbml@sisapress.com

'권력은 부패하고, 절대 권력은 절대적으로
부패한다'. 약 100여 년 전 영국의 역사학자
액턴 경이 한 이 말은 '반(反)부패 부패 사회
를 꿈꾸는 오늘날 우리들에게 여전히 살아
있는 지침이 되고 있다. 1948년 정부 수립 이
후 우리의 굴절 역사는 절대 권력을 용인했
고, 그 속에서 필연적인 절대 부패를 양산했
다. 1987년 대통령 직선제 및 5년 단임제 개
헌 이후 이 땅에 민주주의를 강착시켰다는
자부심에도 불구하고, 여전히 우리 사회는
부패의 그늘에서 자유롭지 못하다.

부패지수란 한 사회, 한 국가의 부패 정도
를 측정하는 수치이다. 국제적인 부패 감시
민간 단체인 국제투명성기구가 매년 국가별
부패지수를 발표하는데, 지난해 우리나라는
조사 대상 1백78개국 가운데 공동 39위를
기록했다. G20 회원국이면서 세계 12위권의
경제 규모를 자랑하는 대한민국이지만, '부
패'의 관점수는 아직 부끄럽기만 하다.

우리 사회의 지도층은 여전히 대한민국
부패지수를 갉아먹는 암적인 존재로 자리하
고 있다. 최근 우리 사회를 뒤흔들었던 '저축
은행 비리' 사태는 국제적인 조롱거리가 되
고 있다. 검찰 수사도, 국회 국정조사도 부실
시비만 불거진다. 노태우 전 대통령은 지난
8월10일 펴낸 자서전에서 '1992년 대선 때 김
영삼 후보에게 대선 자금으로 3천억원을 건
냈다'라고 밝혀 세상 충격을 던졌다. 사실 여
부를 떠나 두 명의 전직 대통령이 11다시 들
끄럽게 진동하는 진흙탕 싸움을 벌이고 있
는 행태를 목격하는 국민들의 심정은 착잡
하기만 하다. 지난 6월 이적히 유상원자, 한
강물을 조작한 부정 정경, 청부 부패의
라니... 과연 이것이 사실일까. 한치앞을
단획적인 접근만으로 확인하기는 어려웠다.

한 직업인은 "정치인"

이 조사에서부터 충격적인 결과가
우리 사회의 부패 정도가 어느 정
착하는가라는 질문에 대해 전문
들 87.5%가 '부패하다'라고 답했
중에 9명함로 우리 사회에 부패가
다는 인식을 하고 있는 셈이다. 특
에서도 37.5%는 '매우 부패하다'
다 '보통이다'라는 응답은 12.5%였
하지 않다라고 답한 전문가들은
없었다. 우리 사회의 부패 정도가
각한 수준에 이르고 있는지를 보
인 사례이다.

부패한 직업인을 묻는 질문에서는
의 리더층 직업군 가운데 정치인,

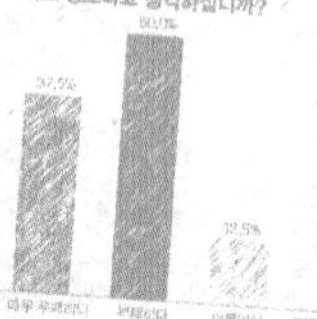

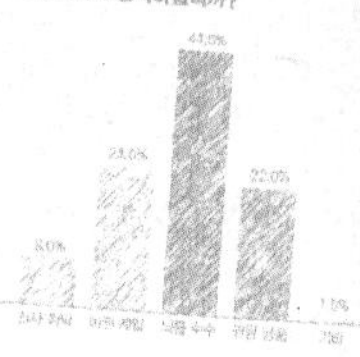

나라고 공개적으로 질타하기도 했다.
'보수 진영은 부패로 망하고, 진보 진영
은 무능으로 망한다'라고는 하지만, 그럼에
도 불구하고 현 정부 들어 부 정부패가 더 심
각해지고 있다는 비난의 목소리도 비등하
다. 우리 사회가 체감하는 부패지수는 과연
어느 정도일까. 〈시사저널〉은 '한국반부패
정책학회'와의 공동 기획으로 전문가를 대상
으로 한 '대한민국 부패지수'를 측정해보기
부 했다. 여기에 다양한 학술 자료 2005
부터 우리들을 참조하고 탐문들이 현재
대학 도시계획학과 교수는 '심층 인터
우는 데이터 수집·분석 기법'에서 집중 인터
뷰 방법을 주관적이라고 무시할 수는 없다고
설명했다. 자료 수집의 신뢰성 문제는 일반 여
론조사 기관들도 완전히 피할 수 없는 문제
이며, 심층 인터뷰는 이른바 '질적 연구'를 하
는 데 의미 있는 방법이라는 것이다. 다만 심
교수는 '체계적이고 신뢰할 수 있는 방안으로
분석을 진행하는 것이 중요하다'고 언급했다.

〈시사저널〉은 이를 참고해, 자료 수집과 체계
분석 과정에서 가능한 한 합리적이고 체계
인 방법을 적용하려 노력했다. 면접 대상자
지역·계층 등을 최대한 안배했으며, 심층
터뷰 방식에 적극적으로 응할 의지가 있는
물로 엄선했다. 결과를 분석할 때도 양
수치 이면을 보려 했다. 응답자의 단답
답이 무엇인지 주목하기보다는, 그런
내용은 이유를 충실히 수집하고 분석
을 통해 각 세대의 인식 속에서 드라
틀, 혹은 '코드' 같은 것을 확인할
바랐다. 말하자면 사람의 육성을 통
의 행해도록 그려보려 했던 셈이다.

짧게는 30분, 길게는 두 시간씩 면접조사

조사 방식은 그야말로 '발로 뛰는 것'이었다.
지난 1월14일부터 23일까지 열흘 동안 전국
25세부터 35세까지의 정년층과 55세부터 65
세까지의 중·장년층 각각 30명씩(총 60명)을
대상으로 면접조사를 실시했다. 한 사람당 짧
게는 30분, 길게는 2시간씩이 소요되는 '심층
인터뷰' 방식이었다. 직접 대면을 기본 원칙으
로 했으며, 지방 거주 등 불가피한 상황을 감
우 전화 통화나 온라인 메신저 등을 활용했
다. 총 24개 항목을 질문했고, 답변을 들었다.
그 과정에서 응답자가 자신의 대답에 대해 자
세한 설명을 덧붙여주길 수 있도록 유도했다.
질문은 '세대와 갈등'에 관한 과정에서 본
행했다. 이 중 '세대 간 갈등'에 대해서는

제 9 장

여의도 순복음교회
출교사건

나의 언론인 경력과 함께 특기할 만한 사실은 기독교 신자로서 여의도 순복음교회에서 신앙생활을 하던 도중 교회 당국과 심각한 마찰을 빚었던 사태다. 개인적인 신앙생활의 방향을 크게 바꾸어놓았을 뿐 아니라 〈일요신문〉이나 〈시사저널〉에도 그 전말이 보도됨으로써 사회적으로 널리 주목을 받기도 했다. 끝내는 출교黜敎라는 전대미문의 징계조치를 당하기까지 했으니 말이다.

출교조치란, 서양의 중세시대로 따진다면 파문破門이나 마찬가지일 터다. 교회 안에서 신도로서의 자격을 박탈당하는 징벌이었다. 교황의 절대적인 권위에 도전하는 반대 세력을 견제하는 방법이기도 했다. 명색이 장로 장립까지 받아 교회에 꾸준히 출석하던 나에게는 또 다른 시련의 경험이었다.

나는 순복음교회에서 이른바 교사모(교회사랑 장로모임)의 일원이었다. 그러나 원래 이런 이름이 있었던 것은 아니다. 사태가 확대되고 나서 뒤늦게 언론에서 붙여준 이름이었다. 교회 운영에 심각한 문제가 있다는 인식이 싹트면서 교회의 앞날을 걱정하는 장로들이 삼삼오오 모여 의견을 나누다가 자연스럽게 하나의 모임 형태를 갖추게 되었던 것이다. 그 숫자가 대략 30명 정도였다. 1천400여 명에 이르는 전체 장로 규모에 비해선 극히 일부에 불과했으나, 문제의식은 그 이상이었다.

의혹의 초점은 조용기趙鏞基 목사와 그 일가족에게 맞추어져 있었다. 널리 알려져 있다시피, 순복음교회는 공칭 70만 명의 교인을 거느린 세계 최대 규모의 교회다. 고정적으로 출석하는 교인만 해도 20만 명 이상에 이를 정도다. 따라서 헌금도 적잖게 걷히고 있었다. 2000년 경우만 해도 십일조와 감사헌금을 포함해 한 해 동안 1천700억 원 이상이 헌금으로 들어왔다.

그런데도 교회 재정은 조 목사의 일가족에 의해 이리저리 휘둘리고 있었다 해도 과언이 아니다. 교회 사유화의 전형이라고나 할까? 여기에 더해 당회 결의라고는 하지만 헌금수입의 10분의 1은 조 목사의 선교사역비로 임의 처분이 가능했다는 것이 당시 관계 장로들의 증언이다. 족벌체제, 교회 재정의 남용이 위험수위를 훨씬 넘어서고 있었다. 그런 관행이 건강한 교회 위상과 배치되는 행태라는 것이 우리 교사모 장로들의 판단이었다.

조 목사의 일가족이 교회와 관련된 여러 단체와 조직, 사업에 밀접히 관여하고 있는 것도 바람직한 모습은 아니었다. 부인인 김성혜 씨는 한세대학 부총장을 거쳐 총장 자리를 차지하고 있었으며, 큰아들 희준希埈 씨도 〈국민일보〉의 사장과 회장직을 거쳐 갔다. 한세대학이나 〈국민일보〉가 순복음교회의 자금으로 세워진 것임은 두말할 필요가 없다. 〈국민일보〉의 초대 발행·편집인을 맡았던 조용우趙鏞祐 씨가 조 목사의 동생이었으며, 그 뒤 사돈인 노승숙魯勝塾 장로가 〈국민일보〉 사장을 맡기도 했다. 문자 그대로 족벌 천하였다.

은행 담보로 잡힌 순복음교회 건물

교사모 모임은 1998년 무렵부터 시작되었다. 교사모 장로들은 100년 후에도 건강하게 우뚝 서 있는 교회, 영락교회의 한경직 목사 같은 목회자의 위상 정립, 투명하고 깨끗한 교회 재정 등을 목표로 삼아 모이고, 기도하고, 토론했다.

하지만 다른 신도들의 눈길을 의식해 은밀히 모임을 진행하곤 했다. 아예 여의도의 교회 근처에서는 만나지도 않았다. 덕수궁 옆 성공회 성당의 세실 레스토랑이 주된 회동 장소였다. 하상옥 장로를 비롯해 장근무, 김구식, 조창현, 이정재, 박동호, 홍성춘, 조남월, 이광택, 문기갑 장로 등이 열성적으로 참여했다. 우리는 모임을 진행하면서 미심쩍은 부분에 대해서는 교회 건물의 등기부등본을 확인하는 등의 방법으로 조사를 벌여나갔다.

결국 문제가 하나씩 드러나기 시작했다. 그 가운데서도 가장 심각하게 여겨졌던 것은 순복음교회 본관 건물이 조용기 목사 개인의 이름으로 등기가 되어 있었다는 사실이다. 대성전과 제1교육관 건물이 재단법인 순복음선교회 명의로, 제2교육관이 순복음교회 명의로 되어 있는 것과는 대조를 이루고 있었다. 그가 교회의 당회장으로서 담임목사를 맡고는 있었지만 교회 재산과 개인의 재산은 엄연히 구분될 필요가 있었다. 자칫 교회 재산이 사유화되고 있다는 오해를 받기에 충분했다.

오해가 아니라 실제로도 그러했다. 본관 건물을 담보로 삼아 금융기관으로부터 여러 차례 거액의 자금을 대출받았던 사실이 드러났기 때문이다.

교회의 필요상 대출이 이루어진 부분이 없지 않았으나, 그렇지 않은 규모가 더 컸다. 장남인 조희준 씨가 거느리고 있는 넥스트미디어 코퍼레이션과 인터내셔널클럽 매니지먼트그룹을 채무자로 한 대출이 바로 그것이다. 원화 대출 외에도 일본 엔화로 14억 엔이나 대출을 받기도 했다.

〈국민일보〉가 입주하고 있는 CCMM빌딩의 경우는 정도가 더욱 심했다. 영산아트홀로 이름 붙여진 지하 2층과 12층의 서울시티클럽을 비롯해 5개 층의 소유자가 조용기 개인, 또는 인터내셔널클럽 매니지먼트그룹의 명의로 되어 있었다. 원래 소유권자가 순복음선교회였으나 2000년 2월부터 4월에 걸쳐 명의가 바뀌었다. 결국 이렇게 명의가 변경되고 나서 얼마 지나지 않아 넥스트미디어 코퍼레이션을 채무자로 하는 대출이 이루어진 사실도 드러났다.

〈국민일보〉의 경영과 관련한 의혹은 더 말할 것도 없었다. 특히 희준 씨가 경영을 맡게 되면서부터 운영이 복잡하게 꼬이기 시작했다는 사실 자체가 눈길을 끌 만했다. 일단 신문사 주식의 복잡한 양도과정 자체가 문제였다. 〈국민일보〉는 1988년 창간될 당시에는 재단법인 순복음선교회가 100퍼센트의 지분을 소유하고 있었다. 그러나 10년 뒤인 1998년에는 그 주식 전부가 넥스트미디어 코퍼레이션에 넘겨지게 된다.

희준 씨가 1997년 서른한 살의 나이로 〈국민일보〉 사장에 취임한 데 이어 다음 해 회장에 오른 직후의 얘기다.

〈국민일보〉에까지 뻗힌 의혹

그렇다면 희준 씨는 어떻게 해서 젊은 나이에 〈국민일보〉 주식을 사들일 정도로 돈을 모았던 것일까. 순복음교회 측은 넥스트미디어 코퍼레이션에 대해 희준 씨가 개인 재산을 출자하고 일본 히타치맥셀로부터 국내 언론사상 최초로 1억 달러의 자본을 유치해 설립했다고 설명한 바 있다. 그러나 당초 〈국민일보〉를 지원한다는 명목 아래 국민일보지원(주)이 설립되었고, 그것이 국민미디어앤드컴(주)으로 상호를 바꾼 뒤에 다시 그 업무가 넥스트미디어 코퍼레이션으로 넘겨지게 되었다는 점 등 수수께끼는 한두 가지가 아니었다. 넥스트미디어 코퍼레이션의 운영 상태나 지분 관계에 대해서도 알려진 바가 없었다.

의혹은 거기서 그치지 않았다. 이렇게 〈국민일보〉의 소유와 경영을 장악한 희준 씨는 신문사의 부서를 분리하는 방법으로 자꾸 사업 영역을 넓혀나갔다. 사실은, 사업 영역이라고도 할 수 없었다. 개인적인 이권을 극대화하려는 의도가 엿보이고 있었다. 겉으로는 경영 합리화라는 명목을 내세우고 있었지만, 실제로는 그것이 아니었다는 것을 지금의 결과가 말해주고 있다.

이에 대해서는 그 뒤 〈국민일보〉 내부에서도 적잖은 문제가 제기되었다. 특히 노동조합은 조 목사 일가의 비리를 규탄하는 차원에서 이 문제를 들고 나왔다. 신문사의 사업 분야를 10여 개로 임의 분사함으로써 신문사의 몸체라고는 간판에 껍데기만 남은 상태였으니 조직원들로서 가만히 두고만 볼 수는 없었을 것이다.

넥스트미디어 코퍼레이션으로 〈국민일보〉의 자산과 인력을 이동시킨 희준 씨는 본격적인 사업 확장에 나서게 된다. 〈스포

츠 투데이〉를 창간하고 케이블 텔레비전인 〈현대방송〉을 인수
해 〈NTV〉를 출범시킨 데 이어 경제전문지인 〈파이낸셜 뉴스〉
의 창간에까지 이른 것이 바로 그 무렵이었다. 이런 방법으로 희
준 씨는 불과 2년 사이에 미디어 재벌로 발돋움하게 되었다. 거
느린 계열사가 무려 20개 안팎에 이르고 있었다.

교사모 장로들의 기자회견

이러한 교회의 재정운영 문제들에 대해 구체적인 의혹을 제기
하며 교사모 장로들이 조 목사에게 건의문을 낸 뒤 정식으로 기
자회견을 가진 것은 2000년 9월에 들어서서다. 서울 종로구 연
지동에 위치한 기독교 100주년 기념관 앞의 어느 음식점에서였
다. 그동안 순복음교회 안팎에서 떠돌던 의혹들에 대한 진상 해
명을 교회 측에 요구하고 교사모 장로들이 조사한 교회 운영 실
태를 밝히는 자리였다.

　이때 기자회견에서 거론된 것은 크게 두 가지였다. 순복음교
회의 불투명한 재정운영이 그 첫 번째였고, 〈국민일보〉 운영을
둘러싼 의혹과 조용기 목사 집안의 족벌체제를 청산해야 한다
는 게 그 두 번째였다. 앞서 얘기한 대로 교회 재정이 자의적으
로 처리되고 있었으며, 그 배후에는 CCMM빌딩과 〈국민일보〉

의 관련 사업에 복잡하게 엉켜 있는 조 목사의 가족들이 자리 잡고 있었다.

교사모 장로들의 발의로 300여 명의 장로가 서명해 조 목사에게 전달한 건의서에는 〈국민일보〉 운영에서 희준 씨를 완전 배제시켜야 한다는 내용도 포함되어 있었다.

건의서는 이 밖에 모든 교회 재산의 교회재단 귀속, 민주적 절차에 의한 장로 회장 선출, 연1회 예·결산 당회 소집 등의 내용을 담고 있다.

교회 건물을 담보로 잡히고 금융기관으로부터 대출을 받았던 증거들도 등기부등본을 통해 모두 제시되었다. 교사모 장로들은 이와 함께 〈국민일보〉 평생독자 회비로 걷힌 370억 원 가운데 200억 원 규모가 희준 씨가 운영하는 금융회사를 통해 주식 매입에 투자되었다는 의혹에 대해서도 전모를 밝힐 것을 교회 측에 요구했다.

교회 재산은 원칙적으로 교회법인 명의로 등록되어 있어야만 했다. 그리고 재산의 처분과 운용은 문화관광부의 감시·감독을 받도록 되어 있다. 그런데도 교회 건물을 담보로 잡히고 돈을 빌렸다는 자체가 어처구니가 없는 일이었다. 더군다나 사적인 목적으로 그랬다는 점에서는 더 이상 변명의 여지가 없었다.

출교조치된 장로들

교회 측은 기자회견 전, 건의문을 전달한 뒤인 2000년 9월 2일 출교 4명, 제명 10명 등 모두 14명의 장로들을 대량 징계했다. 기자회견은 교회 측의 징계조치에 대한 반격이나 마찬가지였다. 이기연, 조창현, 장근무 장로와 내가 출교조치를 당했고 석종찬, 하상옥, 김구식, 이정재, 박동호, 홍성춘, 조남월, 이광택, 문기갑 장로 등이 제명되었다. 국내 개신교 역사에서 장로 출교는 전례가 드문 일이었다.

교회 측은 이러한 결과를 "진정한 장로의 직분"이라는 제목의 결의문 형식으로 서울에서 발행되는 대부분의 종합지에 전면광고를 게재하기도 했다. 이 결의문은 "직분에 충실하지 못한 몇몇 장로들이 마치 자신들이 여의도 순복음교회 장로 전체를 대변하는 것처럼 독자적으로 여론을 조작한 데서 사태가 비롯되었다."며 "이들은 교회에서뿐만 아니라 사회에서도 세상 사람들로부터 지탄받을 일을 저질러 온 사람들"이라며 인신공격을 서슴지 않았다.

몇 명의 주도자들이 자신들의 과거 비리를 감추고 잘못을 숨기려는 기만책으로 이러한 일을 저질렀다는 것이었으니, 숨이 턱턱 막힐 지경이었다.

교회 측은 이와는 별도로 교사모 장로들이 교회 비리를 들먹이며 모종의 거래를 시도했다는 투로 우리의 주장을 깎아내리기도 했다. 조용기 목사가 그 직후 〈신동아〉 인터뷰를 통해 "몇 명 되지도 않은 초년병 장로들이 교회 측과 딜deal을 하려고 했다."며 우리들을 비난한 것이 그러하다. 거래(딜)를 했다니, 실제로 거래할 것이 무엇이 있었겠는가. 거래가 있을 리 없었지만, '초년병 장로'라고 한 것도 어설픈 비난이었다. 하상옥 장로만 해도 이미 1970년대에 장립된 원로 멤버였으며, 1970~1980년대 장로가 10명 정도, 나도 1992년에 장로 장립을 받았으니 벌써 8년차에 이를 때였다.

이 무렵 교회 측은 교사모 장로들을 허위사실유포 혐의로 남부지청에 고발 조치했다.

우리들도 법적인 대응책을 논의하다가 그렇게까지 맞서는 것은 교인의 본분에 어긋난다고 해서 고소·고발의 맞상대 방식은 하지 않기로 결론을 내렸다. 그냥 무고소 투쟁방식을 택하기로 한 것이다. 다행스럽게도, 사건을 맡은 남부지청의 김병현 검사도 교사모 장로들과 조용기 목사가 만나서 대화를 나누며 화해하도록 중재를 권유하기에 이르렀다.

이렇게 해서 문제는 그런대로 일단락되는 듯했다. 교사모 장로들로서는 문제제기만으로도 역할을 다했다고 생각했고, 교회 측으로도 문제가 더 확대되는 것을 원하지 않았을 것이다.

출교, 제명 등 징계조치는 9개월 후인 이듬해 5월에 철회되었다. 순복음교회 창립 43주년에 즈음한 화합 조치의 일환이라고 했다. 징계조치 되었던 장로들은 다시 장로 배지를 달고 예배 참여와 장로 활동을 활발히 벌였다. 그러나 약속되었던 교회 개혁 조치는 지켜지지 않았다. 그 전과 거의 비슷한 잘못들이 관행적으로 이어졌다. 교회 등기에 있어서도 마찬가지였다. 그때까지도 바꾸어지지 않은 채 조 목사 명의로 되어 있었다.

그 상태에서 순복음교회를 계속 나갈 수는 없는 노릇이었다. 그 전에 이기연 장로가 제명된 상태에서 장로실에 들어갔다가 멱살을 잡히고 폭행을 당했던 사례로 미루어서도 교회에 정상적으로 다닐 수 있는 입장이 아니었다. 2001년에 다시 들어갔으나 2004년 스스로 교회 출석을 끊고 교회 민주화의 기수 역할을 해 온 김동호 목사가 차린 '높은 뜻 숭의교회'로 옮겨 출석하기 시작했다. '높은 뜻 숭의교회'는 별도의 교회 건물을 소유하지 않고 남산 숭의여대 강의실을 빌려 예배를 드리다가 뒤에는 지역별로 교회를 더 열었다. 마침 마포에 위치한 광성고등학교 강당을 빌려서도 주일 예배가 열렸는데 집에서 가까워서 나는 이곳 교회로 출석하게 되었다.

그 후 조희준 씨는 2005년 11월 대법원에 의해 공금횡령, 배임혐의로 벌금 50억 원, 집행유예 5년 형을 선고받았다. 순복음교회와 조용기 목사로부터 320억 원 규모의 자금을 넥스트미디어로 이전해 자신의 사업에 유용한 혐의였다. 국민일보 빌딩도 상당 지분 자신의 명의로 옮겨놓은 사실이 확인됐다. 그가 아버지 조 목사의 입장을 생각해 순복음교회와 〈국민일보〉를 위해 잘해 보겠다는 순수한 의지가 없지 않았겠으나 결과적으로 폐해만 끼쳐 버리고 만 셈이었다. 그것은 조 목사에게는 커다란 멍에요, 십자가나 마찬가지였다.

한편 교사모 장로들의 활동이 마무리된 뒤에도 순복음교회의 운영 개선을 요구하는 내부 목소리는 끊이지 않았다. 그중에서도 교회바로세우기 모임(교바모)이 대표적이었다. 김대진, 김도승, 김석균, 김재륜, 김종선, 박성태, 박종국, 백성우, 이일규, 장준규, 최안수, 팽재원, 하상옥, 홍두석 등을 주축으로 하는 30여 명의 장로가 이 교바모 모임의 멤버였다. 앞의 대법원 판결을 이끌어낸 것도 이들의 후속 활동 덕분이었음은 물론이다.

순복음교회와의 인연

내가 여의도 순복음교회에 출석하기 시작한 것은 1970년대 중반 무렵이었다. 〈중앙일보〉에서 정치부장을 맡고 있던 시절이 아니었나 싶다. 사별한 첫 아내를 따라 나가기 시작했던 것이다.

아내가 유방암에 걸려 서울대병원에서 수술을 받은 직후였다. 주변에서 조용기 목사에게 안수를 받으면 병이 낫는다며 아내에게 순복음교회에 나갈 것을 권유했던 모양이다. 순복음교회에서는 예배 도중에 신경통, 천식 환자는 물론 암 환자도 순식간에 고침을 받아 그 자리에서 박수를 치며 일어난다는 소문이 나돌고 있었다. 아내도 그때부터 순복음교회에 나가기 시작했다. 아마 지푸라기라도 잡고 싶은 심정이었을 것이다.

조 목사도 내 아내에게는 개인적으로 잘 대해주었다. 아무리 바쁜 일정이라도 집사람에 대해서는 가급적 면회를 받아주었다. 자기의 명함에 "이분은 언제든지 나를 만날 수 있도록 안내해주십시오."라고 자필 서명을 적어 건네준 덕분이었다. 이 명함을 내밀면 교회 비서진도 막아서지를 못했다. 일요일 예배 때마다 조 목사의 안수를 받는 특별 대접까지 받곤 했다. 지금에 와서 생각하면, 남편인 내가 언론사 간부였기에 가능했던 일이 아니었을까 싶다.

조 목사는 심지어 북아현동의 우리 집까지 방문해서는 아내에게 안수를 하고 예배를 이끌기도 했다. 그때 근처에 거주하는 교인들이 함께 몰려오는 바람에 방과 거실에는 물론 앞마당까지 발 디딜 틈도 없이 사람들로 꽉 들이찼을 정도였다. 그때 참석했던 신도들이 거의 100명쯤 되었던 것으로 기억된다.

아내도 수술을 받고는 순복음교회에 나가면서 한동안 호전되는 기미를 보여주었다. 건강하던 옛 모습과 웃음을 되찾는 듯도 했다. 이제는 거의 치료가 된 것 같다며 교회 예배 시간에 신도들 앞에서 간증을 하기도 했다.

나로서도 조 목사의 배려가 고마울 수밖에 없었다. 그래서 아내를 따라 일요일마다 순복음교회에 나가기 시작했던 것이다. 그렇지 않아도 우리 집안은 기독교 집안이었다. 어려서부터 시골에서도 교회에 다녔고 신문기자를 하면서도 그리 열성적이라고 할 수는 없었지만 꾸준히 나가던 입장이었기에 교회에 출석하는 것이 그렇게 어려운 일은 아니었다.

그러나 결국 아내는 병세가 다시 악화된 끝에 저세상으로 떠나고 말았다. 내가 〈중앙일보〉 편집국장을 맡게 되었던 1980년의 얘기다. 신문사 일에 매달리느라 아내 곁을 제대로 지켜주지 못했던 게 지금도 가슴에 맺혀 있다.

내가 교사모 장로들과 함께 주축이 되어 교회의 문제점을 지적하고 나서자 조용기 목사가 무척 서운하게 받아들였을 것임은 충분히 짐작하고도 남는다. "심상기 장로가 어떻게 나에게 그럴 수 있느냐."며 섭섭한 감정을 드러냈다는 얘기도 들려왔다.

〈시사저널〉의 특집기사

그 뒤에도 순복음교회 문제와 관련해서 〈시사저널〉이 특집기사를 꾸민 적이 있었다. 2004년 12월에 커버스토리로 다루었던 것이다. 그 직전, 교회개혁실천연대(교회연대)가 조용기 목사에 대해 헌금 유용 의혹과 후계자 문제 등 교회 시스템 전반에 관련해 질의서를 보낸 것이 계기였다.

기자들이 순복음교회 기사를 쓴다고 했지만 나 개인적으로 만류하는 입장이었다. 틀림없이 내가 쓰라고 지시해서 이루어진 결과물로 받아들일 터였다. 또다시 오해받고 싸움하기도 역겨웠다. 그러나 문정우 편집장을 비롯한 기자들은 "우리가 쓰지 않으면 다른 경쟁매체에서 치고 나올 것"이라며 극구 기사 게재를 주장하고 나섰다.

내가 후유증을 염려하자 기자들은 편집권을 지키기 위해서라도 공개 투쟁을 하겠다는 식으로까지 나를 압박해 들어왔다. 금창태 발행인도 반대했지만 편집국 간부들이 연명으로 된 결의문까지 만들어 가지고 내 방을 오갔다. 나로서는 교사모 활동에 참여함으로써 출교되었다가 다시 복교된 상태였다. 교회에는 나가지 않고 있었더라도 조용기 목사와의 관계도 어느 정도 회복되어 있었다. 그러나 편집국 취재팀의 끈질긴 요구에 금 사장과 나는 끝내 손을 드는 결과를 초래하고 말았다. 순복음교회에만 초점을 맞추지 말고 문제점이 거론되는 다른 대형교회들도 함께 기사로 다루는 게 좋겠다는 지시를 했다.

그러나 지시를 무시하고 특집으로 꾸며진 기사는 메가톤급이었다. "조 목사께 묻습니다"라는 표지의 타이틀 아래 순복음교회 내부에서 소문으로 떠돌던 '헌금의 비밀'을 비롯해 조용기 목사가 조폭 두목인 김태촌金泰村, 조양은曺洋銀과 가깝게 지낸 사연, 그리고 희준·민제·승제 등 세 아들과 관련한 스캔들이 각 꼭지별로 망라되었다. 순복음교회가 미국 캘리포니아 주 애너하임에 베데스다 대학을 세우는 과정에서 200억 원을 지원했는데, 그 돈의 행방이 묘연하게 된 과정도 폭로되었다.

기자들은 이에 앞서 교회 측에 비리 의혹에 대한 질의서를 보내는 등 취재에 신중을 기하고 있었다.

〈시사저널〉은 10월 18일 교회개혁실천연대(교회연대)가 순복음교회 당회장인 조용기 목사에게 질의서를 보냈으며 교회 헌금유용 의혹과 조 목사의 후계자 문제 등 교회 시스템과 조 목사 여자 문제에 관해 물었다고 했다. 교회연대 사무국장인 구교형 목사는 "순복음교회가 그 크기만큼이나 좋은 영향을 미치는 아름다운 교회가 되었으면 하는 마음에서 질의서를 보냈다."고 밝혔다.

여기서 등장하는 교회개혁실천연대는 2002년 11월에 창립되어 한국 교회에 제자리를 찾아준다는 목표를 세우고 지금도 활발한 활동을 벌이고 있다. 목회자를 포함해서 변호사, 교수, 회계사 등이 두루 참여하는 단체다. 당시 오세택, 박득훈, 백종국 씨 등 3명이 공동대표를 맡고 있었다. 아마 교사모 장로들의 문제제기가 기폭제가 되지 않았나 여겨진다.

조폭 두목들과 두루 인맥을 쌓고 있던 조용기 목사의 처신도 검증 대상이었다. 〈시사저널〉은 그때의 기사에서 서방파 두목인 김태촌이 인천교도소에 수감 중이던 1980년대 말 무렵에 인천 순복음교회 최성규 목사의 소개로 조 목사와 개인적인 인연을 맺게 되었다고 소개했다. 그 뒤 1989년에 김태촌이 폐암 선고를 받고 형 집행정지로 풀려나자 조 목사가 병원으로 찾아가 안수기도를 해 주었으며, 김태촌도 여러 차례 신도들 앞에서 신앙간증을 하기도 했다는 것이다.

조양은의 경우는 김태촌보다 더 밀접하게 얽혀 있었다. 그의 모친이 순복음교회 권사라는 사실부터가 그러하다. 조양은은 1995년 조 목사의 주례로 성대한 결혼식을 올렸으며, 2004년에는 순복음교회 재단인 한세대 대학원에서 석사학위를 받기도 했다. 그가 주연한 영화 '보스' 시사회에는 조 목사가 참석, 격려를 해주었다.

〈시사저널〉의 집중적인 보도가 나가자 순복음교회 측은 전면 대응에 나서게 되었다. 다음 날 〈국민일보〉에 게재된 "불순한 음모 좌시 않겠다"는 제목의 사설이 신호탄이었다. 〈시사저널〉과 북아현동의 우리 집 앞에는 교인들이 수백 명씩 몰려와 시위에 들어갔다. 교회 구역별로 전세버스를 타고 와서는 '심상기 회개하라', '언론마피아 심상기' 등의 피켓을 흔들며 구호를 외쳐대곤 했다. 용산에 위치한 서울문화사 본사 앞에도 교회 시위대가 들이닥쳤다.

열흘 이상 계속된 교인들의 집단 시위가 끝난 뒤에도 무언의 압력은 이어졌다. 〈국민일보〉가 내부적으로 특별취재팀을 짜서나 개인의 부정과 비리를 파헤치려고 은행계좌와 탈세 조사에 들어갔다는 얘기가 전해지고 있었다. 〈우먼센스〉와 〈리빙센스〉 등의 잡지에 대해서도 불매운동과 광고 중단 압력이 들어오는 것을 느낄 수 있었다. 심지어 김태촌이 내 휴대전화 번호를 알아내 협박을 해오는 사태까지 전개되었다.

더 나아가 순복음교회 측은 〈시사저널〉의 보도로 명예훼손을 당했다며 발행인 금창태 사장과 나, 필자인 주진우 기자 등을 상대로 형사 고소와 함께 30억 원의 손해배상을 제기하기에 이르렀다. 결국 문정우 편집장이 "편집장의 글"에 유감을 표명하는 선에서 저쪽도 고소를 취하하기로 절충을 보고야 말았다.

하지만 이러한 몇 가지 논란에도 불구하고 조용기 목사가 세계적으로 인정받는 목회자라는 사실에는 이의가 있을 수 없다. 아프리카, 남미, 동남아시아 등 열악한 지역을 누비면서 해외 선교에 열정을 바쳐 헌신하셨던 분이다. 그의 타고난 설교 능력은 신도들을 믿음의 성전으로 이끌었다. 더 나아가 영어 설교 실력까지 갖추었던 주인공이다. 미국의 유명한 부흥 전도사였던 빌리 그레이엄Billy Graham 목사에 비교될 만한 분이셨다. 그런 분이 아들에게 이끌려 과오로 흠집을 남겼으니 아쉽기만 하다.

다시 순복음교회에 출석하다

구순을 앞둔 나이에 나의 신앙생활에서 다행스럽게 여겨지는 것은 다시 순복음교회에 정상적으로 출석하게 되었다는 사실이다. 평상시에도 나와 함께 신앙생활을 해온 동기 장로들의 권유가 많았다. 특히 장근무, 박중현, 서헌무, 강영복 장로 등이 복귀를 종영해왔으며, 조용기 목사에 이어 새로 당회장을 맡은 이영훈李永勳 목사도 "지난 앙금을 털고 다시 교회에 나오시는 게 좋겠다"며 권유했다.

이 목사는 몇 차례 식사를 같이하면서 교회를 위해 고문 역할도 해 달라며 부탁해 왔다. 나로서는 분에 넘치는 제안이었음은 물론이다.

더욱 다행인 것은 과거 드러났던 순복음교회의 문제점들이 해소됨에 따라 교회 본연의 활동에 충실해지고 있다는 점이다. 해외선교와 지원사업이 활발해지고 있는데다 장로와 권사, 집사 등 교회 구성원들도 각자 자신의 임무에 최선을 다하는 분위기다. 이 목사가 예배 때마다 설교를 통해 강조하는 '절대 긍정, 절대 감사'라는 주제도 교인들의 공감을 얻고 있는 것 같다.

교회가 새로운 면모를 갖추고 거듭나고 있음을 느끼게 된다. 앞으로 더욱 순수한 열정과 신앙의 반석 위에 터잡은 교회가 되기를 바라고 있다.

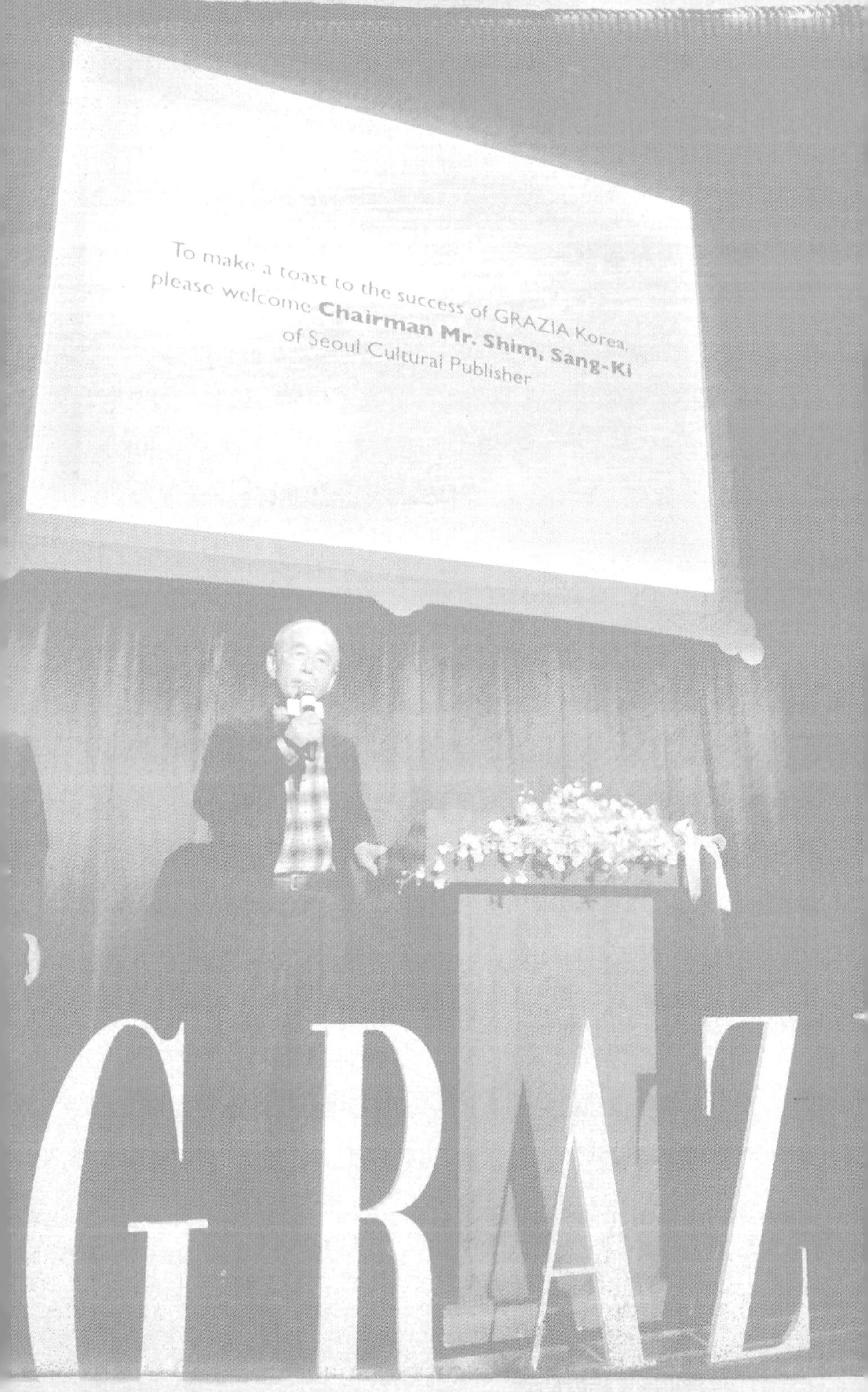

To make a toast to the success of GRAZIA Korea,
please welcome Chairman Mr. Shim, Sang-Ki
of Seoul Cultural Publisher

제 10 장

아직도 이루지 못한 일들

나는 지금까지 살아오면서 특별히 인
생의 좌우명이라고 내세운 것이 없다. 집안에서나, 회사에서나
마찬가지다. 좌우명으로 삼을 만한 삶의 지표가 없어서가 아니
라, 훌륭한 자취를 남겼던 위인들이 가르친 교훈이 모두 내 마음
속에서 좌우명으로 자리 잡고 있기 때문이다.

그 가운데서도 가장 많이 귀를 기울여 온 교훈은 역시 성경
에 적힌 예수의 말씀이다. 기독교인으로 온전히 신앙을 지키면
서 살아왔다고 장담할 수는 없어도 늘 떨리고 두려운 마음으로
성경 말씀을 따르려고 노력해 왔다. 지금도 개인적으로 난처한
지경에 처할 때는 물론 일이 술술 잘 풀릴 때도 내가 과연 올바
른 길로 가고 있는지 성경 말씀에 비추어 여러 가지로 되짚어보
곤 한다. 굳이 기독교인이 아니라도 성경의 가르침은 인생의 중
요한 길라잡이로 삼을 만하다.

예수의 말씀 중에서도 내가 특히 마음에 깊이 새겨두고 있는 것은 '구하라, 주실 것이요, 찾으라 얻을 것이요, 문을 두드려라 열릴 것이니라(마태복음 7:7).', '누구든지 이 산더러 들리어 바다에 던지우라 하며 그 말하는 것이 이룰 줄 믿고 마음에 의심치 아니하면 그대로 되리라(마가복음 11:23)'이다. 모든 일은 우리의 의지와 신념, 그리고 노력에 따라 이루어지기 마련이라는 뜻일 것이다. 강한 의지가 산도 움직일 수 있다는 교훈이다.

한자성어에도 이와 비슷한 표현으로 '진인사대천명盡人事待天命'이라는 교훈이 있다. 무슨 일을 이루기 위해서는 먼저 자신이 해야 할 역할과 도리를 다한 다음에 하늘의 뜻을 기다려야 한다는 얘기다. 속담에도 '하늘은 스스로 돕는 자를 돕는다.'고 했으니, 요행을 바라기보다는 열심히 노력하는 게 먼저라는 뜻일 것이다.

나는 지금까지 나에게 어떤 역할이 맡겨지든지 늘 최선을 다하려는 자세로 살아왔다. 간혹 실수도 있었고, 게으름을 부린 적도 있었으나 기본적인 마음가짐만은 늘 그렇게 지켜 왔다. 그것이 나를 지금까지 지탱해 온 가장 중요한 기둥이었다고 생각한다.

여기에 또 한 가지 교훈을 덧붙인다면 '항상 기뻐하라. 범사에 감사하라(데살로니가 전서 5:16).'는 말씀이다. 최선을 다하되, 그 결과를 겸허하고 감사하는 마음으로 받아들이라는 가르침이다. 설사 바라는 대로 이루어지지 않았다고 해도 감사하게 생각하라는 것이니, 그 교훈을 그대로 따르는 것은 말처럼 그리 쉬운 일은 아니다. 하지만 당장은 실패했다 해도 긍정적인 마음으로 계속 도전하다 보면 언젠가는 뜻을 이룰 수 있게 된다는 의미를 지니고 있다.

나는 언론인으로서, 또는 언론 기업을 운영하는 사람으로서 앞서의 교훈들을 생활의 기본으로 삼아 왔다. 그렇다고 내가 모든 일에서 최선을 다했으며, 따라서 후회가 없다는 얘기는 결코 아니다. 사람이기 때문에 실수로 넘어지기도 했고, 공연한 오해를 받은 적도 있었다. 다른 사람과 비슷한 경우에 처해서도 언론인이라는 신분 때문에 윤리적으로 더 가혹한 지적을 받아야 했던 경우도 있었다.

물론 나 자신의 노력으로 이룬 것도 세월의 흐름 속에서는 한 줌의 보잘것없는 모랫가루이기는 마찬가지이겠으나 그래도 마음 한편에 나름대로의 성취감으로 남아 있다는 점이 큰 차이점일 것이다. 일념을 바쳐 줄곧 한길을 걸어왔다는 성취감이다. 물론 남들 앞에 내놓기는 여전히 조심스럽고 부끄러울 수밖에 없다.

언론사를 경영해 오면서 내가 존경하는 경영인들도 앞서의 교훈들과 연관이 있다. 모두 자신의 끈질긴 노력으로 기업을 일으켜 세운 분들이다.

그 과정에서 요행이 전혀 없었다고는 할 수 없겠으나, 단순

히 어느 날 갑자기 굴러들어온 요행으로만 성공이 이루어지지
는 않았을 것이다.

이병철 회장의 경영철학

어쭙잖은 나의 경영론을 얘기하면서 이병철李秉喆 회장의 경영
철학을 다시 소개하지 않을 수 없다. 현대그룹의 정주영鄭周永 회
장과 앞서거니 뒤서거니 하면서 대한민국의 경제를 이끌어 온 주
인공이다. 나는 〈중앙일보〉시절 이 회장과 직접적, 또는 간접적
으로 인연을 쌓으면서 그 풍모와 체취를 가까이에서 보고 느낄
수 있었다.

특히 나에게는 개인적으로 "심 군, 자네는 앞으로 경영을 배
우라."고 권유했을 만큼 관심을 보였다. 1983년 12월, 내가 〈중앙
일보〉 편집국장 자리에서 물러나면서 후임인 김영희金永熙 국장
과 함께 태평로의 삼성본관 28층 집무실로 인사를 갔을 때의 일
이다. 이 회장이 그때 무슨 의미로 그런 언질을 주었는지는 모르
지만, 나에게 적잖은 격려와 자극제가 되었던 것만은 틀림없다.

그렇다고 단순히 그렇게 스쳐가는 기억 때문에 그를 존경하
는 것은 아니다. 그는 정말로 경영자로서 나름대로 철학을 보여
주신 분이었다. 어떤 면에서는, 이나모리 회장이나 잭 웰치 회장

보다 훨씬 뛰어나신 분이다.

이병철 회장의 장점으로 한 가지만을 꼽으라고 한다면 나는 그의 학구적인 모습을 꼽을 것이다. 학문을 했다는 것이 아니라 그에 버금갈 만큼 전문적인 관심과 노력을 기울였다는 얘기다. 그것은 집념에 가까웠다. 새로운 사업을 시작할 때도 그냥 뛰어드는 법이 없었다. 미래 경제를 예측하는 등 철저한 검증이 따랐다.

지금 세계적으로 한국을 대표하고 있는 삼성전자만 해도 그냥 덥석 뛰어든 것이 아니었다. 럭키금성(LG그룹의 전신)이 이미 가전제품 시장에 진출해 있는 상태에서 돌다리를 두드리듯이 치밀한 연구와 검토를 거쳐 결정이 내려졌다. 밀어붙이기식의 추진력을 앞세웠던 정주영 회장의 경영 스타일과는 대조적이지만 각각 나름대로 상황에 따른 장점을 지니고 있었다.

나는 이 회장의 집념을 몇 번이나 직접 목격했다. 안양골프장에서 연습에 몰두하던 장면이 그 하나다. 내가 〈중앙일보〉에 근무하던 무렵의 어느 무더운 여름날, 운동을 끝내고 돌아가는 길에 이 회장이 연습장에서 연습을 하는 모습을 우연히 목격할 수 있었다. 마침 오후 2~3시쯤인가여서 웬만하면 필드를 걷기도 힘들었는데 그는 혼자서 땀방울을 흘리며 연습을 하고 있었다.

몇 십 년을 두고 골프를 즐겨 온 분인데 아직도 클럽에 따라 공을 치는 각도와 팔목을 휘두르는 힘의 세기를 따져가며 연습을 하고 있는 모습은 빈틈없는 그분 성격의 한 단면을 엿보게 했다.

'저런 노력과 철두철미한 완벽을 추구하는 정신으로 사업에 성공했겠구나.'라는 생각이 들었다. 그가 생애 세 번이나 홀인원을 기록했다는 것이 결코 단순한 행운이나 우연만은 아니었을 것이다. 미국 골프선수인 아놀드 파머를 초청해 개인 레슨을 받을 정도로 열정도 뛰어났다.

아마 사업에 있어서도 마찬가지였을 것이다. 새로운 지식과 기술은 물론 사회를 지배하고 있는 새로운 트렌드에 대해서도 깊은 관심을 가졌다. 그 관심이 경영자로서의 범위를 넘어 가히 학구적 수준이라 할 만했다는 얘기다.

지금의 삼성그룹을 만들고 이끌어 온 원동력임은 물론이다.

이 회장의 평소 발언 가운데 내가 개인적으로 기억하는 한 가지는 회사의 흑자와 적자에 관한 얘기다. 그는 드러내놓고 "적자를 내는 사장은 꼴도 보기 싫다."고 말하곤 했다. 또 기업경영에서 적자는 범죄라는 용어를 구사하기도 했다. 그는 더 나아가 "기업은 창업해서 3년 이내에 정상화시켜야 한다."고 강조하기도 했다. 3년 이내에 정상화가 안 되면 포기해야 한다는 뜻이었다.

〈중앙일보〉가 창간되어 조기에 경영이 안정 궤도에 올랐던 것도 이런 관심에 따른 것이었다. 이 회장은 신문사를 출범시키면서 직원들에게 "1년 이내에 적자를 면하면 '탁월한 경영'이며, 1년이 지나 적자에서 벗어나면 '평범한 경영'"이라고 강조했다. 그러나 2년이 지나도록 적자가 계속된다면 '졸렬한 경영'이라며 자체적으로 경영 정상화를 이룰 수 있도록 노력해달라고 관심을 당부했던 것이다.

신문사로서 영리를 추구하자는 것이 아니라 경영의 합리화를 강조한 것이었음은 물론이다. 실제로 〈중앙일보〉는 창간 6개월 만에 자체 수입으로 운영비를 조달할 수 있을 만큼 경영에 성공을 거두었다. 내가 서울문화사를 차려 여러 매체를 창간할 때마다 가장 염두에 둔 것도 이 회장의 이런 지론이었다.

그가 사업을 하면서 숱한 시련에 봉착했으나 끝내 좌절하지 않고 이겨냈다는 사실도 본받을 만하다. 그 가운데서도 4·19와 5·16이라는 과도기를 거치면서 부정축재자로 몰렸던 것이 그에게는 가장 쓰라린 기억이었을 것이다. 그가 한국경제인협회(전국경제인연합회 전신) 초대 회장을 맡긴 했으나, 그 뒤 일체의 공직을 맡지 않았던 데서도 그의 심정을 약간은 미루어 짐작할 수 있다.

특히 회사를 신설하자마자 정부에 헌납해야 했던 한국비료 사태는 더욱 그러했을 것이다. 삼성이 한국비료 건설을 추진하던 1960년대 중반 무렵, 이 회장은 이미 국내를 대표하는 기업인의 위치에 올라 있었다. 삼성물산과 제일제당, 제일모직을 설립하고 안국화재를 인수해 재벌기업의 선두를 유지하는 입장이었다. 한일은행을 비롯한 민간은행 경영에도 참여하던 중이었다. 〈중앙일보〉가 출범하면서 내가 그 밑에서 한솥밥을 먹기 시작하던 무렵의 일이다.

비료사업은 아직 1차 산업에 머물러 있던 우리 실정에서 매우 절실한 사업이었다. 충주비료와 나주비료가 세워져 있었지만, 이 두 군데 공장에서 생산되는 분량으로는 국내 수요의 40퍼센트 정도만 충당할 수 있었을 뿐이다. 나머지는 미국의 원조자금으로 몬산토 등에서 수입해 쓰고 있었는데, 원조자금이 언제까지 지속될지 장담할 수 없는 상황에서 일단 이 회장의 판단은 옳았다. 하지만 뜻하지 않은 의혹에 휘말려 회사를 내놓게까지 되었으니, 그의 좌절감은 이루 말할 수가 없었을 것이다.

하지만 그는 어떤 시련에도 굴복하지 않았다. 그의 강한 의지력은 누구도 따르기 힘든 강철형이라고 해야 옳을 것이다. 그가 만약 도중에 좌절하고 포기했다면 지금의 삼성그룹도 존재하지 못했을 것이다. 삼성그룹에 국한되는 얘기는 아니다. 이 회장이 아니었다면 지금 세계 선진국들과 어깨를 나란히 할 정도로 성장한 한국 경제도 타격을 받았을 게 틀림없다.

삼성그룹이 많은 점에서 시행착오가 있었고 사회적으로 물의를 빚었던 사실까지 잊지 말자는 얘기는 아니다. 하지만 나름대로 한국경제에 기여한 공로만큼은 인정받아야 마땅하다. 그 가운데서도 상당 부분은 이병철 회장에게 돌려져야 할 몫이다.

이 회장의 결단력과 의지는 후계자를 선정하면서 3남인 이건희李健熙 회장을 선택한 데서도 확인된다. 관습적으로 서열을 중시하던 우리 풍토에서는 매우 어려운 결단이었다. 나 개인적으로 그 판단은 옳았다고 생각한다.

이 회장 자신이 주로 일본을 무대로 활약했다면, 후계자인 이건희 회장은 그 활동무대를 세계로 넓혀놓았다. 전자기기의 디지털화, IT제품의 정상 탈환과 세계 최대의 매출, 이익 창출 등이 그의 공적으로 꼽혀야 한다. 그 승부욕과 인내력은 다른 사람의 추종을 불허한다. 마누라와 자식 이외에는 모두 바꾸라고 한 1993년 신경영 선언 이후 삼성이 발전해온 역사는 세계 경영사의 기적이라 할 수 있을 것이다. 주식가치로 따져 20년 만에 300배로 키워놓은 성적표를 누가 평가절하 할 수 있겠는가?

경영에 대한 나의 생각

언론 기업을 이끌어가는 입장에서 나에게도 나름대로의 경영철학이 있다. 나를 경영인이라고 표현하는 것은 스스로도 겸연쩍은 일이지만, 최소한 조직을 차질 없이 운영하려면 어떻게 해야 하는가 하는 정도는 깨우치고 익혀야 한다는 얘기다. 규모가 그리 크지는 않다고 해도 여러 사원들을 거느리고 사업을 시작한 지 어느새 30년을 훌쩍 넘겼다.

더구나 사업을 시작한 시기가 연령적으로 너무 늦었다는 점에서 주변으로부터 걱정을 들어야 했다. 한 번의 결정적인 실수로 모든 것을 잃을지도 모르는 처지였기 때문이다. 그동안 걸어온 길이 그렇게 순탄하지만은 않았다. 위기대응 능력이 결코 출중한 편은 아니었으되 그때마다 은근과 끈기로 버텨 왔다고 할 수 있다. 사업을 하면서 성공가도만 달려오지는 않았다.

실패도 많이 경험했다. 서울문화사 자회사인 서울교육은 학습지 사업을 하면서 큰 손실을 냈다. 웅진의 '씽크빅', 대교의 '눈높이', 교원의 '빨간펜' 등을 뒤따라가면서 후발주자로서 학습지 '핫스터디'를 끈질기게 끌고 나갔으나 성공하지 못했다.

실패와 성공은 종이 한 장의 차이처럼 보이지만 결과물로 나타나는 재산상 손실은 크다는 것을 실감한다. 그러나 실패를 해보아야 성공의 참맛을 알 수 있다. 실패하면서도 오뚝이처럼 일어서는 근성이야말로 성공을 이끌어내는 최선의 전략이라는 게 내 소신이다.

신문사 월급쟁이 시절에는 세금문제 이야기가 나오면 근로소득세나 관심 사항이었다. 탈세다, 절세다, 추징금이다 하는 일들은 나와는 상관없는 이웃마을 이야기였다.

막상 회사를 차리고 사업을 시작하고 나니 세무조사나 추징금이 뜻밖의 현실문제로 닥쳐왔다. 특히 정치권력을 감시 비판하는 〈시사저널〉이나 〈일요신문〉을 경영하면서 이 문제로 곤욕을 치렀다.

김대중 대통령 시절, 조·중·동 등 언론, 방송 각사에 대한 세무조사가 이루어졌을 때 〈일요신문〉은 빠졌지만 대신 서울문화사가 세무조사를 받았다. 〈일요신문〉을 겨냥한 경고성 우회 세무조사로 받아들여졌다. 그 후에도 수차례 서울문화사가 조사를 받았고 수억대 추징금을 낸 일이 있다. 사실 이명박 정권 때도 〈일요신문〉이 2011년도 세무조사를 받았다. 이제는 세무조사를 받는 일이 있어도 각사 사장이 책임을 지고 대처하도록 하고 있다. 철저한 책임경영을 주문해 시행하고 있기 때문이다. 〈일요신문〉에 대한 세무조사가 비판기사에 대한 권력 차원의 보복성 조사인지 여부는 알 길이 없으나 매출 70억대 회사에 대한 세무조사 치고는 4년 만이어서 고개를 갸우뚱하지 않을 수 없었다. 삼성전자가 11년 만에 세무조사를 받았다는 기사를 신문에서 본 뒤였다.

한번은 모범 납세자로 표창을 받기도 했으니 기업경영에서 납세와 절세는 손익 다음으로 풀어내야 할 숙제로 붙어 다닌다고 보아야 한다.

언론사에 대한 세무조사를 당한다면 최대의 방어책은 무엇일까? 해답은 투명한 정도 경영에 귀착된다고 해야 할 것 같다. 비단 신문 경영뿐이겠는가? 중소기업, 대기업, 재벌에 이르기까지 올바른 납세관행이 모든 기업이 걸어가야 할 정도 경영이 아니겠는가? '털어서 먼지 안 나는 놈 없다.'는 속설이 있듯이 사업하면 꼭 탈세가 따라다닌다고 생각되는 사회는 건강한 사회가 아니다.

기업을 하면 주주로서 이익에 대한 배당을 받는 것은 당연한 권리다. 서울문화사는 1988년 〈우먼센스〉, 주간만화잡지 〈아이큐 점프〉를 창간했음에도 불구하고 첫해부터 이익을 냈고 적자를 낸 일이 없다. 그러나 회사 창립 후 15년 동안 내부 자금을 더 만들고 회사를 살찌우기 위해 나는 배당을 받지 않았다. 불행하게도 〈시사저널〉 사태가 일어난 2006년 〈오마이뉴스〉에는 내가 2004년부터 엄청난 배당을 갈취해 간 것처럼 보도되어 울분을 참지 못한 일이 있다. 1억5천만 원을 받아 갔으면 이 돈을 열 배로 부풀려 15억 원을 배당받았다고 쓴 것이다.

2005년에는 전체 배당금 2억8천만 원이 28억 원으로, 2006년도에는 2억1천만 원이 21억 원으로 열 배 부풀려졌다. 어떻게 열 배로 부풀린 숫자를 써낼 수 있을까? 3년 동안 부풀린 배당금을 받아 간 파렴치범으로 취급해놓은 것이다. 명예훼손 소송을 준비했다가 정정, 삭제 보도를 받아들여 소송을 포기한 일도 있다.

이제 어렵고 험난한 언론, 출판 사업을 해오면서 체험한 나름대로의 경영관을 피력해보기로 한다.

첫째로는, 기업 활동에서 가장 중요한 것은 역시 사람이라는 사실이다. "기업은 곧 사람이다."라는 얘기가 비로소 수긍된다는 얘기다. 비슷한 시기에 비슷한 업종을 선택해서 사업을 시작하는 경우라 해도 성공하는 사람과 실패하는 사람으로 갈리기 마련이다. 그 사업에 적합한 역량을 갖추고 있느냐의 여부에 따라 성패가 결정될 수밖에 없을 것이다.

조직이 커지고 종업원들이 늘어나게 되면 더 말할 것도 없다. 유능한 인재를 거느릴수록 성공 확률은 높아지게 되고, 그렇지 않다면 실패할 확률이 높아지게 된다. 삼성그룹의 이병철 회장도 인재 제일주의를 표방하고 인재를 기르는 데 많은 노력을 기울였다. 이건희 회장은 인재에 대한 욕심이 이병철 회장 못지않게 컸다. 신경영을 선포하면서 "나보다 훌륭한 인재는 나 이상의 연봉을 주고도 영입해야 한다."고 강조하지 않았던가?

그런 점에서는, 능력이 뛰어난 직원들에 대해 연봉과 성과급을 차등 적용하는 것은 당연하다고 생각한다. 능력에서 엄연히 차이가 나는데도 근무 연한이 똑같다고 해서 월급을 똑같이 지급하는 것은 공정한 처사가 아니다. 계속 획일적인 평등체제를 고집하다가는 끝내 인재도 잃고 성과도 떨어지고 말 것이다. 일본과는 다르게 한국에서는 10~20퍼센트의 연봉 차이로 직장을 이동하는 사례가 허다하다. 나는 많은 인재들을 그 '몸값' 때문에 뺏긴 일이 잊히지 않는다. 중소업체 경영자로서의 고충이 이 부분에서 크다. 능력에 따른 적정한 보상과 인센티브는 반드시 필요하다.

물론 성과급 지급에 반대하는 의견이 없는 것도 아니다. 실적이 우수한 일부 직원에 대해서만 성과급을 지급함으로써 오히려 조직 전체의 단결력을 무너뜨릴 수 있다는 우려가 그것이다. 세계적으로 알려진 유력 경영인 중에서도 일본 교세라 주식회사를 이끌었던 이나모리 가즈오稻盛和夫 회장이 그러한 주장을 내세웠던 대표적인 주인공이다. 회사 조직이 비대해질수록 환경 변화에 대응하기 어렵기 때문에 전체 조직을 공정·제품별로 독립시켜 각각 하나의 독립 단위로 운영을 맡기는 '아메바 조직' 이론을 실천해 왔던 그의 입장에서 수긍할 만한 주장이기도 하다. 교세라의 아메바 조직 자체가 개인의 능력과 성과를 바탕으로 움직이기보다는 단위 조직별로 함께 움직여 나가도록 되어 있었음을 감안할 필요가 있다.

둘째로는, 제품의 품질관리다. 최고 품질의 제품을 만들어내어 제품으로 고객을 감동시키려는 노력이 중요하다. 제품이 고객을 만족시키지 못한다면 회사의 장래를 보장하기도 어려울 수밖에 없는 일이다. 피터 드러커가 "경영이란 고객을 위한 가치창조"라며 '고객 제일주의'를 강조한 것도 그런 의미로 받아들여진다.

그것은 제품을 생산하는 일반 제조업이나 서비스업뿐만이 아니라 신문, 잡지의 경우도 마찬가지다. 기자나 편집자로서의 자기주장보다는 독자가 원하는 정보를 발굴하고 기사화하는 노력이 중요하다. 특히 요즘에는 교육 및 생활수준이 높아지고 관심의 범위가 다양화되면서 독자들의 수준이 편집자들보다 오히려 높을 수 있다는 사실을 먼저 깨달아야 한다.

셋째로는, 시장에서의 경쟁력 제고다. 미국 제너럴일렉트릭 GE의 최연소 최고경영자가 되어 GE를 세계 최고의 기업으로 성장시켰던 잭 웰치Jack Welch의 주장대로 시장에서 1~2등은 해야 그 제품이 살아남을 수 있고 회사에 이익도 남겨주게 된다. 그러려면 제품력과 함께 마케팅, 개발연구가 동시에 이뤄져야 한다. 철저한 노력으로 제품을 한 차원 높게 발전시키려는 부단한 노력이 필요하다. 적당히 만들어서 적당히 팔려고 한다면 필경 고객들의 지지와 호응을 잃게 되고 말 것이다. 잭 웰치가 기업 혁신을 강조하면서 '고쳐라, 매각하라, 아니면 폐쇄하라Fix, Sell or Close'라는 슬로건을 내세웠던 이유가 바로 거기에 있을 것이다.

넷째로는, 새로운 정보를 확보하는 일이다. 정보는 기업을 살리는 밥이다. 밥이 신선하고 영양가가 높으면 그 밥을 먹는 기업은 활력과 생명력이 넘친다.

그런 기업엔 새로운 인재들이 모이고, 새로운 인재는 그 기업의 진취력을 더 강하게 만든다. 더구나 오늘의 기업은 신선한 정보 없이는 살아남을 수 없다.

다섯째로는, 신용과 신뢰를 잃지 말아야 한다. 어떻게 보면, 사업을 운영하면서 가장 중요하고 기본적인 덕목이 바로 이것이다. 남을 은근슬쩍 속여서 이용해먹는다든지, 얼렁뚱땅 곤경을 벗어나려고 한다면 이미 사업가로서의 자격을 잃은 것이다. 신문이나 잡지의 경우도 정직하게 신용을 바탕으로 독자를 섬긴다는 정신이 필수적이다.

지금에 와서, 내가 나를 생각할 때 모나지 않고 끈질기게 큰 길을 걸어가려고 노력해 온 성격이 처세의 바탕이 되지 않았나 여겨진다. 거창하게 기업가 정신이라고 표현하기보다는 개인적인 성격으로 버텨 왔다는 생각이다.

어떤 때는, 나에게도 거듭된 시련을 이겨내고 다시 일어날 만큼 그렇게 굳고 강한 집념이 있었는지 돌이켜보며 스스로 감사하는 마음을 갖기도 한다.

사업에는 열정이 요구된다. 작은 성공에도 자만하지 않고 뚜벅뚜벅 걸어가는 강인한 의지도 필요한 것 같다. 집중과 지구력, 집념이 없으면 안 된다. 어떤 분야에서든 성공을 거두려면 피땀을 마다하지 않고 끊임없이 매달려야만 한다는 이야기다.

앞으로 작은 소망이 있다면

나는 지금까지 언론인으로서의 외길 인생을 살아왔다. 대학을 마치면서 올챙이 기자로 신문사에 첫발을 들여놓은 이래 60년이 지나도록 아직도 언론계에서 맴돌고 있다. 그러나 후회는 없다. 아쉬움도 없다.

물론 언론계에서 한 우물을 파는 동안 적잖이 좌절을 겪었던 것도 사실이다. 지난날 암울했던 정치 현실의 막막한 장벽 앞에서 신문기자로서 더러는 갈등을 느꼈고, 때로는 회의에 휩싸이기도 했다. 신문기자가 과연 괜찮은 직업인가 의문이 들었던 것도 한두 번이 아니었다.

그러나 한 줄의 토막기사에도 부르르 전율을 일으키는 독자들의 민감한 반응에 언론의 위력을 실감했고, 따라서 보람도 느낄 수 있었다. 그동안 언론계를 떠나지 못했던 이유이기도 하다.

더욱이 우리 민주주의의 발전과 존립에 언론이 필수적인 역할을 해왔다는 점에서 내가 언론인의 길을 선택한 데 대해 자부심을 느낀다. 언론이 제 기능을 발휘하지 못했다면 지금처럼 민주주의도 자리를 잡지 못했을 것이다.

하지만 내가 처음 신문사에 입사했을 때만 해도 신문기자에 대한 사회적 인식은 그다지 좋지가 않았다. 오히려 부정적인 편이었다. 고향에서 어렸을 때 다니던 교회 목사님께서 "왜 하필이면 신문기자가 되었느냐."며 난감한 표정을 짓던 모습이 지금도 잊히지 않는다. 시골 다방에 기자들끼리 삼삼오오 모여 쑥덕공론을 벌이며 갖은 이권에 관여하던 제2공화국 시절이었으니 더 말할 것도 없다.

내가 결혼할 때도 기자라는 이유만으로 여자친구 집안의 극심한 반대에 부딪쳤다. 특히 장인이 되실 분께서는 '별 볼일 없는 신문기자'라는 표현까지 써 가시면서 결혼을 반대했다. 결국 내가 장인 되실 분을 명동의 어느 식당에서 만나 뵙고 승낙을 받아내고야 말았다. 마침 장인 되실 분이 보성전문(고려대 전신) 상과 출신이셨고, 내가 고려대 법대 출신이었으므로 선후배의 동지애를 확인시켜 드림으로써 사위감으로 무난히 합격되긴 했지만 기자들에 대한 일반인들의 선입감이 좋지 않았음을 말해준다.

내가 〈중앙일보〉에서 정치부 기자로 활약하던 당시에도 사정은 거의 마찬가지였다. 가친께서 돌아가셨으므로 장례식장에 빈소를 차렸는데, 어떤 사람이 신문기자라며 상주인 나에게 면담을 요청해왔다. 기독교 집안이라 술을 내놓지 않은 데 대해 불만을 표시하며 술을 내라고 노골적으로 요구해왔던 것이다. 술을 요구하며 내놓은 기자증. 대각선으로 붉은 줄이 그어져 있던 그의 기자증을 나는 지금껏 뚜렷이 기억하고 있다.

그렇다고 해서 내가 개인적으로 언론인으로서의 역할과 사명에 충실했다는 얘기를 하려는 것은 아니다. 사회적으로 굴곡에 처했을 때마다 언론에 대해 집단적으로 질책의 손가락질과 곁눈질을 보내던 사람들로 인해 느꼈던 낭패감을 지금도 잊지 못하고 있다.

하지만 그런 질곡의 과정을 거치면서도 언론은 시대적 사명에 충실하려 했고, 나 스스로도 거기에 작은 노력이나마 보태려고 애썼다는 점을 자랑으로 생각하고 있다.

민주주의가 굳건히 자리를 잡아가고 있는 지금에도 언론의 역할은 필요하다. 언론자유는 모든 자유의 어머니라고 누군가가 말하지 않았던가? 건전하고 건강한 우리 사회를 지켜내려면 언론의 감시기능은 중요하다. 권력에 대한 비판, 사회 부조리의 고발, 정의 사회 실현 등이 이루어져야만 진정한 민주주의가 꽃필 수 있을 것이다. 앞으로도 언론의 기능과 역할이 더 확대되고 발전할 필요가 있다. 나에게 여력이 있고 건강이 하락된다면 언론인으로서의 길을 계속 걸어 나가고자 하는 것은 바로 그런 이유에서다. 지금까지 해 온 일에 계속 매달리고 싶다. 그것이 내 인생 최대의 성취이자 보람일 것이다.

언론출판 활동에 있어서는 그 기조를 정의와 진실 탐구에 두어야 함은 물론이다. 언론자유를 향유하는 대신 그에 따른 책임도 무겁다는 가치관을 가지고 가야 한다. 정론직필正論直筆은 언론인의 기본 사명이다. 시시비비를 가리는 잣대로서의 역할이 특히 강조되어야 한다. 그런 점에서는, 언론 기업을 이끌어가는 입장에서도 더욱 사회적 규범을 지키며 스스로 바르게 처신하는 데 어긋남이 없어야 한다고 생각한다.

무엇보다 내가 처음 신문기자를 시작하던 당시의 초심을 잃지 않으려고 애쓰고 있다. 가능하다면 나 스스로 올챙이 기자 시절의 전선으로 되돌아가고 싶을 만큼 향수가 크다. 비록 노병老兵이지만 땀 흘려 일하고 노래하며, 전진하는 전선에 머물러 있고 싶다.

부록

사경死境을 헤맨
한수산의 고문 실록

내가 《황금가지》를 읽고 〈중앙일보〉
에 장편소설 "욕망의 거리"를 연재하고 있던 그때 한국은 전두
환의 등장과 함께 한 치 앞을 내다볼 수 없는 어둠 속에서 서울의
봄과 '광주사태'를 겪으며 광란, 살육, 비열함 속에서 꿈틀거리고
있었다.

그날 한낮이 지나고, 내가 늦은 점심을 혼자 끝냈을 때였다.
목장(서귀포 한라산 쪽)으로 오르는 비탈진 풀밭 저 밑에서부터
두 사내가 걸어 올라왔다. 좀처럼 볼 수 없는 모습이었다. 작은 점
같았던 그들의 모습이 커지면서 빠른 걸음으로 내가 있는 집을
향해 올라오는 사람들이라는 것을 알게 되었을 때 나는 밖으로
나갔다.

한 사람은 점퍼 차림이었고 한 사람은 넥타이를 맨 정장을 하

고 있었다. 그들이 집 앞에 와 섰을 때 내가 먼저 물었다.

"어딜 찾아오셨습니까?"

넥타이가 내 이름을 대면서 확인했다.

"한수산 씨 맞습니까?"

"예, 접니다. 무슨 일이신데요?"

그 순간이었다. 점퍼 차림의 남자가 갑자기 몸을 비틀듯 한 바퀴 돌리면서 내뱉었다.

"어우, 이런 개 씨이발."

그의 갑작스런 쌍소리에 나는 멍하니 그를 바라보았다. 그를 다독거리듯 무어라 중얼거리고 난 넥타이가 말했다.

"할 이야기가 있는데 집 안으로 좀 들어가실까요."

우리는 안으로 들어와 마주 앉았다. 이야기를 시작하며 넥타이는 내내 정중했고 점퍼는 아무 말이 없었다.

저는 국가기관에서 나왔습니다. 그 이상은 묻지 말아주십시오. 서울로 올라가주셔야겠습니다. 신병을 확인하여 올려 보내달라는 것밖에, 저도 그것밖에는 모릅니다. 공항에 저희 직원들이 나와 있을 겁니다. 아마 어떤 일에 참고인 진술을 하게 되지 않을까 생각합니다만 이것도 제 추측일 뿐입니다.

싸야 할 짐이라는 게 없었다. 들고 왔던 가방을 챙겨서 그들과 함께 한라산을 넘어 제주로 향했다. 집에 들렀을 때 아내는 아이를 포대기로 둘러서 업고 있었다. 아이를 업고 있을 때가 별로 없었기에 그 모습이 이상스레 가슴에 써늘하게 와 닿았다.

"저 사람들이 당신을 찾아왔었어, 몇 번이나 집에. 도대체 무슨 일이래?"

위미의 집으로 찾아와서 무슨 참고인 진술을 하기 위해 서울로 좀 올라가달라고 한다는 나에게 아내가 말했다.

"뭐 때문인지 모르겠어? 저 사람 나한테는 자기가 대령이라고 했어. 군인들이랑 아침부터 우리 집에 죽치고 있더니 어떻게 알았는지 서귀포 쪽에 있다는 걸 안다면서 어딘가에 전화를 하고, 왜 찾느냐니까 대통령 각하께서 보자고 하신다는 거야. 그게 무슨 소리냐니까 무슨 포상을 내리신다고 하신다나 뭐라나. 난 어디 가 있는지도 모르고, 서귀포 집에는 전화도 없다고 했어."

"내가 요즈음 만난 사람이 없는데, 무슨 일이야 있겠어."

고개를 저으면서 나는 바로 공항으로 향했다. 그들의 안내를 받으면서 귀빈실이라는 데서 기다렸다가 서울로 가는 비행기에 오를 때까지 넥타이는 몇 번이나 별일 아닐 겁니다라는 말을 했다.

이상스런 불안에 휩싸이기 시작한 건 비행기에 오르고 나서였다. 전에 없이, 아내가 아이를 업고 있던 그 모습이 비장하게까지 느껴졌다. 그 알 수 없는 불안감을 밀어내기라도 하듯 나는 원고지를 꺼내놓고 그때 연재 중이던 〈중앙일보〉의 "욕망의 거리" 원고를 쓰기 시작했다. 어쨌든 한 회분이라도 더 연재소설 원고를 써두자는 생각에서였다. 비행기가 김포공항에 착륙준비를 시작했을 때 나는 두 회분의 원고 열다섯 매를 써놓고 있었다. 이 와중에 원고가 써지는 내가 징그럽게까지 느껴졌다.

비행기가 멈추자 승객들이 우르르 일어나 선반에서 짐을 내리랴, 먼저 내리기 위해 통로를 막아서며 소란스러웠다. 그때 모든 승객은 자리에 앉으라는 안내방송이 숨 가쁘게 흘러나왔다. 스튜어디스들은 통로를 오가며 승객들을 다시 자리에 앉혔다. 영문을 모른 채 자리에 앉은 승객들의 침묵 사이로 한 사내가 걸어 나왔다. 그는 정확하게 내 옆에 와 서더니 물었다.

"한수산 씨 맞습니까?"

"네."

"내리시죠."

자리에 앉은 승객들의 술렁임을 뒤로 하고 나는 그의 뒤를 따라 비행기 트랩을 내려갔다. 밑에는 두 사내가 기다리고 있었다. 내가 비행기 트랩을 내려와 땅을 밟는 순간 두 사내는 양쪽에서 내 허리띠를 억세게 잡았다. 그리고 무언가로 내 눈을 가렸다. 또 다른 손이 등 뒤에서 내 허리 한가운데를 잡았다. 그것은 사람의 손이 아니었다. 내 몸을 억세게 잡느라 팔에 와 부딪히는 그들의 팔도 사람의 팔이 아니었다. 그것은 딱딱하게 굳은 근육덩어리, 마치 나뭇등걸 같았다.

한순간에 눈이 가린 채 세 명의 사내에게 허리띠를 잡히며 몸이 달랑 들려서 나는 공항 안으로 끌려 들어갔다. 어딘가 복도를

질질 끌려가거나 때로는 달랑 들리면서 여기저기를 드나들었고,
계단을 오르기도 했다. 어떤 사무실로 느껴지는 곳에서 그들이
거는 전화 소리를 들었다. 잡았습니다. 바로 가겠습니다. 그런 말
이 섞여서 들려왔다.

나는 다시 질질 끌리며, 달랑 들리면서 어딘가로 다시 끌려 다
녔고, 잠시 후 건물 밖으로 나왔다는 걸 알았다. 공기와 자동차의
소음이 그걸 알려주었다.

그들이 내 눈을 가린 천을 다시 매느라 잠시 풀었을 때였다.

"형님."

공항 밖의 어지러움 속에 뒤섞이면서 들려오는 낯익은 목소
리가 있었다. 대한항공에 근무하던 동서였다. 내 이름을 부르며
달려드는 그를 가로막으며 밀쳐내는 사내들의 모습이 뒤엉켰다.
그와 눈이 마주친 건 한순간이었다. 나는 이내 눈이 가려졌고 승
용차 속으로 처박혔다.

나를 뒷자리 가운데 앉히면서 세 명의 사내가 함께 차에 올랐
다. 그들은 억센 손길로 내 목덜미를 잡아 눌러서 운전석과 조수
석 사이로 내 몸을 꺾어서 내리눌렀다. 숨을 쉬기도 불편했다. 재
떨이로 쓰곤 하는 남양분유 깡통 위에 이마가 부딪힐 정도로 나
를 처박은 채 차가 달리기 시작했다. 차가 속도를 내고 있다고 느
끼는 그 순간부터였다. 사내들의 돌덩어리 같은 주먹이 구부리고
있는 내 몸과 의자 사이에 처박힌 얼굴을 갈겨대기 시작했다. 그

들의 주먹은 목덜미와 얼굴 그리고 뒤통수를 가리지 않고 퍼부어졌다. 운전사를 뺀 세 사내가 휘두르는 주먹을 맞으며 내 몸은 가라앉는 배처럼 늘어지기 시작했다. 몸이 더 구부러지자 사내들은 팔꿈치로 내 옆구리와 등짝을 찍어대기 시작했다. 정신을 잃겠구나. 이러나 죽을 수도 있겠구나. 몽롱해지면서 그런 생각이 들었다. 그것뿐이었다. 왜 나를 때리느냐. 무슨 일이기에 이러느냐. 나는 고함도 비명도 지르지 못한 채 다만 이러다 죽을 수도 있겠구나. 이러다 정신을 잃겠구나. 일렁거리는 의식 속으로 그런 생각이 물결처럼 오가고 있었다.

폭력적인 사회에 그만큼 길들여져 있었던가. 아니면 국가기관이라는 그 단순하기 짝이 없는 한 마디에 나는 이 모든 것을 감수해야 한다는 고정관념으로 굳어져 있었던 것일까.

차 속에 갇혀서 그렇게 맞기를 삼십여 분, 차가 멈추고, 사내들이 잡음 가득한 무전기로 무언가 떠드는 목소리가 들리고 잠시 침묵이 흐르는가 하자, 철제셔터가 올라가는 소리가 좌르르르 하고 뼈를 긁어대듯이 들려왔다.

두 사내가 양쪽 팔을 뒤로 틀어쥔 채 나를 차에서 끌어내렸다. 여전히 눈을 가린 채였다. 질질 끌리듯 안으로 들어가는 사이 습하고 차가운 공기가 나를 스쳤다. 지금 끌려 들어가는 여기가 지하실이라는 걸 느끼게 하는 그 습하고 차가운 낯선 공기 속에 나는 눈을 가린 채 서 있었다.

눈이 풀린 것은 얼마 지나서였다. 캄캄했다. 아무것도 보이지 않았다. 주변의 어둠에 눈이 익으면서 천장에서 내려오는 빛 속에 책상 하나가 놓여 있는 것이 바라보였다.

어둠 속에서 누군가가 소리쳤다.

"옷 벗어."

나는 어둠 속을 바라보았다.

"옷 벗으라구. 이 새끼야."

넥타이를 풀고, 와이셔츠를 벗었다. 바지를 벗었다. 러닝셔츠와 팬티 그리고 양말을 남긴 채 나는 불빛 속에 서 있었다. 손을 모아 면 팬티 앞을 가린 채.

"다 벗어."

내리비치는 불빛에 얼굴이 이상하게 공포스러운 사내를 나는 바라보았다.

"벗으라는 말 몰라? 이런 개쎄끼. 홀라당 다 벗어, 이 새끼야."

러닝셔츠를 팬티를 그리고 양말까지 벗었다. 불빛 속에서 나는 두 손으로 앞을 가리며 서 있었다.

"이 새끼야. 가진 거 다 꺼내놔."

나는 그 말이 무슨 의미인지 알 수가 없었다.

"이 새끼야. 니 옷에서 소지품 다 꺼내놓으라구. 주머니에 있는 거 다 꺼내놓으란 말이다! 못 알아들어?"

등 뒤 어둠 속에서 더 크게 목소리가 들렸다. 불빛은 내 앞의 책상과 거기 마주 앉은 사내만을 비추고 있을 뿐이어서 나는 다른 것은 아무것도 볼 수가 없었다.

나는 허물처럼 널려 있는 내 옷을 뒤져서 지갑을 꺼냈다. 벌거벗은 채. 쓰지 않은 원고지. 비행기 안에서 쓴 두 회분의 연재소설. 만년필과 볼펜 두 자루. 손수건. 동전 몇 개. 그런 것들이 내 앞 책상 위에 가지런히 놓였다. 만년필은 아내가 지난해 생일 선물로 준 것이었다. 현기증을 느끼며 나는 까만 몽블랑 만년필을 내려다보았다, 벌거벗은 채.

어둠 속에서 한 남자의 손이 나와 내가 꺼내놓은 물건들을 거칠게 흐트러뜨렸다. 사내의 얼굴은 보이기 않았다. 어둠 속에 몸을 숨긴 채 그가 내 소지품을 하나하나 종이에 적었다. 불빛은 책상 위에 내민 그의 손만을 비췄다.

소지품 목록을 마친 그는 다른 종이에 내 이름과 주소와 가족 사항을 적었다. 그리고 그가 마지막으로 물었다.

"종교 있어?"

두 달 동안의 예비자 교리를 가지고 천주교 신자라고 말할 수는 없었다. 나는 신자가 아니었다.

"없습니다."

"여기 싸인해."

나는 그가 돌려놓는 종이에 벌거벗은 몸을 구부려 이름을 적었다. 그리고 잠시 나는 그렇게 서 있었다. 캄캄한 어둠 속에 두 손으로 사타구니 앞을 가리고 서서, 짧은 순간, 이런 모욕을 받으며 살아본 적이 없다는 생각이 들었다. 그때 누군가의 손이 억세게 내 목덜미를 후려치더니 나를 어둠 속으로 끌어갔다. 그리고 어디선가 그 어둠 속에서 내 몸을 향해 주먹이 날아오기 시작했다.

첫 번째 주먹이 배를 후벼 파듯 찌르고 들어왔다는 것만을 기억했다. 어깨가 으깨어지는 것 같았다. 허리가 끊어져 나간다고 생각했다. 다리를 때린 게 야구 방망이였는지 다른 어떤 쇠몽둥이였는지 모른다. 다만 나는 무릎이 꺾이며 앞으로 쓰려졌다. 쓰러진 몸은 그들의 억센 마치 철제 자물쇠 같은 손에 가볍게 들어 올려져서 비틀거리며 세워졌고 그리고 다시 허리가 끊어지고 어깨가 으스러지고 갈비뼈가 부러지는 것 같은 통증을 느꼈다. 끊임없이, 몸의 모든 부위에 가릴 것 없는 주먹질이 퍼부어졌다. 몇 명이 어둠 속에 숨어서 나를 때리는지 알 수가 없었다. 그들이 거칠게 내쉬는 숨소리만이 들려왔다.

육체란 불가사의했다. 몇 번을 그렇게 쓰려졌다가 일으켜 세워지는 일이 반복되는 동안, 첫 번째의 폭력이 몸을 으스러뜨리듯 지나가고 나면 그 다음부터의 폭력에는 거의 아픔을 느끼지 못한다는 것이다. 처음 몇 번의 아픔은 사라지고, 마치 버튼을 누르면 소리가 나는 자동장치처럼 비명과 신음소리만이 터져 나올 뿐이다. 이때부터의 고통은 고통이 아니다. 고통을 느끼지 못하는 상태가 된다.

물에 젖은 걸레처럼 늘어진 내 몸을 끌어다가 불빛 속에 세운 건 정신을 잃은 후였다. 탁자 앞에 끌려간 나는 몸을 가누지 못하며 비틀거렸다. 막대기 하나가 어둠 속에서 불쑥 나오더니 내 가슴을 거칠게 찔렀다.

"똑바로 서지 못해! 이 새끼야."

내가 탁자를 짚으며 몸을 기댔다.

"이런 좆같은 새끼. 똑바로 서 이 새끼야."

어깨가 처진 몸을 기울이며 겨우 몸을 바로 세웠을 때였다. 고개를 꺾은 내 눈에 벌거벗은 아랫도리가 흐릿하게 들어왔다. 검은 털에 가려진 자지 끝이 조금 내려다보였다. 나는 손을 모아 사타구니를 가렸다.

어둠 속에서 삐어져 나온 막대기가 내 가슴팍을 찔러대면서 말했다.

"너 잘못한 거 다 불어."

잘못이라니. 목이 부러졌는지 고개를 들 수도 없었다. 잘못이라니. 불으려고 해도 턱이 움직이지 않았다.

"쌔끼야. 너 이 세상에 태어나서 이제까지 잘못한 거 다 불란 말이다."

기억한다. 그건 여기까지 끌려온 후 내가 들을 수 있었던 최초의 인간의 목소리였다. 인간의 소리, 논리와 형식을 갖추었고 목적을 가진 인간의 소리, 사회성을 가진 질문이었다. 이 세상에 태어나서 지금까지라는 구획된 시간과, 그 사이에서 잘못한 것들이 무엇인가를 가려내라는 분명한 대상이 있는, 그리고 그것을 불라는 요구를 정확하게 갖춘 그 말은 그들과 나와의 소통을 위한 최초의 사회성을 가진 언어였다.

그리고 그 말은 그들이 왜 지금 나를 때리고 있는가를 정당화하고 있었다. 내 평생에 잘못한 것을 대라고.

"뭘, 말씀하시는 겁니까."

나는 그때 존댓말로 그렇게 물었다. 그 순간 마치 거대한 벽이 와서 부딪히듯 걷어차이면서 나는 어둠 속으로 나가떨어졌다. 쓰러진 내 몸 위를 어디라고 가릴 것 없는 발길질과 몽둥이가 두들기며 지나갔고, 지나갔다가 다시 왔다. 그리고 나는 정신을 잃었다. 인간으로서의 사회성을 갖춘 최초의 질문에, 그러나 나는 대답할 능력이 없었다. 누가 있어 자신이 평생에 잘못한 일을 하나하나 기억하며 대답할 수 있겠는가.

얼마의 시간이 지나고 있었다. 나는 다시 탁자 위에만 불빛이 비치는 그 자리에 끌려가, 세워졌다. 나는 이제 두 손으로 앞을 가릴 생각도 없이 서 있었다. 어둠 속에서 막대기 하나가 벌거벗은 내 몸으로 다가왔다. 그들은 그렇게 어둠 속에 숨어 있었다.

막대기가 내 그것을 건드렸다. 그런 게 내 몸에 붙어 있었던가 싶었다.

“야 이 좆같은 새끼야. 너 왜 안 불어? 이 세상에서 잘못한 거
다 불라는데 왜 안 불어?”

내 그것을 막대기가 툭툭 건드렸다.

“이 새끼, 그냥 확 좆을 짤라버려야 알겠나. 왜 안 불어?”

이게 뭔가. 나는 어둠 속에서 뻗어 나와 내 그것을 건드리고
있는 막대기를 내려다보았다. 그것. 그건 사랑을 위해서 있었던
거였다. 사랑하는 사람과 사랑을 나누기 위해서 필요한 것이었
다. 모든 것을 바쳐서, 다만 사랑을 위해서 존재했던 그것이 어둠
속에 숨어 있는 막대기에 의해 모욕당하고 있었다. 잘라버리렴.
사랑을 위해서 있었던 것이다, 그건. 이제 내게 사랑 같은 건 없
다. 잘라버려. 그런 말들이 머릿속을 흐릿하게 오가며 나는 정말
그가 내 그것을 잘라버렸으면 싶었다. 그런다 해도 아무렇지 않
을 것 같았다. 그곳에 끌려와서 겪는 최초의 포기였다. 인간이기
를 포기하는 순간으로 나는 그때를 기억한다. 그리고 그것이 바
로 그들이 원하는 것이라는 걸 알기에는 더 많은 것들이 기다리
고 있었다. 때리는 것, 주먹 발길 몽둥이 팔꿈치는 아무것도 아니
었다. 그건 다만 시작이었다.

집 안에서 한약을 달일 때가 있었다. 내 어린 시절의 한약냄새
는 약냄새가 아니라 향기였다. 할아버지가 한약방에서 지어온 약
을 달이는 사람은 어머니나 고모들이었다. 약탕기를 숯불에 올려

놓고 약을 달이기 시작하면 집 안에 퍼져나가던 한약냄새, 그 낯선 냄새에 감싸인 집 안은 어느 순간 화사하게 날개를 치며 날아올랐다. 어두컴컴한 일상을 헤집고 향기에 감싸인 집으로.

그렇게 달여진 한약을 소창이나 베 보자기에 담아서 짤 때, 약물이 더 많이 빠지도록 비틀기 위해서 양쪽에 나무젓가락을 끼웠다. 더 세게 힘을 주기 위해서였다. 그렇게 물기를 짜낸 약은 보송보송한 모습이었고 어머니나 고모는 그 약을 넣어 다시 끓였다. 재탕이었다.

한국천주교의 박해사에는 잡아들인 천주교 신자를 고문하고 처형하는 방법 가운데 백지사白紙死라는 것이 있다. 백지사는 그 잔혹함에 있어서 특이하다. 천주교 신자를 묶어놓고 얼굴에 한지를 한 장씩 붙여나가면서 죽이는 고문이다. 얼굴에 한지를 바르고 물을 뿌린다. 그리고 또 그 위에 한지를 붙인다. 이렇게 종이를 덧붙여나가면서 숨을 못 쉬게 만들어서, 끝내는 죽인다. 질식사라지만 사람을 죽이면서, 어떻게 죽이는 것이 더 고통스러울까를 이렇게까지 생각해 낸 사람도 사람이라는 것을 생각하자면, 할 말을 잃는다. 이 모두가 인간이 인간에게 하는 일이다.

병원에 입원하면서 환자가 입는 것 같은 거무튀튀한 홑겹 옷과 검정 고무신이 내 앞에 놓여졌다.

"옷 입어."

옷을 입었다. 손이 떨려서 단추를 끼우기 힘들었다. 검정 고무신에는 양쪽으로 두 개씩 구멍이 나 있었다. 옷과 고무신을 신고 나자 그들은 나를 어둠 속으로 데려가 의자 위에 앉혔다. 철제의 자였다. 불빛 하나가 레이저 광선처럼 천장에서 내려와 내 몸만 을 비추고 있었다.

내 몸은 철제의자에 묶여졌다. 손목과 팔이, 허리와 가슴이 가 죽 끈 같은 것에 의해 팔걸이에 등받이에 그리고 의자 다리에 하 나씩 묶여졌다. 내 몸 속에서 인간이 가질 수 있는 의지라는 말이 사라지고 있을 때였다.

의자에 묶이고 있는 나를 끈질기게 물어뜯고 있던 것은 이제 부터 무엇이 올 것인가 하는 공포였다. 한약 달이기와 백지사가 뒤섞인 캄캄한 연못이 나를 기다리고 있었다는 것을 내가 어찌 알 수 있었으랴.

한 줄기 빛이 화살처럼 내려와 내 얼굴을 비추고 있을 뿐 아 무것도 보이지 않는 어둠 속에서 나는 그렇게 묶였다. 그리고 한 순간 무슨 커다란 수건 같은 것을 내 얼굴 전체에 뒤집어씌우는 가 하자 얼굴을 통째로 감싼 그 수건을 양쪽에서 돌리면서 조이 기 시작했다. 한약을 짜듯이. 코가 형체도 없이 일그러지는 것 같 았다. 귀가 고통스럽게 들어붙고 눈알이 찌그러져갔다. 숨을 쉴 수가 없었다. 들이쉴 수도 내쉴 수도 없었다. 가슴이 터져나갈 것 같은 고통 속에서 내 몸은 뒤틀리다가 꿈틀거리다가 버둥거렸다. 고통이 사라지고 있었다. 의식이 사라지고 몽롱해져 갔다. 그때 수건이 탁 풀렸다. 내가 내지르는 소리가 나에게도 들렸다. 허어어억 하는 소리를 내면서 내 몸이 버둥거렸다. 그 순간 뒤통수를 거칠게 잡아채면서 내 코와 벌어진 입으로 그들이 물을 들이부었다. 나는 몸이 비틀리고 튀어 오르면서 의자와 함께 바닥으로 나뒹굴었다.

정신이 들었을 때, 불빛 하나가 찌르듯이 내 눈 속으로 파고들고 있었다. 눈을 까뒤집은 그들이 내 동공을 손전등으로 비추고 있었다.

"이 새끼, 정신 말짱한데."

그런 소리가 들려왔다. 나는 물을 흥건하게 뒤집어쓰고 시멘트 바닥에 나자빠져 있었다, 의자에 묶인 채.

그들이 나를 일으켰다. 물로 흥건해진 내 얼굴에 다시 수건이 뒤덮였다. 얼굴을 쥐어짜다가 콧구멍과 입 안으로 물을 들이붓는 고문이 이어졌다. 철제의자에 묶인 채 나는 쓰려져서 버둥거렸고 의식을 잃었다.

"이 쌔끼. 이제 정신 들었어."

그들은 생선이 싱싱한가를 살피듯이 내 눈알을 까뒤집고 손전등을 비추며 중얼거렸다. 꽤 오래 의식을 잃었었나 보았다.

내가 묶인 그 의자에는 바퀴가 달려 있었다. 그들은 나를 일으켜 세우거나 들어서 옮길 필요가 없이 의자를 밀어서 나를 움직였다. 물을 흥건하게 뒤집어쓴 채 의자에 묶인 나를 불빛 속으로 끌어냈을 때였다. 어둠 속에서 물었다.

"야 이 새끼야, 너 김일성이 언제 만났어?"

천장에서 내려오는 불빛은 나만을 비추고 있었기 때문에 나는 그의 얼굴을 볼 수가 없었다.

"만난 적 없습니다."

"다 알아, 이 새끼야. 김일성이 만나러 갔을 때 어디로 해서 갔어?"

"간 적 없습니다."

"김일성이 만나러 간 루트를 대. 어디로 해서 갔는지 길을 대라구."

"간 적이 없습니다. 가지 않았는데 길을 어떻게 압니까."

"안 되겠다, 이 새끼."

그가 내가 묶인 의자를 발로 걷어찼다. 바퀴소리도 요란하게 내가 앉은 의자는 다시 어둠 속으로 밀려갔다.

퍼즐을 맞추듯 떠올려 조합하자면 그런 말이 오갔을 것이다. 울부짖었을 것이다. 살려주세요. 난 김일성이 만난 적이 없습니다. 살려주세요. 절대 없습니다. 그 쥐어짜기인지 물 들이붓기인지가 시작된다는 것을 알고서 나는 그렇게 부르짖기도 했을 것이다. 그러나 그쯤에서 나의 의지나 의식, 그렇게 말할 수 있는 인간의 틀은 이미 무너져가고 있었다.

그리고 얼마 후, 나는 철제의자에 걸레처럼 널브러진 채 이상한 소리를 들었다. 그들이 다시 내 눈을 가리고 있었다.

"야, 됐냐?"

그들끼리 무언가를 소리치듯 묻고 있었다.

"됐어. 올려."

"그럼 올라간다."

그런 음식점들이 있었다. 이층 손님들의 음식을 아래층 주방에서 만들어서 통속에 넣은 후 도르래를 이용해서 이층으로 올리던 중국집이나 갈빗집들. 나는 그렇게 의자에 묶인 채 대롱대롱 매달려서 위층으로 끌어 올려졌고, 복도의 어디쯤에서 의자를 끌어 올린 쇠고리 같은 것을 푸는 소리를 들었다. 그들 누군가가 내 의자를 밀자 나는 바퀴소리도 요란하게 복도를 밀려나갔다.

복도에 서 있던 누군가가 내 의자를 잡아 방으로 밀어 넣었다.

잠시 시간이 흘러갔다. 문이 닫히는 소리가 들릴 때쯤에야 나는 지금 어떤 방으로 끌려와 있다는 것을 겨우 느낄 수 있었다.

탁자를 사이에 두고 한 사내가 내 앞에 앉았다. 필기도구로 탁자를 똑똑 두드리면서 그가 내 이름을 물었다. 내가 그렇다고 대답하자 또 잠시 침묵이 흘렀다. 그리고 그가 다시 느릿느릿 물었다.

"〈중앙일보〉, 여기 쓰는 "욕망의 거리". 이거, 이 소설, "욕망의 거리". 니가 쓴 거 맞아?"

맞다고 대답했다.

잠시 침묵이 흘렀다. 그리고 그가 물었다.

"너 이병철이 알지? 삼성 이병철이를 모른다고는 안 할 거다."

"이병철이라니요?"

"너 이병철이한테서 돈 얼마 받았어?"

"돈이라니요?"

"이병철이가 돈 얼마 주더냐고 물었다."

이병철. 삼성의 창업주. 누가 돈 자랑하면 니가 이병철이냐 하던 이름. 누가 돈 꾸어달라고 하면 내가 이병철이냐 하던 그 이름. 그 돈의 상징 이병철. 그 사람이 나한테 무슨 돈을 주었다는 건가.

"저 이병철 씨 모릅니다. 본 적도 없습니다."

이것도 교양인가. 나는 그 와중에도 꼬박꼬박 존댓말을 쓰고 있었다.

"묻는 거만 대답해. 얼마 받았어?"

"받은 적 없습니다."

"이 새끼. 안 되겠다. 데려가."

좌르르륵 좌르르륵 시멘트 바닥에 내가 앉은 철제의자의 바퀴가 구르면서 나는 복도록 밀려 나왔고 다시 지하로 매달려 내려갔다. 삼성. 이병철. 〈중앙일보〉. "욕망의 거리". 그것들이 휘돌면서, 삐걱거리면서 문 하나를 열고 있었다. 의문의 문, 아 내가

〈중앙일보〉에 쓴 무엇인가를 가지고 이들이 나를 잡아왔는지도 모르겠구나 하는. 그때 다시 지하실로 매달려 내려가며 나는 처음으로 그 생각이 들었다.

전기고문이 시작되었다.

빨래집게 같다고 생각했다. 어둠 속이어서 나는 아무것도 보이지 않았다. 팔과 다리와 몸통을 묶고 있는 끈을 다시 단단하게 조인 후에 그들이 한 것은 내 손가락과 발가락에 빨래집게 같은 것을 집어놓는 것이었다. 몇 번씩 집었던 집게를 살피며 다시 집는 과정이 조심스럽게 이어졌다.

그렇게 손과 발에 꽂힌 집게에 전선이 연결되었으리라고 어찌 생각할 수 있었으랴. 공을 들이듯 그 과정이 끝났을 때 갑자기 어떤 물체가 내 오른쪽 허벅지 안쪽을 때리기 시작했다. 살에 와 꽂히는 느낌이 마치 꽃꽂이를 할 때 사용하는 침봉 같았다. 무차별로 어둠 속에서 맞을 때도, 물을 내 콧구멍으로 들이부을 때도 느끼지 못했던 아픔을 그때 느꼈다. 살을 찌르고 들어오는 바늘 같은 것이 견딜 수 없이 아팠다. 그리고 내 온몸에 물이 끼얹어졌다. 양동이로 들이붓듯이.

요란스럽게 발전기 모터 돌아가는 소리가 들리는가 하는 순간 손끝과 발끝에 이어진 전선을 통해 한순간 고압전기가 내 몸을 훑고 지나갔다. 내 몸은 생고무가 튀듯이 떨며 요동치며 일그러졌고 난 의식을 잃었다. 정신을 차렸을 때, 나는 의자와 함께 시멘트 바닥에 나뒹굴고 있었고, 온몸은 물로 흥건했고, 그들은 여전히 손전등으로 내 눈알을 까뒤집으며 들여다보고 있었다. 그때 처음으로 내가 죽어가고 있구나 생각했다. 그렇게 의식은 아주 멀리멀리 달아나면서 나와 분리되고 있었다. 전기충격을 받는 나와 여기 묶여서 엎드려 있는 나는 아주 다른 자아였다. 전기충격을 받는 나는 죽어가고 있었고 묶여 있다는 것만이라도 지각할 수 있는 나 또한 서서히 없어지고 있었다.

두 번의 전기고문이 내 몸을 태우고 지나갔을 때 물에 젖은 내 머리칼을 움켜잡아 뒤로 젖히면서 그들이 물었다.

"이병철이한테 얼마 받았어! 안 델 거야? 불어, 이 새끼야."

"너 이병철이가 돈 주면서 쓰라니까 썼을 거 아냐!"

"〈TBC〉 뺏기고 그러니까, 이병철이가 이런 거 쓰게 한 거 우리가 다 알아."

"너 이런 거 쓰던 놈 아니라면서? 이 새끼야, 연애소설이나 쓰면 됐지, 왜 이런 걸 써. 이병철이가 쓰라고 하니까 쓴 거 아냐."

전기고문을 통해서 비로소 구체화된 내 혐의 내용이었다. 언론통폐합이라는 이름으로 〈TBC동양방송〉를 〈한국방송공사〉에 넘겨야 했던 삼성의 이병철이 계열사인 〈중앙일보〉를 이용하여 반체제적인 글을 쓰도록 나에게 돈을 주고 하수했다는 것이었다. 그것이 그들로부터 들을 수 있었던 시나리오였다.

창문이 없었다, 그 방에는.

오직 네 개의 벽과 천장이 있었다. 쇠로 된 출입문 하나가 전부였고 천장에서는 기다란 형광등 하나가 알몸을 드러낸 채 지르르르하는 소리를 내면서 방 안을 밝혔다. 벽은 흰색이었다.

책상 하나를 앞에 놓고 취조관 한 사람이 나와 마주 앉았다. 그는 참 이상한 얼굴을 하고 있었다. 못생겼다기보다는 아예 균형을 포기한 얼굴을 하고 있었다. 나를 물끄러미 바라보던 그가 마치 이제야 생각났다는 듯이 말했다.

"넌 아니야, 이 새끼야."

그가 같은 말을 중얼거렸다.

"넌 생긴 거부터가 아니야. 보면 다 알아, 넌 아니라구. 그런데 왜 이따위 짓을 해?"

그는 균형이라고는 애초에 생각도 없이 배열된 눈과 코와 입술을 어느 것도 움직이지 않으면서 말하고 있었다. 그가 앞에 놓인 종이뭉치들을 내려다보면서 볼펜으로 책상 위를 똑똑 두들겼다.

"맞으면 아프지? 그러니까 더 맞지 말고, 나 힘들게 하지 말어. 우리 그냥 쉽게 가자."

그는 마치 내가 앞에 앉아 있지 않기라도 한 듯이 말했다.

"누구랑 어디서 어떻게 모의를 했는가. 무슨 약속을 하고 무슨 목적으로 이런 짓을 했는가를 대라는 거야. 네가 안 했다고 하면 넌 또 내려가야 해. 내려갈래? 순순히 불래? 이름부터 대."

"무슨 이름을 댑니까?"

그가 그 못생긴 얼굴을, 눈도 코도 얼굴판도 균형이 전연 맞지 않는 얼굴을 더 못생기게 일그러뜨리면서 말했다.

"누가 시킨 놈이 있을 거 아냐."

"글을 누가 시켜서 씁니까."

그가 나를 가만히 바라보았다. 그의 관자놀이가 움찔거렸다. 입에 무엇을 넣어 천천히 깨물듯이 그가 이를 악물었다. 갑자기 그가 소리쳤다.

"야, 밖에 너 들어와."

문밖에 대기하고 있었던 듯 경비병 하나가 튀듯이 안으로 들어와 부동자세를 하고 섰다.

"이 새끼, 내려보내."

바퀴 달린 의자는 나를 싣고 복도를 내달렸다. 줄에 매달려 내가 아래로 내려 보내지기 전이었다. 내가 실린 의자를 밀고 온 경비병이 어둠 속에서 내뱉었다.

"이 새끼. 넌 죽었다."

적막한 한여름 오후의 매미소리 같은 것이 머릿속을 울렸다. 그가 내 목덜미를 몽둥이로 내려친 것 같았다. 고개가 꺾인 채 나는 밑으로 내려졌다.

어둠 속으로 내려와서 나는 마치 반죽이 된 밀가루 덩어리처럼 맞았다. 이따금 무슨 목소리가 들려왔지만 나는 그 말이 무엇인지 알지 못했다. 한 마디 말과 함께 한 번씩 주먹과 몽둥이가 내 몸을 때리고 두들겨대고 있었다. 이병철이 어디서 만났어? 이병철이한테 돈 얼마 받았어? 이병철이가 뭐라고 시켰어?

한 번 무슨 말과 함께 무엇인가가 내 뱃속을 쑤시며 들어왔다. 내 속에서 튀어나오려던 억 소리가 ㄱ 소리를 다 내지 못한 채 어에서 멈췄다. 어어어어. 숨을 쉴 수 없었다. 그때 누군가가 다시 내 얼굴을 밑에서부터 올려쳤다. 턱을 걷어찼나 보았다. 얼굴이 부서지는 것 같았다. 무언가가 내 뱃속으로부터 꾸역꾸역 치밀어 오르는 것 같았다. 울컥울컥 나는 토했다.

머리카락을 적시며 흘러내린 물이 턱으로 떨어지고 있었다. 먼 어디서처럼 목소리가 들려왔다. 눈을 뜰 수도 없었다. 이 새끼, 너 여학생이나 따먹고 다니는 새끼라면서? 의자와 함께 일으켜 세워진 나에게 그들이 물었다.

"너 여학생 몇이나 따먹었어?"

"너 이 새끼 젊은 여자애들 팬이 많다면서? 몇 명이나 따먹었어?"

"다 불어, 이 새끼야. 누구누구야, 이름 대."

"따먹을 땐 좋더냐? 개쌔끼."

그런 말이 산울림처럼 멀어졌다가 가까워졌다.

차라리 김일성이를 물어라. 그러면 연평도 어디로 해서 갔다고 하지. 아니 휴전선을 넘어갔다고 할 수도 있겠지. 그러나 그들은 이제 김일성을 묻지 않았다. 사라진 줄 알았던 자아가 어디선가 느릿느릿 꿈틀거리며 살아 돌아왔다. 그런데, 그런데 이젠 여학생이라니. 내가 그 애들을 따먹으며 돌아다녔다니. 나 그렇게 살지 않았다. 이건 정말 아니다. 흐느끼면서 나는 아마 말했던 거 같다. 난 내 집사람이 처음 만난 여자다. 그 여자랑 처음 만나서 결혼한 사람이다. 나 그렇게 살지 않았다. 그때 가물가물 되돌아오는 의식 속에서 잠깐 떠올린 아내의 모습은 여기에 끌려와서의 어떤 행위보다도 가장 가혹했다. 이 모욕, 나는 이제 없다. 이 치욕, 다 버리자. 다 없다. 나는 없다. 여기서 무언가 사람으로 있을 생각은 말자. 나는 없다. 살아서 여기서 나갈 거라는 생각은 말자. 처음으로 그런 생각이 들었다. 푸슬푸슬 무언가가 가슴속에서 무너져 내리고 있었다.

정신을 깨어나게 하기 위해서 물을 또 부었던 것일까. 그들이 수건으로 내 얼굴과 목을 닦고 있었다. 고개를 들지 못한 내 얼굴은 그들의 손놀림에 목이 부러진 것처럼 덜렁거렸다. 그들이 수건으로 왜 내 얼굴을 닦고 있는지 나는 알지 못했다. 전기고문이 내 얼굴을 태워서 흔적을 남기지 않도록 내 얼굴의 물기를 닦아내고 있다는 것을 내가 어찌 알 수 있었으랴.

이병철이와 무슨 약속을 했냐? 삼성으로부터 어떤 지시를 받았어? 삼성의 누가 널 만나러 왔던? 이병철이랑 삼성이랑 〈중앙일보〉와 어떤 얘기를 했냐? 모의한 걸 구체적으로 대란 말이다.

그러니까 얼마를 받고 그 일을 하기로 했냐니까, 얼마야? 전기고문이 이어지고 내가 물을 뒤집어쓴 채 다시 일으켜졌을 때였다. 잠시 고개가 꺾인 채 묶여 있는 나에게 이제까지 들렸던 것과는 아주 다른 날카로운 목소리가 화살처럼 날아와 박혔다.

"이 새끼, 너 이 소설 영부인을 모델로 한 거지!"

그 말과 함께 어떤 손이 내 어깨를 내리쳤다. 그건 손이 아니었다. 태권도를 하는 사람들이 흔히 새끼손가락이 있는 옆 부분을 단련하는 운동을 수도手끼라고 하던가. 그 수도로 나무를 치고 벽돌을 깨면서 쇳덩이처럼 단련한 손이었나 보았다.

"바른대로 대, 이 새끼."

이번에는 목이었다. 목뼈가 부러지는 것 같았다.

이제는 우편배달부가 아니라 집배원이라고 한다고 했다. 아내를 잃은 채 묵묵히 집배원 일을 하며 살아가는 아버지. 그 가난한 시골 우편배달부의 세 형제가 주인공인 소설이었다, "욕망의 거리"는. 야심에 찬 맏이는 가난을 면하는 길은 사회적 신분상승밖에 없다고 결심한다. 공부를 해서 고시에 합격하는 길, 그의 말처럼 그것만이 단칼에 자신과 집안을 일으켜 세우는 길이라고 믿는다. 당연히 법대로 진학했고 영양실조로 현기증을 느끼면서 고시공부에 들어간다. 둘째인 딸은 자신의 잘 빠진 몸매와 남들이 그렇게 불러주는 미모를 가질 수 있었던 것만은 부모에게 감사한다. 오직 몸 하나를 가지고 그녀는 신분의 수직상승을 꿈꾼다. 몸은 파는 것이기에 누구와도 잘 수 있다. 그러나 값은 자신이 매기기에 싸구려는 견디지 못한다. 사랑이라는 이름의 관계는 오히려 거추장스럽다. 젊고 뜨겁게 피가 뛰는 몸, 남자에게 안기면 땀이 흐르는 몸만이 자신이 믿는 정확한 현실이며 구체성이다. 그녀는 그렇게 살아간다. 아버지를 위해 아침밥을 지으면서 막내는 지방대학을 다닌다. 그에게는 자유니 평등이니 인권이니 하는 말이 살아 퍼덕거린다. 그러나 그는 늘 회의한다. 어떤 이상도 혁명도 현실의 시간 속에서 부패라는 벌레에 먹히고 마는 역사를 괴로워한다.

1980년 그 서울의 봄에 〈중앙일보〉로부터 연재소설 청탁을 받고 가장 그려내고 싶었던 인물이 막내였다. 그리고 나는 서귀포의 한 감귤농장으로 넘어가 칩거하면서 힘들고 뜻 깊게 70년대라고 하는 한 시대를 그려갈 준비를 했었다. 소설이 시작되고 한 달이 가지 않아서 광주의 살육이 터져 나온다. 계엄령 속에서 신문의 검열이 강화된다. 제주에서 써 올린 소설은 그때그때 잘려나갔다. 중간중간이 잘려나간 소설은 어떻게 메워 넣을 수도 없었다. 서울에 살고 있었다면 신문사로 달려가서 인쇄기 옆에 서서라도 써넣을 수 있었을 것이다. 그러나 그때의 통신수단으로는 불가능했다. 소설은 듬성듬성 내용이 잘린 채 활자의 행간이 넓어지거나 휑하게 비면서 실려나갈 수밖에 없었다. 특히 막내 부분이 늘 문제시되었고 그때마다 신문의 소설란은 꼴이 아니었다.

하는 수 없이 주인공의 비중을 옮겨갔다. 둘째를 여주인공으로 하여 소설의 기둥이 바뀔 수밖에 없었다. 그 여주인공을 두고 전두환의 부인 이순자를 모델로 하지 않았느냐는 것이다.

읽고 말해라. 더 할 말이 없으니, 소설 읽어보고 말해라. 그렇게 소리쳤을 것이다. 김일성이가 이병철로, 그리고 이순자로 옮겨와 있어서 차라리 다행이다 싶었다. 이건 얼마나 구체적이고 현실적인가. 어제 뉴스에 보니 주걱턱이 무슨 보육원인가에 가서 애들을 안고 있던데 하면서 우리가 여사도 영부인도 아닌 주걱턱 이순자라고 말하던 그 여자로 옮겨와 있었으니.

새소리가 들렸다. 그건 분명 새소리였다. 저녁을 맞아 어스름 속에 집으로 찾아드는 새소리라고 내 어린 시절의 추억이 그것을 알려주고 있었다. 저건 저녁 새소리야. 창문이 없는 방이었다. 철 제문을 닫아도 밖의 목소리가 웅얼웅얼 들려오기는 했지만 그건 안쪽으로 난 문을 통해 복도에서 들리는 것이었다. 새소리는 어디서 흘러들어오는지 알 수가 없었다.

새소리가 들리는 걸 보니 아마 저녁때인가 보다 생각했다. 저녁이라면 어느 날 저녁인가. 나는 며칠이 지났는지 알 수가 없었다.

지상의 취조실과 지하의 고문실을 오가면서 시간은 흘러가고 있었다. 나와 취조관 사이에 놓인 종이도 늘어나고 있었다. 그렇게 해서 내 이름으로 만들어진, 내가 손도장을 찍은 종이를 들고 그들이 불려오기 시작했다. 아니 잡혀오기 시작했다.

그것은 그들의 조작에 의해, 그들의 목적을 위해 만들어진 것이라고 너는 말하는가. 아니다. 적어도 그것이 고문에 의해, 온몸을 뒤틀리게 하는 물고문과 눈알이 튀어나오게 하는 전기고문에 의해 만들어진 것이라 해도 그것은 네가 만든 것이었다. 네가 만든 가상의 그들이었다. 이제 그들은 내가 무엇이라고 말하고 도장을 찍었는지 모를 그 조서에 따라서, 스무고개를 넘어서 찾아가듯 고문을 당하며 그 황당한 자신의 혐의를 찾아내야 한다. 자신들은 말한 적도 없는 내용과 한 적도 없는 행위와 상상한 적도 없는 거사를 찾아내야 한다. 고문을 거치면서.

그것이 네가 만든 것은 아니라 해도, 자지를 잘라버리겠다는 그들 앞에 벌거벗고 서야 했던 사내가, 물고문으로 가슴이 터져 나갈 것 같았던 사내가, 전기고문으로 살이 가지 빛으로 타들어가던 사내가, 김일성을 만나러 갔다던 사내가, 이병철에게 돈을 받았다던 사내가, 이순자를 모델로 소설을 썼다던 사내가, 여학생을 따먹으러 다니는 걸 일상으로 즐겼다던 사내가, 울부짖으면서 불어댄 말들이 구슬을 꿰듯 엮이면서 만들어진 것이었다, 그 조서는.

그러므로 그것은 너였다. 너는 숨길 것이 없었다. 그러나 숨길 것이 없고, 사전에 모의한 것이 없었기에 오히려 상상할 수조차 없는 가상의 조서를 만들어내야 했다. 똥물같이 노란 것을 토해내면서 의자에 묶여 쓰러지던 네가, 전기가 지나간 몸을 덜덜거리고 떨면서 시멘트 바닥에 쓰러져야 했던 네가 만들어낸 것이었다.

그것이 가상의 너인가. 아니다. 가상의 너도 또 하나의 너다. 가상의 것은 네가 아니라 네가 만들어낸 그들이었다. 그들은 네가 만들어낸 가상의 그들이 되기 위하여 잡혀 들어왔던 것이다.

불균형의 사내, 그 취조관은 어디로 갔는지 돌아오지 않고 있었다. 의자에 앉은 채 목을 조금 돌려보았다. 목과 턱을 많이 다쳤다고 생각한 건 아침이었다. 입은 손가락이 들어갈 정도로밖에 벌려지지 않았고, 고개는 자신의 어깨를 볼 수 있을 정도밖에 돌릴 수가 없었다.

아프게 목을 더 돌려보았다. 내가 살아 있는가를, 확인하고 싶었다. 살아 있다는 것은 움직이는 것이니까. 그렇게 조금씩 목을 비틀면서 얼굴을 움직이자 그 횟수만큼 목이 더 돌아가는 것처럼 느껴졌다. 내 눈이 어깨를 지나 그 뒤쪽을 바라볼 수 있게 되었을 때였다. 아프게 목을 비튼 내 눈에 벽에 그어진 무언가가 보였다. 내 등 뒤 벽을 따라 그어져 있는 검은 직선이었다. 저건 또 무슨 장치인가 싶었다. 이 미터쯤 평행으로 그어진 검은 금은 무슨 전선이 튀어나온 것 같기도 했다. 오래 그 금을 바라보고 있었다. 차차 그 금이 눈에 익으면서 그것은 흰 칠을 한 시멘트벽에 그어놓은 금이 아니라 벽에 파인 홈이라는 것을 알 수 있었다. 페인트칠이 벗겨지고 파이면서 거무스름한 시멘트가 드러났던 것이다. 가만히 손을 뻗어 그 금에 손가락을 갖다 대보았다. 시멘트였고 홈이었다. 손가락 하나가 들어갈 만한 홈이 그렇게 파여 있었다. 천천히 아주 천천히 나는 의자를 뒤로 젖혀보았다. 내가 묶여 있는 철제의자가 기울어지면서 등받이 모서리는 정확하게 그 금에 가 닿았다. 이것이었구나. 나는 힘들게 몸을 일으켜 세우며 바로 앉았다. 이것이었구나.

내 담당취조관이 아니었다. 다른 방에서 다른 이들을 취조하는 지도 모를 그들이 내가 있는 방으로 들어왔을 때였다. 이런 개새끼들, 이런 것들은 다 쥑여야 돼. 그는 들어오자마자 그렇게 소리치면서 느닷없이 내 가슴을 구둣발 바닥으로 내질렀다. 나는 의자에 묶인 채 뒤로 나동그라졌다. 내 몸은 의자와 함께 벽에 가서 심하게 부딪쳤다.

이 새끼 이거, 아직 정신을 못 차렸어. 또 누군가는 들어서자마자 소리치면서 취조관 앞에 있던 재떨이로 내 머리를 후려쳤다. 그것은 마치 야구방망이를 휘두르는 것 같았다. 나는 의자와 함께 뒤로 나자빠졌고, 플라스틱 재떨이는 내 머리를 때리고 두 조각으로 부서지며 튀어나가 바닥에 나뒹굴었다. 그때 나는 플라스틱 재떨이가 깨져나가는데도 머리가 터지지 않는다는 게 이상

하다는 생각을 했었다.

그것이었다. 이건 무슨 장치도 금도 아니다. 누군가가 고문실과 취조실을 오르내리기를 거듭하는 사이 발길에 혹은 주먹에 의해 의자와 함께 뒤로 나가떨어질 때 의자모서리가 벽에 부딪히면서 생긴 흠집이었다. 누군가가 잡혀 와서 또 누군가가 잡혀 와서 그리고 또 누군가가 잡혀 와서 이 방에 만들어놓고 떠난 자국이었다. 그것은 그들이 수없이 뒤로 나자빠지면서 의자가 벽에 부딪혀서 파인 흠집이었고, 홈이었다. 누군가가 또 누군가가 그리고 또 누군가가 여기 잡혀 와서.

역사라는 말이 떠오르면서 그것은 이제까지 느끼지 못했던 거대한 절망이 되어 한순간 내 몸을 날려버렸다. 인류의 역사, 인류가 만든 제도의 역사는 이런 폭악의 반복이었을 것이다. 국가라는 제도, 권력이라는 제도, 욕망이라는 제도들. 그리고 그것들이 만들어내는 역사라는 이름의 반복이 만들어낸, 어떤 실증적 가르침보다도 더한 진실이 거기 있었다. 그 벽의 홈이 그것이었다. 죽고 싶다는 생각이 들었다. 아주 명료하게.

취조관이 숨을 거칠게 몰아쉬면서 들어섰다. 그는 마치 달리기라도 한 듯이 헐떡거렸다. 그의 눈이 이상하게 번들거리고 있었다. 팔을 들어 얼굴에 밴 땀을 옷자락으로 닦아내면서 그는 여전히 헐떡거렸고 눈알을 번들거렸다. 알 수 있었다. 그가 지금 지하실에서 올라왔다는 것을. 지금 누군가를 때리고 고문하다가 올라왔다는 것을.

"야, 요즘 결혼식에 얼마나 내냐?"

그가 가쁜 숨을 몰아쉬면서 물었다.

"요즘 결혼식에 부조 얼마나 하냐구?"

"네?"

"관둬. 임마. 너 얌전히 앉아 있어. 나 어딜 좀 갔다 와야 해."

그가 결혼식에 다녀와야 하나 보았다. 그가 서둘러 방을 나갔다. 꽃다울 여인이여. 늠름할 청년이여. 너희들은 아니. 너희들의 하객 가운데 사람을 고문하다 헐떡거리며 온 사람이 있고 그 손으로 들고 온 봉투 하나를 축의금 탁자에 내놓은 채 다시 사람을 고문하러 온다는 것을.

나는 얌전히 앉아 있었다. 그가 시키고 간 대로 얌전히. 저 벽에 나 또한 홈을 더하면서 그렇게 있을 것이다. 산다는 것이 이런 것이다. 얌전히 있으면 되는 것이다. 고개를 숙여 신고 있는 고무신을 내려다보았다. 발 옆으로 두 개씩 구멍이 뚫린 고무신 속에 검게 때가 낀 내 발이 있었다. 잡아온 자들을 위해 이런 신발도 특수제작을 했나 보았다. 무좀에 걸리지 말라고 이렇게 구멍을 뚫었는지도 모른다. 고마우셔라. 오래 잡아두자면 무좀이 생길까 봐 별 염려를 다 해주셨군요. 이런 신발은 따로 주문을 해야 할 정도로 그렇게 많은 사람들이 여기에 잡혀 왔다가 저 벽에 홈을 만들고 돌아가거나, 죽으면 되는 것이었다. 산다는 것은 그런 것이었다.

　세 가지의 항목이 만들어졌다. 정부비판을 통한 사회혼란을 목적으로, 민중을 선동하기 위하여 쓴 이 소설의 여러 부분을 분석한 결과 아래의 세 가지가 악질적이며 위험 수위를 넘어서고 있다고 했다.

　첫째가 국가원수 모독이었다.

　본인은 국가원수의 대머리를 빗대어 소설 속에 고위공직자를 대머리로 등장시키면서, 우매한 백성은 그가 대머리를 가리기 위해 쓴 모자를 바라보며 박수를 쳤고, 실현될 리도 실현될 수도 없는 약속을 믿으며 환호를 보내고 있었으며, 그가 한 사탕발림의 약속은 그가 대머리를 가리기 위해서 쓴 모자와 다를 것이 없었다고 야유함으로써, 누구나 알 수 있게 국가원수의 행적을 비하하고 혐오감을 불러일으키게 했습니다. 이러한 일련의 사술은 국가원수모독으로 정의사회구현을 위한 대통령 각하의 의지에 찬 열정과 노력을 웃음거리로 만들고 무력화하려는 의도에서 허위로 조작된 것입니다.

　물론 그들은 대머리라고 쓰지 않았다. 볼펜으로 대머리라고 쓴 부분을 북북 긋고 친절하게도 국가원수의 희소한 모발로 인한 헤어스타일이라고 대신 적었다. 그러고는 다시 희소한 모발 부분을 이번에는 더욱 힘 있게 그어대고는 다만 국가원수의 헤어스타

일이라고만 남겨두었다. 그렇게 함으로써 국가원수를 모독했다
는 것에 우리는 합의했다.

사북사태라고 하는 탄광지역에서 일어났던 소요사건이 모티
프였다. 처우와 작업환경의 개선을 요구하는 광부들의 항의가 관
제노조와의 대립으로 격화되고 사태가 걷잡을 수 없이 악화되면
서 일어난 일련의 사건이 사북탄광 사태였다. 이 과정에서 폭력
이 난무하고 어용노조에 반대하는 광부들이 지부장의 아내를 묶
어서 끌고 다니는 데로까지 비등했다. 사북은 치안이 부재된 사
태를 맞았고, 그 후유증은 깊고 어두웠다. 사태가 가라앉고 해결
의 기미를 찾아갈 무렵 대통령 전두환은 사북탄광을 찾아간다.
대머리를 가리기 위해 모자를 쓴 그가 사북에 도착하자 누가 보
아도 동원된 것이 확실한 환영객들이 그를 향해 박수를 쳐댄다.
바로 그 모습, 곳곳에 자리 잡은 동원인파에게 손을 흔들며 탄광
지대를 돌아보는 전두환의 모습을 희화화한 장면이었다.

둘째가 군비방이며 이적행위였다.

본인은 소설 속에서, "제복 입은 놈들은 다 그렇다니까. 특히
군대 갔다 온 이야기를 무슨 큰 벼슬이나 한 것처럼 떠드는 놈들
이 더욱 그렇다니까"라는 등의 표현을 통해 제복을 군으로 상징
하여 군대를 비하하는 잘못을 저질렀습니다.

그들은 이 글 뒤에 덧붙였다. 이 부분은 명백하게 신성한 국방
의 의무를 수행하고 있는 군 장병을 모욕하고 비하 왜곡하고 있

으며 이러한 표현을 통하여 군의 사기를 저하시켜 결과적으로 북괴를 이롭게 하는 이적행위를 저질렀습니다.

제복이나 모자를 쓸 때 사람들은 왜 그렇게 달라지는 것일까. 제복이 가지는 상징에 마비되는 것이다. 이것도 하나의 신들림이다. 그저 보통사람으로 살던 사람이 제복을 입게 되면 아연 달라진다. 거리에서 노점상을 단속하거나 무허가 건축물에서 농성을 하고 있는 사람들을 해산할 때 우리가 흔히 보는 일이 있다. 그들 자신 또한 그들이 단속하는 저들과 다를 바 없는 한 사회의 헐벗은 자가 분명하거늘, 그렇게까지 하지 않아도 될 텐데도, 노점을 마구 짓밟아 부수고, 벌여놓은 과일 바구니를 집어 던지고, 농성 중인 세입자들을 때리면서 내몬다. 제복이 가지는 서글픈 모순이 아닌가. 그 부분은 이야기를 하고 싶던 장면이었다. 그러나 이 표현은 신문에 실릴 때도 이미 몇 부분이 검열에서 잘려나갔던 곳이었다. 이것이 그들에게는 군비방과 사기저하로 이어져서 결과적으로 북한을 이롭게 하는 이적행위였다.

그리고 하나가 사회부정시였다.

현 시국에 임하여, 건전한 도덕성과 사회정의를 부각시키고 그것을 널리 보급해야 하는 것이 작가의 의무임에도 불구하고 본인은 사회를 부정적으로 바라보는 인물들을 소설에 다수 등장시켜 그들로 하여금 사랑이 넘쳐야 할 공동체를 의심하고 서로 시기하고 분열을 일삼도록 독자들을 수없이 사주, 세뇌하였습니다.

"우리 사회에는 왜 기준이 없을까. 존경할 사람도 사표가 될 무엇도 없는 이 황폐한 시대는 무엇일까." "미움을 가지고라도 사랑하지 않으면 안 되는 것이 조국이야. 젊은이는 언제나 자신의 시대를 가장 불행하다고 느낀다고 했어." 젊은 주인공들이 걸어가면서 나누는 대화였다. 그것이 그들의 용어로, 내가 의도했다는 사회부정시였고 의도적인 사회분열 책동이었다.

내가 인주를 발라 손도장을 찍은 종이에 불균형 취조관은 한자로 사회 부정시不正視라고 써놓고 있었다. 나는 그 한자를 내려다보면서 생각했다. 이건 틀렸어. 부정시否定視라고 써야 해. 그러나 그들이 부정시라면 그건 부정시였다.

문서 혹은 문건이라고 그렇게 말해도 될지 모르겠다. 어쨌든 그 문건으로 나는 끝나는 것으로 알았다. 그러나 이 조서문건에 의해 또 다른 고문이 시작되었다.

그들이 제시한 소설의 여러 부분에 대해 하나씩 하나씩 고문을 거쳐가면서 무너져간 내가 그들과 함께, 그들에 의해서, 그들을 위해서 만들어낸 것이 그 조서였다. 세 부분을 골라낸 것도 그들이었고 민주주의를 갈파한 명연설의 문구처럼 그들의, 그들에 의한, 그들을 위한 조서였다.

그렇게 해서 이제 나 하나의 모욕에 가득 찬 죽음도 끝난다고 생각했다. 그러나 그것은 얼마나 졸렬하기 짝이 없는 내 오산이었던가. 그들이 원한 것은 나 하나가 아니었다. 그들이 찾고자 한 것은 조직이었다. 그들은 나와 일당들, 조직을 원했다. 위의 사실을 누구와 언제 어디서 어떻게 모의했는가 하는.

이민을 갔던 사람이 서울에 왔다고 하자. 오 년이나 십 년 만에 온 그 사람이 누굴 만날까. 중요한 사람을 만나겠지. 너도 마찬가지야. 제주에서 있다가, 네 말대로 하자면 넌 서울에 자주 올라오지도 않았어. 그때 오랜만에 서울로 올라와서 만난 사람들을 적으라는 거야. 다 적어. 하나도 빠짐없이.

어디선가 새롭게 나타난 취조관은 머리를 칠 대 삼으로 가르마를 탄 사내였다. 그는 아주 자상하고도 설득력 있게 예를 들어가면서까지 말했다.

이민이라고까지 생각할 것도 없었다. 오랜만에 서울에 와서 내가 찾아갈 사람들은 두 부류였다. 생활이 가야 하는 곳과 마음이 가는 곳이었다. 나는 글을 연재 중인 신문사, 책을 내고 있는 출판사를 돌았다. 그러고 나서 은사들을 찾아갔다. 그렇게 찾아간 곳에 문학사상사 이어령 주간의 사무실이 있었고 사당동 황순원 선생님 댁 그리고 대학 시절의 은사 박용주 교수의 연구실이 있었다.

"이어령이? 이어령이라니. 뭐 황순원? 황순원이는 소나긴가 뭔가 쓴 사람 아냐."

칠대삼이 나를 어이없다는 듯이 바라보았다. 그의 손에는 내가 밤새 적은 종이가 들려 있었다. 거기에는 서울에 올라올 때마다 만난 사람들과 그들과 나눈 이야기가 적혀 있었다.

"신문사나 출판사에 들렀거든요. 그리고 서울 올라와서 그분들한테 인사하러 갔었습니다."

칠대삼이 입에 물고 있던 담배를 내 얼굴을 향해 집어 던졌다. 들고 있던 종이를 바닥에 내팽개치며 그의 손이 내 목을 꺾을 듯이 움켜쥐었다.

"이 새끼야. 이어령이가 시키던? 이어령이가 너한테 이렇게 쓰라고 시켰어?"

그들이 원하는 건 전두환 대통령이 제시한 정의사회구현이라는 민족의 과제를 훼손하기 위해 나와 함께 소설의 내용을 모의한 조직, 일당들이었다.

"황순원이가 너한테 이 새끼야, 이런 거 쓰라고 했냐?"

그가 내 의자를 발길로 걷어찼다.

"이 새끼가 이거 아직 정신을 못 차렸네."

그가 내 목을 조이며 말했다.

"너 죽어 임마. 이러다가."

그가 몸을 돌려 뚜벅뚜벅 걸어갔다. 나는 의자와 함께 사십오 도 각도로 비스듬히 벽에 넘어진 채 몸을 일으키지도 못하고 캑캑거렸다. 그가 문 쪽을 향해 소리쳤다.

"이 새끼, 끌어내!"

내가 다시 칠대삼 앞으로 의자와 함께 밀려 올라왔을 때 그는 흘깃 내 얼굴을 내려다보더니 수건 하나를 던져주면서 말했다.

"우선 물 닦고, 여기다 써."

그의 말이 귓가에서 웅웅거렸다. 마치 왕벌 하나가 얼굴 주위를 맴돌고 있듯이. 우선 물 닦고, 여기다 써. 물 닦고, 여기다 써.

"너 서울 올라와서 만난 사람 다 써. 조목조목 날짜별로."

칠대삼은 그렇게 말하고 사라졌다. 걸레가 되어 널브러진 나, 물이 흐르는 내가 앉아 있었다. 오직 나 하나였다. 그러나 나 또한 이미 사라져가고 있었다.

균형 없는 얼굴의 사내가 다시 들어와 내 앞에 앉았다. 내가 눈을 떴다. 그가 칠대삼의 말을 반복했다.

"가장 최근에 서울에 올라온 거부터 써. 누굴 만나서 무슨 이야기를 했는지."

마흔 명이 넘는 사람의 이름이 내가 쓴 종이 위에 남았다. 그리고 그들의 손에 의해 하나씩 추려지기 시작한 이름이 스물에서 열 명으로 줄어갔다. 그렇게 해서 줄어든 이름으로 마지막에 다섯이 남았다. 〈중앙일보〉의 문화부장, 출판부장, 출판부의 내 책 담당기자, 거기에 내 책을 내려고 준비하고 있던 출판사의 편집장 두 사람이 더해졌다. 그렇게 다섯이 남았다. 열 명이 다섯으로 줄어드는 동안 나는 두 번 더 바퀴소리도 요란하게 지하실로 내려갔다 올라와야 했다.

조직이 있어야 했다. 모의가 있었어야 했다. 그렇다면, 당연히 그 조직을 보호하기 위하여 무엇을 해야 할 것인가는 자명해진다. 그들과 그 상황을 끝까지 숨기거나, 최소한 그들이 상황을 알고 도피할 수 있는 한 지연시켜야 한다. 그것이 조직원의 의무일 것이다. 그러나 나에게는 조직도 모의도 없었다.

"시 쓴다는 애 있지. 민주화운동 한다는 김 뭐라는 애. 걔가 제일 조지기 쉬워. 걔는 들어왔다 하면 그냥 불어. 우리가 묻지 않는 거까지 다 불어. 그러니 대접받지."

그들의, 그들을 위한, 그들에 의한 조서를 만드는 동안 균형 없는 얼굴은 앞에 앉아서 그런 말을 했다. 생각했다. 그들이 한다는 대접이 뭘까. 나는 그들에게 대접받을 일을 알지 못했고, 묻지 않아도 불어댈 것을 가지고 있지도 못했다. 그 시인은 참 위대하다는 생각이 들었다.

그렇게 하여 조직이 하나 만들어졌다. 그들과 내가 이룩한 집단이었다.

모의하고 사주하면서 소설로 실천한 하나의 조직이었다. 그 조직의 중심에 내가 있었고, 나는 주범이었고 그들은 종범이었다.

〈중앙일보〉 문화부장은 연재소설에 관심을 불러일으키고 인기를 끌어올리기 위해 두 가지를 작가에게 요구했다. 현실비판 특히 신군부 정권에 대한 비판을 노골적으로 적시할 것과 소설 곳곳에 섹스에 대한 표현을 집중적으로 표현하도록 하였다. 작가는 이에 동조하여 그 방법을 함께 모의했다. 〈중앙일보〉 출판부장은 연재소설이 책으로 출판되었을 때 인기와 화제를 불러일으켜 책의 판매고를 높이기 위하여 위 사항에 동조, 모의하였으며 또한 이를 적극적으로 작가에게 요구하고 격려하였다. 출판담당 기자는 위 사항에 동조 및 가담하여 자신의 학생운동 경험을 내세우며 작가에게 현실비판과 저항의 당위성을 주입시키는 논리를 제공하고, 또한 위 사항에 적극 참여하였다. 출판사 A의 편집장은 신문사 재직 시 제작거부운동을 주도한 자로서, 그의 책이 베스트셀러로서 인기가 있을 경우의 반사이익을 위하여 위의 사항을 작가에게 고취하고 확신을 심어주었으며, 시인이자 또 다른 출판사 B의 편집장은 위의 사항에 부화뇌동하여 경거망동하게 사회혼란을 야기할 유언비어를 조작하여 소설을 통해 유포하기로 모의하였다. 이 모든 것은 정의사회구현을 위한 대통령 각하의 의지에 찬 열정과 노력을 무력화하려는 의도에서 집단적으로 조직되어 소설을 통해 의도적으로 실천되었다.

다만 신기한 것이 하나 있었다. 가장 많은 횟수의 전기고문을 가하면서 나에게 돈을 주면서 사주한 것으로 집요하게 매달리던 이병철과 삼성과의 관계는 어디론가 사라졌다는 것이었다.

그것으로 끝이 아니었다. 더 엄청난 것이 기다리고 있었다. 그리고 그것은 나를, 마지막 하나까지, 그루터기까지 남김없이 부

쉬버렸다.

취조관이 잠시 자리를 비우면서 놓고 간 취조용지 한쪽에는 화살표를 하고 이렇게 써놓고 있었다. 그들의 소리를 들려줄 것.

내가 들을 수 있게 지하 고문실에서 그들이 내는 소리를 들려준다는 것이었다. 그들의 비명소리를 듣게 하라는 것이었다.

내 조서에 의해 하나하나 잡혀 들어온 그들, 다정했던 선배와 친구들이 지하실에서 토해내는 고통소리를, 그 비명을 나에게 의도적으로 들려주었던 것이다. 한수산이 개새끼가…… 뭐라고 했는데…… 그 새끼가…… 뭐라고 했는데…… 하면서 기절해 가는 소리까지.

죽지 않고 살아 있는 내 몸이, 내 비겁함이, 그 용기 없음이 나를 하염없이 무너뜨리고 있었다. 그렇게 해서 나는 그들이 질러대는 단말마의 비명을 들으며 귀를 막고 몸부림쳐야 했다. 나에게는 남아 있는 것이 아무것도 없었다.

시인, 그는 유언비어 유포였다. 유언비어를 유포하면서 한수산을 반정부적으로 회유, 동참하게 했다는 것이었다. 그 유언비어라는 것이 전두환의 희화화였다. 그것은 당시 한참 뜨고 있던 코미디언 이주일과 전두환의 공통점에 관한, 술자리의 안줏거리도 못 되는 우스개에 불과한 이야기였다. 이주일과 전두환은 대머리가 서로 닮았다. 그건 그랬다. 두 사람은 다 대머리였다. 이주일과 전두환은 시도 때도 없이 나타나는 게 닮았다. 그건 그랬다. 이주일이 남이 노래하고 있는 화면 속으로 시도 때도 없이 머리와 몸통과 다리가 따로 노는 이상한 몸짓을 하면서 걸어 나오는 것과 전두환이 새벽 두 시 세 시에 시도 때도 없이 동네 파출소나 특수경비지역을 시찰하면서 돌아다니는 것이나 같다는 것이었다. 그건 그랬다.

시인이 나를 찾아 제주까지 내려왔던 건 유채꽃이 여기저기서 지고 있던 때였다. 〈신동아〉에 연재 중이던 소설 "유민"이 삼 년을 넘기고 있었다. 그 책을 내기로 약속된 출판사가 고려원이었고 시인은 그곳 편집장이었다. 소설의 진행과 출판을 상의하러 멀리까지 내려온 그를 맞아 이야기를 나누며 우리는 하루를 보냈다.

다음 날 오후 비행기편으로 올라가야 하는 그와 함께 다음 날 아침 우리는 함덕해수욕장으로 갔다. 창밑에서 바닷물이 철썩이고 모래밭이 망망한 바다와 함께 바라보이는 식당에 앉아 우리는 낮술을 마셨다. 우리는 어렵던 그 시대나 문학을 이야기하지 않았다. 그러기에 나와 시인 사이에는 학창시절이라는 더 많은 추억이 있었다. 그와 나는 경희대학교 국문과 출신으로 그가 나보다 이 년 위였다. 우리는 학교를 이야기했고 시인 조병화 교수며 고전문학 전공의 박노춘 교수 이야기를 했고 휘경동의 대학가와 우리들이 갔던 한강 건너편의 국문과 야유회와 백일장 이야기를 했다.

아직 철이 아닌 해수욕장은 텅 비어 있었다. 어둡고 막막한 시대를 살아가야 하는 한 시인과 소설가는 술이 취해서 바닷물에 맨발을 적시며 모래 위를 걸었다. 그때 푸르게 펼쳐진 바다를 바라보면서 내가 말했던 것 같다. 어느 시대나 당대를 사는 사람들은 자신의 시대가 가장 불행하다고 생각하는 거 아닐까. 그렇다면, 그것이 우리들의 운명이라면 우울한 시대를 그려갈 수밖에 없는 게 우리들의 소설이며 시는 아닐까. 겨우 그런 하찮은 말로 서로를 위안하면서 우리는 헤어졌다.

그리고 서울에서 만났을 때는 두 주일 후였다. 우리는 명동의 순두부 집 골목에 마주 앉아서 소주잔을 기울였다. 제주에서의 짧은 만남이 가진 아쉬움 때문이었을 것이다. 또 낮술이었다. 그리고 그때 서울의 시인은, 세상 돌아가는 것에 어두울 수밖에 없는 지방에서 올라온 소설가에게 서울 이야기를 했었다. 웃기는 이야기를 보다 재미있게 과장해 가면서. 그때 그가 말했다. 전두환과 이주일의 공통점이 무엇인지 모르지? 알아 맞혀봐.

명동 순두부집에서 그가 나를 즐겁게 하기 위해 들려준 이야기, 전두환과 이주일의 닮은 점은 그와 내가 아무 깊은 인연이 없다는 뜻에서, 그런 소리나 지껄이며 킬킬거리는 관계임을 알리기 위해 나온 소리였다. 그것이 사회혼란을 야기할 목적으로 유언비어를 조작하여 나로 하여금 소설을 통해 유포시키기로 모의한 것이 되었던 것이다.

그 무렵 시인은 안타깝게도 사회적인 균형을 잃어가고 있을 때였다. 그가 재직하고 있던 출판사 고려원은 그에게 월급을 주지 않았다. 편집장 직을 무보수로 하고 있었다는 게 아니다. 회사는 그에게 월급봉투를 건네지 않고 상무가 직접 집으로 찾아가서 그의 아내에게 건네주었다는 뜻이다. 월급을 타면 그날부터 시인이 사라진다는 것이었다. 그때 시인에게 어떤 참담한 질곡이 흘러가고 있었는지 아니면 알코올 중독에라도 시달리고 있었는지 누가 알 것인가. 다만 상무의 이야기로는, 시인이 집에도 안 들어가고 회사에도 나오지 않으면서 월급이 바닥날 때까지 밤낮을 가리지 않고 술을 퍼마시는 것 같다고 했다. 그러니 어쩌겠습니까, 부인한테라도 월급을 직접 전해줘야 식구들이 살지 않아요. 그래서 제가 월말이면 월급봉투를 들고 그 집으로 갑니다. 그러다가도 회사에 나오면 일은 잘하니 어쩌겠습니까. 시인이니까 그럴 수도 있는 거지 생각하지요. 또 사람은 얼마나 좋습니까. 그런 착한 사람이니 미워할 수가 있나요.

턱을 다쳤나 보았다. 숟가락이 들어갈 정도로도 입이 벌어지지 않았다. 씹는다는 건 아예 불가능했다. 그렇게 손도 안 댄 채 물려놓은 밥그릇을 내려다보면서 그가 물었다.

"야 임마, 너 담배 피워?"

말 그대로 새파랗게 젊은 아이였다. 간수라고 말해야 하나. 아니면 경비원인가. 취조관이 자리를 비운 시간이면 이따금 들어와 나를 살펴보고 가곤 하던 경비병이 말했다. 현역 군인인 보안사

근무자였다. 짧게 깎은 머리 때문에 더 어려 보이는 그가 말했다.

"너 돈 맡긴 거 있지? 여기 들어올 때 옷이랑 맡겼잖아, 임마. 거기서 뭐 사고 싶은 거 있으면 사. 담배도 된다."

지옥에 다른 것은 없어도 담배는 있다는 말처럼, 담배도 된다는 말이 그렇게 낯설었다. 여기서 담배를 피워도 된다니. 담배를 물 정도로 입이 벌어지기나 하려나. 그런 생각을 하면서 나는 담배를 부탁했다. 그리고 말했다.

"나 때문에 온 사람들 있지요. 죄송합니다만, 그 사람들한테도 한 곽씩 부탁합니다."

새파란 아이가 말했다.

"뭐 이런 새끼들이 다 있어."

"네?"

"저쪽 방에 있는 새끼도 같이 잡혀온 놈들한테 담배 한 곽씩 돌리라고 하던데. 이 새끼들 웃기는 놈들이네."

아. 다들 알고 있구나. 끌려온 걸 서로들 알고 있구나. 어느샌가 눈물이 흘러내리고 있었다. 찝찔한 눈물이 볼을 타고 흘러내려서 입꼬리에 와 멎었다.

그것은 며칠이나 지난 후의 일이었을까. 그 이상한 일이 벌어진 것은.

그는 키가 크고 건장한 체구를 가지고 있었다. 그도 그 새파랗게 젊은 애들 가운데 하나였다. 경비원인지 간수인지 호칭을 알 수 없는 그도 현역 군인이었다. 다만 그의 계급이 그나마 좀 높은 것 같았다. 다른 아이들은 그에게 존댓말을 썼다. 어쩌다 문이 열릴 때, 이 새끼 여기가 어디라고 졸고 있어. 퍽퍽 하며 몽둥이가 휘둘러지는 소리가 복도를 타고 어딘가에서 들려올 때, 그에게 다른 아이들이 존댓말을 하는 걸 들었었다.

깊은 밤이었다. 내 방으로 들어온 그가 돌아서서 문을 잠갔다. 없는 일이었다. 그가 말없이 가슴에 안고 온 무언가를 바닥에 내려놓았다. 그것은 검푸른 빛의 군용 담요였다. 바닥에 여러 겹의 담요를 매트리스처럼 깔아놓은 후 그가 말했다.

"움직일 수 있겠습니까?"

나는 그의 낯설기만 한 존댓말과 하는 짓을 말없이 바라보았다.

"일어서서 여기 내려와 누울 수 있겠습니까?"

일어서다니. 내가 고개를 저었다. 묶여 있지는 않았지만, 그때 나는 혼자 일어설 수도 걸을 수도 없었다. 아니, 일어선다는 행위를 잊어버린 것 같았다. 그뿐이 아니었다.

그가 다가와 의자 위의 나를 안아 올렸다. 의자에 앉은 그 상태로 반짝 들어 올린 내 몸을 그는 의자에 앉아 있는 그 모양 그대로 담요 위에 옆으로 뉘었다. 그가 내 옷을 벗기며 말했다.

"찜질을 해드리겠습니다. 가만히 누워 계십시오."

그리고 그가 방의 불을 껐다. 이건 뭘까. 공포가 온몸을 지렁

이처럼 기어 다녔다. 또 무슨 고문을 하기 위한 준비일까. 손가락마다 빨래집게 같은 것으로 전선을 연결하듯이, 내 팔을 묶고 다리를 묶고 몸통을 묶으며 수건으로 내 얼굴을 쥐어짜듯, 그는 무엇을 위해 이런 준비를 하는 것일까.

뜨거운 수건이 어깨에 눌려지고, 발가벗긴 내 온몸은 천천히 더운 수건으로 뒤덮였다. 그 수건의 뜨거운 열기가 사라지고 나자 이번에는 다시 뜨거운 수건으로 그가 내 가슴을 닦아나갔다. 내 몸을 돌아 눕힌 그가 등허리를 닦기 시작했을 때 나는 내 몸에 떨어지는 무엇을 느꼈다. 그의 얼굴에서 떨어지는 땀방울이었다. 내내 그는 말이 없었다.

어둠 속에서 더듬거리며 내 몸에 옷을 입히고 난 그가, 꼬부리고 있는 나를 다시 달랑 들어서 의자에 앉히고, 방의 불을 켰다. 이제 나는 어디로 끌려가는가. 그가 말했다.

"물이 식어서 오늘은 그만하겠습니다."

형광등 불빛을 등지고 있는 그의 우람한 몸이 내 앞에 서 있었다. 그가 말했다.

"좀 주무세요. 그렇게 안 자면 어쩝니까."

자지 못하게 하는 것이 그들의 일이었다. 그런데 그는 지금 나에게 자라고 말하고 있었다. 잠을 안 재우는 것이 가장 혹독한 고문이라고 했다. 그러나 이곳으로 끌려온 이후 잠을 자지 않고 있었다. 아니 잠들지 못하고 있었다. 그런 나를 두고 그가, 잠을 좀 자라고 말하고 있었다. 그들이 하는 일이 밤새 각목을 들고 돌아다니며 조는 자들을 때려서 잠을 자지 못하도록 깨우는 일이었는데.

다음 날도 그는 왔다. 어제와 똑같이 그는 아무 말 없이 바닥에 담요를 깔았고, 나를 들어서 눕혔고, 더운 물로 찜질을 해주었다. 그날도 어제와 똑같이 그의 얼굴을 흥건하게 적시며 흘러내린 땀이 내 몸에 떨어졌다. 그날 나가면서 그가 말했다.

"내일은 못 옵니다. 제가 외출을 나가요."

아무 말이 없이, 나는 그를 목이 아프게 올려다보았다. 형광등 불빛에 가려진 그의 얼굴은 다만 어두웠다. 담요와 물건들이 든 플라스틱 통을 들고 서서 그가 또 말했다.

"들어올 때 맨소래담이나 뭐 그런 약을 좀 사가지고 오겠습니다."

그는 다음 날 오지 않았다. 외출을 한다더니 그런가 보다. 나는 그가 하는 말이 처음으로 믿어졌다. 다음 날 그는 약속처럼 왔고, 냄새가 진동하는 맨소래담을 내 온몸에 바르며, 보온병에 담아 가지고 온 더 뜨거운 물로 찜질을 해주었다. 다른 날과 똑같이 마른 수건으로 내 몸을 닦아주고 나서, 옷을 입혀서 의자에 앉힌 후 그가 말했다.

"나가시거든, 보약도 먹고 몸 관리를 하세요. 후유증 생기면 큰일이잖아요. 꼭 그러세요."

그리고 그때 나는 그 젊은이를 통해서 〈중앙일보〉의 편집부 국장이 이미 나보다도 먼저 끌려왔으며, 고문 도중 지병으로 인해 병원으로 실려 갔다는 소식을 들었다. 그리고 끝이었다. 나는 그의 얼굴을 다시는 만날 수 없었다. 그는 다시는 내 방에 들어오지 않았다.

선생님 우리는 오직 국가를 위해서 일합니다. 국가를 위해서 일하다 보니 생긴 일이니까, 국가적 차원에서 생각해 주시기 바랍니다. 선생님께서는 이제부터 나가셔서 절대로 누군가에게 여기에서 있었던 일을 말해서는 안 됩니다. 여기서 있었던 일은 없었던 것입니다. 그날 아침 찾아온 낯선 사내는 정장 차림이었다. 푸르스름한 넥타이를 맨 사내 앞에서 나는 갑자기 선생님이 되었다.

넥타이가 말했다.

"선생님, 여기다 서명하시고 지장 찍으십시오."

이곳의 위치, 여기에서 있었던 일 일체를 외부에 발설하지 않는다는 서약서였다. 거기에는 일체의 책임은 본인에게 있다는 조항도 있었다. 그 본인이 나였다. 내가 엄지손가락에 인주를 묻히며 지장을 찍고 났을 때 그는 주머니에서 손수건을 꺼내 내 손에 묻은 인주를 닦도록 했다. 그리고 말했다.

"선생님 신병은 〈중앙일보〉에서 인수합니다. 그 전에 수염을 깎고 나갈 준비를 하십시오."

면도를 거부하는 나에게 경비인지 간수인지 하는 애들이 와서 말했다.

"〈중앙일보〉 다른 사람들은 다 준비됐어요. 선생님 때문에 다들 못 나가고 있잖아요. 제발 면도 좀 하세요."

그들은 앞뒤에서 나를 데리고 방을 나가며 말했다.

"아무것도 보지 마세요. 바닥만 보고 따라오세요."

나는 처음으로 내가 의자에 묶인 채 오가던 그 복도를 걸었다. 늘 캄캄했던 그 복도에도 불이 켜져 있었다. 나를 데리고 간 방은 비어 있었다. 수염을 깎으라면서 그들이 일회용 면도기와 비누를 두고 간 그 방에서 나는 처음으로 욕조를 보았다. 싱글 침대 하나가 덩그렇게 놓여 있을 뿐인 방을 가운데 두고 한쪽에는 욕조가 있었고 다른 쪽에는 변기와 세면대가 놓인 작은 화장실이 있었다. 이건 무슨 방인가. 이런 데서도 취조를 하나 보다. 침대에 재워가면서, 목욕도 시켜가면서. 그런 생각을 하며 수염을 깎았다. 싸구려 일회용 면도기는 내 수염을 아프게 잡아 뜯으며 잘 깎여지지 않았다.

훗날 박종철 군 고문치사 조작사건이 터져 나왔을 때였다. 나는 지난밤 목포에서의 문학 강연회를 마치고 서울로 돌아오는 이른 아침의 새마을 열차에서 그 기사를 보았다. 탁 치니까 억 하고 죽었다고 발표했던 그 청년이 실제는 취조과정에서 욕조에 얼굴이 처박히는 물고문을 당하다가 질식, 사망했다는 내용이었다.

식당차 안에 처박힌 나는 술잔을 잡은 손을 떨면서 세 병의 소주를 마셨다. 서울까지 내내 나는 식당차에 앉아 있었다. 그때 기억했다. 면도를 하라면서 나를 데려갔던 그 방, 침대 건너편에 있던 욕조를. 거기에 있던 그것도 고문도구의 하나였던가. 오가는 승객들로부터 흐르는 눈물을 감추느라 나는 내내 고개를 숙이고 있었다.

그곳에서 나오며 나는 바로 고려병원에 입원이 예정되었다. 가깝게 지내던 고려병원의 이시영 박사에게 아내가 연락을 해서 얻어낸 약속이었다. 그러나 한 시간도 지나지 않아서 이 박사로부터 온 연락은 입원이 불가능하다는 것이었다. 어디라고 말할 수 없다면서, 병원 측에 입원을 시키지 말라는 통보가 왔다는 것이었다. 그는 서울에서의 입원이 불가능하니 자신이 아는 대구의 병원을 알아보겠다고 했다.

움직일 수도 있었고 비행기를 탈 수도 있을 것 같았다. 조금 부어오르기는 했지만 얼굴에는 상처가 없었다.

그날 밤 제주에 내렸다. 공항에서 바로 약속이 되어 있는 강영민 내과로 향했다. 동생인 강정민 씨 부부가 애써주었다. 병원에 도착해서 환자 옷으로 갈아입으면서 나는 처음으로 내 몸이 검붉은 가지 빛으로 변해 있는 것을 알았다. 진찰실 침대에 누웠을 때 청진기를 들고 내 몸을 내려다보던 강영민 박가가 놀라면서 말했다.

"무사 어떵 허연 영 되수꽈?"

나는 그를 멍하니 쳐다보았다. 느닷없이 튀어나온 이 제주 사투리가 도대체 무슨 말인지 알 수가 없었다. 옆에 함께 서 있던 강정민 씨가 말했다.

"아니, 어떻게 했길래 이렇게 됐냐는 소립니다."

3주일 입원을 했다. 몸을 물들였던 가지 빛이 거의 사라지고 있었다. 퇴원을 한 바로 다음 날 서울로 올라갔다. 그리고 〈중앙일보〉를 시작으로 잡지사와 출판사를 돌았다. 시인의 출판사를 찾아갔지만 시인은 없었다. 이곳저곳을 돌면서 나 때문에 힘든 시간을 겪어야 했던 분들을 찾아 사죄했다. 그리고 용서를 구했다.

그리고 그날 밤 나는 시인의 집으로 찾아가 그와 함께 잤다. 그의 집은 좁은 골목길을 휘돌아 올라간 높은 동네에 있었다. 어혈을 푸느라 한약을 먹고 있다고 했다. 밤이 깊어서 방에 불을 끄고 누었을 때였다. 이부자리에서 뒤치던 그가 물었다.

"자냐?"

"아니."

"그때 말이여. 우리가 잡혀가 있던 그 보안사 옆에 말이여."

"그 얘기는 또 왜 하니."

"아녀. 생각이 나서. 그 보안사 옆에 학교가 있나 보더라. 너 들었냐? 아침에 조회를 하면서 무슨 반공웅변대회를 했잖어."

“아니 난 못 들었어.”

“어째 너는 못 들었냐?”

“내 방에는 창문이 없었어.”

“야 미치겠더라. 그 웅변소리를 듣는데, 씨발, 눈물이 막 쏟아지는 거야.”

새소리가 들렸지, 내 방에는. 나는 어둠 속을 바라보았다. 그가 몰래몰래 소리를 죽이며 울고 있는 것 같았다. 그와 등지고 돌아눕는 내 눈에서도 눈물이 흘러내렸다. 그는 내가 풀려나올 때까지도 얻어맞고 있었다. 복도를 지나면서 나는 여전히 맞고 있는 그의 목소리를 들었었다.

“지난 번 선거 때, 너 투표했어?”

“할려고 그랬는디요.”

“했어, 안 했어!”

“할려구 했다구요.”

“이 새끼가.”

퍽 하는 소리가 들렸다. 또 맞나 보았다.

“투표할라구 나갈려니까 주민증록증이 어디 갔는지 안 보이잖아요. 못했지요. 찾다가 못했지요.”

“그러니까 안 한 거 아냐! 이 새끼가 이거.”

퍽퍽 하고 그의 어깨에 떨어지는 몽둥이 소리가 들렸다. 시인아 했다고 해. 뭐든지 그냥 했다고 해. 아님 그냥 다 안 했다고 해.

다 끝났어. 너 지금 투표 같은 거 가지고도 시 쓰고 있니. 이건 시가 아니야. 내가 만들어낸 조작이야.

금붕어의 기억력은 몇 초밖에 되지 않는다고 했다. 그래서 금붕어는 지금 자신이 갇혀 있다는 것을 잊고, 그 어항 유리벽이 바로 조금 전에 자신이 와서 부딪혔던 유리벽이라는 것을 모른다고 했다. 막혀 있는 유리벽은 금붕어의 기억 속에 없다. 그러므로 그는 끊임없이 자신이 이미 부딪혔던 유리벽의 존재를 순간순간 잊으면서 어항 안을 맴돌게 된다는 것이다. 금붕어의 기억력이 나를 파먹어가기를 바랐다. 그곳이 막혀 있다는 것을 기억하지 못하는 금붕어가 되어, 내가 겪은 시간들이 마모되고 변색되어 사라지기를, 잊혀가기를 바라는 것밖에 내가 할 수 있는 것은 아무것도 없었다.

벌레가 되어 나는 다시 제주로 내려갔다. 그리고, 벌레가 되어 살았다. 벌레도 산다.

*위 글은 작가 한수산이 장편소설《용서를 위하여》에 수록한 고문 기록이다.《욕망의 거리》때문에 제주도에서 압송되어 4일간 수감, 고문당했던 실상을 '리얼'하게 재생한 부분이다.